Magisch Verflucht

Magisch

Verflucht

Ina Linger

&

Cina Bard

Impressum

www.inalinger.de
Email: ina-linger@web.de
Bestellung und Vertrieb: Nova MD GmbH, Vachendorf
Druckerei: Sowa Sp. z o.o.ul. Raszynska 1305-500 Piaseczno, Polska
Veröffentlicht durch: I. Gerlinger, Spindelmühler Weg 4, 12205 Berlin
Einbandgestaltung: Ina Linger
Fotos: SAQUIZETA, Khomenko Maryna, Gizele
Titelschriften: Typographer Mediengestaltung, Gluk
Lektorat: Faina Jedlin
ISBN: 978-3-96443-502-6

Das eben ist der Liebe Zaubermacht, daß sie veredelt, was ihr Hauch berührt, der Sonne ähnlich, deren goldner Strahl Gewitterwolken selbst in Gold verwandelt.

Franz Grillparzer
(österreichischer Schriftsteller; 1791 – 1872)

Prolog

Es war keine sehr dunkle Nacht. Das Licht des runden Mondes erleuchtete den Innenhof des Gutes genügend, um selbst die Mäuse, die in ihrer Suche nach Futter von einer dunklen Ecke in die nächste flitzten, deutlich erkennen zu können. Allerdings waren sie nicht die einzigen Lebewesen, die noch zu so später Stunde unterwegs waren. An einer Seite des eindrucksvollen Haupthauses mit seinen kleinen Türmchen und Säulen öffnete sich knarrend die Tür des Dienstboteneinganges. Nur wenig später huschte eine in einen dunklen Mantel gehüllte Gestalt hinaus ins Freie. An die Wand der Außenmauer des Hofes gedrückt hielt sie inne, sah sich argwöhnisch um, als befürchtete sie, verfolgt oder auch nur entdeckt zu werden. Dann schlich sie weiter, geduckt und sich im Schutz der Mauer bewegend.

Im Haus gingen plötzlich ein paar Lichter an. Stimmen waren gedämpft durch die Fenster zu hören. Aufgeregt. Wütend. Die Gestalt hielt erneut inne und warf einen flüchtigen Blick über die Schulter, um dann sehr viel schneller als zuvor auf das große Flügeltor des Hofes zuzueilen. Sie erreichte es innerhalb weniger Sekunden und schob sich durch die Lücke zwischen den beiden

Flügeln, genau in dem Moment, in dem die Tür des Haupthauses aufflog und drei Männer hinausstürmten.

„Und wo zum Teufel sollen wir suchen?!“, rief der Vorderste, ein rundlicher Mann mit längerem grauen Haar und Bart, der anders als seine Begleiter noch dabei war, sich seinen langen Mantel überzuwerfen. „Der kleine Langfinger kann schon längst über alle Berge sein!“

„Ich sagte dir doch, dass ich sie von meinem Fenster aus sehen konnte“, erwiderte einer der anderen – ein schlanker, sehr junger Mann mit dunkelblondem Haar, das lang genug war, um es sich im Nacken zusammenzubinden. „Wenn überhaupt, dann ist sie gerade erst zum Tor hinaus. Casper, such du hier! Mein Vater und ich sehen draußen nach. Wenn sie schon aus dem Hof raus ist, haben wir eine gute Chance, sie im Mondlicht zu entdecken. So schnell kann sie den Waldrand nicht erreichen.“

Der Letzte in der kleinen Gruppe nickte gehorsam, während sich die beiden anderen im Laufschritt dem Ausgang näherten.

Das Gut war ringsum von Feldern umgeben und da es Herbst war und diese bereits umgegraben waren, boten sie keinerlei Versteckmöglichkeiten. Die Gestalt, die sich aus dem Hof geschlichen hatte, eilte im Licht des Mondes, wie prophezeit gut sichtbar, über eines dieser Felder. Da es aber noch keinen Bodenfrost gab, sank sie dabei immer wieder tief in den weichen Boden ein, stolperte und kämpfte um ihr Gleichgewicht. Auf halber Strecke hinüber zum Waldrand stürzte sie schließlich und verlor dabei etwas, das sie wohl unter dem Mantel verborgen gehalten hatte: Ein rechteckiges Paket.

Sie stieß einen Fluch aus, rappelte sich schnell auf und nahm es wieder an sich. Doch gerade dadurch verlor sie kostbare Zeit, denn der jüngere ihrer Verfolger war schnell – schneller als sie selbst. Obgleich sie tapfer weiterrannte und der Waldrand in greifbare Nähe rückte, hatte er sie eingeholt, bevor sie sich ins Dickicht werfen konnte. Seine Hand griff nach ihrer Kapuze und riss sie daran zurück, enthüllte, dass es sich bei der Vermummten in der Tat um eine junge Frau handelte.

Sie warf sich herum und schlug nach ihm, der Mann war jedoch stärker, umschlang sie mit seinen Armen und hielt sie eisern fest, bis auch der ältere keuchend zu ihnen aufgeschlossen hatte.

„Dieses kleine … Miststück“, brachte er kurzatmig heraus und hielt sich die Seite. „Wo … ist ihre Beute?“

„Lass mich los!“, rief die junge Frau und rang weiter um ihre Freiheit.

Trotz ihres Widerstandes griff der junge Mann unter ihren Mantel und holte das Paket heraus, um es dem anderen zu reichen.

„Nein!“, rief die Frau verzweifelt. „Gebt es mir wieder! Das ist gefährlich!“

„Gefährlich?“, wiederholte der Ältere mit gerunzelter Stirn, ließ sich aber trotz dieser Warnung nicht davon abhalten, die Lagen weichen Leders zu öffnen und zu offenbaren, was sich in ihnen befand: Ein dickes Buch.

„Was … was soll das?“, kam es ihm verwirrt über die Lippen. „Du stiehlst ein Buch?“

„Das ist nicht *irgendein* Buch, sondern …“, begann sie, kam aber nicht weiter.

„Hat sie noch was anderes unter dem Mantel?“, unterbrach der Grauhaarige sie und sah dabei den Jüngeren an.

„Nein, Vater, da ist nichts mehr“, gab der rasch bekannt.

„Aber du sagtest doch, die Schmuckschatulle deiner Mutter sei ausgeräumt worden!“, warf der Ältere ihm vor.

„Ja, das stimmt ja auch.“

„Und wo ist der Schmuck dann?“

„Ich habe keinen Schmuck bei mir!“, stieß die Frau wütend aus. „Mir ging es nur darum, das Buch zu holen!“

„Natürlich!“, spottete der Vater. „Dein Volk ist ja auch als besonders belesen bekannt. Ihr seid *alle* Diebe, Verbrecher und Betrüger! Mein Sohn hat das auch endlich erkannt. Er wusste sofort, als er dich gesehen hat, dass du gekommen bist, um zu stehlen!“

Die Frau sah den Jüngeren an, enttäuscht, verletzt. „Hast du das gesagt? Hast du deinem Vater *das* erzählt, Jerome?“

Der Angesprochene presste die Lippen zusammen, nicht bereit, ihr zu antworten.

Sie gab ein bitteres Lachen von sich. „Was man nicht alles tut, um seine wahren Beweggründe zu verbergen“, erwiderte sie und die Enttäuschung in ihrer Stimme war nur allzu offenkundig.

„Sei still!“, fuhr Jerome sie an. „Gestehe uns lieber, wo du den Rest der Beute versteckt hast!“

„Wenn sie nicht redet, nehmen wir sie mit zum Hof und bringen sie dazu“, schlug sein Vater vor. „Dieses

Zigeunerpack wird nicht mit *meinem* Hab und Gut das Land verlassen.“

Er trat dichter an die Gefangene heran, in deren Augen jetzt Tränen glänzten. „Ihr habt meiner Familie schon genug Leid angetan“, knurrte er, „und keine Zauberkraft der Welt wird dir jetzt noch helfen können. Wenn du nicht willst, dass dir dasselbe Schicksal wie deiner Schwester zuteilwird, solltest du besser gleich auspacken, sonst …“

Der Mann hielt inne, blinzelte plötzlich benommen und schluckte schwer. „Was … was ist das …“, kam es ihm stockend über die Lippen und auch sein Sohn begann ein wenig zu wanken, die Hände zu Fäusten geballt.

Das Buch glitt dem Alten aus den Fingern und erst jetzt war zu erkennen, dass der Schriftzug darauf hell leuchtete.

„Du … Teufelin!“, stieß der Alte mit geweiteten Augen aus und sank auf die Knie, um dann zur Seite zu kippen und zuckend liegenzubleiben.

Jerome hatte die junge Frau losgelassen, die nun aus seiner Reichweite stolperte. Sie holte stockend Atem, blickte von dem leuchtenden Buch in das hasserfüllte Gesicht des jungen Mannes und schüttelte den Kopf.

„Ich habe mich geirrt!“, stieß sie mit belegter Stimme aus und bewegte sich dabei langsam weiter rückwärts. „Deine Familie *hat* das verdient. Sie und alle anderen in diesem Dorf voller Monster!“

Sie sah ihn noch einen langen Moment an, bevor sie sich herumwarf und hinein in den Wald rannte, die beiden Männer und das seltsame Buch auf dem Feld im Mondlicht ihrem Schicksal überlassend.

Komm raus, komm raus …

„Achtundzwanzig … neunundzwanzig … dreißig! Ich komme!“ Eliana versuchte so viel Enthusiasmus wie möglich in ihre Stimme zu legen, während sie eine weitere Seite ihrer Zeitschrift umblätterte, den Artikel dort für uninteressant befand und ihren Lesestoff mit einem geschickten Wurf auf den Tisch direkt neben ihre Füße beförderte. Sie streckte sich genüsslich, bevor sie den Elan aufbrachte, endlich aufzustehen und nach ihrer Nichte zu suchen.

Anfangs hatte es ihr ja noch Spaß gemacht, durch das große Haus ihrer Eltern zu laufen und die vielen Verstecke der Fünfjährigen zu entdecken, aber mittlerweile wiederholten sich diese und es war nicht mehr sonderlich schwer, herauszufinden, wo Olivia steckte. Zumal die Kleine auch nicht sehr viel Geduld hatte und meist ziemlich schnell verdächtige Geräusche, wie zum Beispiel leises Kichern oder Glucksen, von sich gab. Elli liebte ihre Nichte über alles, aber einen ganzen Tag herumzubekommen und das Mädchen zu bespaßen, war auf Dauer dann doch etwas anstrengend, da Liv auch noch ein sehr aktives Kind war.

Als Elli zwei Tage zuvor in ihr Heimatstädtchen Ferry Bridge im schönen Südwesten Englands zurückgekehrt war, hatte sie das eigentlich mit dem festen Vorsatz getan, die ersten drei Wochen ihrer Semesterferien auf der Couch im Wohnzimmer ihres Elternhauses zu verbringen und sich vom Fernseher berieseln zu lassen. Gehirn aus, Entspannung an. Ihrer Meinung nach hatte sie sich das nach dem ersten anstrengenden Semester des Medizinstudiums redlich verdient und nicht vorgehabt, mehr Bewegung in ihren Tagesablauf zu bringen, als von der Küche zum Wohnzimmer und von dort aus auch gelegentlich zum Bad zu schlurfen. Irgendwann musste der viele Tee, den sie genüsslich vor sich hin schlürfte, ja auch wieder raus.

Zu ihrem ausgefeilten Ferienplan hatte anfangs auch gehört, dass ihre Mutter sie bekochte und Sam, ihr Stiefvater, sie am Abend mit witzigen Geschichten von der Arbeit unterhielt. Als ihre Mutter ihr jedoch vor zwei Wochen begeistert erzählt hatte, dass Sam ihr zum Geburtstag eine romantische Mittelmeerkreuzfahrt geschenkt hatte, hatte Elli diese beiden Punkte wohl oder übel von ihrer wunderschönen To-do-Liste streichen müssen.

Noch übler hatte ihr ihre Schwester Lissa, oder besser *Me*lissa, mitgespielt. Gestern hatte sie mit Sack und Pack (Olivia eingeschlossen) vor der Tür gestanden, aufgelöst, mit verschmierter Schminke, die auf viele Tränen hingewiesen und Elli trotz ihrer Faulenzerabsichten dazu gebracht hatte, ihr sofort Hilfe anzubieten. Sie hatte Nudeln mit Tomatensoße für sie alle gekocht – das einzige Gericht, das sie ganz gut hinbekam – und sich, nachdem Olivia eines der Gästezimmer bezogen hatte, das ganze

Trauerspiel angehört, das sich mal wieder im Hause Cooper abgespielt hatte.

Sechs Jahre trennten Eliana von Lissa und genauso lange durfte sie nun schon das Drama miterleben, das ihre ältere Schwester aus ihrer Beziehung zu William Cooper, ihrem Chef, Schrägstrich neuerdings Ehemann, machte. Elli hatte Will von Anfang an gemocht. Er war nett, witzig und intelligent und was das Beste war: Er wusste mit ihrer Schwester umzugehen, die einem mit ihren Temperamentsausbrüchen manchmal ganz schön auf die Nerven gehen konnte. Darüber hinaus besaß er die Geduld, um die gelegentlichen Streitereien, wenn möglich, auszusitzen und den nötigen Dickschädel, um sich zur Wehr zu setzen, wenn Lissa den Bogen überspannte.

Meist konnten die beiden ihre Konflikte gut allein klären und waren danach wieder ein Herz und eine Seele. Nur manchmal – und die Vorfälle wurden glücklicherweise immer seltener – packte Lissa ihre Sachen und ihr gemeinsames Kind und suchte für ein paar Tage Zuflucht im elterlichen Haus. Fast immer rief sie dann auch Elli an, um sich bei ihr auszuheulen und von ihr zu hören, dass Will sie garantiert niemals verlassen und mit Sicherheit auch nicht fremdgehen würde; dass er sie liebte und zurückwollte und so weiter und so fort.

So war es auch dieses Mal gewesen, mit dem kleinen, feinen Unterschied, dass Elli allein im elterlichen Haus war und nun auch noch die Rolle ihrer Mutter einnehmen musste – was im Endeffekt hieß: Kochen, zuhören, trösten und am nächsten Tag, wenn Lissa zu Will fuhr, um sich mit ihrem Mann zu versöhnen, auf Olivia aufpassen.

Ihre Schwester hatte vor ungefähr einer Stunde angerufen und sie angefleht, ihre Nichte auch noch ins Bett zu bringen, weil sie mit Will (der ihr selbstverständlich verziehen hatte) nun einen romantischen Abend mit eventueller Einkehr in einem Hotel in Cheltenham verbringen wollte. Aus eigener Sicht hatte Elli viel zu schnell nachgegeben, aber was tat man nicht alles für die Familie und das Babysitten hatte ihr ja anfangs auch Spaß gemacht. Aber jetzt …

Sie trottete in die Waschküche, sah erst in die eine Richtung und anschließend blitzschnell hinter die Tür.

„Hab ich d…" Sie brach ab, da Olivia sich dieses Mal wohl doch ein anderes Versteck ausgesucht hatte. Auch gut. Die nächsten vier Lieblingsplätze waren nicht viel weiter weg.

Elli gähnte herzhaft und warf einen Blick auf die Uhr, bevor sie sich auf den Weg ins obere Stockwerk machte. Fast neun. Es war zwar Samstag, aber langsam war es an der Zeit, den kleinen Lachsack ins Bett zu stecken. Das war eindeutig die letzte Versteckspielrunde.

Zu Ellis großem Erstaunen befand sich Olivia jedoch weder in Lieblingsversteck Nummer zwei (unter dem Bett im Gästezimmer) noch in Nummer drei (im Schrank ihrer Großeltern) oder vier (hinter dem dunklen Vorhang im Schlafzimmer der Großeltern). Es war das Knarren über Elli, als sie durch den Flur lief, das sie darauf brachte, dass ihre Nichte doch noch ein neues Versteck ausprobiert hatte.

Das Haus von Ellis Eltern besaß einen geräumigen Dachboden, den man über eine fest installierte Treppe erreichen konnte. Die in der Decke eingelassene Klappe war nicht sonderlich schwer, weil Ellis Mum immer

Angst davor gehabt hatte, dass diese mal jemandem auf den Kopf fallen könne, und so war es nicht weiter verwunderlich, dass Olivia sie hatte öffnen können. Zudem besaß das Mädchen die natürliche Neugierde und den Mut der Carters und schien sich auch vor alten Dachböden nicht zu fürchten, was eigentlich ganz schön war, *wenn* es für Elli nicht bedeutet hätte, nun auch noch eine weitere Treppe hinaufsteigen zu müssen.

Sie seufzte leise und fügte sich ihrem Schicksal. Lange würde es ja nun nicht mehr dauern, bis sie ihren Platz vorm Fernseher einnehmen und sich von einem belanglosen Film in den Schlaf brabbeln lassen konnte.

Beim Öffnen gab die Klapptür ein gruseliges Knarzen von sich und Elli steckte erst einmal nur ihren Kopf hindurch, um sich kurz umzusehen. Die kahle Glühbirne, die an einem Kabel von der Decke hing, war angeschaltet worden und spendete ein mattes Licht, in dem sich die meisten hier eingelagerten Sachen ganz gut erkennen ließen. Hauptsächlich stapelten sich Kisten mit Dingen übereinander, die Ellis Eltern ausrangiert hatten, jedoch aus emotionalen Gründen noch nicht wegschmeißen wollten. Dann gab es da noch einige alte Möbel: Zwei Schränke, eine Kommode, einen Sessel und zwei Regale, die mit Büchern und unbrauchbarem Krimskrams vollgestopft waren.

Zu Ellis großer Überraschung konnte sie Livs Kopf ganz offensichtlich neben dem Sessel hervorlugen sehen. Sie hatte ihn gesenkt und ihr Blick war konzentriert auf etwas gerichtet, das sie wahrscheinlich in den Händen hielt.

Elli schlüpfte durch die Luke und näherte sich ihrer Nichte auf leisen Sohlen.

„Hab dich!“, rief sie laut, als sie den Sessel erreicht hatte, aber das Kind zuckte nicht einen Deut zusammen, sah sie noch nicht einmal an.

Elli runzelte irritiert die Stirn und umrundete den Sessel. Ihre Nichte saß im Schneidersitz am Boden und in ihrem Schoß ruhte ein altes, sehr dickes Buch. Sie hatte es in der Mitte aufgeschlagen und starrte eine Illustration an, die eine Prinzessin auf der Flucht vor einer Hexe zeigte. Rabenschwarzes Haar, das ein Krönchen zierte, weiße Haut, rote Lippen. War das ein Märchenbuch? Die Schrift war alt, aber noch zu entziffern und Elli fand im Text schnell den Namen, den sie gesucht hatte: Schneewittchen.

Sie hätte nie gedacht, dass alte Märchen Kinder von heute noch derart faszinieren konnten. Sogar Kinder, die noch gar nicht lesen konnten.

Elli ging neben Liv in die Hocke. „Ist dir das Versteckspielen mit deiner alten Tante zu langweilig geworden?“, fragte sie lächelnd.

Ihre Nichte sah immer noch nicht auf, schien wie in Trance zu sein. Ellis Lächeln verschwand und anstatt weiter verbal mit ihr Kontakt aufzunehmen, griff sie nach dem Buch und zog es ihr aus den Händen. Ein seltsames Kribbeln erfasste ihre Finger, wanderte durch ihre Arme und versank schließlich in ihrer Brust.

„Nein!“, stieß Liv entgeistert aus und ließ Elli damit keine Zeit, sich über die eigenartige Reaktion ihres Körpers zu wundern. Die Kleine versuchte angestrengt, das Buch zurück auf ihren Schoß zu ziehen. „*Ich* hab das gefunden! Es gehört *mir*!“

Elli hielt es eisern fest und griff nach Olivias Kinn, zwang sie dazu, sie endlich anzusehen.

„Liv, beruhige dich!“, forderte sie. „Ich will dir das doch nicht wegnehmen! Du sollst nur mit mir sprechen!“

Olivia zog noch einmal sehr viel weniger nachdrücklich am Einband und ließ schließlich los. „Okay, aber du behältst es nicht!“

„Warum sollte ich?“, fragte Elli verwundert. „Es ist nur ein altes Märchenbuch und die meisten Geschichten davon kenne ich ohnehin schon.“

„Es ist verzaubert“, behauptete Liv und nickte begeistert, weil ihre Tante sogleich den Kopf schüttelte. „Doch – ist es!“

„Hm“, machte Elli und sah hinüber zur Dachluke. „Selbst wenn, können wir seinen Kräften erst morgen genauer auf den Grund gehen. Du gehörst jetzt ins Bett.“

Liv zog einen Flunsch und schüttelte den Kopf. „Das geht nicht.“

„Nein?“, hakte Elli mit einem kleinen Lachen nach.

„Nein, denn das Buch spricht mit mir“, behauptete ihre Nichte mit großen Augen. „Es sagt, dass du es mir vorlesen sollst!“

„Tut es das?“, erkundigte sich Elli schmunzelnd und entschloss sich dazu, sich auf das kleine Spielchen einzulassen. Sie hob das Buch an ihr Ohr, tat so, als würde sie aufmerksam lauschen.

„Oh ja, jetzt kann ich es auch hören! Aber es sagt noch etwas anderes.“

Liv sah sie gespannt an. „Was denn?“

„Dass ich dir erst eine Geschichte vorlesen darf, wenn du dir die Zähne geputzt hast und in deinen Schlafanzug gekleidet im Bett liegst.“

Livs Augen verengten sich. „Das hat es *nicht* gesagt“, wusste sie sofort und Elli musste erneut lachen.

„Stimmt", gab sie zu, „aber *ich* sage das. Und deine Tante ist heute die Tonangebende. Also – ab ins Badezimmer!"

Sie wies auf die Luke und erhob sich, sodass Liv gezwungen war, dasselbe zu tun – zumindest, wenn sie ihr kostbares, ‚verzaubertes' Buch nicht aus den Augen verlieren wollte.

Wie Elli schnell feststellte, war der alte Märchenschinken ein gutes Druckmittel. Ihre Nichte gierte so sehr nach den darin enthaltenen Geschichten, dass es keinerlei Zeitschinderei und Herumgequengel mehr gab. Sie putzte sich brav und sehr zackig die Zähne und schlüpfte auch sehr viel schneller als sonst in ihren Schlafanzug.

„Liest du mir jetzt vor?", drängte sie, nachdem sie ins Bett gehopst war und Elli die Decke über sie gebreitet hatte.

„Klar", gab diese sogleich nach und kuschelte sich neben sie in die weichen Kissen, das schwere Werk in den Händen. „Welche Geschichte willst du denn hören?"

„Das Buch hat gesagt, du musst *alles* lesen", erwiderte Liv vollkommen ernsthaft.

Elli musste lachen. „Ach, hat es das?"

Olivia nickte nachdrücklich und Ellis Blick richtete sich auf den abgegriffenen Einband.

Märchen aus aller Welt stand dort in verschnörkelter Schrift. Mehr nicht. Kein Autorenname, kein Herausgeber. Lediglich ein paar seltsam aussehende goldene Zeichen umrahmten die Buchstaben. Elli fuhr sanft mit dem Finger über sie und für einen kurzen Augenblick sah es aus, als würde ein minimales Leuchten von ihnen ausgehen. Aber wahrscheinlich war das nur das Licht der

Nachttischlampe, das von dem glänzenden Material reflektiert wurde.

Es war das leichte Kribbeln, das schon wieder durch ihren Körper wanderte, welches Elli den Atem anhalten ließ. Dieses Mal kroch es bis in ihre Schläfen, breitete sich dort aus und erzeugte in ihr einen merkwürdigen Drang, den Buchdeckel zu heben und mit dem Lesen anzufangen.

Sie schüttelte den Kopf. Was Müdigkeit und die Fantasie einer Fünfjährigen so mit einem anstellten …

Sie räusperte sich, bevor sie auf den erwartungsvollen Blick ihrer Nichte reagierte.

„Nun, was hältst du davon, wenn ich mit der ersten Geschichte anfange und aufhöre, wenn du eingeschlafen bist?“, schlug sie vor.

„Ich schlafe nicht ein“, behauptete Liv stolz. „Also musst du doch alles lesen.“

Elli schmunzelte in sich hinein, kannte sie ihre Nichte doch viel zu gut. Meist hielt sie kaum mehr als zehn Minuten durch und einige Märchen waren ziemlich lang.

„Wenn du meinst …“, murmelte sie und schlug das Buch endlich auf.

Die Lampe neben ihnen flackerte ein paar Mal und Elli vernahm ein unheimliches Knistern, das von den vergilbten Seiten zu kommen schien. Der Spuk nahm jedoch ein jähes Ende und alles wirkte im nächsten Moment wieder normal.

„Nun lies endlich!“, forderte Liv etwas atemlos und obwohl es Elli eigentlich widerstrebte, sich zum gehorsamen Diener eines kleinen Kindes machen zu lassen, konnte sie nicht anders.

„Es war einmal vor langer, langer Zeit …“

Ende stand in verschnörkelter Schrift auf der vergilbten Seite. Der letzten eines mindestens *fünfhundert* Seiten umfassenden Werkes!

Elli blinzelte verwirrt und hob den Kopf. Ihr Nacken tat furchtbar weh und in ihrem Schädel machte sich ein leichtes Stechen bemerkbar. Nein, wenn sie genau war, schmerzten eigentlich *alle* Muskeln ihres Körpers und ihre Beine kribbelten unangenehm, weil sie durch ihre verkrampfte Haltung eingeschlafen waren.

Sie unterdrückte ein Stöhnen und stutzte. Warum war es hier schon so hell? Ihr Blick flog hinüber zum Fenster. Draußen schien bereits wieder der Tag anzubrechen, denn durch die Lücken zwischen den Lamellen des Sichtschutzes drang das goldene Licht der Morgensonne und sie konnte das muntere Zwitschern der Vögel hören. Sie sah auf ihre Armbanduhr, deren Zeiger sie schon wunderbar erkennen konnte, und erstarrte. Ihre Augen weiteten sich. *Vier Uhr dreißig*?!! Wann war *das* denn passiert?!! Und hatte sie ihrer Nichte tatsächlich das *ganze* Buch vorgelesen?

Sie betrachtete Olivias entspanntes Gesicht. Das Mädchen schlief tief und fest und in Elli regte sich die Erinnerung daran, dass Liv, wie gewohnt, schon in der Mitte des ersten Märchens eingeschlafen war. Nur sie selbst hatte nicht aufhören können, hatte gelesen und gelesen und gelesen … nicht still für sich, sondern laut, als ob sie gewollt hätte, dass die ganze Nachbarschaft, nein, sogar das ganze Dorf sie hörte. Was war nur in sie gefahren?!

Sie sah wieder hinab auf das Buch. Ende. Fünfhundert Seiten! Das Kopfschütteln tat weder ihrem Nacken noch ihrem Schädel gut, dennoch konnte sie es nicht lassen. Nein, *nie und nimmer* hatte sie alles auf einmal gelesen! Sie war mit Sicherheit ebenfalls irgendwann eingeschlafen und das Buch war so verrutscht, dass sich die Seiten von ganz allein bis zum Ende umgeblättert hatten. Kein Wunder, dass ihr jetzt alles wehtat. Im Sitzen zu schlafen war immer ungesund.

Ganz vorsichtig schlug Eliana das Buch zu und erhob sich steif von Livs Bett. Das Stechen in ihrem Kopf wurde stärker und bekam nun auch noch Unterstützung von einem leichten Schwindelgefühl, das sie eher zur Zimmertür taumeln als laufen ließ. Was sie jetzt ganz dringend brauchte, war ihr eigenes weiches Bett und eine ordentliche Mütze voll Schlaf. Mit großer Mühe erreichte sie dieses, ohne überall anzustoßen und sich auch noch unzählige blaue Flecke zu holen. Wie ein nasser Sack fiel sie auf die Matratze und hatte kaum noch die Kraft sich ordentlich zuzudecken, bevor die Müdigkeit sie übermannte …

„Du bist mein Prinz“, sagte die junge Frau zu Elli und strich ihr lächelnd das Haar aus der Stirn. Sie waren beide nackt, lagen dicht aneinander gekuschelt zwischen zwei warmen Wolldecken inmitten eines Berges aus Stroh.

„Prinz?“, wiederholte Elli mit einem leisen Lachen und einer Stimme, die eindeutig nicht ihre eigene war. Zu tief, zu männlich. Dennoch gehörte sie in gewisser Weise zu ihr – zumindest zu dem jungen Mann, in dessen Körper sie gerade steckte und der gerade so glücklich war, dass er den starken Drang verspürte, die ganze Welt umarmen zu müssen.

„Ja“, bestätigte die brünette Schönheit an ihrer Seite mit einem strahlenden Lächeln. „Meine Großmutter hat mir, als ich noch klein war, oft aus einem Märchenbuch vorgelesen, das in unserer Familie von Generation zu Generation weitergegeben wurde, und mich damit vollkommen verdorben. Ich habe damals beschlossen, mich nie mit etwas Geringerem als einem Prinzen zu vermählen und da ich meine Lebensziele niemals aus den Augen verliere und keine Kompromisse eingehe, *musst* du ein Prinz sein.“

Elli lachte wieder und drückte einen sanften Kuss auf die Stirn ihrer großen Liebe. „Wenn du das sagst – Prinzessin“, erwiderte sie.

Die junge Frau hob ihre Hand auf Augenhöhe und betrachtete glücklich den schmalen goldenen Ring, der ihren Finger zierte. „Ich kann es immer noch kaum glauben“, wisperte sie. „Wir haben es wirklich getan. Allen Widerständen zum Trotz.“

Elli nickte und ein Hauch von Sorge und Trauer trübte ihr Gemüt. „Und genau deswegen liegen wir jetzt im Stroh auf dem Heuboden einer Scheune und nicht in den weichen Kissen eines Himmelbetts.“

„Sag das nicht so, als wäre es das Furchtbarste, das du mir antun konntest“, wurde sie gerügt. „Wichtig ist nur, dass wir zusammen sind und einander ewige Treue geschworen haben. Unsere Liebe ist *so* stark – sie wird dafür Sorge tragen, dass wir miteinander glücklich werden. Wir schreiben unser eigenes kleines Märchen.“

„Das schönste und glücklichste, das die Welt je gesehen hat“, stimmte Elli ihr zu und zog sie gleich noch fester an sich.

Die junge Frau bettete ihren Kopf auf der Brust ihres Ehemannes und seufzte leise. „Und wenn sie nicht gestorben sind …“

Nööt. Nööt. Nööt.

Elli konnte hören, wie der junge Mann den Satz auf gewohnte Weise beendete, aber sie befand sich schon nicht mehr in dessen Körper, wurde von dem unangenehmen Alarm ganz in ihrer Nähe gnadenlos aus ihrem Traum gerissen. Innerhalb von Sekunden war sie wieder in der Realität, starrte mit aufgerissenen Augen die Decke über sich an.

Nööt. Nööt. Nööt.

Der digitale Wecker auf ihrem Nachttisch zeigte sechs Uhr dreißig an und war wohl der Meinung, dass dies genau die richtige Zeit war, um eine Studentin in den Semesterferien zum Aufstehen zu zwingen. Mit einem leisen Fluch auf den Lippen drehte sich Elli auf die Seite und streckte die Hand nach dem teuflischen Ding aus, nicht bereit, schon jetzt unter ihrer schönen, warmen Decke hervorzukriechen. Sie hatte gerade mal zwei Stunden Schlaf bekommen! Wenn sie sich den Rest des Tages nicht als schlecht gelaunter Zombie durch die Gegend schleppen wollte, musste sie diesem Elend dringend ein Ende setzen. Nur leider war ihr Arm zu kurz, um das dumme Teil aus ihrer derzeitigen Position zu erreichen.

Zähneknirschend rutschte sie ein Stück näher heran. Wenn das so weiterging, war sie gleich zu wach, um wieder einzuschlafen.

„Blödes Scheißding!“, grollte sie und versuchte, den Wecker mit den Fingern zu erreichen. „Mann! Verrecke endlich!“

Das Gerät gab ein kurzes Knistern von sich und dann erstarb nicht nur der nervige Alarmton, sondern gleich die ganze Anzeige. Nur wenig später drang Elli der Geruch von verbranntem Plastik an die Nase.

Sie blinzelte und ließ ihre Hand sinken, während sie das Gerät fassungslos betrachtete. Es war in der Tat ‚verreckt'. Wahrscheinlich an Altersschwäche, da es mindestens zehn Jahre auf dem Buckel gehabt hatte. Was für merkwürdige Zufälle es doch manchmal gab!

Elli wollte es sich gerade wieder in ihrem Bett bequem machen, als sich die Tür ihres Zimmers öffnete und Olivia zaghaft hineinspähte. Ihr Schniefen allein genügte, um auf der Stelle zu wissen, dass etwas nicht in Ordnung war.

„Oh, Süße, was ist denn los?", gab Elli von sich und streckte die Hände in Richtung des Mädchens aus.

Liv eilte mit einem leisen Schluchzen zu ihr hinüber und warf sich in ihre Arme, ließ sich von ihrer Tante sanft aufs Bett ziehen.

„Ich … ich hab *so* schlimm geträumt", kam es der Kleinen nur stockend über die Lippen, während sie sich ganz fest an Elli kuschelte und ihr Gesicht gegen ihre Brust drückte.

„Oh je", erwiderte diese voller Mitgefühl. „Willst du mir davon erzählen?"

Liv nickte stumm und schluckte schwer. „Ich … ich hab mit meinen Freunden Verstecken gespielt und … und es hat richtig Spaß gemacht. Aber dann kam auf einmal ein Wolf – ein riiiesiger – und er … er hat alle gefressen. Außer mich, weil ich mich so gut versteckt hatte."

„Na, da habe ich ja was mit dem Märchenbuch angerichtet“, seufzte Elli schuldbewusst. „Ich selbst bekomme kaum ein paar Stunden Schlaf und du wirst von Albträumen geplagt.“

„Meinst du, ich hab *darum* von dem Wolf geträumt?“, schniefte Liv. „Weil er in den Geschichten vorkam?“

„Ganz bestimmt“, erwiderte Elli und strich ihr tröstend über das Haar.

„Dann gibt es hier bei uns keinen Wolf?“, fragte ihre Nichte hoffnungsvoll.

„Hier im Haus so und so nicht und auch in der Umgebung von Ferry Bridge hat es schon seit Ewigkeiten keinen mehr gegeben“, konnte Elli sie weiter trösten. „Davon abgesehen sind Wölfe für uns Menschen ohnehin nicht so gefährlich, wie viele glauben, weil sie sehr scheue Tier sind. Du brauchst dir also wirklich keine Sorgen machen. Es war nur ein doofer Traum.“

Liv atmete erleichtert auf und gähnte dann herzhaft.

„Was hältst du davon, wenn wir zwei uns noch eine Mütze Schlaf hier in meinem Bett gönnen?“, schlug Elli vor, weil sie fühlen konnte, dass sich auch die Kleine in der Nacht nicht richtig erholt hatte.

Ihre Nichte nickte begeistert und rutschte ein kleines Stück von ihr weg, sodass Elli sich bequem hinlegen konnte.

„Wenn wir ausgeschlafen sind, frühstücken wir gemütlich“, murmelte sie bereits mit geschlossenen Augen. „Und danach gehen wir zur Bücherei und geben das Märchenbuch dort ab. Vielleicht freuen *die* sich ja darüber.“

Von ihrer Nichte kam keine Reaktion mehr und ihr gleichmäßiges Atmen deutete darauf hin, dass sie schon wieder eingeschlafen war.

Kinder von heute sind ganz schön sensibel, war das letzte, was Elli dachte, bevor auch sie wieder in der wohltuenden Schwärze des Schlafs versank.

Zwei auf einen Streich

Es war erneut das Geräusch eines Gerätes, das Eliana aus ihrem Schlaf weckte – dieses Mal allerdings ungleich melodiöser, handelte es sich dabei doch um den Klingelton ihres Handys.

Ein paar Sekunden lang versuchte sie die Titelmusik des A-Teams zu ignorieren, in der Hoffnung, dass es nichts Wichtiges war und der Anrufer keine besonders große Geduld hatte. Leider schien es sich jedoch um einen der etwas Hartnäckigeren zu handeln und da Elli ihre Mailbox abgeschaltete hatte und nicht wollte, dass Liv auch noch geweckt wurde, blieb ihr nichts anderes übrig, als sich aufzusetzen und nach dem Telefon auf dem Nachttisch zu greifen.

Elf Uhr dreißig verriet ihr das Gerät und machte damit ihre Mordpläne für den ‚viel zu frühen' Anrufer zunichte, bevor sie sich mit einem leisen, aber sehr langgezogenen ‚Jaaa' meldete.

„Schläfst du noch?", tönte ihr die helle, viel zu fröhliche Stimme ihrer besten Freundin Cybill entgegen.

„Jetzt wohl nicht mehr", gab Elli trocken zurück, ohne eine Entschuldigung zu erwarten.

Billy war vieles, aber ganz bestimmt nicht die Höflichkeit in Person. Sie meinte es nicht böse, ihre Gedanken bewegten sich jedoch meist in einem derart schnellen Tempo, dass sie gar nicht die Zeit hatte, sich darüber klar zu werden, ob ihr Verhalten gerade in Ordnung oder vielleicht etwas rüde gewesen war.

„Du bist schon hier, oder?“, fragte sie jetzt aufgeregt. „Sag, dass ich recht habe!“

„Du hast recht“, gehorchte Elli brav und erhob sich vorsichtig vom Bett. Ihre Nichte gab ein leises Grunzen von sich und drehte sich auf die andere Seite, um danach wieder leise schnarchend still zu liegen.

„Ich wusste es!“, stieß Billy aus. „Warum hast du dich nicht gleich bei deiner Ankunft gemeldet?! Nein, sag’s nicht. Ich will nicht hören, dass du dich lieber vor dem Fernseher ausruhst, als dich mit deiner besten Freundin zu treffen.“

Elli konnte fast sehen, wie sie ihre berüchtigte Schmollschnute zog, und musste gegen ihren Willen schmunzeln, während sie sich mit schweren Beinen die Treppe zum Erdgeschoss hinunterbewegte. Wenigstens waren die Kopfschmerzen nicht mehr so schlimm und der Schwindel so gut wie verschwunden.

„Sei’s drum – du bist jetzt da und das müssen wir unbedingt feiern!“, fand Billy zu ihrer übersprudelnden guten Laune zurück.

„Feiern?“, wiederholte Elli wenig begeistert, denn auch wenn diverse Treffen mit ihrer alten Clique aus der Schule auf ihrer Semesterferien-to-do-Liste gestanden hatten, war ihr augenblicklich so gar nicht danach zumute, sich heute aus dem Haus zu bewegen.

„Aber holla!“, verlieh ihre Freundin ihren zuvor gesprochenen Worten weiter Nachdruck. „Wir haben uns eine gefühlte Ewigkeit nicht mehr in Fleisch und Blut gesehen. Ich hab Elli-Entzugserscheinungen!“

Mittlerweile war Eliana unten im Wohnzimmer angekommen und ließ sich schlaff auf die Couch plumpsen. Ihre Glieder waren noch immer viel zu schwer und sie fühlte sich wie ein frisch aus einem Kokon geschlüpftes Insekt – viel zu erschöpft und noch nicht bereit, die Welt zu entdecken.

„Du kannst gern herkommen“, schlug sie müde vor und wischte sich matt den Schlaf aus den Augenwinkeln. „Meine Eltern sind auf Kreuzfahrt und die einzige, die gerade …“

„Hallo-o?!“, entfuhr es Billy prompt. „Wir treffen uns immer bei Joe's, wenn wir uns länger nicht gesehen haben! *Immer*! Das steht so im Gesetzbuch von Ferry Bridge! Daran ist nicht zu rütteln oder willst du, dass wir sieben Jahre Pech haben?“

„Sieben Jahre Pech?“, wiederholte Elli grinsend. „Das stand aber nicht im Vertrag.“

„Tja, wenn man das Kleingedruckte nicht liest … Außerdem wollen Cora, Tamara, Jamie und Hannah dich auch sehen!“

Eliana schloss die Augen und schüttelte den Kopf. Selbstverständlich hatte Billy auch alle anderen aus ihrer Clique über ihre leider bereits in einer SMS ausgeplauderte Ferienplanung informiert. Das würde ein langer Tag werden, wenn sie nicht schnell eine Ausrede fand.

„Ich würde euch alle ja auch gern heute schon sehen, aber ich hab versprochen, noch ein paar Stunden auf Liv aufzupassen“, fand sie die passenden Worte und musste noch nicht einmal lügen.

Zumindest die ersten zehn Sekunden nicht, denn gleich darauf ging prompt die Tür auf und ihre strahlende Schwester kam in Wills Begleitung herein. Ellis verzweifelte Handzeichen, leise zu sein, missverstand diese als Winken und rief ihr laut zu: „Erlö-öst!“

„Ist sie wieder da?“, fragte Billy erfreut und Elli schloss resigniert die Augen. „Wie super! Kannst du deiner Schwester sagen, dass ich sie liebe?“

„Klar“, versprach Elli mit einem kleinen Seufzen. Jetzt gab es kein Zurück mehr: Sie musste sich den Irren stellen. „Wann soll ich da sein?“

„In ungefähr zwei Stunden? Viertel vor zwei? Schaffst du das?“

„Ich bemühe mich“, gab Elli zurück, während sie ihrer Schwester und Will dabei zusah, wie sie kichernd ihre Jacken an die Garderobe hingen und dabei kaum die Finger voneinander lassen konnten. „Bis gleich.“

„Bis gleich. Hab dich lieb!“ vernahm sie noch Billys Stimme, bevor sie auflegte. Sie räusperte sich laut, um darauf aufmerksam zu machen, dass sie noch anwesend war, und tatsächlich unterbrachen Lissa und Will ihren innigen Kuss und kamen mit einem leicht beschämten Gesichtsausdruck zu ihr herüber. Sie hatten sogar so viel Anstand, ein wenig zu erröten.

„Schläft unser kleines Monster noch?“, fragte ihre Schwester erstaunt, nachdem sie sich kurz umgesehen hatte.

„Nein, wie du siehst bin ich wach“, gab Elli grinsend zurück und Lissa verdrehte die Augen. „Aber deine wohlerzogene, engelsgleiche Tochter hält noch ihren Prinzessinnenschlaf, falls du das wissen willst."

„Ich hab dir doch gesagt, dass sie mit Liv 'ne riesige Party schmeißen wird", mischte sich Will ein und marschierte hinüber zum offenen Küchenbereich. „Der Alkohol ist bestimmt in Strömen geflossen und unsere Tochter muss jetzt ihren Kater ausschlafen. Was glaubst du, warum Elli so müde aussieht – die ist mit Sicherheit gerade erst mit dem Aufräumen fertig geworden und hat noch den letzten betrunkenen Gast rausgeworfen, bevor wir die Tür aufgeschlossen haben."

„Verdammt – dir entgeht aber auch nichts!", stieß Elli aus und tat so, als würde sie sich in die Faust beißen.

Will lachte leise und Lissa rollte erneut mit den Augen. „Ihr seid doch doof", merkte sie schmunzelnd an und bewegte sich bereits auf die Treppe zu.

„Wir haben ein altes Märchenbuch auf dem Dachboden gefunden und es ist möglich, dass ich ein bisschen länger als üblich daraus vorgelesen habe", rückte Elli nun doch mit der Wahrheit heraus. Ihre Schwester musste ja nicht gleich wissen, dass ihr Vorlese-Marathon bis in die frühen Morgenstunden gedauert und sie keine Ahnung hatte, wann genau Liv eingeschlafen war.

„Danke", vernahm sie aus der Küchenecke und Elli wandte sich ihrem Schwager zu, der bereits dabei war, Aufschnitt aus dem Kühlschrank zu holen. „Du bist ein Segen für unsere kleine Familie, weißt du das eigentlich?"

Elli hob die Schultern und konnte Will gar nicht mehr ansehen. Solcherlei Komplimente machten sie immer schrecklich verlegen. „Kein Problem. Mach ich doch gern."

„Was nichts daran ändert, dass du ein toller, superhilfsbereiter Mensch bist und Lissa und ich auf ewig in deiner Schuld stehen“, insistierte ihr Schwager mit diesem charmanten Lächeln, das man einfach erwidern *musste*.

Elli erhob sich und streckte sich mit einem herzhaften Gähnen und Will gab ein leises Lachen von sich. „So müde?“

„Du weißt ja wie verbotene Partys so sind“, grinste Elli, in der Hoffnung, damit genug zum Thema gesagt zu haben. Doch dem war leider nicht so.

„Wie lange wart ihr denn wach?“, sprach ihr Schwager genau die Frage aus, die sie eigentlich nicht so gern beantworten wollte.

„Och … nicht *so* lange“, murmelte sie und kratzte sich verlegen am Hinterkopf.

Wills Augen verengten sich, aber zu ihrer großen Erleichterung hakte er nicht weiter nach.

„Frühstückst du mit uns?“, erkundigte er sich stattdessen. „In dem Fall hätten wir ja immer noch Zeit zum Quatschen und eurem großen Party-Geheimnis auf die Spur zu kommen.“

Jetzt war Elli ihrer besten Freundin fast dankbar, dass sie sie dazu überredet hatte, sich mit ihr zu treffen. „Nein, ich treffe gleich Billy und die anderen. Quatschen können wir auch später.“

Sie warf einen Blick auf ihre Armbanduhr. Anderthalb Stunden in der Stadtmitte totzuschlagen war nicht so schwer und augenblicklich sehr viel reizvoller für sie als zu Hause zu bleiben.

„Ich muss eigentlich sogar gleich los“, log sie. „Ziehe mich nur schnell um.“

Will kam nur noch zum Nicken, dann war Elli schon auf der Treppe und auf dem Weg hinauf zu ihrem Zimmer.

Nur eine halbe Stunde später befand sie sich auf dem Weg in die Stadtmitte. Ferry Bridge war mit seinen rund dreihundert Einwohnern selbst unter den kleineren Dörfern Englands ein winziges Nest. Der Ort besaß nur drei größere Straßen, die alle in die Dorfmitte und wieder hinaus führten. Der Rest des ‚Verkehrsnetzes' bestand aus kurvigen, kleinen Sträßchen und Gassen, die zwar alle mehr oder minder befahrbar waren, aber nur selten von Autofahrern genutzt wurden. Meist machte man sich lieber zu Fuß oder mit dem Rad – manch einer sogar zu Pferd – auf den Weg wohin auch immer, da fast alle Strecken auch auf diese Weisen schnell und wunderbar leicht zu bewältigen waren.

Der Marktplatz, in dessen Nähe sich auch die ‚Einkaufspassage' befand, war von fast jedem Haus des Dorfes aus zu Fuß in maximal zwanzig Minuten zu erreichen. Dasselbe galt für das Rathaus, die Kirche, die Schule und die Bibliothek, da all diese wichtigen Gebäude in unmittelbarer Nähe zueinander gebaut worden waren. Mit dem Auto war man hingegen ungleich länger unterwegs, denn da viele der kleineren Sträßchen Einbahnstraßen waren, fuhr man meist buchstäblich mit der Kirche ums Dorf.

Ungefähr zwanzig Minuten brauchte auch Elli in die Stadtmitte, jedoch nur, weil sie extra langsam gelaufen war, um nicht zu viel Zeit mit Nichtstun vertrödeln zu müssen. Als sie das erste Schaufenster der

Einkaufsstraße erreichte, war es zwölf Uhr dreißig. Noch eine Stunde und fünfzehn Minuten herumzubringen.

Eliana seufzte leise und betrachtete gähnend ihr eigenes Spiegelbild in der Fensterscheibe. Sie sah so müde aus, wie sie sich fühlte, mit dunklen Ringen unter den Augen und recht blasser Haut – was für sie eher ungewöhnlich war, denn dank ihrer Ururgroßmutter väterlicherseits, die einst aus Italien eingewandert war, besaß sie normalerweise immer eine leichte Bräune, um die viele sie beneideten. Sie strich sich das dunkle, schulterlange Haar hinter die Ohren und musterte sich weiter kritisch.

Krank sah sie nicht aus, obwohl sie durch den Stress des Medizinstudiums einige Pfunde verloren hatte und ihr Gesicht einen deutlich schmaleren Eindruck machte. Aber sie fühlte sich immer noch nicht richtig gut … einfach anders als sonst und seltsamerweise sorgte das auch für eine gewisse Unzufriedenheit mit ihrem Aussehen. Die Jeans saßen ihrer Meinung nach zu locker, der braune Pulli war zu schlicht und formlos und ihre Turnschuhe zu ausgelatscht. Vielleicht hätte sie sich doch lieber etwas mehr Zeit nehmen und sich hübscher zurechtmachen sollen.

Ihre müden Augen richteten sich auf die Kleider, die im Schaufenster vor ihr ausgestellt waren. Emily's Wardrobe war eine von zwei Boutiquen im Dorf und die einzige, in der Elli manchmal ein bisschen Geld ließ. Vera Lewis, die Inhaberin und Urenkelin der alten Emily Higgins, die vor langer Zeit den Laden eröffnet hatte, bot neben bestellter Ware auch selbstgeschneiderte Sachen an. Wahrhaft schöne, selbstgeschneiderte Sachen aus teuren Stoffen und es gab Tage, da konnte Elli nicht widerstehen. Sie musste dann einfach ein besonders schönes Teil haben, ganz egal, was es kostete.

Bedauerlicherweise hing auch dieses Mal ein wunderschönes Sommerkleid im Schaufenster, mit buntem Blumenmuster und etwas tieferem Ausschnitt. Schlicht, aber auch irgendwie sexy. Elli seufzte leise. Warum nur war Emily's Wardrobe einer der wenigen Läden in Ferry Bridge, die auch Sonntagvormittag geöffnet hatte? Und warum hatte sie noch so viel Zeit? An jedem anderen Tag hätte sie sich sagen können, dass es nicht lohnte, in die Umkleidekabine zu gehen und sich aus den Kleidern zu schälen, um etwas Neues auszuprobieren, aber heute …

Ein weiteres Seufzen, dann hatte sie auch schon die drei Stufen zum Eingang erklommen und die Ladentür geöffnet. Eine Glocke darüber verkündete ihr Eintreten. Vera, die sonst immer sehr geschäftstüchtig und eilends zur Stelle war, wenn sich Kundschaft auf diese Weise bemerkbar machte, ließ dieses Mal allerdings auf sich warten. Dabei befand sie sich gar nicht hinten in ihrer Nähstube, sondern vorn im Verkaufsraum, eine Fliegenklatsche fest umklammernd und die Augen starr auf ein Insekt an der Wand gerichtet.

Elli näherte sich ihr vorsichtig und räusperte sich leise, doch Vera hob sofort Einhalt gebietend eine Hand, ohne sich zu ihr umzudrehen.

„Ich komme gleich“, zischte sie ihr zu. „Nur noch einen kleinen Moment …“

Elli runzelte die Stirn. „Also, ich denke, wenn du *jetzt* zuschlägst, erwischst du sie“, konnte sie sich nicht verkneifen anzumerken.

„Es geht nicht nur um die eine“, brachte Vera angespannt heraus. „Sie hat noch einen Lover und mit dem will sie unzählige kleine Kinderchen machen, damit diese mich demnächst unerbittlich umschwirren und in den Wahnsinn treiben. Aber ich mache ihnen einen Strich durch die Rechnung. Wenn der dicke Brummer kommt und auf sie drauf hüpft … zack! Zwei auf einen Streich!“

„Wie beim tapferen Schneiderlein“, grinste Elli, „aber da waren's sieben.“

Veras angespannte Haltung ließ nach und sie drehte sich zu ihr um, die Brauen zusammengezogen, als würde sie sich über etwas ärgern.

„Nimmst du mich auf den Arm?“, brummte sie ungewohnt unhöflich. Normalerweise hatte Vera ein ausgesprochen sonniges Gemüt und immer gute Laune. Vielleicht war das aber auch nur ihre Verkäuferseite – die ihr augenblicklich eindeutig abhandengekommen war. Die Fliegen mussten sie wirklich *sehr* genervt haben.

„Ich … ich hab meiner Nichte nur gestern aus einem Märchenbuch vorgelesen“, erklärte Elli defensiv. „Deswegen der Vergleich.“

Veras Stirn glättete sich daraufhin wieder und sie brachte sogar ein kleines Lächeln zustande. „Märchen habe ich als Kind auch immer sehr geliebt“, gestand sie mit einem verträumten Blick in die Ferne und seufzte leise, bevor sie sich besann, irritiert die Fliegenklatsche in ihrer Hand betrachtete und diese anschließend kopfschüttelnd auf einen der Verkaufstische warf.

„Meine Liebe, was kann ich Schönes für dich tun?“, wandte sie sich an Elli, nun wieder ganz die Alte.

„Das Kleid, das eine der Schaufensterpuppen anhat", begann diese mit einem verschämten Lächeln, „könnte das meine Größe sein?"

„Wenn nicht, *bringen* wir es auf deine Größe", erwiderte Vera, zwinkerte ihr verschwörerisch zu und Elli wusste ganz genau, dass sie verloren war. Sie würde den Laden als armer Mensch verlassen.

Gut eine Stunde später stand Eliana, abgefüllt mit Keksen und Kaffee, an der Kasse und erleichterte ihr ohnehin schon recht dünnes Konto um hundertzwanzig Pfund – was laut Vera ein echtes Schnäppchen für ein maßgeschneidertes Sommerkleid war.

„Damit kannst du gar nichts falsch machen", versprach diese ihr gerade überschwänglich. „Zieh das an und die Jungs laufen dir in Schwärmen hinterher."

„Ach, das ist mir gar nicht so wichtig", winkte Elli rasch ab, wenngleich diese Vorstellung einem Teil von ihr *sehr wohl* gefiel. „Ich will mich nur wohlfühlen."

„Ja?", hakte ihr Gegenüber listig nach. „Was ist mit diesem gewissen, sehr hübschen Jungen, mit dem du früher immer herumgelaufen bist? Den willst auch nicht beeindrucken?"

Elli wich dem Blick der Frau aus, versuchte das Ziehen in ihrer Brust so gut es ging zu ignorieren und verspürte mit einem Mal den starken Drang, den Laden fluchtartig zu verlassen. Nur ihre teuer erstandene Beute, die sich immer noch in den Fingern der Verkäuferin befand und viel zu langsam in der Papiertüte verschwand, hielt sie davon ab, ihrem Bedürfnis nachzugeben.

„Ihr wart für eine ganze Weile ja nahezu unzertrennlich“, stellte Vera heiter fest. „Studiert er nicht jetzt auch Medizin in Oxford?“

„Kann schon sein“, murmelte Elli und streckte ungeduldig ihre Hand nach der Tüte aus.

„Warte mal – ich pack dir noch ein kleines Geschenk mit rein“, verkündete Vera fröhlich, drehte sich schwungvoll herum und brachte die Tüte wieder aus Ellis Reichweite.

„Ich sag dir: Nichts bleibt, wie es ist“, fuhr die Frau fort, ihr den Rücken zugekehrt. „Die Menschen verändern sich schneller, als man gucken kann, und irgendwann *will* man gar nichts mehr mit ihnen zu tun haben.“

Elli biss sich auf die Lippen. Wenn es mal daran liegen würde …

Vera wandte sich ihr wieder zu. „Manchmal können diese Veränderungen auch durchaus von Vorteil für einen selbst sein“, setzte sie ihren Monolog fort und grinste breit. „Siehst du da drüben das Schaufenster von Larissa?“

Sie wies auf den Bekleidungsladen ihrer größten Konkurrentin schräg gegenüber ihres eigenen.

Elli tat ihr den Gefallen und sah hinüber. Schließlich nickte sie.

„Ich glaube, sie macht dicht“, freute sich Vera.

„Wie kommst du darauf?“

„Na, siehst du da irgendwo Kleidung im Schaufenster?“

Sie hatte recht. Die Puppen waren nackt und auch in den Holzregalen lagen weder Kleider noch Schuhe aus. Allerdings stand auf dem Schild an der Tür ‚Geöffnet‘.

„Vielleicht räumt sie auch nur um“, überlegte Elli und hob die Schultern. „Mode für meinen Geschmack verkauft sie ohnehin nicht.“

„Jetzt wohl noch weniger als zuvor“, kicherte Vera. „Es sei denn, du präsentierst dich der Welt gerne nackt. So …“, sie reichte ihr endlich die Tüte, „… das Kleid, das niemanden beeindrucken soll. Und mit Sicherheit keinen bestimmten jungen Mann.“ Sie zwinkerte ihr verschwörerisch zu.

Elli zwang sich zu einem verkrampften Lächeln und nahm ihren ‚Schatz‘ rasch an sich.

„Hübsch ist er immer noch, finde ich“, musste Vera nun auch noch anmerken, obwohl Elli sich bereits abgewandt hatte. „*Ausgesprochen* hübsch. Das war er schon als Kind, aber jetzt … Hab ihn ja gestern erst mit seiner Schwester gesehen. Sie waren drüben im Tesco einkaufen.“

Elli hielt für einen Augenblick inne, weil ihr Herz einen kleinen Sprung gemacht hatte und nun viel zu schnell in ihrer Brust weiterhämmerte. Tristan verbrachte seine Semesterferien ebenfalls in Ferry Bridge?!

„Er bleibt wohl wie du ein paar Wochen hier“, beantwortete Vera ihre unausgesprochene Frage. „Das weiß ich von Magda. Du weißt ja, sie ist die Nachbarin seiner Mutter.“

Elli nickte nur und öffnete die Ladentür. Dieses Mal klang die Glocke über ihr wie ein schriller Alarmton, der ihr zurief, die Beine in die Hand zu nehmen und so schnell wie möglich das Weite zu suchen.

„Ich sag nur: Zieh das Kleid an, wenn ihr euch trefft“, rief Vera ihr durch die sich langsam schließende Tür nach. „Dann kann gar nichts schiefgehen!“

Draußen an der frischen Luft schloss Elli erst einmal die Augen und atmete tief durch. Warum die Nachricht, dass Tristan in Ferry Bridge war, sie so aufregte, wusste sie nicht genau. Er war ein familiärer Mensch und sie hatte bereits das ein oder andere Mal daran gedacht, dass er in den Semesterferien vielleicht ebenfalls nach Hause fahren würde anstatt zu verreisen. Schließlich wusste sie von Cora, dass er schon vor Beginn seines Studiums hier eine eigene Wohnung gehabt hatte, weil er Gerüchten zufolge nicht so richtig mit dem neuen Lebenspartner seiner Mutter klarkam.

Die eigenen vier Wände in den Semesterferien zum Entspannen zu nutzen, anstatt für viel Geld durch die Welt zu tingeln, machte Sinn – insbesondere für jemanden wie Tristan, der schon immer vernünftiger und erwachsener als die meisten anderen Menschen in seinem Alter gewesen war. Was nicht hieß, dass er ein langweiliger, humorloser Typ war – ganz im Gegenteil: Er war immer für jeden Spaß zu haben gewesen, hatte einen trockenen Humor, der seinesgleichen erst suchen musste und sie früher viel zum Lachen gebracht hatte, und war rundum ein ganz besonderer, warmherziger, toller Mensch.

Elli konnte nichts dagegen tun: Wie jedes Mal, wenn ihr bewusst wurde, *wen* sie da vor dreieinhalb Jahren verloren hatte, zog sich ihr Herz schmerzhaft zusammen, kribbelte ihre Nase und traten ihr Tränen in die Augen. Verdammt! Sie blinzelte schnell, wischte sich mit dem Handrücken über die Nase und lief los, in Richtung Joe's Diner.

Nicht weiter darüber nachdenken!, befahl sie sich selbst. *Streich ihn aus deinem Verstand. So wie er dich das letzte Mal an der Uni abgefertigt hat, hat er es gar nicht verdient, dass du an ihn denkst!*

Elli versuchte sich auf ihre Außenwelt zu konzentrieren, die Straße und die Menschen um sie herum. Das war auch besser so, denn in einem Dorf wie diesem kannte fast jeder jeden und es wurde als äußerst unhöflich angesehen, wenn man die Leute, die einem entgegenkamen und zumindest flüchtig bekannt waren, nicht wenigstens kurz grüßte. Viele waren das heute allerdings nicht und die meisten von ihnen schienen so sehr in ihre eigenen Gedanken vertieft zu sein, dass sie Ellis leises ‚Hallo' gar nicht wahrnahmen. Seltsam, denn eigentlich waren Neugierde und eine damit zusammenhängende hohe Aufmerksamkeit anderen gegenüber eine typische Ferry-Bridger Eigenschaft.

„ELLI!", tönte eine Stimme von der anderen Seite der Straße zu ihr hinüber und als sie sich umsah, nahm sie eine hektisch winkende Billy wahr.

Ihre beste Freundin ließ noch ein Auto vorbeifahren, dann eilte sie auch schon los, war innerhalb einer halben Minute bei ihr und riss Eliana stürmisch in die Arme.

„Hi", brachte diese etwas gepresst heraus, weil Billy sie so fest drückte, dass sie das Gefühl hatte, all ihre Organe würden in ihren Brustkorb gequetscht werden.

„Endlich!", stieß ihre Freundin aus und seufzte tief, bevor sich ihr Schraubstockgriff zumindest so weit lockerte, dass Elli endlich wieder Luft bekam. „Lass dich ansehen!"

Billy schob sie auf Armeslänge von sich weg und musterte sie eingehend. „Du siehst ein bisschen blass aus."

„Ja, weil meine Blutzirkulation bei deiner Umarmung kurz unterbrochen wurde“, gab Elli grinsend zurück. „Aber das gibt sich gleich wieder.“

Billys Augen verengten sich. „Ist dir Tristan über den Weg gelaufen?“, hakte sie nach und holte damit all die so erfolgreich verdrängten schlechten Gefühle ruckartig zurück. „Ich hab nämlich gehört, dass er seine Ferien ebenfalls in Ferry Bridge verbringt und hatte schon Angst, dass …“

„Nein, alles okay“, winkte Elli schnell ab und bemühte sich erneut, die Gedanken an ihren ehemals besten Freund weit von sich wegzuschieben. „Ich hab nur nicht sonderlich gut geschlafen. Das ist alles.“

Der kritische Blick ihrer Freundin ruhte noch ein paar Herzschläge lang auf ihrem Gesicht, dann zeigte sich endlich ein Lächeln auf ihren Lippen. „Hab ich dir schon gesagt, dass ich dich schrecklich vermisst habe? Mann, bin ich froh, dich wiederzuhaben! Ich hab dir *so* viel zu erzählen!“

„*Das* kann ich mir vorstellen“, erwiderte Elli schmunzelnd. Eigentlich hatte Billy *immer* viel zu erzählen.

„Komm, lass uns reingehen!“, forderte diese sie auf und hakte sich kurzerhand bei ihr unter, mit dem Kinn in Richtung des Diners nickend, das nun kaum mehr zehn Meter von ihnen entfernt war.

„Vielleicht sind ein paar der anderen auch schon da“, fuhr sie fort, während sie Elli auf ihr Ziel zu dirigierte. „Obwohl es mir eigentlich lieber wäre, wenn ich dich erstmal allein für mich hätte.“

Alte Freunde – neue Macken

Das Diner war nicht sonderlich voll, was für Joe's eigentlich ungewöhnlich war, war das im Stil der Sechziger gehaltene und einzig amerikanische Restaurant doch ein beliebter Treffpunkt für die Jugendlichen und Familien hier im Ort. Elli machte sich darüber jedoch keine weiteren Gedanken, sondern steuerte mit ihrer Freundin direkt auf ihren Stammtisch zu, an dem tatsächlich schon Cora und Hannah saßen.

„Heeey!", kam es den beiden synchron über die Lippen und es folgte das übliche Umarmen und Knuddeln, das in keiner Freundesgruppe fehlen durfte.

Die beiden Freundinnen hatten sich über das vergangene halbe Jahr nicht viel verändert. Cora war immer noch groß, dünn und blond und Hannah brünett, klein und kurvig. Allerdings trug sie nun einen modischen Bob, während sich Cora wohl dazu entschieden hatte, ihr Haar wachsen zu lassen. Zeit weiter zu ergründen, was noch anders war, hatte Elli jedoch nicht. Innerhalb weniger Minuten steckte sie mitten in einer turbulenten Neuigkeiten-Austausch-Fahrt, musste mal hier etwas äußern und da etwas nachfragen und dabei auch noch einen Kaffee bestellen, um erst einmal richtig wachzuwerden. Dennoch musste sie zugeben, dass es eine gute Idee gewesen war, sich schon heute zu treffen, denn der Trubel tat ihr gut, genauso wie der Kontakt zu ihren Freundinnen.

Die gute Stimmung wurde allerdings jäh zerstört, als Cora mitten in ihrem Bericht über ihre schreckliche Zimmernachbarin an der Universität innehielt und die Augen weit aufriss.

„Scheiße!“, stieß sie aus, den Blick starr auf das Fenster, an dem sie saßen, gerichtet – oder eher auf etwas beziehungsweise *jemanden* außerhalb des Diners.

Elli runzelte verwirrt die Stirn und folgte ihrem Blick. Das hätte sie besser nicht tun sollen, denn der junge Mann, der sich gerade dem Restaurant näherte und den ihre Freundin so entsetzt anstarrte, war niemand anderer als Tristan – und er sah *verdammt* gut aus. Er war noch nie der größte unter den Männern in Ferry Bridge gewesen, jedoch auch nicht klein und dass er ein Sportler und aus diesem Grund sehr gut in Form war, konnten auch sein dunkler Hoodie und seine etwas locker sitzende Jeans nicht verbergen. Aber warum zur Hölle musste er jetzt auch noch einen kurz gehaltenen Kinn- und Oberlippenbart tragen, der ihm diesem leicht verwegenen Touch gab, für den Elli ebenso anfällig war wie die meisten anderen Frauen, die sie kannte? Wenn er damit zu Semesterbeginn in der Uni erschien, würde sie wohl von ihren Kommilitoninnen einmal mehr zu hören bekommen, dass man bei *dem* im OP ganz bestimmt keine Narkose mehr brauchte, weil man auf der Stelle in

Ohnmacht fiel, sobald er einem sein unwiderstehliches Lächeln schenkte.

„Was macht *der* denn hier?“, hörte Elli Hannah wie aus weiter Ferne fragen, während Cora ein leises, jedoch hörbar beeindrucktes „Sah der schon immer so gut aus?“ über die Lippen kam.

„Haltet doch mal die Klappen!“, fuhr Billy die anderen an und ergriff Ellis Hand, die sich ganz automatisch in ihre Serviette gekrallt hatte. Wegsehen konnte sie dennoch nicht, starrte Tristan an wie ein Reh die Scheinwerfer eines Autos.

Ihr ehemals bester Freund schien von der ganzen Aufmerksamkeit gar nichts mitzubekommen. Den Kopf gesenkt, die Hände tief in den Hosentaschen vergraben, setzte er seinen Weg fort und war bald schon an ihnen vorbei, ohne auch nur im Geringsten Notiz von Elli zu nehmen. Wie immer. Nur dieses Mal war es keine Absicht. Das hoffte sie zumindest.

„So ein Arsch!“, brummte Cora, die sich von ihrer Überraschung erholt zu haben schien, und strich sich etwas genervt eine längere Haarsträhne hinter das Ohr. „Tut so, als ob er uns nicht sieht!“

„Er ist kein Arsch!“, kam es Elli sofort über die Lippen. Der Reflex, Tristan zu verteidigen, sobald jemand etwas gegen ihn sagte, war immer noch da und würde sich wohl nie ausschalten lassen. „Er hat uns echt nicht gesehen.“

„Das mag sein“, fügte Billy hinzu, „aber ein Arsch ist er trotzdem, da muss ich Cora recht geben.“

Elli holte Luft, um ein weiteres Mal für Tristan zu kämpfen, doch Billy war schneller.

„Dreieinhalb Jahre, Elli!“, sagte sie. „Wie kann man derart lange beleidigt sein?“

„Er ist nicht beleidigt, sondern möchte lediglich nichts mehr mit mir zu tun haben“, verbesserte Elli sie und musste erneut gegen das Ziehen in ihrer Brust ankämpfen. „Was vollkommen verständlich ist, nach dem, was passiert ist.“

„Nach dem, was passiert ist?“, wiederholte Cora. „Komm schon – jeder konnte *sehen*, dass seine Mutter keine Britin ist!“

„Sie *ist* Britin!“, setzte Elli nun schon fast verärgert dagegen. „Nur weil Tristans Großeltern mütterlicherseits ursprünglich aus Indien kamen und er und seine Mutter deswegen einen dunkleren Teint besitzen, muss man sie nicht gleich verbal aussiedeln! Seine ganze Familie benimmt sich oft britischer als so manch hellhäutiger Waliser!“

„Das meinte ich doch gar nicht!“, verteidigte sich Cora etwas hitzig. „Ich wollte lediglich darauf hinweisen, dass sich sicherlich der ein oder andere Bewohner in Ferry Bridge bereits *vor* deinem Patzer bezüglich Tristans Rroma-Abstammung väterlicherseits Gedanken darüber gemacht hat, dass seine Vorfahren eventuell vor langer Zeit nach Großbritannien eingewandert sind. Neil, Sharon und die anderen haben ihn vorher auch schon gequält, weil er eben nicht gerade europäisch aussieht, und es wäre mit Sicherheit auch ohne dich immer schlimmer geworden.“

„Das weißt du nicht“, hielt Elli dagegen, während der Druck in ihrer Brust immer weiter wuchs. Es war lange her, dass sie in ihrer Clique über Tristan gesprochen hatten und Elli wusste jetzt auch wieder wieso. Es tat immer noch schrecklich weh und es gelang ihr eher schlecht als recht ihren Schmerz vor den anderen zu verbergen. So auch dieses Mal.

„Im Grunde spielt es auch keine Rolle“, setzte sie mit belegter Stimme hinzu. „Ich war seine beste Freundin. Er hat mir vertraut und dann gebe ich seinem schlimmsten Feind die richtig scharfe Munition in die Hand. Ich glaube, dass ihn diese Tatsache mehr verletzt hat, als die Dinge, mit denen sie ihn gehänselt haben und ich …“

Sie biss sich auf die Lippen, schüttelte den Kopf, weil Tränen in ihre Augen traten und es ihr furchtbar schwerfiel, die Kontrolle über ihre Emotionen zu behalten. Was Schlafmangel so mit einem machte …

„Es ist sein gutes Recht, mich zu ignorieren“, stieß sie mit wackeliger Stimme aus. „Ich würde es an seiner Stelle auch tun.“

„Elli …“, begann Billy und legte ihr tröstend den Arm um die Schultern, doch Elli schüttelte den Kopf, befreite sich rasch aus der halben Umarmung.

„Alles gut …“ Sie wischte sich über die Nase. „Können wir einfach über etwas anderes sprechen? Irgendwas Lustiges?“

„Ja, klar!“, gab ihre Freundin umgehend nach. „Es gibt da tatsächlich was Irres, das ich euch erzählen muss.“

Billy beugte sich vor und im Nu befanden sie sich wieder im neuesten Klatsch und Tratsch über alte Schulkameraden und die jüngsten Entwicklungen in Ferry Bridge. Elli gelang es sogar, ab und an zu lachen, doch in Wahrheit hörte sie gar nicht richtig hin, konnte ihre Gedanken nicht mehr von Tristan und dem Grund für das Ende ihrer Freundschaft wegbewegen.

Die *Unzertrennlichen* hatte man sie lange Zeit genannt, nachdem sie bereits im Kindergarten festgestellt hatten, dass es niemand anderen gab, mit dem sie mehr Spaß haben konnten als miteinander. Tristans Vater war der Hausarzt von Ellis Großmutter und später auch dem Rest der Familie gewesen und so hatten sie, nachdem klar geworden war, dass die ‚Kleinen' verwandte Seelen waren, auch außerhalb staatlicher Betreuungsinstitutionen viel Zeit miteinander verbracht, Geburtstage der Erwachsenen, Gartenpartys und andere langweilige Feste gemeinsam durchstanden.

Da Ellis Eltern beide arbeiteten und ihre eigene Großmutter keine Nerven für Kinder gehabt hatte, hatte Elli später in der Schulzeit die meisten Nachmittage im Haus von Tristans Großmutter Luminita Arlijka verbracht und sich irgendwann selbst als Teil seiner Familie wahrgenommen. Von dieser wunderbar humorvollen, gutmütigen Frau hatte sie auch eines Tages erfahren, dass Tristans Familie väterlicherseits im 19. Jahrhundert aus Serbien eingewandert war und aus einem der dort ansässigen Rroma-Clans stammte.

„Meine Familie hatte es nie leicht", hatte ihr Luminita in einer stillen Minute erzählt, nachdem Tristan und Elli im Keller des Hauses auf eine Kiste mit alten Fotos gestoßen waren, auf denen Frauen und Männer in für sie fremdartiger Kleidung vor einem Wohnwagen zu sehen gewesen waren. „Sie mussten lange reisen, wurden immer wieder gejagt und vertrieben, mussten Hunger und Armut erleiden, bis sie hier ein Zuhause fanden und dann dauerte es noch länger, bis man sie akzeptierte und wertschätzte, zuließ, dass sie ein Teil dieser Gesellschaft wurden. Vorurteile und Ängste sind schwer zu bekämpfen, selbst wenn du dich bemühst dazuzugehören, dich anpasst, deine eigene Kultur hinter dir lässt und versuchst, es den anderen leicht zu machen, dich in ihrer Mitte zu akzeptieren. Du musst sehr stark sein, wenn du allen Widerständen trotzen und dennoch den Weg gehen willst, den du dir erwählt hast."

Sie hatte die Fotos lange betrachtet, mit dieser Wehmut in den Augen, die nur alte Erinnerungen erzeugen konnten, und anschließend hatte sie Elli angesehen, eindringlich, ernst.

„Das Gute ist, dass die Menschen irgendwann vergessen, was vor langer, langer Zeit einmal war", hatte sie gesagt, „und dass jede neue Generation eine bessere Chance hat, akzeptiert zu werden und ein gutes Leben in der Gesellschaft zu führen, in der sie aufwächst. Das Vergessen hat unserer Familie sehr geholfen und niemand sollte daran rütteln, die Vergangenheit wiederaufleben lassen. Hörst du, Elli? Es ist traurig, so etwas sagen zu müssen, aber niemand sollte wissen, woher diese Familie einst kam, denn auch heute noch können tot geglaubte Vorurteile ganz leicht wieder erstarken – zu verwurzelt sind sie in den Köpfen der Menschen. Versprichst du mir, das alles für dich zu behalten, Eliana? Tristan zuliebe?"

Elli hatte genickt, wenngleich sie sich zum damaligen Zeitpunkt nicht hatte vorstellen können, dass dieses Wissen ihrem besten Freund auf irgendeine Weise schaden konnte. Er war der tollste Mensch der Welt – warum sollte sich jemand daran stören, dass es Rroma unter seinen Vorfahren gegeben hatte? Viel zu lange hatte sie an diesem naiven Glauben festgehalten. Sie war glücklich gewesen mit diesem Jungen an ihrer Seite, dessen Familiengeschichte sie nicht weiter bewegte.

Die Pubertät, diese heimtückische Krankheit, war es gewesen, die alles zerstört hatte. Zu spüren, dass man sich veränderte, nicht nur körperlich, war beängstigend und aufregend zur gleichen Zeit, insbesondere, wenn sich dabei gleichzeitig Beziehungen veränderten, der beste Freund plötzlich Regungen in einem auslöste, von deren Existenz man zuvor gar nichts gewusst hatte.

Sechs Wochen der Trennung in den Sommerferien vor viereinhalb Jahren hatten genügt, um Ellis Welt auf den Kopf zu stellen. Die erste Menstruation, richtige Brüste (die Zipfel vorher hatte sie kaum ernst genommen), rundere Hüften, Stimmungsschwankungen, ein größeres Interesse an Jungs – all das war in der Zeit zuvor schon schlimm genug gewesen und dann war Tristan plötzlich wieder zurückgekehrt und ihr war urplötzlich aufgefallen, dass auch er sich über die Zeit (und damit waren nicht nur die sechs Wochen gemeint) verändert hatte. So sehr, dass sie es nicht länger hatte ignorieren können. Er war nicht mehr kleiner als sie, sondern größer, kräftiger, besaß einen Bartflaum um die Lippen herum und seine Stimme war nicht mehr dieselbe, war heiserer und tiefer.

Viele Dinge zwischen Tristan und ihr hatten danach plötzlich nicht mehr funktioniert: das Kuscheln, das Nacktbaden im See, das ausgelassene Herumtoben … Wie sollte man ruhig bleiben und eine Freundschaft genießen, wenn ganz simple Berührungen plötzlich ein seltsames Kribbeln im Körper auslösten und man ständig rot anlief?

Nach nur einem Jahr der emotionalen Achterbahnfahrt hatte Ellis Angst, mit diesen Gefühlen allein dazustehen und ihren besten Freund zu verlieren, dazu geführt, dass sie sich nach einem anderen Objekt der Begierde umgesehen hatte: Neil Harrington, der Schönling ihrer Schule und ein Sport-As. Blond, groß, muskulös und *so* männlich. Das wandelnde Klischee auf zwei Beinen.

Damals war Elli nicht bewusst gewesen, dass der Junge a) ein riesengroßes Arschloch war und b) eigentlich nur der Notnagel, um ihre kindliche Freundschaft mit Tristan noch länger zusammenzuhalten. Zudem hatte sich in ihrer Brust auch noch das dumme Bedürfnis geregt, nicht mehr am Rand zu stehen, gesehen zu werden, zu denen zu gehören, die den meisten Spaß zu haben schienen und immer im Mittelpunkt der Aufmerksamkeit standen.

In ihrem Fall hatte das geheißen, einen Weg hinein in die angesagteste Clique der ganzen Schule zu finden. Nämlich die von Neils Schwester Sharon, zu der bis vor dreieinhalb Jahren auch Billy, Hannah, Cora, Tamara und Jamie gehört hatten. Gelungen war ihr das, als die verunsicherte Referendarin Miss Blue, die keiner in ihrer Klasse hatte leiden können, in einer ihrer Unterrichtsstunden einen geistigen Aussetzer gehabt und ein paar wichtige Daten in der Geschichte Großbritanniens durcheinandergebracht hatte.

Elli wusste nicht mehr, was genau an jenem Tag in sie gefahren war, aber sie hatte die arme Frau mit ein paar trockenen, sehr gemeinen Bemerkungen und unter dem johlenden Beifall ihrer Mitschüler zum Weinen und Verlassen des Klassenraums gebracht. Tristan hatte sie im Nachhinein hart dafür kritisiert, aber ihr war das vollkommen gleich gewesen, denn *endlich* war Sharon an sie herangetreten und hatte sie noch am selben Tag zum Cliquentreffen eingeladen. Von da an war Elli nicht mehr die unscheinbare Einser-Schülerin gewesen, von der außer dem Lehrer und Tristan kaum jemand Notiz nahm. Sie war *in* gewesen, die Neue in der angesagten Clique. Man hatte sie gesehen, bewundert, hatte über ihre Witze gelacht und eine Zeit lang hatte Elli auf Wolke sieben geschwebt, sich wie ein neuer Mensch gefühlt.

Und Tristan? Der Gute hatte auch noch mit Verständnis auf ihren Höhenflug reagiert, ihr den Freiraum gegeben, den sie benötigt hatte, um ihre freundschaftlichen Beziehungen zu den anderen aufzubauen, und war dennoch für sie dagewesen, wann immer sie ihn gebraucht hatte. Unzählige Male hatte sie ihn buchstäblich im Regen stehenlassen, hatte die Enttäuschung und den Schmerz in seinen Augen gesehen und war trotzdem mit den anderen nach Hause oder ins Kino gegangen, während er immer häufiger allein gewesen war. Mit schlechtem Gewissen hatte sie sich danach viele Male bei ihm entschuldigt, Zeit mit ihm verbracht, wenn keine anderen Treffen anstanden, und seine Gutmütigkeit schamlos ausgenutzt.

Vielleicht hätte sie damals sogar mit diesem egoistischen Verhalten durchkommen können und Tristan dennoch nicht verlieren müssen, wäre nicht dieses schicksalsschwere Date mit Neil in Cheltenham gewesen. Sie waren in die Stadt gefahren, um shoppen und danach ins Kino zu gehen. Ihr zweites richtiges Date, dem bereits ein paar Küsse und intensives ‚Kuscheln' vorausgegangen waren. Elli hatte sich eingebildet, furchtbar verliebt zu sein, und sich mit Neil so wohl gefühlt, dass sie ausgesprochen offen mit ihm über die meisten Dinge gesprochen hatte – trotz einiger fieser Bemerkungen seinerseits in Bezug auf ein paar ihrer Marotten und ihrer Freundschaft mit Tristan.

Und dann hatten sie ihn gesehen – den Bettler, der vor einem der Geschäfte gesessen hatte. Dunkelhäutig, mit verschlissener Kleidung und einigen Lücken in den Zahnreihen. Elli hatte ihm ein Pfund in den Hut geworfen, wofür er sich mehrfach demütig bedankt, Neil sie aber lautstark und noch in Hörweite des Mannes gerügt hatte. Es fühlte sich an, als wäre es erst gestern gewesen, ließ sich aus ihrem Gedächtnis abrufen wie eine Szene aus einem Film …

„Die kommen hierher, stehlen, betteln und betrügen und du unterstützt sie noch mit deinem Geld!“, regte Neil sich auf und besaß auch noch die Frechheit, mit seinem Finger auf den Bettler zu zeigen, sodass sich einige der Passanten irritiert zu ihm umdrehten.

„Wen meinst du mit ‚die‘?“, fragte Elli verärgert nach und zum ersten Mal, seit sie mit Neil zusammen war, fühlte sie sich von ihm abgestoßen.

„Na, die Zigeuner!“, war seine wütende Antwort. „Ich verstehe ohnehin nicht, dass wir die in unser Land lassen.“

„‚Zigeuner‘ ist ein rassistisches Schimpfwort“, konterte Elli. „So was sagt man nicht und außerdem weißt du gar nicht, ob der Mann ein Rroma ist.“

„Na, guck ihn dir doch an! Die sehen alle so aus und sie sind auch alle gleich. Wo die auftauchen, machen sie nur Ärger. Und wir geben ihnen auch noch unser Geld,

obwohl sie so viel Scheiß bauen und sich gar nicht richtig in diese Gesellschaft integrieren wollen, diese Schmarotzer!"

„Das ist überhaupt nicht wahr!", regte sich Elli auf. „Davon abgesehen, dass Menschen, die betteln gehen, das bestimmt nicht freiwillig oder gar gerne tun, sind nicht alle Rroma Bettler oder gar Betrüger und Verbrecher! Bestimmt gibt es auch in dieser Bevölkerungsgruppe solche Leute – das will ich nicht abstreiten – aber du kannst das nicht verallgemeinern! Tristan ist auch Rroma und seine Familie hat sich super integriert! Sein Vater ist Arzt, seine Mutter Lehrerin und ..." Sie brach ab, weil Neil sie mit offenem Mund und großen Augen anstarrte und ihr erst dadurch bewusst wurde, was sie da gerade ausgeplaudert hatte.

„Tristan ist ein Zigeuner?!", stieß ihr Freund mit einem ungläubigen Lachen aus.

Elli wurde heiß und kalt zur selben Zeit. Sie wusste doch, dass Neil ihren besten Freund nicht mochte, weil er ihn im Fußballclub der Schule bereits das ein oder andere Mal ausgestochen hatte und damit sein größter Konkurrent war. Wie hatte sie das nur vergessen können?

„Sag das nicht!", stieß sie aus. „Hör zu, du ..."

„Und wir wundern uns, wo das Geld von der letzten Spendensammlung hin ist", unterbrach Neil sie mit einem weiteren gemeinen Lachen. „Das war der kleine Zigeuner!"

„Neil!" Elli stieß ihm wütend gegen die Brust. „Das ist nicht witzig! Tristan würde niemals stehlen oder irgendwas anderes tun, was nicht rechtens ist!"

„Bist du sicher?“, feixte Neil weiter und wich ihrem nächsten Schlag geschickt aus. „Das sind großartige Trickbetrüger, die können dich alles *glauben machen.“*

„Du Arsch!“, fauchte Elli und fühlte, wie ihr Tränen in die Augen traten.

„Ach komm schon, ist doch nur ein Scherz“, lenkte Neil nun ein und streckte die Hände nach ihr aus.

Sie schlug sie ein paar Mal weg, bevor sie es widerwillig zuließ, dass er sie in seine Arme zog.

„Ich weiß doch, dass dein kleiner Zigeunerfreund in Ordnung ist“, murmelte er in ihr Haar und hielt sie eisern fest, als sie erneut gegen seine fiese Bemerkung protestierte. „Ich tue ihm schon nichts.“

Es war eine Lüge gewesen. Elli hatte das damals gewusst und dennoch weder den Mut und die Kraft gehabt, umgehend mit Neil Schluss zu machen, noch Tristan anzurufen, um ihn zu warnen. Stattdessen war sie noch mit diesem furchtbaren Jungen im Kino gewesen, hatte mit ihm geknutscht und sich verliebt an ihn gekuschelt.

Der nächste Tag war sowohl für sie als auch für Tristan der schlimmste in ihrem Leben gewesen. Neil und seine Freunde hatten ihn mit ihren neuen Informationen so sehr gehänselt, dass er vollkommen ausgeflippt war und sich mit ihnen geprügelt hatte. Bis die Lehrer eingeschritten waren, hatten sowohl er als auch Neil eine gebrochene Nase und eine Menge andere Schrammen gehabt und da Neil nie allein unterwegs war, hatte Tristan am Ende sehr viel schlimmer als die anderen ausgesehen.

Elli hatte versucht mit ihm zu sprechen, sich zu entschuldigen, ihm zu helfen, doch Tristan hatte sie nicht an sich herangelassen, ihr gesagt, dass sie für ihn gestorben sei und sie heulend stehen gelassen. Auch in den darauf folgenden Tagen und Wochen, die für ihn eine einzige Tortur waren, weil Neil und seine Freunde ihn weiter hänselten, war er ihr gegenüber knallhart geblieben und hatte alles allein durchgestanden: die Gespräche beim Rektor wegen seines ‚aggressiven Verhaltens' und der plötzlich nachlassenden schulischen Leistungen; die Durchsuchungen seines Spinds, weil Neil ihn tatsächlich beschuldigte, die Spendenkasse gestohlen zu haben; die Blicke, die ihm folgten, wenn er durch die Flure der Schule lief, und das Getuschel über ihn und seine ‚Zigeunerfamilie'.

Elli hatte sich vollkommen von Neil und seiner Clique gelöst und zu ihrer großen Überraschung waren ihr Cora, Hannah, Billy, Tamara und Jamie gefolgt. Zusammen hatten sie versucht, Ellis größten Fehler wiedergutzumachen, hatten Tristan vor jedem verteidigt, der ihm hatte schaden wollen, und überall ein gutes Wort für ihn eingelegt – selbst noch, als er sie angeschrien hatte, dass sie ihn gefälligst in Ruhe lassen sollten, weil er für sich allein kämpfen konnte.

Nur drei Wochen später hatte ihre Klassenlehrerin verlauten lassen, dass Tristan und seine Schwester ab sofort nicht mehr in Ferry Bridge zur Schule gingen und stattdessen ein Internat in Gloucester besuchten. An diesem Tag war Ellis ohnehin fragile Welt vollkommen zusammengebrochen. Sie hatte nur noch geweint und war ein paar Tage nicht dazu in der Lage gewesen, die Schule zu besuchen. Billy und die anderen hatten ihr beigestanden und statt eines besten Freundes hatte sie eine neue beste Freundin und vier andere treue Seelen dazugewonnen. Die Lücke, die Tristan in ihrem Herzen zurückgelassen hatte, hatten sie trotzdem nicht füllen können.

„Jamie!“, rief Billy laut und riss Elli damit ruckartig aus ihren furchtbaren Erinnerungen. „Endlich bist du da! Wir verhungern hier schon!“

„Wieso?“, fragte der große, rothaarige Junge quer durch den Laden, während er auf sie zuhielt. „Nicht mehr genug Hüftgold vorhanden, von dem du in Zeiten des Hungers zehren kannst?“

„Ha, ha“, machte Billy, war aber schon auf den Beinen, um ihrem Freund um den Hals zu fallen und ihn innig zu küssen. Es war für Elli immer noch komisch, die beiden so zu sehen, wenngleich sie nun schon seit ungefähr einem Jahr zusammen waren.

„Kannst du mal deine Zunge aus Jamies Hals nehmen, Billy, damit ich ihn auch ordentlich begrüßen kann?“, grinste Cora und schob ihre Freundin beiseite, um den lachenden jungen Mann in die Arme zu schließen.

Auch Hannah ließ es sich nicht nehmen, ihn kurz zu knuddeln – trotz seiner Macho-Bemerkung, wie schön es doch war, der Hahn im Korb zu sein. Elli hingegen wartete geduldig, bis Jamie selbst zu ihr kam und sich zu ihr hinunterbeugte, um sie kurz zu drücken.

„Alles okay?“, fragte er mit echter Sorge in der Stimme, als er sie wieder losgelassen hatte. Von den Jungs aus der alten Clique war Jamie immer der Netteste gewesen, eher ruhig, geduldig und besonnen, aber sehr witzig und mit dem Herzen auf dem rechten Fleck. Er war auch nie dabei gewesen, wenn die anderen Tristan geärgert hatten, hatte sich sogar darüber beschwert und seine Freunde für ihr unfaires Verhalten kritisiert.

Seitdem hatte er bei Elli einen Stein im Brett und sie freute sich immer sehr, wenn er bei ihren Treffen dabei war.

Nun aber runzelte sie argwöhnisch die Stirn, denn seine Besorgnis musste einen Grund haben. Einen, der ihr gewiss nicht gefallen würde.

„Ja, klar – wieso?“, hakte sie nach.

Jamie ließ sich zwischen ihr und Billy nieder und hob etwas unbeholfen die Schultern. „Ich hab gerade Tristan getroffen …“, sagte er, als wäre das Erklärung genug.

Elli stöhnte laut auf und ließ ihren Kopf in ihre Hände fallen. „Mann – ich kann damit umgehen, okay?“, entfuhr es ihr etwas zu heftig, als sie wieder aufsah. Im Grunde war das eine glatte Lüge. „Ihr müsst euch echt keine Sorgen machen!“

„Oka-ay!“ Jamie hob abwehrend die Hände. „Ist ja gut! Tristan hat nur so komisch reagiert, als ich ihm erzählte, dass ich dich und die anderen gleich sehe, und da dachte ich, dass es dir vielleicht ähnlich geht. Bin natürlich froh, dass das nicht der Fall ist und du über ihn hinweg bist.“

Elli schluckte schwer. „Komisch reagiert?“, wiederholte sie, obwohl sie wusste, dass das nicht klug war. „Inwiefern?“

Jamie antwortete nicht sofort, weil er gerade der Bedienung klarmachte, dass er noch eine Speisekarte haben wollte, und Elli zupfte nervös an seinem Ärmel. „Jamie?“

„Ich weiß auch nicht …“ Er schien nach den richtigen Worten zu suchen und ihre Nervosität wuchs. „Er hat sich so … angespannt und hatte es dann plötzlich sehr eilig.“

Ja, weil er ihr auf keinen Fall begegnen wollte, wusste Elli und ihr Herz sank. Was hatte sie erwartet? Dass er vor Freude strahlte, Jamie sagte, dass alles vergeben und vergessen war und er sie unbedingt wiedersehen wollte?

„Ich hatte halt das Gefühl, dass ihn die ganze Sache, all die ungeklärten Dinge zwischen euch belasten", fuhr Jamie fort, „und dass er in Wahrheit vielleicht sogar ganz gerne mit dir sprechen würde."

Elli stieß einen missbilligenden Laut aus. Es war zwar so, dass Jamie und Tristan immer gut miteinander ausgekommen waren und in den letzten Sommerferien durch ihre gemeinsame Aushilfszeit bei Tesco eine lose Freundschaft aufgebaut hatten, aber sie bezweifelte stark, dass Jamie Tristan dadurch wahrhaft durchschauen konnte.

„Doch, wirklich!", hielt er an seiner Behauptung fest. „Und wenn es dir genauso geht, solltest du es versuchen."

„Was versuchen?", fragte sie perplex.

„Mit ihm zu sprechen!"

Dieses Mal war es Billy, die laut aufstöhnte, es aber nicht dabei beließ und ihrem Freund zusätzlich einen festen Knuff auf den Oberarm verpasste.

„Au!", entfuhr es diesem entrüstet.

„Das hat sie doch schon, du Trottel!", ließ Billy ihn wissen. „Aber er lässt sie jedes Mal abblitzen."

„*Jedes* Mal?", wiederholte Jamie verwirrt und sah Elli schuldbewusst an. „Oh – das tut mir leid. Da habe ich wohl die falschen Vibes aus seiner Richtung bekommen."

„Idiot!“, schimpfte Billy weiter und verpasste ihm einen weiteren Knuff, den er mit einem lauten, vorwurfsvollen „Au!“ kommentierte.

„Können wir jetzt endlich was bestellen?“, mischte sich Cora ein und winkte mit der Speisekarte.

Ihre Bedienung schien das als Aufforderung anzusehen und war innerhalb eines Herzschlages an ihrem Tisch, den Notizblock gezückt und einen Stift in der Hand.

„Oh, also … das war nicht …“, begann Elli, brach jedoch ab, weil Billy ihr die Hand auf den Unterarm legte und den Kopf schüttelte.

„Wir machen das wie immer“, sagte sie und wandte sich mit einem freundlichen Lächeln der Kellnerin zu. „Wir hätten gern zwei große Flaschen Wasser mit sieben Gläsern, sieben Portionen Pommes …“

„Stopp!“, ging Elli rasch dazwischen. „Sie meint fünf! *Fünf* Gläser und *fünf* Portionen Pommes.“

Billy blinzelte verwirrt. „Ja … Das hab ich doch auch gesagt.“

„Nee, haste nicht!“, grinste Jamie kopfschüttelnd.

„Was denn sonst?“

„Sieben.“

„Hab ich nicht!“

„Doch“, hielt Jamie glucksend dagegen und auch die anderen nickten bestätigend. Seltsam. Billy war sonst immer ein Ass in Mathe – und hier ging es um simples *Zählen*.

„Sei’s drum“, winkte diese jetzt ab. „Also, wir nehmen die Pommes …“

„Kann ich euch auch zwei Rübezahl-Portionen statt fünf einzelner bringen?“, fragte die Bedienung. „Die gibt's jetzt bei uns ganz neu, extra für Gruppen.“

„Rübezahl?“, wiederholte Elli stirnrunzelnd. „Ist das nicht eine … eine Märchenfigur?“

„Kann schon sein“, erwiderte die Frau wenig begeistert, „war nicht meine Idee, sondern Joes. Der meinte, dass das eine Art riesenhafter Berggeist und der Name ein *super* Gag für die neuen *riesigen* Portionen unseres Ladens sei.“

In Ellis Bauch machte sich ein flaues Gefühl breit. Erst ihre Nichte mit ihrem seltsamen Traum, dann Vera mit der Fliegenklatsche und nun auch noch Joe. Langsam wurde diese Affinität zu Märchen am heutigen Tag etwas gruselig, insbesondere weil sie selbst die Nacht damit verbracht hatte, eben diese Art von Geschichten im Akkord laut vorzulesen.

„Soll's das nun sein oder nicht?“, fragte die Bedienung etwas ungeduldig.

Billy sah die anderen an und erhielt Schulterzucken und Nicken. „Ich denke, das geht klar“, übersetzte sie. „Wir nehmen also die Rumpelstilzchen-Pommes …“

„Rübezahl“, verbesserte die Bedienung.

„… und als Nachtisch sieben Milkshakes …“

„Billy!“ Hannah ergriff den Arm ihrer Freundin und schüttelte den Kopf. „Was ist denn mit dir los?!“

„Schon wieder falsch?“, fragte diese verwirrt, während Jamie die Führung übernahm und den Rest der Bestellung aufgab.

Elli war erstarrt, sah ihre Freundin entgeistert an. Sieben … das war eine Zahl, die nur allzu häufig in Märchen vorkam. Sieben Raben, Sieben Geißlein,

Siebenmeilenstiefel, Sieben auf einen Streich, Sieben Zwerge … Das war nicht mehr bloß seltsam, sondern gruselig. Oder jemand spielte ihr hier einen ganz fiesen Streich.

Die anderen waren derweil wieder in ihr Gespräch über das, was sie erlebt oder gehört hatten, vertieft und nahmen Ellis Besorgnis gar nicht wahr. Sie schüttelte sich innerlich, schrieb alles einem komischen Zufall zu und versuchte sich ebenfalls wieder auf die Geschichten ihrer Freunde zu konzentrieren. Bis Hannah sich nach einer Weile zu ihr vorbeugte und über den Ärmel von Ellis Pulli strich.

„Ist der Pulli neu?“, fragte sie begeistert. „Dieses Rot ist ja der Hammer!“

Elli stutzte, blickte hinab auf die Hand ihrer Freundin und den darunter befindlichen Stoff und runzelte die Stirn. „Der ist nicht rot, sondern braun.“

„Was?“ Hannah lehnte sich zurück, um sie besser betrachten zu können, und blinzelte verwirrt. „Jetzt, wo du’s sagst … Ich hätte schwören können, dass er rot ist.“

Mit einem leisen Lachen schüttelte sie den Kopf. „Ich stehe einfach auf die Farbe! Vielleicht sehe ich sie deswegen überall.“

„Seit wann?“, fragte Billy irritiert und äußerte damit genau das, was auch Elli gerade dachte, denn Hannahs Lieblingsfarbe war immer grün gewesen – in jeder farblichen Variante.

Hannah hob die Schultern. „Keine Ahnung. Schon eine Weile … glaub ich.“

Elli musterte sie kurz und stellte fest, dass ihre Freundin tatsächlich heute nichts Grünes anhatte. Stattdessen trug sie eine weinrote Bluse und hatte sich auch die Fingernägel rot lackiert.

Tja, Menschen ändern halt manchmal ihre Vorlieben, sagte sie sich selbst, um das erneut in ihr heraufdrängende flaue Gefühl zu verdrängen. Die Farbe Rot war ja nichts Besonderes, auch wenn sie ebenfalls des Öfteren in Märchen vorkam.

„Ich mag Rot auch", äußerte Jamie und nahm dankbar seinen nachbestellten Burger an sich, den die Bedienung ihm gerade brachte – zusammen mit einer Unmenge an Pommes. „Am liebsten Blutrot!" Er lachte tief und wackelte albern mit den Augenbrauen, bevor er herzhaft in seinen Burger biss.

„Das ist aber echt eine Riesenportion", kommentierte Cora das vor ihnen aufgetürmte Essen.

Die Bedienung hob nur wieder die Schultern. „Rübezahl eben. Wenn ihr euch da durchfresst, kommt ihr ins Schlaraffenland."

Sie zwinkerte Cora zu, bevor sie sich wieder von ihrem Tisch entfernte und Elli schluckte schwer. Schon wieder so eine komische Anspielung.

„Witzig", sagte Cora trocken, griff aber sogleich nach den Pommes, da auch die anderen keine Hemmung zeigten. Nur Elli konnte nicht gleich zugreifen, weil es für sie immer schwerer wurde, die Märchenlastigkeit des heutigen Tages zu ignorieren.

„Ich sag euch, *ich* hatte heute Nacht einen abgefahrenen Traum", ergriff Billy fröhlich schmatzend das Wort.

„Sch-sch", machte Jamie. „Wir essen gerade. Sexgeschichten bitte erst später."

„Ha, ha", grinste seine Freundin und streckte ihm die Zunge heraus, bevor sie sich kurz umsah, als wolle sie keine ungebetenen Zuhörer haben, um sich anschließend ein Stück vorzubeugen. „Also, in diesem Traum war ich im Pub, irgendwo außerhalb der Stadt, so ein mittelalterlich angelegter und … die Gäste dort …“, sie kicherte kurz in sich hinein, „das waren alles Zwerge!“

„Billy!“, entfuhr es Hannah erschrocken, während sich Ellis Magen unangenehm zusammenzog. „Das sagt man nicht! Das sind Kleinwüchsige!“

„Nein, das waren *wirklich* Zwerge!“, verteidigte sich Billy prompt. „Mit roten Mützen und Spitzhacken. Und wisst ihr, was das Krasseste daran ist?“ Sie beugte sich noch weiter vor und fügte sehr viel leiser an: „Ich fand die irgendwie alle heiß! Gerade wegen ihrer Mützen.“

Brüllendes Lachen aus Jamies Richtung und verhaltenes Gackern von Hannah und Cora folgten ihren Worten. Billy selbst kicherte ebenfalls, allerdings verrieten ihre plötzlich sehr viel stärker durchbluteten Wangen Elli, dass sie ihre Worte vollkommen ernst gemeint hatte.

„Du hast ernsthaft von Zwergen geträumt?“, hakte Elli mit Unbehagen nach. „Das ist witzig, weil ich gestern Nacht meiner Nichte dieses Märchen …“

Ein lauter Klingelton unterbrach sie. Jamie griff in seine Jackentasche und meldete sich mit einem fröhlichen „Hallo-ho!“

„Ich wusste gar nicht, dass du auf kleine Männer stehst“, nahm auch Cora Elli die Möglichkeit weiterzusprechen und warf ein wenig entnervt ihr langes Haar über ihre Schulter. „Jamie ist doch so ein langer Kerl.“

„Das war nur ein Traum“, erinnerte Billy sie. „In Träumen steht man auf alles Mögliche. Da fand ich auch schon Gummibärchen sexy.“

Die anderen lachten wieder und Jamie beendete sein viel zu lautes Gespräch.

„Das war Tamara“, erklärte er, während er das letzte Stück seiner Bulette mit den Fingern aus dem Burger pulte. Anscheinend hatte er seinen Anstand für heute kurzerhand über Bord geworfen. „Sie hat verschlafen und sagt, sie sei immer noch viel zu müde, um sich zu uns zu gesellen. Morgen schafft sie es aber mit Sicherheit.“

Er schob sich das Stück Fleisch in den Mund und leckte sich danach die Finger ab. So ein Bauer!

„Hm, bisschen trocken“, murmelte er in sich hinein, während sich Billy bereits darüber ereiferte, wie wenig Disziplin seine Schwester an den Tag legte. „Könnte blutiger sein …“

Elli starrte den Jungen an ihrer Seite entgeistert an, doch der bemerkte das gar nicht, stopfte nun weitere Pommes in sich hinein.

„Ihr verarscht mich, oder?“, fragte sie nach einer Weile in eine kurze Gesprächspause hinein und prompt richteten sich alle Blicke auf sie.

„Was?“ Billy blinzelte irritiert und auch die anderen machten nicht den Eindruck, als wüssten sie, wovon sie sprach.

„Na, diese ganzen versteckten Andeutungen …“, setzte sie zögernd hinzu.

„Andeutungen in Bezug auf was?“, hakte Hannah nach.

Elli schluckte schwer. Bisher hatte sie niemandem außer Vera von ihrem Märchenbuch-Lesemarathon erzählt. Es war also kaum möglich, dass ihre Freunde ihr einen Streich damit spielten.

„Ach, schon gut, ich …“ Sie brach ab. „Ich bin heut irgendwie nicht so ganz bei mir.“

„Weil du schlecht geschlafen und zu wenig gegessen hast“, wusste Billy und schob einen der bereits halb geleerten Pommes-Teller auf sie zu. „Du musst besser auf dich aufpassen.“

„Ja …“, gab Elli einsilbig zurück und griff zu, begann die Pommes brav in sich hineinzuschaufeln und war sehr froh, als ihre Freunde ihr munteres Gequatsche fortsetzten – dieses Mal ohne jegliche Anspielungen auf Märchen.

Eine Stunde später befand sich Elli bereits wieder auf dem Heimweg. Ihre Freunde waren zwar noch im Diner geblieben, hatten aber auf ihre Ankündigung, nach Hause zu wollen, mit Verständnis reagiert, weil ihr die Übermüdung mittlerweile überaus deutlich ins Gesicht geschrieben stand. Sie hatte sich mit Billy und Cora noch zu einem Videoabend am nächsten Tag verabredet und danach unter den besten Gute-Nacht-Wünschen ihren Heimweg angetreten.

Immer wieder herzhaft gähnend schlurfte sie durch die Straßen und hatte dabei das Gefühl, gar nicht mehr richtig in ihrem eigenen Körper zu stecken. Auf Höhe von Larissas Bekleidungsladen blieb sie kurz stehen, blinzelte benommen durch das Schaufenster und konnte kaum glauben, was sie da sah: Eine Frau stand nackt vor einem der großen Spiegel an der Ankleide und drehte sich davor hin und her, als würde sie ein wunderschönes Kleid betrachten, während Larissa auf sie einredete und immer wieder begeistert nickte.

Elli schloss kurz die Augen, doch als sie diese wieder öffnete, war die Frau auch schon in der Umkleidekabine verschwunden.

Vollkommene Übermüdung. Das war es, was sie solche Dinge sehen ließ. Sie hatte eindeutig Halluzinationen und das war auch der Grund, warum sie ständig dachte, dass die Menschen um sie herum Anspielungen auf Märchen machten und sich seltsam benahmen. In Wahrheit taten sie das gar nicht. Alles, was sie tun musste, um diese seltsamen Bilder und komischen Geschichten wieder aus ihrem Kopf herauszubekommen, war zu schlafen.

Eliana nahm all ihre noch vorhandene Kraft zusammen, straffte die Schultern und lief los – sehr viel schneller als zuvor. Morgen würde die Welt wieder normal sein und auch sie selbst sich wieder vollkommener körperlicher und geistiger Gesundheit erfreuen.

Von Pfefferkuchen und Zwergen

Sehr viel besser ging es Elli am nächsten Morgen nach dem Aufstehen nicht. Sie war nicht mehr ganz so müde wie am Vortag, fühlte sich aber dennoch zerschlagen und erschöpft und wurde zusätzlich von leichten Kopfschmerzen geplagt wie nach einem Kater – nur dass sie am Abend zuvor nichts Alkoholisches getrunken hatte.

Lissa und Olivia waren schon auf und saßen am Frühstückstisch, als Elli nach einer ausgiebigen Dusche ins Wohnzimmer schlurfte, sich dabei träge das noch feuchte Haar glättend. Statt des üblichen fröhlichen Hallos ihrer Nichte wurde sie allerdings von bedrückender Stille und einem vorwurfsvollen Blick ihrer Schwester begrüßt.

„Morgen“, murmelte sie nichtsdestotrotz in deren Richtung, als sie den Küchenbereich betrat und sich eine Tasse aus dem Hängeschrank holte. Der Kaffee, den ihre Schwester gemacht hatte, roch einfach zu wundervoll.

„Anscheinend hast ja wenigstens *du* gut geschlafen“, kam es statt einer Erwiderung der Begrüßung ungnädig zurück und Elli sah ihre Schwester, die gerade noch etwas Milch in das Müsli ihrer Tochter goss, stirnrunzelnd an.

Liv, die sonst immer eher ein sehr aufgewecktes Kind war, schien noch gar nicht richtig wach oder schon wieder richtig schläfrig zu sein, denn ihre Lider waren nur halb geöffnet und sie starrte abwesend in ihre Schüssel. Dunkle Ringe unter den Augen der Kleinen ließen vermuten, dass sie erneut von Albträumen geplagt worden war.

„Was für ein furchtbares Buch hast du Liv denn da vorgestern Nacht vorgelesen?“, verlangte Lissa zu wissen. „Olivia träumt dauernd davon, von irgendwelchen Untieren gefressen zu werden, und hat uns in der Nacht mindestens vier Mal wachgeschrien! Will musste heute Morgen total übermüdet zur Arbeit fahren.“

Elli sah ihre Schwester betroffen an. „Das war nur ein schlichtes Märchenbuch mit Geschichten aus aller Welt. Geschichten, die wir als Kinder auch erzählt oder vorgelesen bekommen haben. Wie Dornröschen, Schneewittchen, Aschenputtel, der Wolf und die sieben …“

„Wolf!“, rief Olivia entsetzt und war plötzlich hellwach, sprang auf und klammerte sich wimmernd an ihre Mutter.

„Hier gibt es keine Wölfe“, beteuerte diese postwendend und zog ihr Kind auf ihren Schoß, um es tröstend in die Arme zu schließen. „Olivia … du bist doch sonst nicht so leicht zu erschrecken. Die Märchen, die Tante Elli dir vorgelesen hat, sind eben nur das: Märchen. Geschichten, die sich jemand mal vor langer, langer Zeit ausgedacht hat, um die Leute zu unterhalten.“

„Aber Wölfe gibt es doch!“, schluchzte das Mädchen. „Und wenn einer kommt und du bist nicht da …“

„In ganz England gibt es keine Wölfe“, versuchte Elli ihrer Schwester zu helfen, das Kind zu beruhigen, und trat näher heran.

„Doch! Im Zoo!“, fiel Olivia nun leider ein.

„Aber die sind eingesperrt.“

„Und wenn sie ausbrechen?“

„Der nächste Zoo, in dem es Wölfe gibt, ist der Cotswold Wildlife Park und befindet sich über 40 Meilen von uns entfernt“, wusste Elli. „Warum sollten die Wölfe, wenn sie ausbrechen *könnten*, ausgerechnet *hierher*kommen?“

„Vielleicht weil sie … weil sie Ziegenfleisch mögen?“, schlug Liv jammernd vor.

Elli sah die Kleine verständnislos an. „Ziegenfleisch?“, wiederholte sie. „Die einzige, die sich ein paar Ziegen hier in Ferry Bridge hält, ist die alte Mrs Dunley und die wohnt ein gutes Stück von uns entfernt. Ich kann mir zudem kaum vorstellen, dass die Wölfe deren Ziegen schon über Meilen wittern könnten.“

„… und das würde ja auch nichts ausmachen, weil sie niemals ausbrechen werden“, fügte Lissa hinzu.

„Und wenn doch?“, schniefte Liv.

„Fressen sie die Ziegen und nicht dich“, gab Elli etwas unbedacht zurück und prompt fing ihre Nichte wieder an zu weinen.

„Ach, Schatz, nun beruhige dich bitte wieder“, seufzte Lissa und nahm sanft das Gesicht ihrer Tochter in die Hände, streichelte ihre Wangen.

„Ich … ich bin auch ein Zicklein“, schluchzte diese. „Das sagst du doch manchmal.“

„Ja, aber damit meine ich nur, dass du manchmal herumbockst wie eine kleine Ziege. Das macht dich noch lange nicht zu einer."

„Und wenn die ... die Wölfe das anders sehen?"

„Das sind Tiere, die verstehen unsere Sprache gar nicht", mischte sich Elli wieder ein, der das ganze langsam zu viel wurde. „Und die haben aus 40 Meilen Entfernung bestimmt nicht gehört, was deine Mutter manchmal zu dir sagt."

„Sicher?", schniefte Liv und Elli nickte synchron mit ihrer Schwester.

„Sicher!", bestätigte diese mit Nachdruck und strich ihrer Tochter sanft das Haar aus dem Gesicht.

Es dauerte noch einen Augenblick, doch schließlich schien Olivia ihnen endlich zu glauben, setzte sich auf ihren Stuhl und begann wieder zu essen.

Melissa wandte sich zu Elli um und ihr finsterer Blick bedeutete nichts Gutes.

„Wenn Liv fertig mit dem Essen ist, werde ich sie ins Bett stecken", raunte ihre Schwester ihr zu, nachdem sie sich zu Elli gesellt hatte, „und dann unterhalten wir uns mal ein bisschen über das, was ihr gestern gemacht habt."

„Da gibt's nicht viel zu erzählen", wisperte Elli zurück. „Ich hab ihr wirklich nur ein Märchenbuch vorgelesen."

„Aber das erzeugt doch nicht solche Angstzustände", konterte Lissa verstimmt.

„Dann hat sie vielleicht davor irgendwas gesehen oder erlebt, das sich nun auf diese Weise äußert, was weiß ich!" Elli bemühte sich, nicht lauter zu werden, aber die

Anschuldigungen, die ihrer Schwester buchstäblich ins Gesicht geschrieben standen, regten sie furchtbar auf.

„Und was soll das gewesen sein?“

„Keine Ahnung, aber ich bin nicht schuld am Gemütszustand deiner Tochter!“ Elli stellte ihre Tasse etwas zu schwungvoll auf den Arbeitsbereich der Küchenzeile, denn der Rest Kaffee schwappte über den Rand und spritzte sogar nach oben.

„Warum seid ihr überhaupt noch hier?“, brummte sie. „Ihr hattet doch gar nicht vor, eure Ferien in Ferry Bridge zu verbringen! Zumindest hat Mum mich nicht darüber informiert!“

„Hatten wir ja auch nicht“, erwiderte Lissa aus Ellis Sicht immer noch viel zu unfreundlich, „aber Will hat gestern Abend erfahren, dass er für ein paar Tage geschäftlich nach London fahren muss und wir dachten uns, dass es schöner für Liv ist, etwas Zeit mit ihrer Tante zu verbringen. Aber anscheinend hast du keine richtige Lust darauf.“

„Was?“ Elli stieß einen entrüsteten Laut aus. „Ich mache immer gern was mit meiner Nichte, aber worauf ich ganz bestimmt keine Lust habe, ist, mich von dir ständig anpflaumen zu lassen!“

Lissa verzog verärgert das Gesicht. „Als ob ich das ständig mache! Ich wollte nur …“

„Außerdem habe ich überhaupt keine Zeit, mich weiter mit dir herumzustreiten“, unterbrach Elli sie unwirsch und bewegte sich dabei aus dem Küchenbereich. „Ich bin nämlich mit Billy zum Frühstück verabredet.“

Mit wenigen Schritten war sie im Flur an der Garderobe und riss ihre Jacke vom Haken.

„Schon wieder?“, hakte Lissa nach, die ihr selbstverständlich gefolgt war.

„Ja – schon wieder!“, log Elli, riss die Tür auf und eilte von dannen.

„Wann kommst du denn zurück?!“, konnte sie Lissa noch rufen hören, bevor sie die Gartentür erreicht hatte, reagierte aber nicht mehr darauf.

Normalerweise war sie kein Drückeberger, aber nach dem merkwürdigen Tag gestern hatte sie weder Nerven für Livs Angstzustände noch für Lissas Vorhaltungen. Was sie jetzt ganz dringend brauchte, war ein Ohr zum Zuhören und Ablenkung und da Billy nicht weit von ihr entfernt wohnte, machte sie sich auf den Weg dorthin. Schließlich hatte ihre beste Freundin ja erst gestern laut herumposaunt, dass sie unbedingt gaaanz viel Zeit miteinander verbringen mussten.

Es war ein schöner Tag, musste Elli bald feststellen. Der Himmel war blau und die Sonne schien ihr warm ins Gesicht, ließ ihren Unmut ziemlich schnell verschwinden und zauberte sogar ein kleines Lächeln auf ihre Lippen. Vögel zwitscherten in den Bäumen, Bienen summten in den Büschen und ein unglaublich leckerer Duft nach frischem Brot oder gar Kuchen drang an ihre Nase.

An der Ecke zur Straße, in der Billy wohnte, gab es eine Bäckerei, die Elli über alles liebte. Mrs Gold, die Inhaberin dieses Geschäfts, war eine der wenigen Bäckerinnen, die all ihre Waren noch selbst herstellte, und dementsprechend lecker und beliebt waren sie in Ferry Bridge. Zu Feiertagen musste man sich schon einen Monat vorher auf eine Liste setzen lassen, um überhaupt noch Brot, Kuchen und Kekse zu bekommen – was Ellis Eltern zu ihrem großen Glück meist rechtzeitig taten.

Eliana sog den Duft tief in ihre Nase und versuchte zu erraten, welch wundervolle Köstlichkeit dieses Mal frisch aus dem Ofen gekommen war. Es roch nach … Lebkuchen? Sie stutzte, schnupperte erneut, konnte den Geruch aber mit nichts anderem in Verbindung bringen. Allerdings war gerade Sommer und Lebkuchen gehörte eindeutig zu den Wintermonaten.

Noch wunderlicher wurde die ganze Sache, als Elli die Ecke erreichte und damit auch die Bäckerei, denn um deren Fenster herum befand sich eine neue Verzierung, die dort gerade eigenhändig von Mrs Gold befestigt wurde. Die Frau stand auf einer kurzen, wackeligen Leiter und klebte mithilfe von Zuckerguss einen weiteren Lebkuchen an die Wand.

Elli war stehengeblieben, starrte mit offenem Mund das Kunstwerk und seine Erschafferin an, die davon zunächst gar nichts mitbekam. Erst als sie die Leiter wieder herunterkletterte und sich umdrehte, entdeckte sie ihre Zuschauerin und fasste sich erschrocken ans Herz.

„Kind!", stieß sie etwas atemlos aus und schüttelte den Kopf, sodass die blonden Locken ihrer Pudeldauerwelle hin und her flogen. „Du kannst dich doch nicht *so* an mich heranschleichen!"

„Tschuldigung", kam es Elli immer noch vollkommen irritiert über die Lippen. „Aber … ist das Lebkuchen da um die Fenster herum?"

„Ja", bestätigte die Frau mit einem strahlenden Lächeln. „Hübsch – nicht wahr?"

Elli bewegte die Lippen, brachte jedoch keinen Ton heraus.

„Sie sind mir jetzt ausgegangen, aber ich gehe gleich wieder rein und mache neue", erklärte Mrs Gold. „Wenn mir nicht vorher die Zutaten ausgehen, mache ich die ganze Hauswand damit voll."

„Eine … Lebkuchenhauswand?", kam es Elli zaghaft über die Lippen und da war es wieder, das Unbehagen, das sie auch gestern befallen hatte, jedes Mal, wenn jemand etwas getan oder gesagt hatte, das in irgendeiner Weise mit Märchen zusammenhing. Ging das etwa schon wieder los?

„Nein", sagte Mrs Gold und aus ihren Augen sprach etwas bedrückend Irres, „ein ganzes Lebkuchen*haus*! Es wird wunderschön werden und die Kinder werden kommen und meinen Laden stürmen. Hach!" Sie faltete die Hände vor der Brust und seufzte glücklich.

„Nichts anknabbern – sonst muss ich dich leider in meinen Ofen schieben", warnte sie Elli freundlich, bevor sie sich hell auflachend umdrehte und ohne ein Wort des Abschieds zurück in den Laden lief.

Eliana blieb noch ein paar Sekunden lang fassungslos stehen, dann wandte auch sie sich um und lief rasch weiter. Jetzt musste sie *noch* dringender als zuvor mit Billy reden. Das ging alles nicht mehr mit rechten Dingen zu!

„Das kann doch nicht wahr sein!", vernahm sie eine Stimme aus einem der Gärten, an denen sie eilig vorbeilief, und sah wie eine Frau zu ihrer Nachbarin an den Zaun trat. „Jetzt sind *meine* Gartenzwerge auch weg! Wer tut denn so was?! Einfach über Nacht auf fremde Grundstücke gehen und die schöne Dekoration klauen? Was ist das nur für eine Welt geworden?"

Elli senkte den Kopf, biss die Zähne zusammen und beschleunigte ihr Tempo ein weiteres Mal. Sie wollte diese seltsamen Dinge nicht mehr hören – auch wenn es sich in diesem Fall nicht um Märchenhaftes handelte. O-der doch? Immerhin ging es ja um Zwerge, wenn auch um die aus Plastik und Porzellan. Den Gedanken abzuschütteln war dieses Mal etwas leichter, da sie soeben das Haus erreicht hatte, in dem Billy vor einem Jahr die Dachwohnung bezogen hatte. Diese besaß sogar einen separaten Eingang. Eine außen am Haus befestigte Stahltreppe führte zum Dach des zweistöckigen Gebäudes und sorgte so dafür, dass Billys Besuch das ältere Ehepaar, das unten wohnte, nie störte.

In Windeseile erklomm Elli die Stufen nach oben und klingelte zweimal, dabei unruhig auf den Fußspitzen auf und ab wippend. Es dauerte eine kleine Weile, bis sich etwas hinter der Tür regte, der Riegel aufgesperrt und sie schließlich einen Spalt weit geöffnet wurde. Maximal fünf Zentimeter, sodass Elli lediglich Billys rechtes Auge und einen schmalen Streifen ihres erstaunlich blassen Gesichts erkennen konnte.

„Ja?“, fragte diese und musterte sie argwöhnisch.

Für einen Moment war Elli sprachlos, starrte ihre Freundin nur fassungslos an.

„Was gibt’s denn?“, fragte diese nun auch noch und Ärger kochte in Elli hoch.

„Ich brauche jemanden zum Quatschen“, stieß sie aus. „Machst du mir mal gefälligst auf?!“

Billy verzog ihr Gesicht. „Du … das ist gerade *ganz* schlecht“, behauptete sie und ihr Auge zuckte nervös, wie es das immer tat, wenn sie etwas vor anderen zu verbergen suchte.

„Wieso?“, hakte Elli nach. „Ist Jamie da?“

Ihre Freundin hielt kurz inne, um anschließend übereifrig zu nicken. „Ja, genau! Wir wollten gerade ein bisschen was allein machen … du weißt schon was …“

„Du lügst!“, stellte Elli mit einem ungläubigen Lachen fest und ihre Wut wuchs weiter.

Dieses kleine Miststück! Lass dir das nicht gefallen!, sagte eine Stimme in ihrem Kopf.

„Tu ich nicht!“, verteidigte sich Billy, doch Elli glaubte ihr nicht, drückte mit der Hand gegen die Tür, um sie weiter zu öffnen.

„Hey!“, protestierte ihre Freundin und hielt dagegen. „Das ist Hausfriedensbruch!“

„Sag mal, spinnst du?!“, fuhr Elli sie ungehalten an. Nun lehnte sie sich sogar schon mit der Schulter gegen die Tür, schob ihre Freundin dadurch tatsächlich ein kleines Stück zurück. „Du hast mich noch *nie* draußen stehen lassen!“

„Ich … ich kann jetzt aber nicht“, presste Billy zwischen den Zähnen hervor, während sie um jeden Zentimeter kämpfte. „Ich bin beschäftigt! Ich habe Gäste!“

Elli glaubte ihr kein Wort und drückte nur umso fester gegen die Tür. Millimeter um Millimeter schob sich diese auf, enthüllte ihr, dass Billy nicht nur sehr blass war, sondern sich auch noch ihr Haar dunkler gefärbt und die Lippen rot angemalt hatte. Was zur Hölle sollte das alles?!

„Hör auf, sonst schreie ich!“, drohte ihre Freundin. „Ich darf von niemandem etwas annehmen und niemanden reinlassen!“

Elli riss der Geduldsfaden. „Billy! ES REICHT!“, schrie sie und ihre Stimme war mit einem Mal so gewaltig, dass sie eigenartig in der Wohnung widerhallte und ihre Freundin verängstigt zurückwich. Mit einem großen Schritt war Eliana in der Wohnung und … erstarrte.

Da diese nur zwei Zimmer mit Wohnküche und Bad besaß, stand sie bereits im Wohnzimmer und blickte in das Antlitz von Billys ‚Gästen'. Große Kulleraugen, rote Bäckchen, runde Bäuche und knallrote Mützchen begrüßten sie. Sieben an der Zahl. Sieben Zwerge aus Plastik oder bemaltem Ton, die verteilt auf Billys Couchgarnitur saßen, vor sich sieben Tassen mit dampfendem Tee.

„Was …", kam es ihr fassungslos über die Lippen. Zu mehr reichte es momentan nicht.

Billy schloss stumm die Tür hinter ihr und trat anschließend neben Elli, den Blick ebenfalls auf die abstruse Sammlung Gartenzwerge gerichtet. Ihr Kinn zitterte und ihre Augen glänzten verdächtig.

„Hast du … hast du die deinen Nachbarn geklaut?", brachte Elli schließlich doch noch heraus.

Billy nickte und die ersten Tränen kullerten ihre Wangen hinunter. „Ich … ich konnte nicht anders. Als ich sie gesehen habe, *musste* ich sie haben. Es ist wie ein Zwang … ich konnte erst aufhören, als ich sieben hatte."

Ihren letzten Worten folgte ein herzerweichendes Schluchzen und Elli blieb gar nichts anderes übrig, als ihre Freundin fest in den Arm zu nehmen und beruhigend ihren Rücken zu streicheln.

„Was ist nur mit mir los?", fragte diese mit erstickter Stimme. „Ich … ich hab sogar angefangen, denen Bettchen aus altem Karton zu basteln."

Sie wies hinter sich zum Küchenbereich und tatsächlich standen dort auf der Ablage bereits vier Pappbetten.

„Vielleicht hast du einfach nur schlecht geschlafen so wie ich und bist deswegen etwas verwirrt", versuchte

Elli sie zu trösten, obwohl ihr eigenes mulmiges Gefühl von gestern wieder zurück war. Eigentlich war es sogar noch stärker und bohrender als zuvor.

„Nein", schluchzte Billy und löste sich wieder aus der Umarmung, wischte sich mit stockendem Atem die Tränen aus dem Gesicht. „Ich hab sogar ausgesprochen gut geschlafen, weil ich mich mit meinen Zwergen so sicher gefühlt habe."

Elli betrachtete sie beklommen. Haut so weiß wie Schnee, Haar so schwarz wie Ebenholz, Lippen so rot wie Blut … Billy verwandelte sich in Schneewittchen!

„Wann hast du dir denn die Haare gefärbt?", fragte Elli vorsichtig.

Ihre Freundin bedachte sie mit einem verwirrten Blick. „Hab ich doch gar nicht!"

„Na, gestern waren sie noch nicht dunkler als meine", äußerte Elli, ohne weiter darüber nachzudenken.

Entsetzt riss Billy die Augen auf, warf sich herum und eilte zum Spiegel an ihrer Garderobe. Ein spitzer Schrei folgte dieser Handlung, ehe sie vor ihrem eigenen Spiegelbild zurückwich, die Hand erschüttert vor den Mund gepresst.

Elli war sofort bei ihr, drehte sie zu sich herum und schüttelte den Kopf. „Das ist doch nicht schlimm", versuchte sie ihre Freundin zu beruhigen, denn die plötzlich einsetzende Schnappatmung konnte kaum gesund für sie sein. „Es steht dir sogar, gerade mit deiner neuen Art, dich zu schminken."

„Oh mein Gott!", rief Billy verzweifelt. „Was passiert mit mir, Elli?! Irgendwas stimmt hier nicht! Ich hab das nicht getan! Das … das ist von ganz allein passiert! Ich dreh durch! Wie kann das passieren?!"

„Du hast bestimmt nur einen Blackout", bemühte sich Elli weiter darum, die Situation unter Kontrolle zu behalten. „Vielleicht hat dir irgendjemand Drogen eingeflößt … oder du hast dir in der Nacht den Kopf angeschlagen und es nicht gemerkt. Davon kann man auch einen Filmriss haben."

„Aber warum sollte ich mir die Haare schwarz färben und Zwerge sammeln?", brachte Billy nun schon etwas ruhiger, jedoch immer noch mit sehr zittriger Stimme heraus. Ihre Augen weiteten sich erneut. „Ich bin Schneewittchen! Warum bin ich Schneewittchen?"

„Vielleicht hast du die Geschichte gestern noch irgendwo gelesen oder einen Film gesehen?", schlug Elli vor. Gelesen. Das Märchenbuch! Die Geschichte von Schneewittchen stand da auch drin!

„Und deswegen will ich sie plötzlich *sein*?", fragte Billy zweifelnd.

Elli hob unschlüssig die Schultern. Ihr Magen tat mittlerweile richtig weh und auch ihr Puls war außer Kontrolle.

„Weißt du was? Wir sollten vielleicht besser zu Doktor Jonassen gehen", fiel ihr ein. „Der kann bestimmt herausfinden, was genau mit dir los ist, und dann hört das alles auch wieder auf."

Billy dachte kurz darüber nach und warf einen Blick auf ihre Zwerge.

„Die haben bestimmt nichts dagegen", witzelte Elli. „Schließlich wollen sie ja auch, dass es dir wieder gut geht."

Der scherzhafte Ton musste ihrer Freundin entgangen sein, denn sie wandte sich mit einem zweifelnden Gesichtsausdruck an Elli. „Meinst du?"

„Ja, mein ich“, bestätigte diese und der Knoten in ihren Gedärmen zog sich noch fester zusammen. Zu einem Arzt zu gehen, war eine *sehr* gute Idee, denn für das, was um sie herum passierte, *musste* es eine logische Erklärung geben. Wer konnte das besser herausfinden als Doktor Jonassen, der lange Zeit auch in der medizinischen Forschung tätig gewesen war?

„O-okay“, stimmte Billy ihr schließlich widerwillig zu. „Sind denn die Pferde schon angespannt?“

Elli musste sich sehr zusammenreißen, um ihre Freundin nicht schockiert anzusehen, doch es gelang ihr mit Ach und Krach.

„Nein, ich dachte, wir gehen lieber zu Fuß“, antwortete sie einigermaßen gefasst. „Vielleicht bringen ja frische Luft und Bewegung auch schon was.“

„Gut, dann hol ich noch schnell mein Mäntelchen und meine Schühchen und wir können los“, verkündete Billy und war flugs in ihrem Schlafzimmer verschwunden.

„Das kann nur besser werden“, sprach Elli sich leise zu und versuchte ganz fest daran zu glauben.

Doktor Allwissend

Ellis Vertrauen zu Doktor Jonassen war immer groß gewesen. Nicht nur hatten ihre Eltern immer in den höchsten Tönen von seiner Kompetenz und Liebenswürdigkeit gesprochen, sie war auch selbst in der Zeit, die er nun schon hier war, immer gern zu ihm gegangen. Der bereits auf die Sechzig zugehende Mann hatte die Praxis in Ferry Bridge vor sechs Jahren von Tristans Vater übernommen, weil er genug vom Großstadtleben und der Arbeit in der Klinik gehabt hatte und seinen Lebensabend lieber in diesem eher gemütlichen Dörfchen verbringen wollte.

Wie es in Ferry Bridge üblich war, hatte sich schnell herumgesprochen, dass der Doktor Internist und eine Koryphäe im Bereich der Epidemien war, was sein Ansehen schon von Beginn an enorm gesteigert hatte. Nicht dass jemand daran glaubte, dass in Ferry Bridge tatsächlich irgendwann eine Epidemie ausbrach – aber es fühlte sich doch gut an, für den Fall der Fälle jemanden wie Dr. Jonassen an der Seite zu haben.

Zudem hatte der Mann auch noch ein paar Semester Psychologie studiert, sodass Ratsuchende von Anfang an auch gerne mit ihren kleineren und größeren seelischen Problemchen zu ihm gekommen waren. Einigen hatte er in der Tat auch in dieser Richtung ein paar hilfreiche Tipps gegeben, darunter Ellis Mutter und Sam, als die beiden kurz vor einer Trennung gestanden hatten. Im Großen und Ganzen konnte man also sagen, dass sie einen mehr als qualifizierten, hochgradig kompetenten Arzt in ihrem Dorf hatten, der fast jedem seiner Patienten bisher wunderbar hatte helfen können.

Genau deswegen fiel es Elli sehr schwer, zu glauben, dass der Mann, der da am Schreibtisch vor ihr saß und nervös auf dem Ende seines Kugelschreibers herumkaute, genau dieser Doktor sein sollte. Er machte generell einen ganz anderen Eindruck als sonst. War er bisher stets sehr ordentlich gekleidet und zurechtgemacht gewesen, war sein Erscheinungsbild heute eher … zerknittert – im wahrsten Sinne des Wortes. Sein weißer Kittel war vollkommen zerknüllt, das darunter getragene Karohemd hing zur Hälfte aus der Hose und der Schlips, der normalerweise immer seinen Look vervollständigte, fehlte gänzlich. Zudem war sein schlohweißes Haar ungebürstet und stand ihm an einigen Stellen buchstäblich zu Berge und Kinn- und Mundpartie zierten einige grauweiße Bartstoppeln.

„Und seit wann genau hat Ihre Freundin diese Verhaltensänderungen?“, fragte er endlich, denn Elli hatte ihren Bericht schon vor einigen Minuten beendet und bisher hatte es keine Reaktion auf das eben Gehörte gegeben. Wahrscheinlich konnte sie schon dankbar sein, dass der Mann sie nicht auf der Stelle eingewiesen hatte.

„Seit gestern“, wiederholte Elli, was sie ihm auch schon zuvor gesagt hatte.

„M-hm …“ Dr. Jonassen nickte nachdenklich, griff nach der Maus vor seinem Computer und klickte dort ein paar Mal herum – nicht zum ersten Mal, seit sie hier waren.

„Ich hatte überlegt, ob es vielleicht in der Nähe von Ferry Bridge irgendein wissenschaftliches Labor gibt“, setzte Elli hinzu. „Vielleicht machen die hier Versuche mit einem Halluzinogen oder so.“

„Einem was?“ Der Doc blinzelte verwirrt.

„Halluzinogen?“ Elli sah ihn mit hochgezogenen Brauen an. „Bewusstseinsverändernde Drogen?“

Seine Augen wurden etwas schmaler, bevor er sich wieder abwandte und auf die Tastatur vor seinem PC einhämmerte – im Einfingersuchsystem! Der Mann nahm sie doch auf den Arm!

Sie beugte sich zu ihm vor, versuchte seine Aufmerksamkeit zurückzugewinnen. „Dr. Jonassen, wollen Sie meine Freundin nicht einfach mal untersuchen?“, schlug sie vor. „Ihr Blut abnehmen?“

„Dazu müsstest du sie erst einmal herbringen“, erwiderte er abgelenkt.

Elli war sprachlos und die in diesen Besuch gesetzte Hoffnung schwand rapide dahin.

„Das *habe* ich!“, sagte sie mit Nachdruck und zusammen mit dem hohlen Gefühl im Magen stieg große Wut in ihr auf. „Das hier *ist* sie!“

Sie wies auf Billy, die schon seit längerer Zeit geistig nicht mehr anwesend zu sein schien, und mit einem verträumten Lächeln hinüber zum Fenster sah, vor dem sich ein paar weiße Tauben niedergelassen hatten.

Dr. Jonassen hielt inne, schob die Brille auf seiner Nase ein Stück zurück und betrachtete Billy. „Ach“, stellte er fest. „Sie sieht doch ganz normal aus.“

„Das mag im Moment so scheinen, aber sie sah gestern noch anders aus und hatte da auch noch keine Vorliebe für Zwerge und die Zahl sieben."

„Sieben?" Er hob erstaunt die Brauen. „So was."

Sein Stuhl schurrte über den Boden, als er sich erhob und an das Bücherregal hinter sich trat.

„Das haben wir gleich", versprach er Elli. „Wo ist es denn?"

„Was denn genau?", fragte diese hoffnungsvoll und stand ebenfalls auf, um sich zu ihm zu gesellen.

„Mein A-B-C-Buch", gab er zurück, sich dabei nachdenklich am Kinn kratzend.

„Eine Fibel?", fragte sie entgeistert.

„Nein, ein Buch, das jeder Doktor hat und das ihm Antworten auf alle Fragen gibt", erwiderte er grübelnd, zog ein dickes Buch über Herzerkrankungen heraus, sah es kurz an und steckte es wieder zurück in die Reihe.

Elli tat nichts mehr. Sie war zu schockiert, zu aufgewühlt. Mit einer bösen Vorahnung wandte sie sich um und warf einen Blick auf den PC. ‚Halluzinogene' stand dort als Suchbegriff bei Google. Der Mann wusste nicht mehr, was das war, und das ließ nur einen Schluss zu: Billy, ihre Nichte, Vera und die Bäckerin waren nicht die einzigen, die sich verändert hatten und überaus seltsam benahmen – auch den Doktor hatte es anscheinend übel erwischt. Das einzig Gute an der Sache war, dass er momentan nicht den Eindruck machte, als könnte sein Verhalten mit irgendeinem Märchen in Verbindung gebracht werden.

Vielleicht hatte sie ja mit ihrer Theorie über geheime wissenschaftliche Versuche in Ferry Bridge recht und sie alle standen unter dem Einfluss einer neuen Droge. Die

Frage war dann nur, warum sie selbst und die meisten anderen noch nicht davon betroffen waren.

„Kann ich mal kurz Ihren Computer benutzen?“, wandte sie sich an den Arzt.

„Ja, ja“, murmelte der geistesabwesend.

Elli ließ sich rasch auf dessen Drehstuhl nieder, verbat Billy das Fenster zu öffnen („Aber die Tauben sind doch *so* süß!“) und gab ‚Labore‘ und ‚Ferry Bridge‘ als Suchbegriffe über die Tastatur ein. Ihr Handy hätte es zwar auch getan, aber das lag zuhause in ihrem Zimmer auf dem Nachttisch.

Der PC brauchte nicht lange, spuckte aber nichts Brauchbares aus. Auch Begriffe wie ‚wissenschaftliche Studie‘, ‚Feldversuche‘ und ‚Medikamentenforschung‘ brachten in Verbindung mit dem Namen ihres Dorfes und der Region drum herum keine Ergebnisse. Sie gab einen frustrierten Laut von sich und veranlasste den Doktor dazu, sich wieder zu ihr umzudrehen.

„Hey, was machst du da an meinem Apparat?!“, rügte er sie. „Husch, husch, weg da!“

„Aber Sie haben doch …“, begann sie, kam allerdings nicht weiter.

„Das ist *mein* Ratgeber – nicht deiner!“, unterbrach er sie verärgert und Elli stand rasch auf, begab sich wieder auf die andere Seite des Tisches, jedoch nicht, ohne zuvor Billy am Arm zu packen und vom Fenster wegzuholen.

„Ich glaube ganz ehrlich nicht, dass es noch etwas bringt, meine Freundin hier zu untersuchen“, sagte sie rasch. „Aber vielleicht können Sie uns so was wie ein Beruhigungsmittel verschreiben oder … ein

Medikament, dass dabei hilft, Drogen schneller aus dem Körper herauszubekommen?“

„Wie soll ich *das* denn machen?“, fragte der Mann stirnrunzelnd.

„Sie suchen das Richtige heraus und schreiben uns ein Rezept?“, schlug Elli vor.

„Wieso? Wollt ihr was backen?“

Erneut war sie sprachlos, während Billy erfreut in die Hände klatschte und aufgeregt auf und ab hüpfte. „Oh ja, was backen!“, rief sie fröhlich. „Aber wir müssen dann gleich eine große Portion machen. Die Jungs wollen sicherlich auch was abhaben!“

„Jamie und … dein Bruder? Ist der denn schon wieder da?“

„Nein, meine Zwerglein – weißt du doch!“

Elli schüttelte fassungslos den Kopf, während der Doktor zustimmend nickte. „Ja, man sollte schon so viel machen, dass *alle* was davon haben.“

„ICH WILL KEINEN KUCHEN BACKEN!“, entfuhr es Elli entnervt und die Glühbirne der Tischlampe vor ihr flackerte nervös.

„Nicht?“, fragte der Doc verwirrt.

„NEIN!“

„Nicht doch gleich so heftig werden!“

„ICH WILL MEDIKAMENTE!“

„Aber welche denn?“, fragte der Mann nun schon etwas kleinlaut.

„Keine Ahnung!“ Elli war fassungslos. „*Sie* sind der ausgebildete Arzt. Ich bin gerade mal im ersten Semester, aber Sie haben fertig studiert. Sie *müssen* eine gewisse Kenntnis über Medikamente haben!“

„Kind, ich bin doch kein Doktor Allwissend", lachte er nervös. „Also wirklich!" Er schüttelte den Kopf und stutzte. „Oder vielleicht doch?"

Unter Ellis entgeistertem Blick flogen seine Finger erneut über die Tasten. „Allwissend …", murmelte er. „Omniszienz … das Vermögen, alle existierenden Sachverhalte auch faktisch zu wissen …" Er verzog zustimmend den Mund. „Ja … das wäre schon möglich."

Elli war ganz schlecht. Der Mann wusste ja *gar nichts* mehr – und bemerkte es noch nicht einmal!

Nun hob er den Blick und sah sie beide stirnrunzelnd an, als würde er erst jetzt bemerken, dass er nicht allein war.

„Ihr seid ja immer noch da!", stellte er alles andere als begeistert fest. „Kinder, ich habe einfach keine Zeit für eure Späße! Husch, husch – raus aus meiner Praxis! Ich hab noch viel zu tun!"

Hitze stieg in Elli auf und seltsamerweise hatte sie auf einmal das Gefühl, dass ihre Hände prickelten.

Späße?!, hörte sie eine Stimme in ihrem Inneren. *Ich zeige ihm gleich mal, was ein Spaß ist!*

„Komm, Elli!" Billy zog nachdrücklich an ihrem Arm und riss sie damit aus ihrer ungesunden Wutspirale. „Ich will nicht, dass du wieder böse wirst. Das macht mir Angst."

Das Flehen in den Augen ihrer besten Freundin nahm ihr den letzten Widerstand. Ohne einen weiteren Blick auf den durchgeknallten Doktor zu werfen, drehte sie sich um und folgte Billy zur Tür. Auf dem Regal neben dieser entdeckte sie einen bereits abgestempelten Rezeptblock und zögerte nicht lange. Einmal schnell zugegriffen und der Block verschwand in ihrer Jackentasche.

Wenn man keine andere Möglichkeit hatte, musste man sich halt selbst helfen, selbst wenn das bedeutete, den Pfad des Legalen zu verlassen.

Ms Hence in der Apotheke war glücklicherweise noch bei Verstand – oder vielleicht auch eher *un*glücklicherweise, denn als sie das von Elli ausgefüllte Rezept betrachtete, standen ihr ihre Zweifel nur allzu deutlich ins Gesicht geschrieben.

„Diese Doktor Gershwin praktiziert nochmal wo genau?“, hakte sie misstrauisch nach.

„In Cheltenham“, gab Elli rasch zurück und versuchte dabei einen möglichst ruhigen Eindruck zu machen, obwohl ihr Herz bereits viel zu schnell schlug. „Aber für die nächsten zwei Wochen unterstützt sie Doktor Jonassen hier in Ferry Bridge, weil er gerade nicht ganz fit ist. Deswegen der Stempel aus *seiner* Praxis.“

„Und für wen soll dieses Mittel sein?“, löcherte die Frau sie weiter.

„Für mich“, schoss es aus Elli heraus. „Ich hab in letzter Zeit leichte Unruheattacken und Schlafstörungen und die Ärztin meinte, dieses Medikament sei eines der milderen …“

„Das ist es“, gab Ms Hence zu, betrachtete den Schrieb noch einmal stirnrunzelnd, wandte sich dann aber doch noch ab, um das Mittel zu holen.

Eliana versuchte nicht allzu laut aufzuatmen und warf einen Blick auf Billy, die gerade neugierig wie ein kleines Kind in den Hustenbonbons herumstöberte.

„Lass das!“, raunte sie ihr zu. „Wir brauchen keine Bonbons!“

„*Wir* vielleicht nicht“, erwiderte Billy, „aber vielleicht nehme ich welche für die Jungs mit. Die wären furchtbar enttäuscht, wenn ich mit leeren Händen nach Hause käme.“

Elli wollte sie angiften, dass es zu Hause keine ‚Jungs‘ gab, doch Ms Hence trat gerade zurück an den Verkaufstresen und scannte das Medikament ein.

„Du könntest es auch mit Homöopathie versuchen“, schlug die Frau vor. „Vielleicht mit Bachblüten oder Baldrian …“

„Ja, ich weiß“, erwiderte Elli, während sie hastig bezahlte, weil das Rascheln, das aus Billys Richtung kam, sie zusätzlich nervös machte. Wenn ihre Freundin jetzt laut von ihren Zwergen daheim erzählte, würde die Apothekerin gewiss wieder misstrauisch werden. „Aber das habe ich alles schon probiert. Hilft leider nicht so richtig.“

Und ganz bestimmt nicht gegen Halluzinationen, setzte sie innerlich hinzu und nahm die kleine Plastiktüte, die Ms Hence ihr reichte, schnell an sich.

„Na, dann wünsche ich dir für die Zukunft eine entspanntere Zeit“, sagte die Apothekerin mit einem freundlichen Lächeln.

Elli nickte nur und wandte sich genau in dem Moment um, in dem ein weiterer Kunde die Apotheke betrat. Es war Mr Smith, der Besitzer des einzigen Bankinstituts in Ferry Bridge, das erkannte Elli sofort, wenngleich der Mann vollkommen anders aussah als zuvor. Er trug keinen Anzug wie sonst, sondern Jeans und ein weißes Hemd, das an Kragen und Brust nass war, und sein langer Bart (Wie war der ihm so schnell gewachsen?!) war *blau*.

Der Anblick war so ungewöhnlich, dass Elli, die bereits wieder ihre Freundin an der Hand hatte, ihren Weg nach draußen nicht fortsetzte, sondern dem Mann vollkommen baff mit den Augen hinüber zum Tresen folgte.

„Oh, Mr Smith – so schnell hatte ich Sie nicht zurückerwartet“, begrüßte ihn Ms Hence und verzog mitleidig das Gesicht. „Hat das Entfärbungsmittel nicht gewirkt?“

Der Mann wies missgestimmt auf seinen Bart. „Muss ich darauf antworten?“

Ms Hence seufzte. „In dem Fall kann ich Ihnen nur noch ein Bleichmittel mitgeben“, sagte sie und kam hinter dem Tresen hervor, um den Mann in den kleinen Drogeriebereich ihres Ladens zu führen, in dem sie nach eigener Aussage *nur* Bioprodukte ausstellte. Bleichmittel klang jedoch eher nicht danach.

„Aber wenn ich ehrlich sein darf“, fuhr die Frau dabei fort, „finde ich, dass ihnen diese Farbe ausgesprochen gut steht.“

„Ja?“, hakte Mr Smith zweifelnd nach. „Bis gestern hatte ich noch nicht einmal einen Bart. *Das* war ja schon gewöhnungsbedürftig – vor allem, weil er so schnell nachwächst, dass es nicht lohnt, ihn abzurasieren. Und jetzt ist er auch noch blau!“

„Wie gesagt – ich finde, es ist eine schöne Farbe“, lächelte Ms Hence und wurde dabei sogar rot.

„Dann ist es vielleicht gar nicht so schlimm, wenn sie bleibt?“, fragte ihr Gegenüber geschmeichelt. „Dr. Jonassen sagte mir, er könne momentan auch nichts dagegen tun.“

Elli zuckte zusammen und wurde sich jetzt erst wieder bewusst, dass es alles andere als klug war, weiterhin in der Apotheke zu verweilen.

„Dr. Jonassen?“, konnte sie Ms Hence fragen hören, als sie die Tür bereits aufdrückte und mit Billy im Schlepptau hinauseilte. „Ich dachte, der arbeitet heute gar nicht, weil er krank ist.“

Elli lief nicht mehr normal, sie rannte fast die Straße hinab und das war ein wahrer Kraftakt, weil Billy keine richtige Lust auf diese Art sportlicher Ertüchtigung zu haben schien.

„Ich wollte noch was Süßes für meine Zwerge besorgen!“, nörgelte sie. „Guck mal – da drüben ist eine Bäckerei. Wir können doch schnell …“

„Auf gar keinen Fall!“, schnauzte Elli sie an und zog sie unerbittlich weiter.

„Du bist richtig gemein!“, beschwerte sich Billy. „Wie der Jäger! Der hat mich auch so durch den Wald gezogen und dann … dann wollte er … mich töten!“ Sie gab ein Schluchzen von sich und wurde noch langsamer.

Elli wandte sich rasch zu ihr um, folgte ihrer plötzlichen Eingebung. „Und genau vor dem müssen wir jetzt weglaufen!“, sagte sie mit Nachdruck.

„Aber … aber er hat mich am Ende in Ruhe gelassen“, fiel ihrer Freundin jetzt leider ein und Elli sah mit Bangen, wie in einiger Entfernung die Tür der Apotheke aufging und Ms Hence herauskam. „Er konnte mir nichts antun.“

„Er nicht, aber die böse Königin hat noch mehr Jäger geschickt!“, sagte Elli schnell. „Ms Hence gehört dazu und sie will dein Herz.“

Ihre Freundin schnappte entsetzt nach Luft und drehte sich gerade in dem Augenblick um, als die Apothekerin sie entdeckte und mit dem Finger auf sie wies, wohl um Mr Smith auf sie zu hetzen, der ebenfalls aus dem Laden gekommen war.

Billy stieß ein entsetztes Quieken aus und spurtete los, so schnell, dass Elli Mühe hatte, sie wieder einzuholen. Und sie war geschickt, bog kreuz und quer in verschiedene Straßen ab, sodass ihre Verfolger sie unmöglich so schnell aufspüren konnten.

Vollkommen außer Atem kamen sie irgendwann an Billys Haus an und überwanden mit Mühe die Treppenstufen hinauf zu deren Wohnung. Billys erneutes lautes Quieken, als sie die Tür öffnete und eintrat, ließ das Blut in Ellis Adern gefrieren, doch auf der Couch saß nur Billys Bruder Noah, umgeben von der bunten Schar Zwerge.

„Hab ich irgendwas verpasst?“, fragte er die keuchenden Mädchen stirnrunzelnd. „Zwerge, Billy?“

„Ich … ich mag die halt“, gab diese mit einem Schulterzucken zurück. „Wie war der Wochenendtrip nach Schottland?“

„Cool“, gab der Junge zurück und betrachtete dabei kopfschüttelnd den Zwerg, den er in der Hand hielt. Gottseidank schien *er* noch vollkommen normal zu sein – vielleicht auch, weil er gerade erst zurückgekehrt war.

„Ich hab dir was mitgebracht“, sagte er zu seiner Schwester und erhob sich, um aus einer Papiertüte grinsend eine Nessie-Figur herauszuholen.

„Ein Drache!“, entfuhr es seiner Schwester entsetzt, bevor sie ein paar Schritte zurückwich.

„Hä?“, machte Noah verwirrt. „Das ist Nessie! Die magst du doch so. Du hast mir selbst gesagt, dass ich dir was von ihr mitbringen soll.“

„Ja?“ Billy schien ihm nicht so ganz zu glauben, obgleich es in ihrem Zimmer etliche Beweise in Form von Figuren und eigenen Zeichnungen gab. „Aber nachher greift sie die Zwerge an!“

Noah gab ein Prusten von sich. „Sie macht bitte was?“

Es war eindeutig an der Zeit, sich wieder einzumischen, fand Elli, packte Noah kurzerhand am Arm und zog ihn mit sich mit, hinüber zur Garderobe. Billy schien das nicht weiter zu stören. Sie eilte hinüber zu ihren sieben Freunden und begann damit, sie liebevoll umzusetzen.

„Billy geht es heute nicht so gut“, raunte Elli deren jüngerem Bruder zu, während sie fieberhaft überlegte, wie sie ihm das alles erklären konnte, ohne selbst für verrückt gehalten zu werden.

„Was du nicht sagst“, gab Noah trocken zurück, den Blick auf seine nun mit den Zwergen kuschelnde Schwester gerichtet.

„Ich glaube, sie ist mit irgendwas in Berührung gekommen, das sie halluzinieren lässt“, fuhr Elli mit gesenkter Stimme fort.

Noahs Stirn legte sich in nachdenkliche Falten. „Pilze?“, schlug er vor.

Elli hob die Schultern, doch er nickte bereits verständnisvoll. „Hatte davon auch mal einen irren Trip. Soll ich auf sie aufpassen, bis die Wirkung verflogen ist, oder wolltest du das machen?“

„O nein, es wäre toll, wenn du das machst“, freute sich Elli. Dann konnte sie endlich zurück nach Hause kehren und in Ruhe weiter im Internet nach der Ursache für all die Wahnvorstellungen in ihrem Dorf recherchieren. Sie griff in die Apothekentüte und holte das Beruhigungsmittel heraus, das auch erfolgreich Halluzinationen bekämpfte.

„Falls ihr Zustand schlimmer wird ...“, sagte sie, während sie einen Streifen der Tabletten aus der Packung fummelte, „kannst du ihr eine von denen geben. Damit ist sie für ein paar Stunden ausgeschaltet und danach dürfte eigentlich alles vorüber sein.“

„Okay“, erwiderte Noah, nahm die Tabletten an sich und begab sich wieder zur Couch, seine Schwester amüsiert musternd.

„Meine Nummer hast du, oder?“, wandte sich Elli an der Tür noch einmal an ihn und erst als er nickte, konnte sie ihre beste Freundin mit gutem Gewissen verlassen. Noah und Billy liebten einander sehr und ‚Schneewittchen‘ war somit in den besten Händen.

Als Elli nach Hause kam, waren Melissa und Olivia zu ihrer großen Freude verschwunden und sie konnte sich in Ruhe an ihren Laptop setzen, um die dringend erforderliche Recherche zu betreiben. Leider blieb diese auch nach einigen Stunden Arbeit ergebnislos. Sie konnte zwar eine Menge über Halluzinationen und halluzinogene Drogen in Erfahrung bringen, aber über Menschen, die glaubten, Märchenfiguren zu sein, sich dementsprechend verhielten und zusätzlich ihr äußeres Erscheinungsbild wahnsinnig schnell veränderten, konnte sie nichts finden. Es war frustrierend, denn wenn sie der

Ursache für all das nicht auf die Spur kam, konnte sie den betroffenen Menschen auch nicht helfen, allen voran ihrer Nichte und ihrer besten Freundin.

Es war dieser Mangel an hilfreichen Informationen, der sie schließlich dazu verleitete, ‚blauer Bart' in die Suchmaschine einzugeben. Was folgte, war der nächste große Schrecken an diesem Tag, denn an oberster Stelle erschien daraufhin prompt der Link zu ‚Blaubart – Brüder Grimm'. Ein Märchen. Schon wieder.

Ellis Brust zog sich zusammen und sie schob ihren Stuhl zurück, sah fast ängstlich hinüber zu dem alten, dicken Buch, das auf ihrem Nachttisch lag. Ganz friedlich, als könne es kein Wässerchen trüben. Eliana holte einmal tief Luft, bevor sie sich erhob und mit etwas weichen Beinen hinüber zum Tischchen lief. Wenn das Märchen dort ebenfalls zu finden war, wurde die ganze Sache noch gruseliger, als sie ohnehin schon war.

Ihre Hand zitterte, als sie den Buchdeckel anhob und drei Seiten zum Inhaltsverzeichnis vorblätterte. Ihr Zeigefinger folgte den verschnörkelten Eintragungen, bis er genau auf das Wort stieß, dass sie dort *nicht* hatte lesen wollen: Blaubart.

„Scheiße", kam es ihr leise über die Lippen und ihre Gedärme verknoteten sich. „Das kann doch nur ein dummer Zufall sein!"

Ihre Augen wanderten weiter hinunter und fanden zwei weitere Wörter, die dieses Mal auch ihren Puls beschleunigten: Doktor Allwissend. Sie kannte diese beiden Märchen überhaupt nicht, nur deswegen war sie davon ausgegangen, dass die Störungen der beiden Männer nichts mit dieser Art von Geschichten zu tun hatten und jetzt …

Ein dicker Kloß formte sich in ihrem Hals. Das Ganze war so unglaublich, so irre, dass es nicht wahr sein *konnte* und dennoch ließ ihr Verstand keinen anderen Schluss zu: Die Bewohner von Ferry Bridge waren verhext worden und wurden langsam aber sicher zu Märchenfiguren. Wie zur Hölle war das möglich?! War *sie* daran schuld, weil sie das Märchenbuch laut vorgelesen hatte? War das Buch etwa verflucht?

„So ein Blödsinn!", stieß sie aus und wandte sich kopfschüttelnd von dem Werk ab. „Flüche gibt es genauso wenig wie Magie!"

Aber wie war das alles sonst zu erklären? Auch wenn es verrückt klang, momentan war das Fluchbuch die logischste Erklärung, die sie zustande brachte.

Na, bravo!, merkte eine Stimme in ihrem Hinterkopf an, die so gar nicht wie ihre eigene klang. *Hast du es endlich kapiert. Hat ja lange genug gedauert.*

Elli hielt entsetzt inne, schüttelte sich. Sie durfte jetzt nicht auch noch anfangen, durchzudrehen! Mit sich selbst zu sprechen, war für sie nichts Neues und oft tat sie das sogar laut. Da *war* keine fremde Person in ihrem Kopf.

Wenn du meinst …

Sie begann in ihrem Zimmer auf und ab zu laufen, knabberte an ihren Fingernägeln, während sie sich verzweifelt darum bemühte, eine rationale Erklärung für alles zu finden, eine, die sie nicht sofort in die Irrenanstalt beförderte, wenn sie diese vor anderen Menschen äußerte.

Irrenanstalt … ja … vielleicht geschahen die ganzen Sachen um sie herum ja gar nicht wirklich und *sie* war diejenige, die halluzinierte! Jemand hatte *ihr* irgendwelche Drogen verpasst und sie drehte nun durch. Das erklärte auch die Stimme in ihrem Kopf!

Oh bitte! Wir waren gerade eben doch schon viel weiter!, beschwerte sich ihre Halluzination.

Elli ignorierte sie. Wenn sie mit ihrer Vermutung richtig lag, war die Lösung ihres Problems ganz simpel!

Das tust du nicht! Wehe!

Mit wenigen Schritten war Elli an ihrem Schreibtisch, auf den sie die Tüte mit dem Beruhigungsmittel gestellt hatte, holte eine Tablette aus der Schachtel und spülte diese mit ein paar Schlucken Mineralwasser herunter.

Na, toll!, kommentierte ihr zweites Ich frustriert. *Morgen werden wir mit dem dicksten Brummschädel aufwachen, den wir je gehabt haben. Und das wird auch alles sein, was uns diese tolle Medizin gebracht hat. Ich weiß nicht, ob ich unser Drogengesicht dann noch überschminken kann – obgleich ich eine Meisterin dieser Zunft bin.*

Kopfschüttelnd bewegte sich Elli auf ihr Bett zu, streckte sich dort mit einem leisen Seufzen aus und wartete darauf, dass die Wirkung des Medikaments einsetzte. Trotz des Rumgenöles ihrer inneren Stimme kehrte langsam Ruhe in ihr Inneres ein, denn sie war sich absolut sicher, dass der ganze Spuk vorbei sein würde, sobald sie wieder erwachte. Das *musste* er einfach.

Märchen schreibt die Zeit

Die Lichter waren mehr geworden. Unruhig zuckten sie durch die Nacht und verrieten Elli, wo ihre Feinde waren und wie schnell sie sich ihnen näherten. Ab und an trug der Wind auch Stimmen zu ihnen herüber. Wütende. Ängstliche. Aufgeregte. Männer und Frauen, die zu so später Stunde nichts Besseres zu tun hatten, als Hatz auf sie zu machen.

Ein Zittern lief durch den Körper der jungen Frau, die sich in ihrer Angst eng an sie gedrückt hatte, hier in ihrem Versteck hinter einem dichten Gebüsch.

„Es sind so viele", hauchte sie verängstigt. „Fast das ganze Dorf. Wie sollen wir nur von hier wegkommen?"

„Wir schaffen das schon", flüsterte Elli zurück – erneut mit der Stimme des jungen Mannes, in dessen Körper sie schon einmal gesteckt hatte – und spürte dabei ganz genau, dass auch ihre eigene Hoffnung langsam dahinschwand. „Ich lasse nicht zu, dass sie dir etwas antun."

Aus einer anderen Richtung ertönte nun Hundegebell und als Elli sich erschrocken umsah, konnte sie auch von dort Lichter auf sie zukommen sehen. Nun gab es nur noch eine Richtung, in die sie fliehen konnten – zurück zum Gutshof, zum Feind, den sie einst Familie genannt hatte. Wahrscheinlich würde niemand davon ausgehen, dass sie ausgerechnet dahin zurückkehrten und sie waren dort tatsächlich sicherer als anderswo, konnten sich in der Scheune verstecken, abwarten, bis man die Suche nach ihnen aufgab.

Elli wusste, dass ein solches Vorhaben gefährlich war, vor allem, weil sie auf ihrem Weg die umliegenden Felder überqueren mussten, aber sie konnte noch nicht aufgeben, musste weiterkämpfen.

„Lauf!“, raunte sie ihrer Begleiterin zu und schob sie vorwärts, folgte ihr gebückt durch das Dickicht des Waldes und das Gebell hinter ihnen schien ihnen Flügel zu verleihen.

„Da!“, schrie plötzlich jemand ganz in ihrer Nähe und aus dem Augenwinkel sah sie drei dunkle Gestalten zwischen den Bäumen auftauchen – ohne Fackeln. „Da sind sie!“

Nackte Angst packte sie und Elli fuhr mit einem Keuchen aus dem Schlaf, rang eine Weile nach Atem, weil ihr Herz viel zu schnell schlug und ihr nur ganz langsam bewusst wurde, dass sie sich in ihrem Bett in ihrem alten Kinderzimmer im Haus ihrer Eltern und nicht in einem dunklen Wald befand. Sie war in Sicherheit. Niemand verfolgte sie oder bedrohte gar ihr Leben. Was waren das nur immer für grässliche Träume?!

Immer noch vollkommen aufgelöst sah sie sich um. Es war schon wieder sehr hell in ihrem Zimmer, also hatte sie wohl erneut viel zu lange geschlafen – was kein Wunder war, bedachte man, dass sie am vorherigen Abend von einem starken Beruhigungsmittel ausgeknockt worden war. Richtig erholt fühlte sie sich dennoch nicht. Deswegen ging ihr auch das muntere Vogelgezwitscher vor ihrem Fenster eher auf die Nerven, als das sie sich daran erfreuen konnte.

„Klappe!“, knurrte sie und überraschenderweise verstummten die Tiere tatsächlich und flatterten rasch davon.

Elli, der Vogelschreck – das war ja was ganz Neues. Insbesondere für eine Tiernärrin wie sie. Dennoch schlich sich ein boshaftes Grinsen auf ihre Lippen, als sie die Beine über den Bettrand schwang und aufstand.

Man muss nicht jeden Tag gute Laune haben und zu jedem nett sein, hörte sie eine Stimme in ihrem Inneren, der sie nur zustimmen konnte. *Man kann seiner Umwelt auch mal auf andere Weise als mit einem Lächeln die Zähne zeigen, speziell wenn man einen solch beschissenen Tag wie den gestrigen hinter sich hat.*

Aber heute würde alles besser werden, beschloss Elli. Die Droge musste nun aus ihrem Blut heraus sein und der Rest der Welt war mit Sicherheit wieder normal. Sie zog sich rasch an, bürstete sich ausgiebig das dunkle Haar und hielt dann inne. Irgendwie gefiel ihr nicht so richtig, was sie sah.

Normalerweise trug sie nicht viel Schminke und stylte sich auch nicht ewig wie ihre Freundinnen, bevor sie auf die Straße ging, was hauptsächlich daran lag, dass sie mit einer wunderbar glatten Haut gesegnet war und auch ohne Make-Up zu den eher hübschen Mädchen zählte. Aber gerade heute störte sie sich an der Unauffälligkeit ihres Looks. Sie passte nicht zu dem herausstechenden Grün ihres recht tief ausgeschnittenen Shirts.

Ein bisschen Schminke konnte ja nicht schaden – insbesondere da sich unter ihren Augen ein paar hässliche dunkle Ränder gebildet hatten. Tja, sie hatte ja gewusst, dass ihre Medizin solcherlei Folgen haben würde und nicht auf ihre innere Stimme hören wollen.

Selbst schuld, merkte diese nun an, *aber ich denke, das kann ich noch retten. Und wenigstens ist uns der Brummschädel erspart geblieben.*

Zehn Minuten später umrahmte ein deutlich zu bemerkender Lidstrich sowie ein Hauch von Smokey Eyes ihre dunkelbraunen Augen und die üppige Wimperntusche ließ diese noch größer aussehen, als sie ohnehin schon waren. Elli legte noch einen dunkelroten Lippenstift auf und verließ anschließend beinahe beschwingt ihr Zimmer– dieses Mal *mit* Handy in der Hosentasche.

Am heutigen Tag war sie sogar so spät aufgestanden, dass Melissa und ihre Nichte bereits mit dem Frühstück fertig waren und sich im Wohnzimmer aufhielten: Lissa ein Buch lesend auf dem kuscheligen Sessel ihres Stiefvaters und Liv am Boden mit ihren Puppen spielend.

„Ah, das Faultier ist wach geworden“, kommentierte ihre Schwester ihr Erscheinen mit einem breiten Grinsen und Elli schnitt ihr eine Grimasse, bevor sie zur Kaffeemaschine stiefelte und sich ihren Lieblingswachmacher in eine Tasse goss.

Liv war aufgesprungen, warf sich gegen sie, um sie innig zu drücken, und war in der nächsten Sekunde auch schon wieder im Wohnzimmer, um weiterzuspielen. Ein ganz normales Kind, ohne Angstfantasien.

Elli atmete erleichtert auf. Der Märchenalbtraum war tatsächlich vorbei. Sie war erlöst.

Freu dich nicht zu früh!, wurde sie von ihrer inneren Stimme gewarnt. *Der Schein könnte auch trügen.*

„Wo wart ihr beide denn gestern Nachmittag?“, fragte sie ihre Schwester, nachdem sie ein paar Schlucke dampfenden Kaffees zu sich genommen hatte (Seit wann schmeckte der ihr auch ohne Milch und Zucker?), und ließ sich auf der Couch gegenüber von Lissa nieder.

„Bei Doktor Jonassen“, überraschte ihre Schwester sie und Elli verschluckte sich fast an ihrem Kaffee.

„Wieso?“

„Weil deine Nichte nicht aufgehört hat von …“, sie senkte ihre Stimme, „… du-weißt-schon-was zu reden.“

Shit! Dann hatte sie sich zumindest *das* nicht eingebildet.

„Und … wie geht's dem Doc so?“, fragte Elli vorsichtig. Wenn sie selbst halluziniert hatte, musste er sich ihrer Schwester gegenüber ja vollkommen normal verhalten haben.

Lissa bedachte sie mit einem verständnislosen Stirnrunzeln. „Gut“, sagte sie schließlich und Elli konnte sich nur mit Mühe verkneifen, erleichtert aufzuatmen.

„Er sagte, es sei für ein Kind ihres Alters ganz normal, dass es sich vor dem bösen … du-weißt-schon fürchtet“, fuhr ihre Schwester fort. „Und das sei ja auch notwendig, damit alle Kinder immer auf dem Weg bleiben und nicht in den Wald hineingehen.“

Elli erstarrte. Sie blinzelte ein paar Mal, suchte im Gesicht ihrer Schwester nach Anzeichen dafür, dass sie nur einen Spaß machte, doch dieses blieb vollkommen ernst.

„In den Wald hineingehen“, wiederholte Elli.

„Was?“ Dieses Mal sah Lissa sie verstört an. „Was soll ich denn im Wald?“

„Aber du sagtest doch …“

„Hör mir bloß mit diesen Geschichten auf!“, zischte Melissa ihr zu. „Ich bin froh, dass Liv sich wieder beruhigt hat und habe ehrlich gesagt keine Lust, sie noch mal mit Baldrian und Bachblüten abzufüllen!“

Elli öffnete den Mund, um sich zu verteidigen, schloss ihn jedoch gleich wieder. Es machte keinen Sinn, sich weiter mit ihrer Schwester herumzustreiten, wenn diese derart angespannt und gestresst war. Außerdem war sie selbst schon wieder so nervös und gereizt, dass bei einer Diskussion ganz bestimmt nichts Gutes herauskommen würde. Sinnvoller war es, aufzustehen und etwas Abstand zwischen sich und Lissa zu bringen, also tat sie genau das.

„Was soll denn *das* jetzt?“, fragte ihre Schwester verärgert und Elli hielt inne, musste ihre Zähne fest zusammenbeißen, um den Zorn, der plötzlich in ihr aufwallte wieder unter Kontrolle zu bringen.

Warum lässt du dir das immer gefallen?, fragte sie sich innerlich zur selben Zeit. *Du könntest ihr auch endlich mal so richtig die Meinung geigen! Die kann dich mal kennenlernen! Sie hat ja keine Ahnung, mit wem sie sich da anlegt!*

Elli stutzte und ein kalter Schauer lief ihren Rücken hinunter. Nein. Das waren nicht *wirklich* ihre eigenen Gedanken und das war auch nicht die innere Stimme, die ihr gewöhnlich ins Gewissen redete, sondern die andere, von der sie schon gestern terrorisiert worden war.

Die einzige, die hier jemanden terrorisiert, ist Melissa, versuchte die Stimme sie weiter zu beeinflussen und Elli wurde ganz schlecht. Aus der Ferne hörte sie Lissa ihren Namen sagen – dieses Mal schon etwas sanfter und leicht besorgt.

„Mir ist gerade eingefallen, dass ich dringend jemanden anrufen muss", warf Elli ihr über die Schulter zu, brachte ihre noch halb gefüllte Tasse in die Küche und begab sich anschließend mit weichen Knien vor die Haustür.

Es war schon sehr warm draußen und sie setzte sich auf die Treppenstufen, zog ihr Handy aus der Tasche und rief Billys Nummer auf. Sie hatte ihre Schwester nicht belogen. Nach dem, was sie gerade eben gehört und selbst gefühlt hatte, war es in der Tat dringend notwendig, ihre beste Freundin anzurufen und nachzuprüfen, ob sich auch diese noch so seltsam wie gestern verhielt.

Es tutete eine ganze Weile, dann ging jemand ran. Allerdings nicht Billy, sondern ihr Bruder.

„Man drückt ganz einfach auf den grünen Telefonhörer", konnte sie ihn entnervt sagen hören und wusste sofort, dass er mit seiner Schwester und nicht mit ihr sprach.

„Und was mache ich danach?", hörte sie Billy fragen.

„Du hörst zu, was der Anrufer zu sagen hat und antwortest auf seine Fragen."

„Und wer ist dieser Anrufer?"

„Deine beste Freundin Elli!" Noahs Stimme wurde immer verärgerter und Elli konnte es ihm vollkommen nachfühlen. Hatte Billy vergessen, wie man telefonierte?!

„*Die* ist in dem kleinen Ding drin?", quietschte Billy entsetzt.

„Natürlich nicht!“

„Das ist Hexerei! Mach das weg!“

„Nein!“ Noah seufzte genervt. „Meine Schwester ist neuerdings zu blöde, ein Handy zu bedienen“, sprach er nun Elli an. „Ich hab keine Ahnung, was genau mit ihr los ist, aber Pilze sind an ihrem Zustand mit Sicherheit nicht schuld. Deren Wirkung würde nicht so lange anhalten – zumindest nicht die von denen, die ich kenne.“

Schon war der Druck in Ellis Bauch zurück. „Das heißt dann wohl, dass es nicht besser geworden ist“, mutmaßte sie.

„Nö, sie denkt immer noch, dass sie Schneewittchen ist“, gab Noah bekannt. „Manchmal ist es ja ganz witzig, aber die meiste Zeit stresst es. Sie will gar nicht mehr aus dem Haus, meint, dass dann die Jäger kommen, um sie zu töten – oder die böse Königin.“

„Scheiße!“, stieß Elli frustriert aus und stand auf. „Was machen wir denn jetzt?“

„Nichts“, war Noahs unvermutete Antwort – überhaupt wirkte er viel zu ruhig, bedachte man, dass seine Schwester derart massiv halluzinierte. Und wahrscheinlich nicht nur sie.

„Nichts?“, wiederholte Elli. „Wir müssen doch herausfinden, woher das kommt und wie man sie aus ihrem Zustand befreit.“

„Ach wo“, lehnte Noah ihren Vorschlag lässig ab, „das gibt sich schon von allein. Ist bestimmt nur so ’ne Selbstfindungsphase.“

„Selbstfindungsphase?!“, wiederholte Elli etwas schrill.

Der spinnt doch!

„Hysterisch zu werden, hilft hier niemandem“, mahnte Noah sie. „Ihr geht’s doch sonst gut. Kein Fieber, kein Kotzen, keine Schmerzen. Kein Grund Krawall zu machen – oder willst du, dass man Billy in die Klapse steckt?“

Da hat er allerdings recht.

Elli schloss die Augen und schüttelte den Kopf, versuchte damit, ihr Hirngespinst wieder loszuwerden. Wenigstens *sie* musste jetzt unbedingt bei klarem Verstand bleiben. „Nein, selbstverständlich nicht!“, gab sie nach. „Aber …“

„Siehst du“, wurde sie unterbrochen. „Lass sie einfach mal eine Zeit lang ihr Ding machen, dann wird schon alles wieder gut.“

„Noah“, versuchte Elli so ruhig wie möglich zu ihm durchzudringen, „sie ist ja nicht die einzige, die sich so seltsam benimmt. Meine Nichte hat Angst vor dem bösen Wolf, Ms Gold von der Bäckerei bei euch, hat gestern ihren Laden mit Lebkuchen beklebt und Mr Smith lässt sich einen blauen Bart stehen.“

Und ich höre fremde Stimmen in meinem Kopf.

Ist doch gar nicht wahr. Ich bin du.

„Und?“, fragte Noah und sie konnte sein verständnisloses Stirnrunzeln fast hören.

„Und?!“, wiederholte Elli entgeistert. „Die drehen alle durch!“

„Finde ich jetzt nicht“, erwiderte Billys Bruder. „Das sind sicherlich nur Werbegags und ich find’s cool. Bringt etwas mehr Action und Spaß in unser verschlafenes Nest. Mach dir mal darüber keine Sorgen – es gibt verrücktere Dinge auf der Welt.“

Der Junge gefällt mir. Ein helles Köpfchen!

„Das ist bestimmt nicht Elli, sondern die böse Königin!“, konnte sie Billy im Hintergrund rufen hören. „Pack dieses verhexte Teil jetzt weg!“

„Was soll denn der Besen?“, hörte Elli Noah fragen, gefolgt von einem dumpfen Rumsen. „Au! Spinnst du?! Au! Jetzt gibt das her! Sorry Elli, ich muss meiner Schwester mal zeigen, wer hier die Hosen anhat. Kannst ja nachher vorbeikommen.“

Klick. Die Verbindung war tot. Elli starrte das Handy fassungslos an, konnte immer noch nicht glauben, dass Noah die ganze Sache derart runtergespielt hatte. Normalerweise machte er sich ziemlich schnell Sorgen um seine Schwester, aber das hier war grob fahrlässig.

Ach wo, so schlimm ist das alles gar nicht mischte sich erneut die fremde Stimme ein. *Er hat schon recht. Das gibt sich sicherlich bald von allein.*

Elli atmete ein paar Mal tief ein und wieder aus, um wenigstens ein bisschen Ruhe in ihr Inneres zu bringen. Gut – sie hatte nun den eindeutigen Beweis dafür, dass der gestrige Tag weder ein Albtraum noch eine von Drogen verursachte Halluzination gewesen und der Irrsinn eindeutig noch nicht vorbei war. Allein konnte sie jedoch mit Sicherheit nicht die Lösung für dieses Problem finden – schon gar nicht, solange sie diese andere Person in ihrem Kopf hatte, denn sie hatte die ganz üble Vermutung, dass es sich bei dieser ebenfalls um eine Märchengestalt handelte, in die *sie* sich verwandeln sollte.

So ein Unsinn.

Elli biss erneut die Zähne zusammen und schob die fremde Präsenz mit Macht zurück. Solange diese noch nicht die Kontrolle über ihren Verstand und Körper hatte, konnte sie noch etwas tun, ihre Freunde und sich selbst von diesem Irrsinn erlösen. Allerdings brauchte sie dafür Verbündete, Mithelfer, die noch bei klarem Verstand waren und gemeinsam mit ihr herausfinden konnten, was zur Hölle in ihrem Dorf los war, wie die Halluzinationen entstanden waren und wie man sie bekämpfen konnte.

Entschlossen wählte sie die Nummer von Cora an, die sich auch sogleich meldete. Dass sie noch wusste, wie man ein Handy bediente, war schon mal vielversprechend.

„Hey, Cora, hast du grad mal kurz Zeit für mich?“, fragte Elli sogleich. „Oder besser noch: Können wir uns in zwanzig Minuten bei Joe’s treffen? Ich sag den anderen auch noch Bescheid, dann können wir …“

„Ich soll hier weg?“, unterbrach Cora sie alles andere als begeistert.

Elli hielt inne. „Ja, oder ist es gerade schlecht?“

„Pfff“, machte Cora. „Mum hat eigentlich gesagt, dass ich lieber zuhause bleiben soll.“

„Seit wann hörst du auf deine Mutter?“, wollte Elli wissen und bekam schon wieder ein ganz ungutes Gefühl.

„Seit die Welt draußen echt gefährlich geworden ist.“

„Habt ihr es auch schon bemerkt?“, fragte Elli erfreut.

„Natürlich!“, gab Cora inbrünstig zurück. „Schon vor langer Zeit. Draußen da … da gibt es Diebe und Mörder … gefährliche Tiere, die einen fressen wollen …“

Eliana schloss frustriert die Augen und der kleine Funken Freude erlosch. Das war nicht das, was sie hatte hören wollen.

„Aber wenn du willst, kannst du gern herkommen", schlug Cora vor. „Ich hol dich dann zu mir rauf und …"

„Nein, danke", lehnte Elli schnell ab. „Vielleicht mache ich das später, aber ich hab jetzt noch einiges zu erledigen."

„Schade", seufzte Cora. „Pass aber gut auf dich auf, ja?"

„Klar", bestätigte Elli dumpf. „Bis später."

Sie legte auf und schüttelte den Kopf. Cora war also auch von der Liste möglicher Helfer zu streichen, aber so schnell gab sie nicht auf.

Jamie war der nächste, den sie erreichte, der ihr aber umgehend sagte, dass er nicht zu Joe's kommen könne, weil er gerade die Natur für sich wiederentdecke. Er fühle sich in der Stadt nicht mehr wohl und hätte bereits die Nacht unter freiem Himmel verbracht, nackt, da das seinem natürlichen Zustand am nächsten käme. Außerdem schmecke selbst erjagtes Essen ja so viel besser als die labbrigen Burger bei Joe's.

Elli hatte nicht weiter nachgefragt, was er damit meinte, sich schnell verabschiedet und danach Tamara angerufen. Die war erst sehr spät ans Telefon gegangen, hatte gesagt, dass sie unendlich müde sei und war während ihres maximal dreiminütigen Gesprächs zweimal eingeschlafen. Den Inhalt davon hatte sie nicht im Ansatz begriffen und Elli dazu gebracht, bald schon frustriert aufzulegen.

Ihre letzte Hoffnung war somit Hannah, die sich glücklicherweise auch recht schnell meldete. Elli versuchte erst gar nicht am Telefon etwas zu klären, sondern bat sie gleich darum, sich mit ihr im Joe's zu treffen.

„Oh, das ist gerade schlecht", verkündete ihre Freundin in Ellis Augen viel zu beschwingt. „Großmutter ist krank geworden und ich soll ihr Kuchen und Wein bringen. Wir könnten uns danach treffen. So gegen vier?"

Elli wusste ein paar Sekunden lang nicht, was sie dazu sagen sollte, zu schlimm war es, derlei Worte aus dem Mund ihrer letzten Hoffnung zu hören. „Kuchen und Wein?", wiederholte sie schließlich mit erstickter Stimme und spürte, wie ihr bereits Tränen in die Augen stiegen.

„Ja, Mutter sagte, sie würde sich sehr darüber freuen."

„Bestimmt", brachte Elli nur mit Mühe heraus. „Platzierst du das alles oben *auf* dem Grab oder buddelst du ein Loch und schmeißt es rein?"

„Elli!", empörte sie Hannah. „Das ist echt gemein! So schlecht geht es ihr gar nicht!"

„Deine Großmutter ist seit vier Jahren tot, Han!", platzte es ungehalten aus Elli heraus.

Stille am anderen Ende der Leitung. Eine Stille, die zu lange anhielt, und als Eliana auf das Display sah, erkannte sie, dass Hannah aufgelegt hatte.

„FUCK!", fluchte Elli ungehalten, holte aus, um ihr Handy wutentbrannt in den Garten zu werfen, besann sich aber noch rechtzeitig und ließ nur ihre Faust durch die Luft sausen.

„Scheiße!", setzte sie mit erstickter Stimme hinzu und die Tränen ließen sich nun nicht mehr aufhalten, rollten ungehindert ihre Wangen hinunter, während sie leise in sich hineinweinte.

Sie war allein. *Keiner* ihrer Freunde war mehr bei Trost. Niemand konnte ihr dabei helfen, herauszufinden, was passiert war. *Niemand.* Wenn sie zur Polizei ging, würde man sie auslachen und wahrscheinlich wegsperren. Wer konnte so eine Geschichte schon glauben?

Geschichte … Elli wischte sich über die Augen und sah hinauf zu ihrem Fenster. Das Märchenbuch! Es war zwar total irrsinnig, aber was war, wenn dieses Ding tatsächlich irgendwelche Kräfte hatte und an allem Schuld war? War es dann nicht vielleicht möglich, alles rückgängig zu machen, wenn sie es zerstörte?

Magie lässt sich nicht mit weltlichen Mitteln zerstören, meldete sich die fremde Stimme aus ihrem Hinterkopf zurück. *Ganz schlechte Idee! Das könnte alles eher noch schlimmer machen, den Zauber verändern.*

Elli trat geistig zu und schoss die Fremde zurück in die Untiefen ihres Verstandes, sodass sie keinen Mucks mehr von sich gab. Wenn diese … ‚Person' etwas gegen ihren Plan hatte, konnte das ja nur der richtige Weg sein!

Sie erhob sich rasch und huschte durch die Haustür, wohl darauf bedacht, dass weder ihre Schwester noch ihre Nichte etwas davon mitbekamen.

Das Buch lag noch immer auf ihrem Nachttisch und sah so aus, wie alte Bücher eben aussahen: unscheinbar, abgegriffen, angeschlagen. Schwer vorstellbar, dass diesem Ding auch nur ein Hauch Magie innewohnte, dennoch beschleunigte sich Ellis Herzschlag, als sie es hochhob und von allen Seiten betrachtete. Von außen war nichts zu erkennen, was auf einen Zauber (sie konnte selbst kaum glauben, dass sie so etwas in Betracht zog) oder Ähnliches hinwies. Also musste sie es wohl oder übel öffnen und Seite für Seite durchblättern.

Lange dauerte das allerdings nicht, denn bereits auf der zweiten Seite stoppte sie und hielt den Atem an.

Das, was sie zuvor für eine normale Widmung gehalten und überblättert hatte, war etwas ganz anderes, wahrhaft Furchtbares. Jemand hatte mit filigraner, geschwungener Handschrift einen beängstigenden Vers auf die vergilbte Seite geschrieben:

Die Zunge des Verräters haucht dem Zauber Leben ein. Alles, was geschrieben steht, wird am Ende Wahrheit sein.

Nur wenn das Unrecht der Vergangenheit getilgt wird durch des Sünders Hand, naht Rettung den Verfluchten dann durch das, was Liebende verband.

Für einen kurzen Moment war Ellis Verstand wie leergefegt und alles, was sie tun konnte, war, die Zeilen immer wieder zu lesen. Erst nach dem zehnten Mal akzeptierte ihr Gehirn das Unmögliche und kam zu einer der irrsinnigsten Schlussfolgerungen, die es jemals zustande gebracht hatte: Auf dem Buch lag in der Tat ein Fluch, der auf einen großen Teil der Bewohner Ferry Bridges übergegriffen hatte. Und höchstwahrscheinlich hatte *sie* ihn ausgelöst, weil sie die Geschichten aus dem Werk laut vorgelesen hatte.

Alles, was geschrieben steht, wird am Ende Wahrheit sein.

Sie hatte am gestrigen Tag recht gehabt: Ihre Freunde und einige der anderen Dorfbewohner verwandelten sich tatsächlich in Märchenfiguren – durch ihre Schuld! Aber … hatte sie selbst nicht schon vorher unter dem Einfluss des Buches gestanden? Nie im Leben hätte sie sonst alle Geschichten in einer Nacht vorgelesen. Und wenn das so war, warum hörte sie immer wieder diese Stimme in ihrem Kopf, verwandelte sich jedoch nicht selbst in eine Märchengestalt? Oder war das die Vorstufe und der Fluch ließ sich bei ihr lediglich mehr Zeit, weil sie ihn ausgelöst hatte – quasi als kleine Belohnung? Sie ließ ihren Blick noch einmal über die Zeilen wandern.

Die Zunge des Verräters haucht dem Zauber Leben ein.

Verräter? Inwiefern war *sie* eine Verräterin? Und *wen* sollte sie verraten haben? Als ob sie jemals zu etwas derart Bösartigem … Oh … Tristan! Der gewohnte Stich fuhr zuverlässig wie immer in ihr Herz und dieses Mal brachte er noch mehr Unbehagen als zuvor mit sich. Sie *war* eine Verräterin und dadurch die perfekte Fluchauslöserin gewesen. Irgendwie musste das Buch das … erspürt haben? Sie sträubte sich, so etwas zu denken. Bücher besaßen weder ein Gehirn noch empathische Fähigkeiten. Wenn, dann war das der Zauber gewesen, der auf dem Buch lag und sie zu seiner Marionette, seinem Diener gemacht hatte.

Ich bin keine Dienerin!, schrie ihre neue innere Stimme und befreite sich damit ruckartig aus ihren Ketten. *NIEMAND benutzt mich für seine Zwecke! Schon gar nicht so ein dummes Buch!*

Ausnahmsweise musste Elli ihr recht geben. Sie griff zornig nach der Seite mit dem Fluch und zog daran, doch das Papier gab nicht nach. Heiße Wut brodelte in ihr und sie packte fester zu, zog und zerrte an der Seite, zerknüllte sie, biss hinein, aber jedes Mal, wenn sie innehielt, glättete sich das Papier auf magische Weise und behielt seinen unangetasteten Zustand bei.

Elli starrte das Buch aufgewühlt an, schwer atmend und am ganzen Körper zitternd, doch sie war kein Mensch, der schnell aufgab.

Das teuflische Werk unter den Arm geklemmt, eilte sie die Treppe hinab und raus aus dem Haus. Im Schuppen fand sie, was sie brauchte, um dem ganzen Spuk ein Ende zu setzen: Einen Kanister Benzin und ein Feuerzeug.

Mit diesen Sachen verzog sie sich in eine Ecke des Gartens, in der man sie von der Straße aus nicht sehen konnte, legte das Buch ins feuchte Gras und übergoss es mit dem Benzin. Bücher zu verbrennen war ihr zwar zutiefst zuwider, aber hatte sie eine andere Wahl?

Es gab eine Stichflamme, die ihr die Fingerspitzen versenkte, als sie das Benzin in Brand setzte, doch sie fühlte den Schmerz kaum, zu glücklich war sie darüber, dass ihr Plan aufging und das vermaledeite Buch in wenigen Minuten zerstört sein würde. Die Flammen loderten und zischten und Elli machte einen großen Schritt zurück, atmete tief erleichtert auf.

„ELLI!“, ertönte eine entsetzte Stimme von der Terrasse her und als sie sich umwandte, sah sie ihre Schwester auf sich zueilen. „Bist du verrückt geworden?! Du kannst doch kein Feuer im Garten machen!“

„Ich kümmere mich nur darum, dass Liv keine Albträume mehr hat und wieder zu dem fröhlichen Kind wird, das sie vorher war“, erwiderte Elli.

Melissa sah sie verständnislos an.

„Das ist das Märchenbuch, aus dem ich ihr vorgelesen habe“, erklärte sie mit einem Fingerzeig auf das Feuer.

Lissas Brauen wanderten auf ihren Haaransatz zu. „Also, es gleich zu verbrennen, ist ja nun ein bisschen übertrieben“, kommentierte sie Ellis Heldentat alles andere als begeistert.

„Ich hatte keine andere Wahl“, gab Eliana zurück. Sie zögerte einen Augenblick, entschied sich letztendlich aber für die Wahrheit. „Ich konnte es nicht zerreißen und … meine Freunde haben sich auch plötzlich so seltsam verhalten – wie Märchenfiguren.“

„Warte …“ Melissas Augen verengten sich. „… deine Freunde benehmen sich wie Märchenfiguren?“

„Ja. Billy sammelt plötzlich Gartenzwerge und sieht immer mehr so aus wie Schneewittchen, Hannah will ihrer toten Oma Wein und Kuchen bringen und steht plötzlich auf die Farbe Rot und ich befürchte, dass Jamie sich für einen Wolf hält.“

Lissas Gesichtsausdruck blieb seltsamerweise unverändert, entspannt und unbeeindruckt. „Und du denkst, dass dieses Buch das verursacht hat?“, fragte sie.

Elli nickte. „Ich weiß, es klingt total irrsinnig, aber ich glaube, dass ein Zauber auf ihm lag, und ich dadurch, dass ich alle darin enthaltenen Geschichten vorgelesen habe, einen Fluch ausgelöst habe, der nun sehr viele Menschen hier in Ferry Bridge in seinen Bann geschlagen hat. Aber jetzt wird alles wieder gut werden.“

Lissa sah sie noch ein paar Sekunden lang ausdruckslos an – dann brach sie in schallendes Gelächter aus, schlug sich sogar dabei auf die Schenkel. Super! Aber wenn Elli ehrlich war, hätte sie an ihrer Stelle wahrscheinlich auch nicht anders reagiert.

„O mein Gott, Schwesterchen!“, keuchte Lissa und wischte sich dabei die Lachtränen aus den Augenwinkeln. „Du hast eindeutig zu viele Fantasyfilme gesehen! Aber was soll's – jetzt brennt das Buch. Pass nur auf, dass nachher auch alles aus ist, okay?“

Elli musste sich dazu zwingen, ein einigermaßen freundliches Gesicht zu machen, während sie nickte. Im Grunde kam es ja auch gar nicht darauf an, dass ihr geglaubt wurde. Es war nur wichtig, dass der Irrsinn um sie herum aufhörte.

„Ich gehe jetzt rein und mache Essen“, verkündete Melissa. „Wenn du auch was willst, musst du mithelfen, sonst reicht es nur für Liv und mich.“

„Schon klar“, gab Elli zurück und fühlte fast so etwas wie Erleichterung, als ihre Schwester verschwand. Ihr Blick richtete sich wieder auf das Feuer, das deutlich kleiner geworden war und sie erstarrte. Das Buch war noch da, schien kaum Schaden genommen zu haben.

„Nein, nein, nein, nein!“, kam es ihr panisch über die Lippen, als die Flämmchen noch zweimal zuckten und schließlich erloschen. Ein kleines Rauchwölkchen stieg in die Luft, dann war alles vorbei und vor ihr lag das dicke Märchenbuch, unversehrt, fast sauber. Nicht einmal Ruß war auf dem Einband zurückgeblieben.

Eine kalte Klaue griff nach Ellis Herz, drückte es zusammen, und sie bekam für einen kurzen Moment keine Luft mehr. Das konnte nicht sein! *Durfte* nicht sein! Was für ein furchtbarer Zauber war das denn?! Tränen schossen in ihre Augen und sie unterdrückte ein Schluchzen.

Nicht die Nerven verlieren, sagte sie sich selbst. *Für jedes Problem gibt es eine Lösung.*

Vorsichtig berührte sie den Umschlag (Er war noch nicht einmal warm!) und nahm das Buch an sich, lief mit ihm ins Haus und schnell wieder hinauf in ihr Zimmer. Dort ließ sie sich auf ihr Bett plumpsen und begann nun doch verzweifelt zu weinen. Leise, sodass Lissa und Liv sie nicht hören konnten.

Reiß dich zusammen!, tönte eine ihr mittlerweile schon fast vertraute Stimme in ihrem Inneren. ***So schnell gibst du nicht auf. Du bist stark und klug. Denke nach! Kämpfe!***

Sie griff nach der Packung Taschentücher auf ihrem Nachttisch und schnäuzte sich entschlossen die Nase. Schluss mit den Tränen! Die halfen niemandem. Jeder Fluch hatte eine Ursache und wenn man der auf die Spur kam, konnte man ihn auch bekämpfen, erlöst werden.

Elli schlug erneut die Seite mit dem Zauberspruch auf und las ihn sich noch einmal ganz genau durch.

Nur wenn das Unrecht der Vergangenheit getilgt wird durch des Sünders Hand, naht Rettung den Verfluchten dann durch das, was Liebende verband.

Elli stieß einen verblüfften Laut aus. Da war sie doch, die Lösung ihres Problems, klar und deutlich formuliert, ohne ewige Rätselraterei! Sie musste das Unrecht, das sie begangen hatte, wiedergutmachen und sich mit Tristan versöhnen, ihn dazu bewegen, ihr zu verzeihen! Das oder das Buch mit Salpetersäure oder Löschkalk malträtieren … zwei Dinge, die sie nicht hatte.

Das Ziehen in ihrer Brust war prompt zurück, denn so einfach die Lösung auch zu sein schien – sie war auf keinen Fall leicht in die Tat umzusetzen. Sie hatte schon oft versucht, mit Tristan zu reden, sich zu entschuldigen, die Freundschaft mit ihm wiederaufleben zu lassen und war jedes Mal gescheitert, mit voller Wucht gegen die Mauer gerannt, die er sofort hochzog, wenn sie sich ihm näherte.

Du gibst doch nicht etwa schon auf, bevor du es versucht hast!, empörte sich ihre neue Kämpferseite. *Sei keine Memme! Es geht hier um mehr als deinen Stolz und deine verletzten Gefühle! Zur Not wirfst du dich ihm vor die Füße und heulst dir die Augen aus. Das kann er nicht ignorieren. So hartherzig ist er nicht.*

Das war wahr. Tristan war ein guter, mitfühlender Mensch. Daran hatte sich sicherlich nichts über die vergangenen Jahre geändert. Dennoch erfüllte sie der Gedanke, zu ihm nach Hause zu gehen, mit Panik.

Vielleicht musst du das ja gar nicht, merkte die innere Stimme an. *Hat Tristans Schwester nicht heute Geburtstag?*

Ja, natürlich! In diesem Fall wusste sie ganz genau, wie sie ein Zusammentreffen auf neutralem Boden provozieren konnte – eines, vor dem sie nichtsdestotrotz große Angst hatte.

Wieder(weg)sehen

Sechs Stunden. Sechs volle Stunden saß sie jetzt bereits hier und wartete. Bestellte sich Eis, Kaffee, Kuchen und Limonade, weil Ms Baker, die Besitzerin des kleinen Cafés sehr streng war, was den Aufenthalt in ihrem Laden anging: Wer sich hier hinsetzte, *musste* etwas bestellen und das am besten halbstündlich, ‚schließlich waren sie keine Wärmestube, sondern ein Café.' Wer sich eine Stunde lang an einer Kanne Tee festhielt, wurde von ihr so lange mit auffordernden Blicken durchbohrt, bis er entweder etwas zu essen oder die Rechnung bestellte.

Eigentlich ging Elli lieber zu Joe's. Der Kuchen dort war nicht ganz so lecker und alles nicht ganz so schick, aber es gab dort eine größere Auswahl an Speisen (insbesondere was kleinere Leckereien anging) und der Besitzer war ein gutmütiger Mann und ließ einen in Ruhe – selbst wenn man nur Kaffee trank.

Leider hatte Joe keinen Banoffee Pie und einen von eben diesen würde jemand Bestimmtes heute Mittag abholen. Oder vielmehr heute *Nach*mittag, wie sie mit einem Blick auf die Uhr feststellte. Seitdem der Laden um zwölf Uhr geöffnet hatte, saß sie hier. Auf Ellis Frage hin, ob die Bestellung wie jedes Jahr aufgegeben worden war, hatte Ms Baker ein Riesendrama gemacht. Worte wie ‚Datenschutz' und ‚geschäftsschädigend' waren gefallen, bis es Eliana zu bunt geworden war und sie die Besitzerin daran erinnert hatte, dass sie drei Sommer lang im Laden ausgeholfen hatte und letztendlich nicht die Kombination des Safes verlangte. Schließlich hatte Ms Baker gnädig und geheimnisvoll genickt, allerdings keine Abholzeit bekannt gegeben.

Elli unterdrückte einen Seufzer und sah zum wiederholten Male auf ihr Handy, dann rührte sie lustlos in ihrer Tasse herum. Sie hatte weder Hunger noch Durst, doch gehen konnte sie auch nicht. Wenn Tristan sie draußen sah, würde er vielleicht auf der Stelle kehrtmachen. Außerdem regnete es und der Gedanke, sich in ihren Sandalen nasse Füße zu holen, war kein schöner.

Als das Glöckchen über der Eingangstür erneut bimmelte, hatte sie die Hoffnung schon beinahe aufgegeben, doch dann nahm sie die Figur im dunkelblauen Kapuzenshirt genauer in Augenschein.

„Meine Güte, Mr Patal, tragen sie die Mütze doch nicht so tief im Gesicht, da denke ich ja sonst noch an einen Überfall!“, rief Ms Baker dramatisch aus, konnte ein Schmunzeln aber nicht unterdrücken.

„Weil Sie es hier ja auch tagtäglich mit Schwerverbrechern zu tun haben, Ms Baker“, erwiderte der junge Mann trocken und nahm seine Kapuze ab.

Ellis Herz machte eine paar turbulente Sprünge und sie versuchte zu ignorieren, dass der Klang seiner vertrauten, leicht heiseren Stimme sofort eine Gänsehaut auf ihren Armen erzeugt hatte.

„Nur mit solchen, die herumlungern und mir die Plätze belegen“, antwortete Ms Baker und warf einen überaus deutlichen Seitenblick auf Elli, deren Kehle ganz trocken wurde. Ihre Finger zerknüllten nervös die Serviette.

Der junge Mann warf ihr einen kurzen Blick über die Schulter zu. Dann stutzte er, schaute noch einmal genau hin und jegliche Freundlichkeit war aus seinem Gesicht verschwunden, bevor er sich wieder abwandte. Es war nicht das erste Mal, dass Tristan sie mit solcher Kälte betrachtete, aber nichts, woran sie sich jemals würde gewöhnen können.

Elli schluckte schwer, wäre am liebsten unterm Tisch verschwunden und hätte im Schutz der geblümten Tischdecke abgewartet, bis er den Laden wieder verlassen hatte, aber das ging nicht. Diesmal musste sie es schaffen, zu ihm durchzudringen.

„Und außerdem habe ich Ihnen schon tausendmal gesagt, dass Sie mich auch ruhig weiterhin duzen können", hörte sie ihn Ms Baker erinnern. „Ich bin gerade mal neunzehn und damit offiziell noch nicht mal dem Teenageralter entwachsen. Außerdem kennen wir uns, seit ich ungefähr *so* war." Seine Finger maßen einen etwa zehn Zentimeter großen Abstand ab und Ms Baker lachte glockenhell auf – was äußerst selten vorkam.

Schön, bring ihn nur in richtig freundliche Stimmung, du alter Drache, dachte Elli.

„Die Höflichkeit gebietet es, schließlich sind Sie jetzt ein junger Mann", beharrte die Cafébesitzerin, „aber es ist schön zu sehen, dass sich einige Dinge nie ändern – so wie die Liebe ihrer Schwester zum Banoffee Pie." Sie reichte ihrem Kunden mit einem strahlenden Lächeln eine große Tortenbox.

„Den wird sie noch mit Hundertzwanzig futtern."

„Bitte richten Sie ihr meine herzlichsten Glückwünsche aus."

Er nickte, bedankte sich und wandte sich zur Tür.

Elli saß wie angewachsen auf ihrem Stuhl, hoffte, *betete*, dass er sie noch einmal ansehen würde, doch er ging weiter, als wäre sie Luft. Mit weichen Knien stand sie auf.

„Tristan", krächzte sie, erhielt aber keinerlei Reaktion. Man hätte meine sollen, dass drei Tassen Tee, zwei Gläser Limo und die fette Sahnetorte ihre Kehle genug geölt hätten. Sie räusperte sich und setzte erneut an, griff gleichzeitig nach ihrer Tasche, um ihm nachzugehen.

„Eliana Carter-Johnson!", rief Ms Baker erbost. „Du willst doch nicht im Ernst gehen, ohne zu bezahlen?!"

Soviel zum Thema ‚Erwachsene siezt man'.

„Nein, selbstverständlich nicht", murmelte sie und begann hektisch in ihrer Tasche zu wühlen. Aus dem Augenwinkel heraus wurde sie sich eines kopfschüttelnden älteren Damentrios an einem der anderen Tische bewusst, das sie abfällig musterte.

Elli sah nervös zur Tür, durch die Tristan soeben nach draußen verschwand. Wenn er jetzt mit dem Wagen wegfuhr, musste sie das tun, was sie hatte vermeiden wollen: zu ihm nach Hause gehen. Am Geburtstag seiner kleinen Schwester, die er über alles liebte. Schlechte Idee, ganz, ganz schlechte Idee.

„Stimmt so!", rief sie, einen Fünfzigpfundschein auf den Tisch werfend. Natürlich war das heillos überbezahlt, aber sie hatte keine Zeit mehr zu verlieren.

„Mooment mal! Der ist ja ganz zerknüllt! Versuchst du mich etwa mit einem Zehner zu bezahlen? Deine

Rechnung beläuft sich momentan ohne Trinkgeld auf exakt – "

Mitten im Rausrennen stoppend, machte Elli zwei wütende Schritte zurück, ergriff den Schein, hob ihn hoch und zog ihn gleichzeitig so straff auseinander, dass er in der Mitte einriss. „Rot, Ms Baker!", rief sie entnervt. „Er ist rot, sehen Sie? Nicht orange! Sondern *feuerrot*!!"

Oder blutrot! So wie Sie es bald sein werden, wenn Sie nicht auf das große Brotmesser aufpassen, an dem ich mich damals so oft geschnitten habe.

Mit einem Schnauben warf sie das Geld zurück, sodass es im restlichen Kaffee landete und stürmte hinaus.

„Eine Unverschämtheit!", ließ sich eine der älteren Damen vernehmen, dann folgte ein spitzer Schrei, den Elli als weitere sinnlose Hysterie abtat. Die einzig sinnvolle war ihre eigene. Sie musste Tristan unbedingt einholen, bevor er verschwand. Musste ihm erzählen, was vorgefallen war, ihm *begreiflich* machen, dass er helfen *musste*! Dass der Fluch sie alle verschlingen würde, wenn er ihr nicht verzieh.

„Tristan, warte!", rief sie, als sie schon sah, wie er die Tür zu seinem blauen Mini-Cooper öffnete, den sie bereits von der Uni her kannte.

Erneut wurde sie ignoriert, während er die Box auf dem Beifahrersitz verstaute und um den Wagen herum zur Fahrerseite ging.

„Tristan, *bitte*!!"

Endlich hielt er inne, ließ kurz den Kopf hängen und atmete genervt aus, was sie sogar aus dieser Entfernung hören konnte.

„Was willst du?“, fragte er abweisend. „Es regnet und ich hab’s eilig.“

Eliana biss sich kurz auf die Lippen. Seine kalte Art schnürte ihr wie immer die Brust zu, diesmal speziell wegen des Unterschiedes zur Vertrautheit zwischen ihm und der sonst so ruppigen Ms Baker.

Er hob fragend die Hände und schüttelte anschließend entnervt den Kopf. „Wie schade, dass du spontan deine Stimme verloren hast, aber ich muss dann los.“

„Nein, nicht!“ Schnell lief sie weiter auf ihn zu und legte ihm eine Hand auf den Arm, um ihn so am Fortfahren zu hindern, zog sie aber eilends zurück, als sie seinen gereizten Blick darauf sah.

Soviel zu ihrer heimlichen Hoffnung, er würde an seinem Heimatort milder gestimmt sein.

„Tristan, ich … es tut mir so leid, ich – “

„Das hatten wir doch schon so oft“, sagte er ruhig. „Ich will es nicht hören, Elli. Nicht noch einmal. Es ändert nichts, es – “

„Doch, das tut es!“, beharrte sie verzweifelt und spürte ihre Kehle eng werden, die Tränen, die in ihren Augen zu brennen begannen. Sie *musste* zu ihm durchdringen, sonst war alles verloren!

„Was ändert es, *was*?“, fuhr er plötzlich auf und seine grünen Augen blitzten zornig, dann atmete er tief durch und zog sich seine Kapuze weiter ins Gesicht, damit der Regen nicht in den Ausschnitt seines Sweaters lief. Elli hatte weder Kapuze noch Schirm, doch ihr war jetzt egal, ob sie ihre Kleidung in ein paar Minuten würde auswringen können.

„Die Situation bleibt die gleiche, genauso wie meine Entscheidung“, fügte er etwas ruhiger an. „Wenn es dir nützt: Ich bin drüber hinweg, okay? Ich lasse diesen Scheiß nicht mein ganzes Leben beeinflussen und das solltest du auch nicht tun. Weil es niemandem etwas bringt. Es ist vorbei!"

Elli holte Luft, um etwas zu erwidern, er ließ sie jedoch gar nicht erst zu Wort kommen.

„Ich will es nicht schönreden", fuhr er fort. „Es war beschissen, es war unverzeihlicher Verrat von gänzlich unerwarteter Seite, aber darüber hinaus war es auch nur ein weiterer Lernprozess: Du kannst niemandem jemals hundertprozentig vertrauen. Oft nicht einmal dir selbst. So ist es eben. Aber am Ende hakt man es als neue Lektion ab und macht weiter und dreht sich nicht permanent im Kreis, so wie du, und man versucht auch nicht ständig, andere mit in dieses fortwährende Drama hineinzuziehen, so wie du mich, indem du mich *einfach nicht in Ruhe lässt*, mich *immer wieder* daran erinnerst!!"

„Aber …"

„Ich habe keine Rachegefühle dir gegenüber, Eliana. Ich lasse dich in Ruhe. Also – wenn dir wahrlich etwas an mir liegt, wie du immer wieder behauptest, tu mir bitte denselben Gefallen und lass mich endlich ebenfalls in Frieden mein Leben leben!"

Für einen langen Moment sah Tristan sie eindringlich an und Elli rechnete fest damit, dass er sich erneut zum Gehen wenden würde, doch stattdessen öffnete er seine Wagentür. „Los, steig ein!"

Verwirrt blicke sie ihn an.

„Wie ich dich kenne, bist du wieder zu Fuß unterwegs und hast auch keinen Regenschirm", erklärte er schulterzuckend, so als sei es die normalste Sache der Welt, jemanden aus seinem Leben zu streichen und ihn fast im selben Atemzug offensichtlich nach Hause fahren zu wollen. „Heute noch!“

Sie machte einen Schritt vorwärts, doch er schüttelte den Kopf. „Das ist *mein* Platz.“

„Okay, klar …“, stammelte sie und näherte sich der Beifahrerseite.

„Da sitzt die Torte, mein Gott, steig *hinten* ein, bevor wir vollkommen durchnässt sind!“, forderte er sie ungeduldig auf und ihr wurde erst in diesem Augenblick bewusst, dass sein Mini einer der größeren mit Rückbank und weiteren Türen war.

„Wieso tust du das?“, schniefte sie, als sie auf dem Rücksitz Platz genommen hatte, und wickelte fröstelnd ihre Arme um ihren Körper. „Bin ich dir doch nicht vollkommen gleich?“

Wie bescheuert das klang, aber sie musste es weiterhin versuchen und wenn es Tage dauerte, bis er endlich die erlösenden Worte sprach.

„Du warst mir nie egal, Eliana, das ist ja das Problem“, sagte er beinahe tadelnd und fuhr los.

Da ihr Haus nicht weit entfernt war, blieb ihr extrem wenig Zeit, denn es war klar, dass das hier ihre letzte Chance sein würde, und wenn sie erfolglos blieb … sie durfte gar nicht daran denken. Zuviel hing davon ab.

„Sorry, Heizung anstellen geht nicht, wegen der Torte“, drang Tristans Stimme in ihre Gedanken.

Vermutlich wirkte sie so durchgefroren, wie sie war, denn obwohl es Sommer war, war der Regen recht kühl. Ruckartig sah sie nach draußen und erkannte den Briefkasten der O’Malleys an der Straße. Gottseidank! Die Familie wohnte noch nah an der Churchstreet, *dem* kleinen Einkaufs*meilchen* des Dorfes. Nicht auszudenken, wenn Elli noch mehr wertvolle Zeit mit Nachdenken verloren hätte.

„Hat Florica jemals was anderes zu ihrem Geburtstag gegessen?“, bemerkte sie hastig und Tristan gab einen belustigten Laut von sich. Seine jüngere Schwester war berühmt für ihre Vorliebe für Süßes, speziell Sahnetorten mit Karamell und Früchten.

„Tust du jemals was anderes auf deine Pommes als Zitronensaft und Salz?“

„Wie lange kennst du mich?“, gab sie zurück und prompt kehrte die unangenehme Stille zwischen ihnen zurück.

„Ich *kannte* dich“, musste er nun auch noch hinzusetzen. Klar, er fuhr sie nur aus Rücksicht heim. Er war nicht so ein Arsch wie sie.

„Immerhin redest du grad mehr als gar nicht mit mir“, rutschte es ihr heraus und sie biss sich sofort auf die Lippen. Zum einen, weil sie fürchtete, dass er sie gleich aus dem Wagen werfen würde, und zum anderen, weil sie wieder spürte, wie ihr Tränen in die Augen stiegen.

„M-hm“, machte er kaum hörbar und sie konnte im Rückspiegel sehen, wie auch er sich auf die Lippen biss. Dabei zog er die Oberlippe zwischen die Zähne und stülpte die Unterlippe darüber, was ihm immer ein wenig das Aussehen einer Englischen Bulldogge verlieh, doch zum Lachen oder Grinsen war Elli nicht mehr zumute, dazu herrschte zu viel Wehmut in ihr. Nach all den Jahren war Tristan ihr immer noch so verdammt vertraut, auch wenn sich ihre einzigen Kontakte auf flüchtige Blicke auf dem Campus beschränkt hatten.

Das Klopfen des Regens gegen die Seiten und das Dach des Wagens war für ein paar kostbare Minuten das einzige Geräusch im Inneren des Autos.

Schließlich atmete Eliana tief durch. „Und dafür danke ich dir", begann sie mutig das Gespräch wiederzubeleben und sah, wie er die Stirn runzelte.

„Dass du mich diesmal nicht im sprichwörtlichen Regen stehen lässt. Mich", *bitte bitte*, „sagen lässt, dass es mir leidtut. Ich weiß, das habe ich dir schon oft gesagt und geschrieben und du hast es jedes Mal abgeschmettert, aber –"

Er holte Luft und sie sprach schnell weiter, so wie er es zuvor getan hatte. „Entschuldige, wenn ich es jetzt dadurch versaue, dass ich dich nicht zu Wort kommen lasse, aber ich muss es einmal komplett loswerden … müssen … dürfen. *Bitte*! Ich weiß, was ich getan habe, war furchtbar und ich habe auch keine gute Entschuldigung oder Erklärung dafür. Du warst mein bester Freund. Der wichtigste Mensch in meinem Leben. Und dadurch dachte ich, ich wäre *so* stark. Und dann hat sich alles zwischen uns irgendwie verändert und ich … ich hatte Angst. Die hattest du auch, natürlich, und ich habe meiner dennoch unverständlicher- und egoistischerweise nachgegeben und dich alleingelassen … dich verraten und dir anschließend mit dieser *Riesendummheit* die schlimmste Zeit deines Lebens beschert. Ich weiß nicht, ob man so was verzeihen kann."

Die verdammten Tränen ließen ihre Stimme brechen. „Aber ich bereue es, ich bereue es zutiefst und ich … ich kann so nicht weiterleben, Tristan!"

Ein Schluchzen entrang sich ihrer Kehle, doch sie biss die Zähne fest zusammen, befahl sich, nicht so grässlich schwach zu sein, und hatte sich nach ein paar Sekunden wieder im Griff.

„Selbstverständlich ist es nicht deine Aufgabe, für meinen Seelenfrieden zu sorgen. Ich verstehe es, oh Gott, ich verstehe es und ich weiß nicht, wie ich an deiner Stelle reagieren würde. Vermutlich hätte ich mich nicht bloß stehen lassen, sondern wäre extra noch durch eine große Pfütze vor mir gerauscht und … aber … es sind jetzt dreieinhalb Jahre, Tristan, dreieinhalb *Jahre* und ich vermisse dich. Scheiße, du fehlst mir jeden einzelnen Tag und ich würde *alles* tun, wenn ich die Zeit zurückdrehen und alles ungeschehen machen könnte!"

Wieder biss sie sich auf die Lippen, wischte sich ärgerlich die Tränen aus dem Gesicht.

Tristan sagte nichts, sondern starrte nur angespannt auf die Fahrbahn und machte auch nicht den Eindruck, als würde er sich nur überlegen, was er ihr antworten wollte. Also senkte Eliana erst enttäuscht den Blick und sah schließlich zum Fenster hinaus. Es hatte nichts gebracht. Er hatte sie nur nach Hause bringen wollen und sie hatte ihn mit ihrer Entschuldigungstirade weiter verärgert.

Erneut bearbeitete sie ihre Unterlippe mit den Zähnen und unterdrückte mehr schlecht als recht einen weiteren Schluchzer. Natürlich vergab er ihr nicht. Was sie getan hatte, war unverzeihlich. Wie oft hatte sie sich gefragt, wie sie im umgekehrten Fall reagiert hätte? Sicherlich nicht so wie er. Und das hieß nicht, dass sie ihm umgehend verziehen hätte, ganz im Gegenteil. Sie hätte ihn spüren lassen, wie sehr er sie verletzt hatte. Tag um Tag um Tag. Jedes Mal, wenn sie ihn an der Uni gesehen hätte. So betrachtet war sie noch glimpflich davongekommen. Tristan hatte nie Rache geübt. Er hatte sich lediglich komplett von ihr distanziert und niemand konnte ihm das verdenken.

Was sollte sie jetzt bloß tun? Wenn er ihr nicht vergab, war alles verloren, also musste sie zum beschissenen Plan B übergehen und ihm vom Fluch erzählen, ihn auf diese Weise von der Wichtigkeit seiner Entschuldigungsannahme überzeugen. Dann war es wenigstens heraus und sie kam sich weniger wie eine Heuchlerin vor. *Wenn* er ihr glaubte. Oder nicht Reißaus nahm, wenn sie es zu beweisen versuchte.

Obwohl sie aus dem Fenster sah, hatte sie in den letzten Minuten nicht wirklich etwas wahrgenommen, doch nun sprang ihr im Vorbeifahren etwas Buntes ins Auge. Der Briefkasten der Waltons, der noch farbenfroher als der ihres elterlichen Hauses war. Das bedeutete, dass sie in maximal einer halben Minute da sein würden. Die Zeit wurde immer knapper.

„Hör zu, Tristan“, versuchte sie es erneut und hasste sich dafür, dass ihre Stimme schon wieder brach. „Ich will nur – “

„Eliana“, seufzte er. „Darüber sind wir doch hinaus.“

Erst jetzt hörte sie das hektische Klacken des Blinkers und merkte, dass er bereits in die Auffahrt ihres elterlichen Hauses einbog.

„Aber ich – “, versuchte sie es verzweifelt erneut, doch auch dieses Mal unterbrach er sie, während er vor dem vertrauten hellbraunen Haus hielt.

„Eliana, lass es gut sein, okay?“ Er zuckte die Schultern und wandte sich zu ihr um. In seinen Augen waren weder Hass noch Wut zu erkennen. Seine Augen. Grün, umrandet von einem goldbraunen Ring. Wie sehr hatte sie deren warmen Blick vermisst.

Sie hörte Tristan einen tiefen Atemzug nehmen. „Ich habe dir bereits vergeben."

Die Worte trafen sie wie ein Schock und sie musste sich zwingen, auch die darauf folgenden wahrzunehmen, zu verstehen.

„... und das vermutlich bereits vor einer Weile, aber erst jetzt wird es mir richtig klar."

Eliana konnte nicht glauben, was sie da hörte. Hatte er gerade im Ernst gesagt, dass er ihr verziehen hatte?? Eine unsinnige Mischung aus Erleichterung und Triumph machte sich in ihr breit.

Was für ein Schatz! Ich liebe ihn! Den lassen wir nicht mehr entkommen!

Erneut zuckt er die Achseln. „Wir waren damals noch Kinder, auch wenn wir mit fünfzehn dachten, wir wären schon sooo erwachsen und würden die Welt beherrschen."

„Du verzeihst mir", war alles, was sie zu flüstern imstande war. Die Erleichterung, die sie verspürte, war so grenzenlos, dass sie selbst ihr schlechtes Gewissen überlagerte.

„Es wäre dumm, es *nicht* so zu sehen", fuhr Tristan fort. „Auch ich habe sicher Fehler gemacht, vielleicht weniger schlimme, vielleicht schlimmere. Nicht absichtlich, doch vielleicht unbedacht. Wir alle sind die Summe unserer Wünsche und Ängste und Erfahrungen. Manche Dinge entziehen sich einfach unserer Kontrolle, ob wir es zulassen oder nicht. Dich auf ewig zu verdammen, macht für mich keinen Sinn. Es werden vermutlich immer wieder Dinge passieren, die mich aus der Bahn werfen. Leute werden sich nicht als das entpuppen, was man in ihnen sieht. Aber das gehört zum Leben dazu. Ob es uns gefällt oder nicht. Und sich ewig deswegen fertig zu machen, nützt niemandem etwas. Wie ich bereits vorhin sagte: Wichtig ist, dass man daraus lernt. Und dann weitermacht."

Er atmete tief durch. „Also ja, ich hab dir vergeben, wenn dir das wichtig ist. Ich weiß nicht, ob ich es je vergessen kann, aber ich hege keinerlei Groll mehr gegen dich."

Verschiedene Gefühle stürmten gleichzeitig auf Eliana ein, sodass sie zunächst keines Wortes mächtig war: Erleichterung, Freude und seelischer Schmerz waren die dominierenden. Das Wichtigste war jedoch: Er vergab ihr. *Er vergab ihr*! Der schreckliche Fluch war gebrochen! Und in diesem Augenblick konnte sie sich nicht einmal dafür schämen, dass der letzte Gedanke alle anderen überschattete.

In ihrer Freude legte sie ihm überschwänglich eine Hand auf die Schulter. „Danke!!"

Was? Das ist alles? Fall ihm um den Hals und schmieg dich an ihn. Männer brauchen möglichst viel Körperkontakt, um ihren Verstand zu verlieren und einem zu verfallen!

Elli trat erneut nach der zweiten Person in ihrem Geist und diese regte sich nicht weiter.

Nach einem kurzen Moment des Zögerns legte Tristan seine Hand auf ihre und drückte sie kurz. Dass ein Hauch von Wehmut in seine Augen geschrieben stand, bemerkte sie nur am Rande, weil seine Berührung ihr Herz zum Stolpern brachte und ihre Haut kribbeln ließ.

„Ich bin froh, dass wir das endlich klären konnten." Seine Mundwinkel hoben sich flüchtig. „Mach's gut, Eliana."

Ihr eigenes erblühendes Lächeln erstarb, als sie begriff: Dies war kein neuer Anfang, es war ein endgültiger Abschied. Doch Zeit zum Trauern blieb nicht, denn Tristans Handy bimmelte dumpf und er kramte es mit einem Seufzer aus dem Handschuhfach. Typisch Tristan. Hatte sein Mobiltelefon selten bei sich. Schon früher hatte er es immer irgendwo liegen lassen.

„Okay, Florica wird ungeduldig", bemerkte er, nachdem er offensichtlich eine Textnachricht von dieser gelesen hatte, dann wandte er sich wieder seinem Fahrgast zu, der noch immer wie angewurzelt dasaß.

„Pass auf dich auf", waren seine Abschiedsworte, die sie mit einem krächzigen „Du auch!" beantwortete, dann besann sie sich und riss sich zusammen. „Falls sie es hören mag: Herzlichen Glückwunsch an deine Schwester."

„Werd ich ausrichten", sagte er warm.

Sie stieg aus und sah seinem wegfahrenden Wagen nach, bis er unten an der Biegung verschwunden war. Anschließend schlich sie sich hinein, betete, dass niemand zuhause war, betrat die Küche und brach auf einem der Stühle am Tisch zusammen. Weinte und weinte. Trotz ihres Erfolges. Um eine auf ewig verlorene, wundervolle Freundschaft.

Der Morgen danach

Zunächst konnte sich Elli nicht erinnern, wie und wann sie ins Bett gekommen war. Dann fiel es ihr wieder ein. Nachdem sie wer weiß wie lange in der Küche gesessen und die Endgültigkeit von Tristans Abschiedsworten innerlich abwechselnd zerredet oder akzeptiert hatte, waren von draußen Geräusche zu hören gewesen. Melissa und die Kleine waren vom Besuch bei einer Freundin zurückgekommen und Eliana war aufgesprungen, weil sie niemanden hatte sehen wollen, und in ihr Zimmer geeilt. Leise natürlich – darin hatte sie Erfahrung. Wie oft hatte sie sich heimlich ins Haus geschlichen, wenn sie von einer Party oder einem Discoabend in einer der größeren Städte viel zu spät nach Hause gekommen war. Erst Jahre später hatten ihre Eltern ihr verraten, dass sie es jedes einzelne Mal gemerkt hatten. Hoffentlich war das diesmal nicht auch so gewesen.

Eliana hatte es gerade so in ihr altes Zimmer geschafft, ihr tränenverschmiertes Gesicht abgewischt, die Schuhe ausgezogen, die im Dunkeln übersehene und beinahe umgerissene Lampe vor dem Sturz bewahrt, einen Schmerzenslaut unterdrückt, als sie gegen die Kante des Nachttisches gedonnert war, und war unter die Decke geschlüpft, bevor sich die Tür geöffnet hatte. Nach einer Sekunde hatte sie die vertraute Stimme ihrer Schwester vernommen: „Siehst du – sie schläft schon. Ältere Leute brauchen manchmal schon früher ein Nickerchen.“

„Aber sie ist doch jünger als du, Mami“, hatte ihre Nichte gewispert.

„Bei manchen fängt es halt früher an“, hatte ihre Schwester bemerkt und die Tür wieder geschlossen.

Eliana hatte sich auf die Zunge gebissen und es erst nach ein paar Minuten gewagt, nach einem Taschentuch zu greifen und sich die Nase zu putzen – was allerdings nur einen kurzzeitigen Effekt gehabt hatte. Nur *ein* Gedanke an Tristan hatte genügt, um ihre Nase wieder kribbeln zu lassen und ihre Augen mit Tränen zu füllen, die liefen und liefen, bis sie schließlich erschöpft eingeschlafen war.

Am nächsten Morgen war sie von süßen Stimmen geweckt worden. Lieblicher Vogelgesang, begleitet von einem lauen Lüftchen, das die Blätter in den Bäumen rauschen ließ. Alles war so friedlich und die Schwere des Schlafes schützte sie noch vor der Realität. Bis sie ihren Kopf hob. Er war schwer und ihre Nase verstopft, sodass sie sich diese erst einmal in der ihr eigenen Elefantenlautstärke schnäuzte, was ein paar der kleinen Meisen vor ihrem Fenster erschrocken auffliegen ließ. Dann fiel ihr alles wieder ein. Tristan. Die Fahrt nach Hause. Der Abschied.

Erneut stahlen sich die ersten Tränen aus ihren Augen, dann stutzte sie. Wie hatte sie in ihrem Selbstmitleid diesen wichtigen Punkt vergessen können?? Tristan hatte ihr verziehen! Und auch wenn er trotzdem nichts mehr mit ihr zu tun haben wollte: Er hatte ihr vergeben! Alles … alles andere war wieder gut! Der Fluch war gebrochen!

Unsägliche Erleichterung und Freude durchfuhren sie. Ihre Kopfschmerzen ignorierend, schwang sie die Beine aus dem Bett und stand auf. Draußen schien die Sonne und ein herrlicher Tag in einem vor dem Fluch geretteten Ferry Bridge erwartete sie.

Gutgelaunt hüpfte sie nach dem Duschen die Treppe hinunter. Aus der Küche duftete es nach Kaffee und frischen Brötchen und erst jetzt bemerkte Eliana, dass sie seit ihrem unfreiwillig reichhaltigen Essen am gestrigen Nachmittag nichts mehr zu sich genommen hatte. Ihr Magen grummelte zustimmend und sie betrat die geräumige Küche, in der sich zwei Menschen bereits um den großen, runden Esstisch versammelt hatten.

„Elliiiii!!“, rief Olivia und flog ihr entgegen. „Hast du die ganze Zeit geschlafen?? Wir sind gestern wiedergekommen, aber du hast dich nicht mehr bewegt. Bis jetzt??“

Elli strich ihr übers Haar und grinste. „Du warst weg und mir war sooo langweilig, dass ich direkt eingepennt bin.“

„Jetzt bin ich ja wieder da!“, sagte die Kleine ernsthaft und zog Elli mit auf den Sitzplatz neben sich.

„Wo ist Will?“, fragte diese ihre Schwester.

„Auf Geschäftsreise – schon vergessen? Kaffee?“ Melissa reichte ihr die Kanne. „Oder brauchen Schlafmützen so was nicht? Ich meine, im Ernst: Hast du mal wieder die 12-Stunden-Schallmauer durchbrochen?“

Als Teenager war Elli für ihre ausgedehnten Schlafperioden berüchtigt gewesen. Normalerweise hätte sie jetzt dennoch einen bissigen Kommentar à la ‚ausreichend Schlaf lässt einen jünger aussehen‘ inklusive arrogantem Seitenblick von sich gegeben, aber ihr war nicht nach Streit an diesem wundervollen Welt-(oder zumindest Dorf)-vor-dem-Untergang-gerettet-Morgen, auch nicht, als Melissa hinzufügte: „Obwohl es ja bestimmt sogar dreizehn oder vierzehn gewesen sein müssen.“

„Dafür bin ich heute relativ früh wach“, merkte Elli breit grinsend an.

Ihre Schwester schüttelte mit einem leisen Lachen den Kopf, sah sie dann aber prüfend an. „Ist wirklich alles okay? Deine Augen sehen so verquollen aus … das nächste Mal wecke ich dich einfach.“

„Untersteh dich!“, warnte Elli sie.

„Na ja, aber sicher! Nicht, dass du mir hier noch zum Dornröschen wirst!“

Elli verschluckte sich an ihrer eigenen Spucke und begann zu husten. Gleichzeitig ärgerte sie sich darüber und über die Bemerkung ihrer Schwester, die mal wieder meinte, entscheiden zu müssen, was gut für die kleine Elli war.

Ihre Nichte sah sie für einen Augenblick entsetzt an, dann rutschte sie flink von ihrem Stuhl herunter und rannte in den Flur. Hä? Was hatte sie denn jetzt schon wieder falsch gemacht?

„Livvie! Sie hat sich nur verschluckt“, rief Melissa ihrer Tochter hinterher und schüttelte den Kopf, um gleich darauf die Stirn zu runzeln. „Gestern war sie auch schon so komisch. Linda wollte uns Bilder aus dem

Wolfsreservat zeigen, das sie finanziell unterstützt, da hat sich Olivia heulend im Klo verbarrikadiert."

„Na, sie hatte doch kurzfristig diese Macke mit den …" Elli beugte sich vor und flüsterte: „… Wölfen."

Der verständnislose Blick ihrer Schwester irritierte sie, hatte Lissa sie doch gerade deswegen mehrfach angemotzt und sie sogar für den seltsamen Zustand ihrer Tochter verantwortlich gemacht. Aber wahrscheinlich waren das noch die Nachwirkungen des Fluchs. Billy und die anderen hatten ja auch unentwegt Geschehnisse vergessen.

In diesem Moment huschte die Kleine wieder an der geöffneten Küchentür vorbei und ihr entsetzter Gesichtsausdruck war mit Sicherheit nicht gespielt. Ellis Magen reagierte sofort und zog sich wie in den vergangenen Tagen unangenehm zusammen.

„Livvie, jetzt wird nicht Verstecken gespielt! Wir frühstücken noch!", mahnte ihre Mutter, doch die Antwort bestand nur in einem leisen Klacken. Vom Herd her ertönte zeitgleich ein lautes Zischen und Melissa wirbelte herum, um den dort stehenden Topf mit Kartoffeln von der Herdplatte zu ziehen und das übergekochte Wasser aufzuwischen.

„Also, jetzt wird's mir aber zu blöd!", brummte sie und zeigte mahnend mit dem Finger auf Elli, als wäre auch dies ihre Schuld. „Nie wieder liest du mit ihr diese schrecklichen Geschichten! Du weißt doch, wie sensibel sie ist!"

Da war sie wieder, die altbekannte Schuldzuweisung. Ellis Magen verdrehte sich noch weiter, während sie sich einzureden versuchte, dass Liv nur spielte und das Klacken nicht bedeutete, was sie befürchtete.

„Livvie“, krächzte sie und erhob sich ebenfalls, ihrer Nichte in den Flur folgend. Bestimmt war es gar nichts. Bestimmt machte die Kleine nur Quatsch. Bestimmt –

Lautes Klopfen an der Haustür war zu vernehmen und Elli fuhr erschrocken zusammen.

„Mann, jetzt mach doch endlich mal einer auf!“, ertönte die tiefe Stimme von Barry, dem Postboten, der heute offensichtlich nicht zum ersten Mal an diese Tür pochte. „Ich hab nur noch diese eine Tour und dann kann ich endlich zu meinem Neffen, Geburtstag feiern!“

„Elli, mach du!“, rief Melissa und diese tappte mit einem genervten Seufzer zur Haustür, während sie aus dem Augenwinkel heraus sah, wie ihre Schwester im Flur hinter ihr auf die alte Standuhr zumarschierte. Scheiße!

„Na, endlich!“, wurde Elli von einem schlechtgelaunten Briefträger begrüßt. „Wusste ich doch, dass einer da ist. Hab euern Schornstein rauchen sehen.“

Er drückte ihr zwei große Pakete einer Modefirma in die Hand.

„Wieso bestellen eure Eltern Sachen, wenn sie gar nicht da sind?“, beschwerte er sich. „Zeiten sind das … Unterschreib mal hier, aber mach ein ‚i.A.‘ davor, sonst macht mein Boss wieder Ärger. Is’ neu, so’n Großstädter, der nicht kapiert, dass wir uns hier eh alle kennen, seit wir Windelpopos waren.“

Elli tat, wie ihr geheißen, und holte anschließend Luft, um auch etwas zu sagen und vor allem Barry wieder loszuwerden, doch der plapperte ungehemmt weiter.

„Durch so was dauert immer alles länger und ich hab *so* einen Hunger, ich hätte fast eins der Pakete aufgegessen! Riecht ein bisschen nach Lederkleidung … und bei uns gibt es nachher nur Kuchen und diese schrecklichen gekochten Würstchen, die nach nix mehr schmecken als Zusatzstoffen! Ein Mann braucht Fleisch! *Fleisch*!“

Er hielt inne und schnupperte in die Luft. „Habt ihr vielleicht welches da?“, fragte er und seine Augen begannen gierig zu leuchten. Waren die schon immer so hell gewesen? „Riecht so, als wäre es noch ganz frisch und zart …“

Oh bitte, nicht NOCH ein Wolf!, vernahm Elli eine ihr bekannte Stimme und zuckte fast zusammen. Ihr wurde schlecht. Sie war noch da! *Alle* waren noch da!

Barry machte einen Schritt vorwärts und im Inneren des Hauses ertönte fast zeitgleich mit Melissas entnervtem Aufstöhnen ein lauter Knall. Dem Geräusch nach zu urteilen war eine gewisse Tür hastig wieder zugezogen worden. Elli wandte sich um und sah, wie ihre Schwester am Türgriff der Standuhr zog, woraufhin aus deren Innerem ein entsetztes Quieken ertönte.

„Olivia, was *soll* denn das immer?“, beschwerte sich deren Mutter und Eliana verspürte einen leichten Stoß an ihrem rechten Arm.

„Hal-*lo*?!“, rief sie bestimmt und drängte Barry, der sich freudig schnüffelnd weiter ins Haus zu schieben versuchte, mithilfe der Paketlieferungen wieder zur Tür hinaus.

„Er will mich fressen!“, konnte man Livs ängstliche, durch die das Holz gedämpfte Stimme hören.

„Wer?“, fragte Melissa.

„Der böse Wolf!!“

„So ein Quatsch!“, versuchte ihre Mutter sie zu beschwichtigen und zischte Elli zu: „Den Psychiater bezahlst du! Und Barry, was genau denkst du, machst du da?"

Der Postbote reckte schnüffelnd die Nase in die Luft und strahlte über das ganze Gesicht. „Ich rieche Mittag!"

So weit kommt's noch!, brummte Ellis zweites Ich und bescherte ihr den Funken Wut, den sie brauchte, um ihr eigenes Entsetzen loszuwerden und sich endlich durchzusetzen.

„Im Ernst, es reicht jetzt!!", rief sie laut und in der Luft war ein seltsames Knistern zu hören, bevor sie Barry einen wütenden Stoß versetzte. Der hatte es allerdings in sich. Er beförderte den um einiges größeren und kräftigeren Mann nicht nur zur Haustür hinaus, sondern auch noch die zwei Stufen zum Eingang hinunter und ließ ihn unsanft auf den Hintern fallen. Dann schloss sich die Haustür mit einem lauten Knall, ohne dass Elli den Türgriff überhaupt berührt hatte.

„Spinnst du?!", hörte man Barry von draußen knurren. „Und das nach all den Jahren! Nicht mal ein kleines bisschen Ziegenfleisch können sie teilen. Waren schon in der Schule so geizig …"

Frechheit! Lässt du dir das gefallen?!

Empört öffnete Eliana die Tür wieder einen Spalt. „Ich war *nicht* geizig! Du hast jeden Tag eins meiner Salamibrote bekommen!", stellte sie richtig, doch Barry erhob sich langsam und kopfschüttelnd vom Boden und warf ihr schließlich einen verwunderten Blick zu.

„*Salamibrote*? Sag mal, was faselst du denn immerzu von Fleisch und Wurst? Ich bin *Vegetarier*!" Er schüttelte erneut den Kopf und ging zu seinem Lieferwagen. „Ich … ich geh jetzt mit meinem Neffen Geburtstag feiern. Nach Hause. Wo die Leute keinen Knall haben!"

Mit diesen Worten verschwand er in seinem Auto und fuhr davon.

„Was ist denn in *den* gefahren?“, wollte Melissa wissen, doch Elli zuckte nur die Schultern, wenngleich ihr die Antwort mehr als klar war, und jetzt, da sich die andere Person in ihrem Inneren wieder beruhigt hatte, kamen auch der Frust, die Enttäuschung und die Ängste zurück.

Es hatte nicht geklappt. Etwas war schiefgelaufen. Oder vielleicht dauerte es auch nur ein wenig länger? Gleich erglomm wieder ein kleiner Hoffnungsfunke in ihr. Der Fluch hatte sich ja auch erst allmählich bemerkbar gemacht, vielleicht verschwand er nicht einfach schnell über Nacht.

Ein leises Quietschen unterbrach ihre Gedanken und veranlasste sie dazu, sich umzudrehen. Durch einen Spalt der leicht geöffneten Uhrenkastentür steckte Liv vorsichtig ihren Kopf heraus.

„Ist er weg?“, wisperte sie und Elli nickte, ging die paar Schritte zu ihr und zog sie aus dem Kasten heraus in ihre Arme, beruhigte sie, während Melissa aufstand und fassungslos die Hände in die Hüften stemmte. „Kann mir vielleicht mal jemand sagen, was hier los ist?!“

Elli erhob sich und holte tief Luft, während sie fieberhaft nach einer Erklärung suchte.

„Oooh, bitte!“, entfuhr es Lissa, bevor sie den Mund öffnen konnte. „Komm mir jetzt bloß nicht wieder mit diesem ‚wir sind alle verflucht und das Märchenbuch ist schuld‘-Müll.“

„Ist er ganz sicher weg?“, versicherte sich Olivia und Eliana nickte, unterdrückte einen Seufzer und war froh, dass nicht auch noch Will zugegen war. Dieser war extrem bodenständig und hatte für derlei ‚Humbug' noch weniger übrig als ihre Schwester.

Aus Ellis Hosentasche ertönte das bekannte ‚dam da da daaa dada dam da daaa' und sie nahm den Anruf schnell entgegen, froh, zunächst um eine Erklärung herumzukommen.

„Elli?", vernahm sie Coras Stimme.

„Wen hast du denn erwartet, wenn du meine Nummer wählst?"

„Kannst du vielleicht mal vorbeikommen? So genau jetzt?", fragte ihre Freundin, ohne auf ihren bissigen Kommentar einzugehen.

Melissa nahm Olivia aus Ellis Armen und verschwand mit ihr in der Küche, wo schon bald Geschirr klapperte, was wohl bedeutete, dass die wichtigste Mahlzeit des Tages weiterging.

„Was ist los?", erkundigte sich Elli, der nun die deutliche Besorgnis in Coras Stimme auffiel.

„Irgendwas stimmt mit Tammy nicht."

„Was ist passiert?"

„Sie hat bei mir übernachtet, weil sie beim Videoabend eingeschlafen ist und nicht wieder wachzukriegen war." Im Hintergrund ertönte ein kratzendes Geräusch. „Und heute Morgen nach dem Frühstück wollte sie unbedingt was nähen."

„Aha …" Erneut vernahm Elli den seltsamen Laut.

„Obwohl sie total unbegabt darin ist."

Hört, hört …

Eliana biss kurz die Zähne zusammen, um Cora nicht erneut anzuranzen. Eins von ihren speziellen Talenten bestand nämlich darin, immer nur stückweise

Informationen weiterzugeben, etwas, das Elli generell und speziell *jetzt* nicht ertragen konnte.

„Uuuund…?“, hakte sie nach und machte mit der Hand eine auffordernde Bewegung, die ihre Freundin natürlich nicht sehen konnte.

„Und dann hat sie sich prompt an einer Nadel gestochen.“

„Na ja, wenn sie nicht plötzlich Bluterin geworden ist, müssen wir uns ja keine Sorgen machen oder?“ Sie stutzte. „Wie groß war denn die Nadel?“

„Na, so normal. Nicht länger als ein kleiner Finger.“

Uh ooooh …

„Cora, jetzt komm mal bitte zum Punkt!“, herrschte Eliana ihre Freundin an und ignorierte die Stimme in sich, besonders, weil sich ihr Verstand weigerte, das Naheliegendste als Möglichkeit anzuerkennen. „Ich meine, du rufst doch nicht an, um mich zu fragen, wie man Pflaster benutzt?“

„Seit sie sich gestochen hat, liegt Tammy auf der Couch und ich krieg sie einfach nicht wach.“

Etwa zehn Minuten später klopfte Elli an die Tür mit der Aufschrift ‚Pemberton‘. Ferry Bridge war ein verschlafener kleiner Ort, in dem jeder jeden kannte und tagsüber niemand die Türen verschloss. Umso erstaunter war sie, als der Türknauf nicht nachgab und sie warten musste, bis man im Inneren auf sie aufmerksam wurde. Was dauerte.

„Cora?“, rief Eliana schließlich und klopfte erneut. Anschließend trat sie ein paar vorsichtige Schritte zur Seite in eines der Blumenbeete, um durch eines der Fenster zu spähen – etwas, das sie ansonsten selbstverständlich nicht tat, aber sie war in Sorge, weil sie bereits eine böse Vorahnung davon hatte, was mit Tamara los war. Dennoch versuchte sie sich an den Gedanken zu klammern, dass der Fluch am Abklingen war und der Zustand ihrer Freundin nichts mit einem bestimmten Märchen zu tun hatte.

Die Gardinen waren zur Seite gezogen worden und offenbarten so den Blick in Coras Wohnzimmer. In der Mitte stand eine große Couch, auf der sie schon viele gemütliche Stunden mit ihren Freundinnen verbracht hatte. Nun ruhte Tamara darauf und reagierte weder auf Klopfen noch Zurufe. Entnervt griff Elli nach ihrem Telefon und ließ dieses im nächsten Moment vor Schreck in einen etwa hüfthohen Busch fallen, weil plötzlich ein riesiges Vogelnest vor der anderen Seite des Fensters auftauchte, das sich bei näherem Hinsehen als Coras überdimensionale Hochsteckfrisur entpuppte.

„Tut mir leid, ich hab dich nicht gehört", ließ ihre Freundin sie träge wissen, als Elli endlich hereinkonnte und eilends auf Tamara zulief.

„Tammy?" Sie berührte die Angesprochene an der Schulter. Keine Reaktion. „Tamara … Tam!" Kein Rütteln, kein lautes Rufen, nicht einmal die leichte Backpfeife weckte sie auf.

„Hab ich auch schon alles probiert", informierte Cora sie, während sie eine weitere, überlange Haarsträhne mit ihren Fingern aufdrehte und im ‚Nest' feststeckte.

„Seit wann ist sie denn so?", erkundigte sich Eliana. Bis jetzt hatte sie eigentlich geglaubt, dass Cora nur übertrieb, weil diese des Öfteren zu Überreaktionen neigte, doch allmählich teilte sie deren Sorge. Tamaras Puls und Atmung waren normal, sie war nicht übermäßig blass ... aber sie wurde einfach nicht wach. An ihrem rechten Zeigefinger befand sich eine minimale Einstichstelle, doch Elli weigerte sich zu glauben, was ihr Verstand ihr bereits deutlich zurief.

„Cora?“, hakte sie stattdessen nach und wandte sich um. Ihre Freundin hatte den Kopf schief gelegt, rieb sich die Augen und ihre Frisur rutschte im Zeitlupentempo in dieselbe Richtung, um sich schließlich ganz aufzulösen. Die Haare waren wirklich lang geworden und reichten ihr fast bis zu den Hüften.

Rapunzel, Rapunzel, lass dein ...

Nein! Das hört mit Sicherheit bald auf! Also halt die Klappe! Der Fluch ist aufgelöst und am Abklingen! Und dich muss ich bald schon auch nicht mehr ertragen!

„Erde an Co-ra!“, rief Elli nun schon lauter.

„Hm ...“, machte diese nachdenklich, drehte ihre Haare zu einem langen Zopf ein und versuchte vergeblich, sie mithilfe unzähliger Spangen wieder wie zuvor aufzutürmen.

„Informationen, *jetzt*!“, rief Elli und holte tief Luft, was in einem unfreiwilligen Gähnen endete.

Cora blickte sie erschrocken an. „Entschuldige, Mutter! Ich habe nur dem lieblichen Gesang der Vögel gelauscht.“

Hatte Cora sie gerade im Ernst 'Mutter' genannt?? Elli schüttelte den Kopf und zog ihr Telefon aus der Hosentasche, entfernte zwei daran klebende Rosenblätter und wählte die Nummer ihrer alten Kinderärztin im nächsten Ort, zu der sie immer noch ging, wenn sie in den Ferien krank wurde und Doktor Jonassens Praxis überfüllt war. Ein Krankenhaus und weitere Ärzte gab es nämlich erst wieder in Cheltenham oder Gloucester.

„Wann ist sie umgekippt? Hat sie sich irgendwo den Kopf gestoßen? War ihr schlecht? Hat sie irgendwelche Medikamente genommen?“, versuchte sie, weitere Informationen aus Cora herauszubekommen, wenngleich es längst eine logische Erklärung für Tamaras Zustand gab – nun gut, eine logisch irrsinnige Erklärung, die sie nicht mehr akzeptieren wollte.

Ihre Freundin betrachtete sie mit einer Mischung aus Müdigkeit und Faszination. „Elli“, sagte sie schließlich lächelnd. „Wie bist du denn den ganzen Turm heraufgeklettert? Du solltest lieber verschwinden, bevor Mutter heimkommt. Sie sieht es gar nicht gern, wenn ich Besuch habe.“

Für ein paar Sekunden starrte Eliana sie fassungslos an, dann wandte sie sich ab, während das Telefon weitertutete und schließlich der AB der Arztpraxis anging. Laut diesem war Doktor Fauntleroy seit einer Woche verreist und würde erst in ein paar Tagen wiederkommen. Ihre Vertretung kannte Elli nicht und sie befand sich noch ein Dorf weiter. Das durfte doch alles nicht wahr sein!!

Automatisch verknoteten sich ihre Gedärme wie so oft in letzter Zeit und sie versuchte, die aufkommende Panik zu unterdrücken. Erfolg hatte sie damit nicht.

Es macht ja auch keinen Sinn sich selbst zu belügen, merkte der Störenfried in ihrem Kopf an. *Damit tun wir uns keinen Gefallen. Wir müssen die Kontrolle über die Situation und alle Betroffenen hier in Ferry Bridge behalten. Und das können wir nur, wenn du mich nicht ständig wegschickst. Ich bin nicht dein Feind. Unser Volk braucht eine strenge, aber gerechte Führung und um diese zu gewährleisten ...*

Verschwinde!, fauchte Elli innerlich und tat genau das, was die Stimme hatte vermeiden wollen: Sie stieß sie weg, verbannte sie hinter eine mentale Tür. Die Panik wurde dadurch leider nicht geringer und ihr Puls beschleunigte sich.

Ihr Plan, von Tristan für das entstandene Unrecht Vergebung zu bekommen und so den Bann zu brechen, hatte nicht nur nicht funktioniert, es wurde alles immer schlimmer. Was sollte sie bloß tun?

Dieses verdammte Buch, dieses verdammte Mistding!!

OkayokayOKAY! Panik nützte niemandem etwas. Sie musste ruhig bleiben. Denken!

Wenn Tamara Dornröschen und in einen hundertjährigen Schlaf gefallen war, hieß das noch lange nicht, dass weltliche Mittel nichts mehr ausrichteten. Vielleicht konnte man sie ja mit der modernen Medizin wieder aufwecken. Die beiden Ärzte in diesem Dorf fielen zwar aus und das Krankenhaus in der nächsten Stadt war recht klein und besaß nur einen Krankenwagen, sie konnte aber trotzdem ihr Glück versuchen und dort anrufen oder Tamara ins Auto packen und selbst hinfahren. Dann wiederum musste Elli erklären, was mit ihrer Freundin los war, was sie nicht konnte, und wer wusste schon, ob die Ärzte dort überhaupt etwas an deren Zustand ändern konnten. Aber brauchte sie nicht dennoch ärztliche Versorgung, nur um sicherzugehen? Märchen folgten ja nun nicht gerade medizinischer Logik. Und was war das Äquivalent eines Arztes in einem Märchen? Eine Kräuterhexe? Lieber nicht, denn die waren in Märchen doch immer böse!

Wie dem auch war – auch der Anruf beim Krankenhaus blieb unbeantwortet. Sie seufzte erneut, wie zum gefühlt hundertsten Male an diesem Tag und ließ sich matt auf dem der Couch am nächsten stehenden Sessel nieder.

Im Hintergrund war wieder das seltsam ratschende Geräusch zu vernehmen, das ihr bereits beim Telefonat mit Cora aufgefallen war. Ihre Augen fielen erneut auf diese und weiteten sich in ungläubigem Erstaunen, denn ihre Freundin begann tatsächlich, mit einer Bürste bewaffnet ihr Haupthaar zu entwirren, das bereits wieder ein Stück länger geworden zu sein schien. Letzteres konnte allerdings auch nur Einbildung sein. Das durfte einfach alles nicht … okay, so weit waren sie schon gewesen.

Gedanken sortieren und die nächsten Schritte genau planen!

Gut, auf Cora war nicht zu zählen und Tammy brauchte immer noch Hilfe. Wenn der Fluch weiterhin aktiv war, war der Fall glasklar und sie musste sich nur fragen, wie Dornröschen wiedererweckt worden war. Durch den Kuss der wahren Liebe! Wie dumm, dass es in Tamaras Leben keinen Prinzen oder eine Prinzessin gab, die das hätten erledigen können. Ihre Eltern waren vor ein paar Jahren nach Asien ausgewandert und Elli bezweifelte stark, dass ein Kuss per Skype zählen würde. Was Tammys Bruder Jamie anging, konnte sie auch mit dessen Hilfe wohl kaum rechnen, denn er hielt sich wahrscheinlich immer noch für einen Wolf. Großartig! Hm.

Einem plötzlichen Impuls folgend beugte Elli sich vor und drückte einen Kuss auf die Lippen ihrer

Freundin, doch nichts geschah. Einen Versuch war es dennoch wert gewesen. Vielleicht sollte Cora es ebenfalls versuchen, auch wenn sich die beiden nicht viel näherstanden. Elli schnippte mit den Fingern, um deren Aufmerksamkeit auf sich zu ziehen, doch Rapunzel hatte sich auf den zweiten Sessel gesetzt und begann nun ebenfalls wegzudösen. Ein solches Ausmaß an Unfähigkeit war Elli noch nicht untergekommen.

Nutzloses Ding. Aber vermutlich würde es eh nicht funktionieren. Lass sie einfach. Niemand braucht sie. Was hast du denn gedacht? Dass ihr Kuss helfen würde, wenn noch nicht einmal dein eigener zu helfen vermochte? Schau sie dir an: Faul. Langsam. Unbrauchbar und –

Tiefes Gähnen unterbrach die verabscheuungswürdige Stimme in ihrem Innern und erinnerte Eliana nicht nur daran, dass diese nicht wirklich zu ihr gehörte und besser auszublenden war, sondern zwang sie auch noch dazu, sich wieder dem eigentlichen Problem zu widmen. Warum nur fiel ihr das Denken auf einmal so schrecklich schwer? Ihre ganze zuvor gefühlte Aufregung schwand immer mehr dahin … obwohl das ja auch eigentlich ganz gut war … Sie gähnte erneut.

Hallo! Nicht einschlafen! Merkst du denn nicht, was hier passiert?, dröhnte es in ihrem Kopf und das leichte Stechen in ihren Schläfen, das diesem Warnruf folgte, ließ sie ihre Augen erschrocken wieder aufreißen.

Vom Fenster her war ein undefinierbares Geräusch zu hören, eine Art Kratzen, das Elli stutzen ließ und davon abhielt, die Stimme erneut wegzuschubsen. Etwas träge erhob sie sich und ging hinüber, um der Sache auf den Grund zu gehen. Sie blickte hinaus, konnte jedoch nichts

Ungewöhnliches entdecken. Die Blätter des knapp brusthohen Rosenbusches raschelten im leichten Sommerwind und die Szenerie wirkte friedlich und beruhigend.

Sie gähnte herzhaft und war gerade im Begriff, sich wieder abzuwenden, um sich einen Moment hinzusetzen und zumindest ganz kurz auszuruhen, als der undefinierbare Laut erneut ertönte und sich etwas von unten her in ihr Blickfeld schob. Eine dornige Ranke, die am unteren Teil des Busches gewachsen war, kletterte langsam, aber stetig an der Hauswand hinauf. Die war vorhin garantiert noch nicht dagewesen.

Mit einem Schlag war Elli hellwach. Dornröschen! Tiefschlaf aller im Schloss Anwesenden und die Dornenhecke, die um dieses herumwuchs! Sie mussten sofort hier raus!

Na endlich!, merkte der Störenfried erleichtert an

Leises Schnarchen aus der gegenüberliegenden Richtung ließ Elianas Müdigkeit restlos verschwinden und sandte einen Schub Wut durch ihren Körper, denn es kam nicht von Tamara. Dieses verdammte, unnütze Ding! Musste sie denn hier *alles* allein machen??

„Cora, verdammtnochmal!!", rief sie wieder mit dieser lauten Stimme, die nicht ihre eigene zu sein schien, und der Zorn war mit einem Mal so groß, dass sie ihre Faust gegen die Fensterscheibe donnern musste. Das Glas zersplitterte und scharfkantige Scherben schnitten ihr in die Hand. Nur Sekunden darauf zwängte sich durch das entstandene Loch im Glas ein dornenbesetzter Seitentrieb.

Mit einem spitzen Aufschrei schreckte Cora hoch und schüttelte verwirrt den Kopf.

„W-was war d-das?“, stotterte sie. „W-was ist mit d-deiner Hand?“

Der Schmerz steigerte Ellis Zorn noch, auch wenn er durch das Adrenalin in ihrem Blut nicht sonderlich groß war. Sie griff nach einem Stück länglichen Stoffes, der sich auf der Ablage rechts von ihr befand und wickelte ihn sich um die verletzte Hand.

Nur Idioten um uns herum!, beschwerte sich die Fremde in ihrem Kopf. *Wir brauchen ganz dringend besseres Personal! Die sind es gar nicht wert, gerettet zu werden!*

Das sind meine Freunde!, hielt Elli mit Mühe dagegen. *Sie können nichts dafür. Der Fluch macht aus ihnen diese Trottel!*

Wenn du meinst …

„Schnapp dir Tammy und dann verschwinden wir hier!“, schnauzte Elli Cora an, während sie sich darum bemühte, nicht die Denkweise des Störenfrieds anzunehmen, an ihrer eigenen Begründung für die Unbrauchbarkeit ihrer Freunde festzuhalten, weiterhin Verständnis dafür zu haben. Allerdings macht Cora ihr das sehr schwer, weil sie ihr nur ein verwundertes Stirnrunzeln schenkte.

„Wie soll ich denn mit Tammy auf dem Rücken den Turm runterkommen?“, fragte sie mit großer Skepsis. „Ich denke auch, dass mein Haar noch gar nicht lang genug –“

„ES REICHT MIR JETZT MIT DIR!!“, donnerte Elli mit der seltsam hallenden Stimme. „HÖR MIT DEM MIST AUF UND TU ENDLICH, WAS ICH DIR SAGE!“

Sie zeigte nachdrücklich auf den Sessel, auf dem Cora saß, und ließ ihre unverletzte Hand darauf zur Seite schnellen. Es knisterte laut und, wie von einer unsichtbaren Kraft bewegt, rutschte dieser etwa einen halben Meter nach vorne, auf die Couch zu. Ihre Freundin hatte geistesgegenwärtig die Beine angezogen und einen spitzen Schrei ausgestoßen und starrte sie nun schockgefroren an.

„LOS!“, befahl Elli und der Sessel kippte nach vorne, sodass Cora beinahe auf Tamaras Bauch gelandet wäre. Ein leises Schluchzen war zu vernehmen, bevor sich ‚Rapunzel‘ am ganzen Leib zitternd wieder aufrichtete.

Ohne sich weiter darum zu kümmern, stapfte Eliana auf ihre beiden Freundinnen zu, griff mit der gesunden Hand nach Tamaras Arm und legte ihn sich um die Schultern. Cora tat es ihr gehorsam, jedoch leise wimmernd, nach und gemeinsam schleppten sie Tamara nach draußen, durch den mit weiteren Dornenranken durchzogenen Zaun auf die Straße.

Wo die wilden Bücher wohnen

Wer hätte das gedacht? Dornröschen, Schneewittchen und Rapunzel kamen recht gut miteinander aus, wenn man ihnen erst einmal die Chance gab, sich kennenzulernen. Obwohl … mit Dornröschen auszukommen, war derzeit wohl für niemanden ein großes Problem, da diese auch noch tief und fest geschlafen hatte, als Elli Billys Wohnung wieder verlassen hatte.

Eliana hatte ihre Pläne, Tamara in ein Krankenhaus zu bringen, ziemlich schnell nach ihrer Flucht aus deren Wohnung endgültig über Bord geworfen und sich dazu entschieden, all ihre vom Fluch befallenen Freundinnen einzusammeln und in ein- und derselben Wohnung unterzubringen. Dies hatte zweierlei Gründe: Zum einen war sie sich mittlerweile sicher, dass ihr niemand im Krankenhaus glauben und damit auch ganz bestimmt nicht helfen würde. Zum anderen konnte sie, wenn sie alle Freunde beisammenhatte, dafür sorgen, dass diese in ihrem Zustand geistiger Umnachtung keine Dummheiten machten, denn Noah hatte sich netterweise dazu bereit erklärt, weiterhin den Babysitter zu spielen. Sogar für alle drei, was zweifellos daran lag, dass er seit einiger Zeit heimlich in Tamara verschossen war. Seine merkwürdige Akzeptanz des Irrsinns um ihn herum war Elli zwar noch immer ein Dorn im Auge, aber solange er brav mitspielte und sich weiter um alle kümmerte, konnte sie damit leben, mit den übrigen Aufgaben allein zu sein.

Auf ihrem Plan standen jetzt drei weitere Punkte. Erstens: Jamie und Hannah finden und zu den anderen bringen. Zweitens: Herausfinden, wie man den Fluch brechen konnte (was momentan nichts anderes bedeutete, als sich erneut vor den Laptop zu werfen) und drittens … ach ja, für ihre ‚Prinzessinnen' einkaufen gehen, denn Rapunzel und Schneewittchen sollten und Noah konnte nicht aus dem Haus.

Allein den ersten Punkt abzuhaken gestaltete sich allerdings schwieriger, als sie angenommen hatte. Sowohl Jamie als auch Hannah gingen nicht mehr an ihre Telefone und Elli hatte die üble Befürchtung, dass beide, so wie Billy, vergessen hatten, wie man diese bediente. Wenn Jamie seines nicht sogar weggeworfen hatte, um ganz mit der Natur zu verschmelzen. Ob und wie deutlich er sich tatsächlich zu einem Wolf entwickelte, war Elli noch nicht ganz klar und wenngleich er ihr zuletzt erzählt hatte, dass er nachts im Wald geschlafen hatte, marschierte sie erst einmal zu seiner Wohnung – in der er selbstverständlich nicht aufzufinden war.

In der Hoffnung, dass er noch des Lesens mächtig war, wenn er vielleicht hungrig oder übermüdet nach Hause kam, heftete sie eine Nachricht an seine Haustür, in der sie ihn darum bat, bitte so schnell wie möglich zu Billy zu kommen.

Den gleichen Zettel befestigte sie an Hannahs Tür, da ihr auch dort niemand öffnete, und machte sich im Anschluss auf die Suche nach ihren beiden vermissten Freunden. Von der Stadtmitte aus bewegte sie sich in immer größer werdenden Kreisen auf die äußeren Ränder zu, konnte jedoch trotz dieser ausgefeilten Suchtechnik keinen von beiden aufspüren. Auch den Waldrand durchstöberte sie, wagte sich allerdings nicht allzu weit in die wilde Natur hinein, weil sie keine Lust hatte, sich zu verlaufen und am Ende selbst eine Nacht dort zu verbringen. Ein paar Mal rief sie nach Jamie, doch da keine Antwort zurückkam, machte sie sich schließlich frustriert auf den Weg zum nächsten Einkaufsladen, um wenigstens Punkt drei auf ihrer Aufgabenliste abhaken zu können.

Eine Stunde später hatte sich die angehende Ärztin in ihr daran erinnert, dass man Schnittwunden nicht einfach nur wie im Film mit einem Stück Stoff umwickelte und auf Heilung hoffte, also hatte sie die glücklicherweise nicht sehr tiefe Wunde gesäubert und sich einen ordentlichen Verband angelegt. Kurz darauf saß sie erneut zu Hause vor ihrem Laptop und bemühte sich, ihre Suche auf das zu präzisieren, was in Ferry Bridge zugange war.

Es war erstaunlich, was das Internet so ausspuckte, wenn man nur das Wort ‚Flüche‘ eingab. Von düsteren Warnungen, über genaue Definitionen und Berichte von Betroffenen hin zu präzisen Anleitungen, wie man diese auflöste, gab es alles, was das Herz des Fluchgeschädigten begehrte. Nur konnte Elli nicht eine einzige Schilderung finden, die dem ähnlich war, was hier passierte.

Flüche, in denen normale Bürger zu Märchenfiguren mutierten, existierten auch im Internet nicht und so musste sich Elli mit dem zufriedengeben, was sie aufrufen *konnte*.

Unter anderem gehörte dazu ein Forum, in dem die User von Begegnungen mit Hexen, Geistern und Dämonen, aber auch von Flüchen und Zaubern berichteten, mit denen sie selbst belegt worden waren. Vieles davon klang so, als sei es lediglich einem überaus aktiven Geist entsprungen und war wohl kaum als Wahrheit zu werten. Ein paar der Eintragungen zogen Ellis Aufmerksamkeit allerdings für längere Zeit auf sich – bis sie sich schließlich dazu entschloss, sich einen Account im Forum zuzulegen und der glaubhaftesten Userin, die gerade eindeutig aktiv war, ihre Situation zu schildern.

Es dauerte nicht lange, bis sie eine Antwort erhielt.

Ich muss ehrlich zu dir sein: Von einem Fluch, der gleich so viele Menschen betrifft, habe ich selbst noch nie gehört, schrieb Lilith23456. Das klingt echt übel.

Ich weiß, antwortete Elli schnell. Aber hast du vielleicht eine Idee, wie ich herausfinden kann, wie der Fluch entstanden ist und wie ich ihn bekämpfen kann?

Es dauerte einen kleinen Augenblick, bevor die nächste Antwort kam: Wenn Flüche gleich mehrere Menschen einer Region betreffen, muss in der Vergangenheit etwas Schlimmes in dieser Gegend passiert sein – etwas, das man aufdecken muss, denke ich, um den Verursacher des Fluchs zu finden und herauszufinden, was er bewirken wollte.

Ein Verbrechen?, fragte Elli mit Bangen.

Mit Sicherheit. Ich würde mich auf was echt Schlimmes gefasst machen.

Toll! Genau das hatte ihr jetzt noch gefehlt. War ihr Leben derzeit nicht schon schlimm genug?

An deiner Stelle würde ich mal in eure Bibliothek gehen und nach der Stadtchronik und anderen geschichtlichen Unterlagen fragen. So was gibt es doch fast überall, war Liliths nächster Vorschlag. Und wenn dir das alles nichts hilft, wende dich an diese Organisation: https://www.soomp.com. Die sind sehr seriös, haben viel Ahnung und können dir bestimmt besser helfen als ich. Ich hab gehört, dass die bei manchen verzwickten Fällen sogar zu dir reisen.

Na, so weit kam es noch, dass sie irgendwelchen dubiosen Vereinen für ihren Hokuspokus ihr sauer Erspartes in den Rachen schob! Solche Scharlatane konnten ihr gestohlen bleiben!

Ganz genau! Wir schaffen das schon allein!

Werde ich machen, schrieb sie nichtsdestotrotz – oder gerade *weil* ihr ungebetener mentaler Gast dagegen war. Ich danke dir für die großartige Hilfe.

Lilith schrieb noch zurück, dass sie sich jederzeit wieder an sie wenden konnte, dann war Elli auch schon ausgeloggt und befand sich nur zehn Minuten später auf dem Weg zur Stadtbibliothek.

„Die Stadtchronik?“, wiederholte die Bibliothekarin ihre soeben gesprochenen Worte, nachdem Elli sich etwas atemlos an ihrem Tresen eingefunden hatte. „Die befindet sich im Museum hinter Glas und wird bestimmt nicht für dich aus dem Kasten geholt, damit du darin herumstöbern kannst. Was willst du überhaupt damit?"

Ellis Herz sank. „Ich … ich studiere Journalismus und schreibe gerade einen Artikel über die Geschichte dieses Dorfes", log sie schnell. „Anlässlich des 200sten Geburtstages von Ferry Bridge nächstes Jahr."

Gut gerettet!

„Ach so?" Ms Hoult betrachtete sie für einen Moment nachdenklich, nahm schließlich einen Zettel zur Hand und kritzelte etwas darauf. „Ich kann dir zwar nicht mit der Stadtchronik dienen, aber auch hier gibt es ein paar Werke, die dir bei deiner Recherche helfen könnten – wenn es dich nicht stört, dass es sich um … sagen wir mal, nicht ganz so angesehene Autorinnen handelt."

Sie reichte ihr den Zettel, auf dem Regal- und Buchnummern vermerkt worden waren.

„Was meinen Sie mit ‚nicht ganz so angesehenen Autorinnen'?", hakte Elli etwas misstrauisch nach.

„Nun, Ende des 19. Jahrhunderts gab es hier in Ferry Bridge eine Art Schreib-Club unter den gutbürgerlichen, aber auch adligen Hausfrauen", erklärte die Bibliothekarin schmunzelnd. „Diese Frauen haben Geschichten verfasst, deren Wahrheitsgehalt wohl stark anzuzweifeln ist, die aber ihren eigenen Aussagen nach der reinen Wahrheit entsprachen."

„Und welcher Art waren diese Geschichten?"

„Wenn du mich fragst, Tratsch und Klatsch aus der Nachbarschaft, aber auch besondere Ereignisse, die viel Aufsehen erregt haben."

„Bis zu welchem Jahr geht das zurück?"

„Oh je, da fragst du mich was!“ Miss Hoult kratzte sich nachdenklich an der Stirn. „Ich glaube, nicht weiter als bis 1890. Aber am besten machst du dir selbst ein Bild.“

Sie wies auf den Zettel in Ellis Hand, die ihren Blick daraufhin etwas ratlos über die vielen Regale der Bücherei wandern ließ.

„Rechts rum und dann immer geradeaus“, half Miss Hoult ihr mit einem etwas verkrampften Lächeln.

„Können Sie mir nicht zeigen, wo diese Schriftstücke sind?“, fragte Elli stirnrunzelnd, doch die Bibliothekarin schüttelte sogleich den Kopf, machte dabei sogar einen leicht panischen Eindruck.

„Ich mag die Ecke da hinten nicht“, gestand sie ihr. „Da überkommt mich immer so eine seltsame Gänsehaut. Wenn ich vermeiden kann, sie aufzusuchen, tue ich das. Tut mir leid.“

Ellis Augen verengten sich. „Kein Problem“, gab sie etwas geistesabwesend von sich und lief entschlossen los.

Normalerweise war sie kein großer Freund von gruseligen Orten, aber war so etwas in ihrem Fall nicht sogar eher eine heiße Spur? Vielleicht war auch hier Magie im Spiel und dann würden ihr die Schriften mit Sicherheit weiterhelfen.

Das Regal war schnell gefunden, ebenso die Bücher. Obwohl dieses Wort eigentlich nicht so ganz zutreffend für das war, was sie im Regal vorfand. In Einbänden aus Leder, Stoff oder einer Kombination von Karton mit beidem, waren Seiten verschiedener Qualität und Dicke mehr oder minder gut eingebunden worden. Elli war sich nicht ganz sicher, ob diese ‚Werke‘ es überhaupt vertrugen durchgeblättert oder auch nur berührt zu werden, trotzdem griff sie beherzt zu, stapelte sie übereinander (es waren sieben an der Zahl – so ein Zufall!) und legte sie im Anschluss vorsichtig auf den Tisch der kleinen Leseecke am Ende des Ganges.

„Auf in den Kampf!“, sprach sie sich selbst Mut zu, nachdem sie sich gesetzt hatte, und hob eines der ‚Bücher‘ vom Stapel, das sogleich seine Unterseite verlor, die mit einem lauten Klatschen auf den Tisch fiel.

Sie hielt kurz den Atem an und wartete auf die mahnenden Worte der Bibliothekarin, doch es blieb still und sie konnte sich ungestört über den ersten Text beugen.

Die Helden von Ferry Bridge lautete der Titel und Elli begriff schnell, dass es sich bei diesen Helden um eine Gruppe angesehener Männer des Dorfes handelte, die einen Waldbrand erfolgreich bekämpft und somit ihr Heimatdorf vor dem Untergang bewahrt hatten. Geschrieben – Wer hätte das erahnen können? – von der Ehefrau eines dieser Männer. Kein Verbrechen. Kein Unrecht, das begangen worden war und gesühnt werden musste. Weiter im Takt.

Das wäre ja wohl auch deutlich zu leicht gewesen, merkte jemand in ihrem Kopf an, auf dessen Gegenwart Elli liebend gern verzichtet hätte.

„*Klappe*!“, zischte sie und beugte sich über den nächsten Text.

Der Geist der alten Marla. Die Großmutter der ‚Schriftstellerin‘ spukte in ihrem Haus herum … bla bla … bla bla … bla bla. Aha, sie wollte noch ihr Enkelkind sehen, bevor sie für immer im Jenseits verschwand. Wie rührend. Elli seufzte tief.

Der kopflose Reiter … Ernsthaft? Das war doch nur wieder die irische Dullahan-Legende mit eigenen, nicht sehr poetischen Worten ausgeschmückt! Unbrauchbar.

Das wird wohl sehr lange dauern, kam der nächste nervige Kommentar aus ihren Hinterkopf. *Willst du dir wirklich diese Mühe machen? Wenn du mich fragst, ist das reine Zeitverschwendung.*

„Ich frag dich aber nicht!“, knurrte Elli, erinnerte sich dann aber daran, dass sie nicht allein in der Bücherei war und dachte sich die nächsten Worte nur noch. *Und wenn das heißt, dich loszuwerden, ist mir keine Mühe zu viel!*

Sie biss fest die Zähne zusammen und drängte den Störenfried mit aller Macht aus ihrem Verstand, bevor sie sich über die nächste Geschichte beugte und tapfer weiterlas. Sie las und las und las, bis sie das erste Buch durchhatte und frustriert aufstöhnte.

Die meisten Geschichten waren total langweilig gewesen, schilderten alltägliche Erlebnisse, als ob sie göttlichen Wundern gleichkamen, und nicht eine einzige davon kam einem Verbrechen nahe, dass einen Fluch wie den des Märchenbuches rechtfertigte. Zudem waren fast alle auch noch grottenschlecht geschrieben. Eine einzige Qual für eine Genussleserin wie sie.

Zu ihrer großen Erleichterung meldete sich die Fremde in ihrem Kopf nicht sofort wieder zu Wort, denn Ellis Motivation weiterzumachen, war ohnehin kaum noch vorhanden. Da brauchte sie nicht auch noch einen vom Fluch erschaffenen Geist, der ihr die Arbeit zusätzlich erschwerte. Auch wenn Aufgeben selbstverständlich *niemals* in Frage kam!

Sie schloss kurz die Augen, holte tief Atem und nahm das nächste Buch vom Stapel. Ganz gleich, wie schlimm es noch werden würde – sie würde durchhalten!

Etwa eine Stunde später ließ Elli erschöpft den Kopf auf das gerade geschlossene Buch vor sich sinken. Vielleicht ein wenig zu heftig. Autsch! Sie hob den selbigen wieder und rieb sich die Stirn, während sie hinüber zu dem deutlich geschrumpften Stapel sah. Oh – ein Stapel war es ja gar nicht mehr, sondern nur noch *ein* Buch. Verdammt! Wenn sie darin auch wieder nichts fand, hatte sie ihre Zeit hier tatsächlich vollkommen verschwendet!

Sie griff danach und zog ihre Hand im nächsten Moment schon wieder erschrocken zurück, denn eine kleine elektrische Entladung war durch ihre Finger gezuckt.

Ganz ruhig, sprach sie sich selbst zu, weil ihr Herz prompt schneller schlug. *Das hat noch gar nichts zu bedeuten. Wie viele Entladungen hast du in deinem Leben schon gefühlt, ohne dass magische Kräfte dabei am Werke waren?*

Sie berührte das Buch erneut, dieses Mal passierte jedoch nichts und sie konnte es vor sich ziehen. Ihr Puls wollte sich trotzdem nicht wieder einfangen, obgleich die erste Geschichte nicht besonders vielversprechend klang: *Bauer Jamesons verschwundene Schafe*.

Das Geschreibsel war so langweilig, wie es klang, was auch auf die nachfolgenden schriftlichen Ergüsse zutraf, durch die sich Elli nach und nach quälte. Und dann erschien er endlich, der Titel, der ihr Herz erneut höherschlagen ließ: *Die Hexe von Ferry Bridge*. Geschrieben von Audrey Shamhurst. Shamhurst … Das war doch die Grafenfamilie gewesen, der einst alles

Land hier und damit auch Ferry Bridge gehört hatte. Ein altes Adelsgeschlecht, dessen Namen in der Stadtchronik zum ersten Mal im vierzehnten Jahrhundert aufgetaucht war und dessen letzte Nachfahren bei einem verheerenden Brand auf dem der Familie gehörenden Gutshof ums Leben gekommen waren.

Ellis Augen flogen über die Zeilen und das Gefühl, nun endlich eine heiße Spur gefunden zu haben, wurde immer stärker.

Einst lebten in dem kleinen Wäldchen vor Ferry Bridge Zigeuner, die dort allerlei Scharlatanerie betrieben und auch vor der Dorfgemeinschaft keinen Halt machen. Oft waren sie auf dem Wochenmarkt vertreten, lullten die armen Leute dort mit ihrer Musik und Fröhlichkeit, ihren selbstgemachten Sachen und Speisen ein und konnten sich so immer weiter in der Stadt ausbreiten. Was anfangs jedoch niemand bemerkte, war, dass in jener Zeit einige Dinge von Wert aus so manchem Lädchen und Haus verschwanden und auch die Kinder, die zu neugierig waren, anfingen, sich seltsam zu benehmen, wild und ohne Zucht und Tadel.

Niemand wusste zu jener Zeit, dass sich in dieser Sippe eine bösartige Hexe befand, deren Kunst darin bestand, jedweden Menschen um den Finger zu wickeln und immer zu bekommen, wonach sie verlangte. In Gestalt so schön wie ein Engel, aber in der Seele so schwarz wie der Teufel, wurde sie zu einer großen Gefahr für das friedliche Dörfchen, an dem sich die Sippe labte, es aussagte wie ein Blutegel.

Doch da niemand den Zauber der Hexe durchschaute und sie allen weismachen konnte, dass sie überall nur helfen wollte, versuchte auch keiner aus dem Griff der Dämonenbrut zu entkommen.

Eines Tages jedoch begab es sich, dass der Sohn des Grafen Shamhurst unheilbar erkrankte und sich der arme Vater in seiner Verzweiflung an die Hexe wandte, die überall nur als Heilerin bekannt war. Die hinterhältige Frau machte einen Handel mit ihm aus: Wenn sie den jungen Mann heilte, musste der Graf ihr einen Wunsch erfüllen, den sie zuvor nicht äußern würde. In seiner großen Not ging der Mann auf diesen Handel ein und tatsächlich geschah das Wunder, das niemand mehr erwartet hatte: Sein Sohn wurde geheilt.

Wochen vergingen und der Graf stellte mit Sorge fest, dass sein Sohn von nichts anderem mehr sprach als von der Schönheit und Lieblichkeit der Hexe. Als der Junge eines Tages äußerte, bald vor Kummer zu sterben, wenn er die Schöne nicht endlich wieder zu sehen bekam, ließ der Graf die Frau an seinen Hof holen.

Zu seinem großen Schrecken hielt sein Sohn auf der Stelle um deren Hand an und als der Graf schon widersprechen wollte, sagte die Hexe, dass er ihr nun ihren Wunsch erfüllen und die Hochzeit mit seinem Sohn gestatten müsse.

Der Graf tobte und verstieß die Hexe seines Hofes. Was er jedoch nicht wusste, war, dass diese sein Kind bei der Heilung mit einem Liebeszauber belegt hatte, der es unmöglich machte, die beiden voneinander zu trennen. In der Nacht floh sein nun liebeskranker Sohn aus dem Gutshof und vermählte sich heimlich mit der Hexe. In der Hochzeitsnacht wollte sie ihn töten, um sich bitter am Grafen zu rächen.

Ein treuer Diener war dem jungen Mann allerdings gefolgt und erzählte dem Grafen vom schrecklichen Plan der Hexe. Zusammen mit den restlichen Dorfbewohnern, die endlich aus ihrem Bann erwacht waren, machten sie Hatz auf die böse Frau und den unschuldigen Jungen. Fast entkamen sie im Dunkel der Nacht. Doch der Herrgott war den Gerechten gut gesonnen. Der Graf, der schon immer ein ausgezeichneter Jäger gewesen war, traf die Hexe mit einem gut gezielten Schuss aus seinem Jagdgewehr in die Stirn und endlich war sein Sohn von deren Fluch befreit.

Die Dorfbewohner feierten ein großes Fest, während der Rest der Arlijka-Sippe das Weite suchte und von da an nie mehr in der Nähe von Ferry Bridge gesehen ward.

Es dauerte ein paar Sekunden, bis Elli ihre Fassungslosigkeit im Griff hatte und sich wieder bewegen konnte. Mit einem dicken Kloß im Hals kämpfend, lehnte sie sich zurück, versuchte zu verarbeiten, was sie gerade eben gelesen hatte.

Das war eindeutig *keine* Fantasiegeschichte – auch wenn sie danach aussah. Elli wusste das so genau, weil sie Teile davon – oder besser gesagt Teile der *Wahrheit* – in ihren Träumen gesehen hatte. Sie selbst war der Sohn des Grafen gewesen. Ein junger Mann, der schwer in das Rromamädchen an seiner Seite verliebt gewesen war. Nicht, weil sie ihn verhext hatte, wie die Geschichte glauben machte, sondern, weil sie sich kennengelernt und festgestellt hatten, dass sie füreinander geschaffen waren.

Das, was sie für das Mädchen in ihren Träumen empfunden hatte, war echte, tiefe Liebe gewesen, die ihre

Umwelt nicht hatte akzeptieren wollen. Und nicht nur das. Man hatte die junge Frau kaltblütig ermordet und diese schreckliche Tat am Ende auch noch gefeiert.

Elli fuhr sich mit zitternden Fingern durch das Haar, bevor sie diese zaghaft auf den niedergeschriebenen Namen der damals angeblich erfolgreich vertriebenen Rroma-Familie senkte. *Arlijka.* Tristans Familie. Aufgewühlt schüttelte sie den Kopf. Die junge Frau, die ermordet worden war, musste eine seiner Vorfahrinnen gewesen sein. Wie furchtbar!

Ihre Hand glitt etwas tiefer und sie schrak zusammen, weil plötzlich erneut ein leichtes Kribbeln durch diese schoss. Als sie die Finger hob, entdeckte sie, dass sich genau an dieser Stelle der Seite Tinte von der Rückseite durchzeichnete. Tinte, von der ein seltsames silbriges Leuchten ausging.

Sie schluckte schwer und blätterte die Seite um. Jemand hatte dort eine Zeile in einer anderen Sprache hinterlassen, wenn sie sich nicht täuschte in Rromanes. Eine Sprache, die sie nur in Ansätzen verstand, und dennoch brauchte sie nur wenige Sekunden, um sich den Satz zu übersetzen: *Möget ihr alle in der Hölle brennen!*

Das Glitzern der Schrift verschwand in dem Moment, in dem Elli verstand, und erst darauf erkannte sie, dass sie genau diese Schrift schon einmal gesehen hatte. In ihrem Märchenbuch! Wer immer diesen Satz geschrieben hatte, musste auch den Fluch erschaffen haben, unter dem Ferry Bridge jetzt zu leiden hatte, und der Hass, der aus diesen Worten sprach, ließ nichts Gutes erahnen. Es würde mit Sicherheit noch viel mehr passieren, als dass sich die Bewohner ihres Dorfes in Märchenfiguren verwandelten.

Selbstverständlich, meldete sich ihre zweite innere Stimme zurück und ein seltsames Gefühl von Genugtuung und Abscheu mischte sich unter ihre Ängste und Sorgen. *Haben sie es denn nicht verdient?*

Elli bemühte sich, Ruhe zu bewahren, aber es fiel ihr unglaublich schwer, denn ihr war nur allzu deutlich bewusst, dass sie ihr Dorf jetzt ganz bestimmt nicht mehr allein retten konnte. Schon gar nicht, wenn in ihrem Inneren eine weitere Märchengestalt saß, die ständig versuchte ihr Handeln und Denken zu beeinflussen.

Geh weg!, befahl sie und das Wesen gehorchte, zog sich murrend zurück. Noch war sie selbst die Stärkere, aber wer wusste schon, wie lange das noch so bleiben würde.

Entschlossen erhob sie sich und wusste mit einem Mal ganz genau, was sie tun musste: Mehr über den Mord erfahren, um herauszufinden, wer genau den Fluch erschaffen hatte. Nur dann war es auch möglich, ihn wieder zu entkräften. Leider gab es nur einen Weg, wie sie ihren Plan in die Tat umsetzen konnte: Sie musste mit jemandem aus der Arlijka-Familie sprechen, der deren Geschichte gut kannte. Und dafür brauchte sie Tristan.

Des Widerspenstigen Zähmung

Nach ihrer Ankunft vor Tristans Haus dauerte es noch gute zehn Minuten, bis er die Tür öffnete. Nicht, weil er sich plötzlich im Schneckentempo bewegte oder die Klingel nicht funktionierte. Eliana brachte es schlichtweg nicht früher fertig, zu läuten. Dreimal machte sie wieder kehrt und ging den schmalen Fußweg zur Straße zurück. Dreimal musste sie dabei Tristans Nachbarn Mr Miller mit einem verkrampften Lächeln zunicken, weil dieser jedes Mal von seiner Gartenarbeit aufsah und stirnrunzelnd über den Gartenzaun spähte. Sie wusste, wie unsinnig ihr Verhalten war und dass die Zeit drängte, aber sie konnte nicht vermeiden, dass sich ihr Magen verkrampfte und ihre Beine aus Wackelpudding zu bestehen schienen, sobald sie sich dem Hauseingang

Tristan wollte nichts mehr mit ihr zu tun haben, würde genervt sein, weil sie ihn schon wieder belästigte – wütend, sobald er die ganze Geschichte erfuhr – sie vielleicht sogar eigenhändig vom Grundstück werfen. Buchstäblich.

Tristan? Der war noch nie ein gewalttätiger Typ – wenn man ihn nicht unnötig reizt merkte jemand in der Tiefe ihres Geistes an und Elli schloss resigniert die Augen.

Misch dich da nicht ein! Du kennst ihn überhaupt nicht, fauchte sie innerlich und schob die fremde Präsenz mit Macht zurück.

Allerdings hatte der Fluch-Schmarotzer recht. Tristan *war* kein gewalttätiger Typ. Viel wahrscheinlicher war, dass er gar nicht erst aufmachen würde. Dass er überhaupt da war, sah sie an seinem Wagen, der unten an der Straße stand. Außerdem tönte leise Musik durch eins der nach vorne liegenden Fenster.

Schließlich atmete sie zum wiederholten Male tief durch, marschierte schnurstracks auf das Haus zu, hielt dann aber erneut inne. So wurde das nichts. Und die Zeit drängte. Sie konnte selbst nicht glauben, dass sie es nicht anders hinbekam, aber es würde leichter sein, wenn Tristan herauskäme. Er musste nur einen Grund dazu haben.

Wieder fiel ihr Blick auf sein Auto und dann auf den Ast des Summerred-Baumes darüber. Wenn zufälligerweise …

Genau!

In ihren Schläfen kribbelte es seltsam und im nächsten Augenblick fielen zwei der Äpfel herunter, direkt auf das Wagendach und die Kühlerhaube, woraufhin die Alarmanlage losschrillte. Oder es hätte tun *sollen*, denn nichts dergleichen geschah. Dabei wusste sie, dass der Wagen eine besaß, weil sie eines schönen Tages in einem Anfall von Wehmut auf dem Parkplatz der Uni über den Lack gestrichen und sie ausgelöst hatte. Einem

Herzanfall nahe hatte sie die Flucht in einen der umliegenden Büsche angetreten und dort verharrt, bis Tristan herangeeilt war und die Ohren unschuldiger Studenten und Professoren von dem nervigen Signalton befreit hatte.

Moment mal … hatte sich eben gerade etwa ihr Wunsch erfüllt? Eine Welle von Panik wollte sie packen, doch irgendetwas wirkte dagegen, machte es nicht möglich, sich richtig aufzuregen. Dasselbe war nach der Flucht aus Coras Wohnung passiert, als Elli klargeworden war, dass sie einen Sessel bewegt hatte, ohne ihn zu berühren – und als sie Barry aus dem Haus geworfen hatte. Eine Kraft in ihrem Innern hielt ihre Panik unter Kontrolle, ließ sie verdrängen, ja, vergessen, was sie tat … oder auch nicht tat … Vielleicht war alles doch nur Zufall gewesen … und es schon gar nicht wert, weiter darüber nachzudenken …

Geholfen hatte der Apfelfall ohnehin nicht. Also gab es keine andere Möglichkeit mehr: Eliana straffte die Schultern, wandte sich um und zuckte zusammen.

Die Tür war jetzt geöffnet und Tristan lehnte in deren Rahmen, eine Schale mit Nudeln in einer wohlriechenden Sauce in der Hand. Spezial-Currymischung seiner Mutter, wie sie sofort erkannte: Ananas und mindestens ein Bund Koriander darüber – Tristans Lieblingsessen.

Ein warmes Lächeln huschte über Ellis Gesicht und in ihrer Brust zog es schmerzhaft, während sie Bilder aus alten Zeiten zu unterdrücken versuchte. Dann hatte sie sich wieder unter Kontrolle und zwang sich, ihn anzusehen. Sein Blick wanderte verwundert zwischen ihr und seinem Wagen hin und her, bevor er auf ihr ruhen blieb.

Undurchdringlich. Anstatt etwas zu sagen, schob er eine weitere Ladung Nudeln in seinen Mund.

„Hi", sagte Elli und hob ein wenig unbeholfen die Hand zum Gruß.

Tristan kaute und schluckte. „Hi", erwiderte er gelassen.

Die nächsten Worte blieben Elli im Halse stecken. Wie konnte ihr Kopf voll von Erklärungen und Entschuldigungen und gleichzeitig total leer sein?

„Mr Sleepy war nicht erfreut, die Wette zu verlieren", kam es nun aus Tristans Richtung. „Einen Honigtopf drauf, dass du *schon wieder* umdrehst."

Mr Sleepy war Tristans Lieblingsteddy, den er seit seinem fünften Lebensjahr besaß. Elli hatte ihn ihm geschenkt. *Er hatte ihn immer noch!* Ihr Herz krampfte sich kurz zusammen.

Für den Bruchteil einer Sekunde schloss Tristan die Augen, so als wäre ihm seine Wortwahl selbst unbegreiflich und unangenehm, dann sah er sie wieder an, fragte sich wohl, was er von der ganzen Situation halten sollte.

„Du … du hast das gesehen?", stammelte sie peinlich berührt.

Er zuckte die Achseln. „Seit du vor etwa einer Viertelstunde angekommen bist. Hast du … irgendwas in meinem Wagen vergessen?"

Im Hintergrund ertönte ein weiterer dumpfer Knall. Elli biss sich auf die Unterlippe, weil sie genau wusste, was es war.

Zufall. Alles nur Zufall.

Tristan runzelte die Stirn. „Wagen", sagte er nachdrücklich und ein weiterer Apfel landete auf dem Dach. Elli schloss die Augen.

Sind halt alle schon reif und ein leichter Windstoß hat sie dazu gebracht, sich von den Zweigen zu lösen.

„Wagen“, wiederholte ihr ehemals bester Freund, doch diesmal geschah nichts dergleichen und er zuckte beinahe ein bisschen enttäuscht die Schultern. „Na ja, ist ja vermutlich auch so schon verbeult genug. Also?“

„Etwas geschieht in diesem Dorf“, begann sie unbeholfen, dabei hatte sie sich doch alles so schön zurechtgelegt. Einen inneren Monolog zu führen, war jedoch eine ganz andere Sache als von Angesicht zu Angesicht mit jemandem zu reden, der eigentlich nichts mehr mit einem zu tun haben wollte. Und dann auch noch über ein so kompliziertes und außergewöhnliches Thema.

„Aha“, gab Tristan trocken bis uninteressiert zurück und genehmigte sich eine weitere Gabel voll seines Essens.

Elli hatte ein wenig gehofft, dass er sie hineinbitten würde, was sich allerdings bestimmt spätestens mit ihren folgenden Worten erledigt haben würde.

„Und ich glaube, es betrifft auch dich und deine Familie.“

Tristans Augen verengten sich. „Inwiefern?“

Großartig, Elli! Gesprächsführungsfähigkeiten null Punkte!

Sie atmete tief ein. Über Sauerstoffmangel konnten sich ihre Lungen heute zumindest nicht beschweren. „Lass mich ein bisschen weiter ausholen und bitte, so seltsam es dir auch erscheinen mag, ich flehe dich an, lass mich ausreden!“

Er zögerte kurz, hob schließlich wenig begeistert die Achseln und versenkte die Gabel erneut in seinem schmackhaften Mahl.

Zunächst erzählte sie von den veränderten Dorfbewohnern, danach von ihren Freunden, um die sie sich aufgrund der sonderbaren Vorfälle große Sorgen machte. Die Stimme in ihrem Kopf wagte sie dabei nicht zu erwähnen, um gar nicht erst den Gedanken aufkommen zu lassen, dass bei ihr eine Geistesstörung vorliegen könnte. Als Nächstes sprach sie vom alten Märchenbuch und dem erst später darin gefundenen Reim. Die ganze Geschichte zeitlich rückwärts zu erzählen, erschien ihr am sinnvollsten.

Sie bemühte sich, Tristan möglichst die ganze Zeit in die Augen zu blicken, doch sein Gesichtsausdruck verfinsterte sich zusehends und er hatte aufgehört zu essen. Ganz mieses Zeichen.

„Komisch", sagte er in eine kurze Sprechpause hinein, „du wirkst gar nicht betrunken. Hast du was genommen?"

„Was? Nein, natürlich nicht!" Elli biss sich auf die Unterlippe. Er glaubte ihr nicht. Wie auch? Sie würde genauso auf eine derartige Geschichte reagieren. Vermutlich konnte sie sich schon glücklich schätzen, dass er ihr nicht einfach die Tür vor der Nase zuschlug.

„Tristan, ich weiß, wie irre das alles klingt –"

„Da bin ich mir nicht so sicher", unterbrach er sie und ließ seinen Blick zum wiederholten Male über ihre Umgebung wandern, bevor er bissig fortfuhr: „Was soll das Ganze? Ist das ein verspäteter Aprilscherz? Ich habe keine Ahnung, wieso ich mir das antue, aber bevor du dich anschließend mit deinen Freunden weiter über mich lustig machst, komm doch noch kurz zu dem Punkt, an dem du mir erklärst, wie meine Familie da angeblich mit drinsteckt."

Er lachte unecht. „Ich meine, ihr habt euch die Story bis hierhin *so* schön ausgedacht, da will ich euch das Ende nicht verderben."

Elli sah ihn verzweifelt an: „Das ist kein Scherz!! Glaub mir, ich wünschte, es wäre so, aber dann würde ich ja auch gar nicht hier sein, denn das Letzte, was ich will, ist dich zu verarschen! Tristan, bitte! Erinnerst du dich an gestern? Das hier ist genauso echt! Meine Gefühle sind echt und meine Ängste sind es ebenso, auch wenn du das gerade nicht verstehen willst!!"

Hinter ihnen ertönte ein wahres Feuerwerk an polternden Geräuschen und Elli und Tristan zuckten zeitgleich zusammen, als erst weitere Früchte abfielen und schließlich einer der kleineren Äste des Apfelbaumes abbrach und auf Tristans Wagendach landete.

„Saibha bhogos?!", rief er entsetzt aus und rannte den kurzen Weg hinunter zum Straßenrand, um den Schaden zu begutachten.

Nein, nein, nein, nein, NEIN! Er durfte sich jetzt nicht mit seinem Mini Cooper beschäftigen oder er würde ihr gar nicht mehr zuhören!! Sie musste ihn stoppen!

Im nächsten Augenblick stieß Tristan einen weiteren Fluch aus, weil er über irgendetwas am Boden Liegendes gestolpert war und der Länge nach hinfiel. Was für ein Glück! Zumindest für sie.

„Verdammte Scheiße!!" Mit schmerzverzerrtem Gesicht hielt er sich seinen rechten Knöchel und schimpfte weiter in seinen sexy Bart. Moment mal … *sexy*?? Elli schüttelte den Kopf über sich selbst und eilte zu ihm.

„Alles okay?“, erkundigte sie sich wahrhaft besorgt, weil ihre anfängliche Freude über den Sturz gleich wieder verflogen war.

„Klar! Hatte ich in der Grundausbildung als Stuntman“, knurrte Tristan. „Hoffe, ihr konntet alles aufnehmen.“ Er winkte mit einem überfreundlichen Lächeln hinauf zum Baum, in dem er wohl ihre gut versteckten Mitarbeiter vermutete.

„Das *ist* kein Witz!!“, wiederholte Elli laut. „Und da hockt auch niemand im Baum!“ Ein weiterer Apfel polterte auf das malträtierte Autodach.

„Schrei nicht so!“, wies Tristan sie an. „Wenn da echt keiner deiner Freunde Paparazzo-Tarzan spielt und du keine Eichhörnchen darauf dressiert hast, mein Auto zu verschrotten, sind es mit Sicherheit deine verbalen Schallwellen, die die verfrühte Fallobstproduktion provozieren!“

Ihre Blicke trafen sich und sie mussten ob der deutlich absurden Situation lachen. Wenigstens schien jetzt die Streich-Option endlich vom Tisch zu sein.

„Lass mich mal sehen“, sagte Elli schließlich, ging vor ihm in die Hocke und streckte die Hand nach seinem Bein aus, doch sofort wurde er wieder ernst.

„Alles okay, ich –“

„Oh jeeez, jetzt hab dich nicht so!“, unterbrach sie ihn gespielt unwirsch. „Ich studiere Medizin, schon vergessen? Durch außergewöhnlich akuten Kernobststurz hervorgerufene Distorsion, Kontusion oder Fraktur ist Basiskursmaterial! Bring mich nicht aus verletztem

Männerstolz um den ersten praktischen Einsatz meines immensen neuen Wissens!"

Sieh mal: Er grinst! Wie niedlich! Gut gemacht!

Elli versuchte die unnötige Bemerkung ihrer geistigen ‚Mitbewohnerin' zu ignorieren. Dennoch schlich sich ein kleines Lächeln auf ihre Lippen, während sie Tristans Fuß und Knöchel untersuchte.

Zu ihrer großen Erleichterung konnte sie ihrem ehemaligen Freund kurz darauf mitteilen, dass nichts gebrochen war (was er während der Untersuchung auch schon mehrmals angemerkt hatte), und kam nach einer kurzen Pause vorsichtig wieder auf ihr vorheriges Thema zu sprechen.

„Ich kann nicht glauben, dass du das hier ausnutzt, um weiter auf mich einzureden!", beschwerte er sich, während er mit ihrer Hilfe wieder auf die Beine kam, zögerte jedoch, als er ihr in die Augen blickte. Vermutlich sah sie so aufgewühlt aus, wie sie sich fühlte. Das war gut. So würde er vielleicht doch noch weiter zuhören, so konnte sie ihm verständlich machen, was –

„Sag mal … hast du es mit den Smokey Eyes nicht etwas übertrieben?"

„W-was?"

Er deutete auf ihr Gesicht und sie wurde sich jetzt erst bewusst, wie nah sie einander beim Aufstehen gekommen waren. Ihr Arm ruhte an seinem Rücken und seiner zum großen Teil auf ihrer Schulter, sodass auch zwischen ihren Gesichtern maximal ein maximaler Abstand von einer Handfläche war. „Da … da is' so viel … *Zeugs* drauf", setzte er hinzu, die dunklen Brauen kritisch zusammengezogen.

Elli atmete kurz durch, nicht nur weil die plötzliche Nähe für allerlei unwillkommene Regungen in ihrem Körper sorgte, sondern auch weil sie zu ignorieren versuchte, dass er ihr schönes sexy Make-up offensichtlich so gar nicht zu schätzen wusste.

„Das war Absicht.“ Sie straffte ihre Schultern und ließ ihn rasch los – trotz des lauten Protests ihrer anderen Hälfte. So würden sie *nie* fertig werden und die Sache mit dem Fluch wurde ja nun nicht gerade von alleine besser. Außerdem zerrte der ständige Wechsel von Vertrautheit und Ablehnung, Erinnerungen, Wünschen, seltsamen Zufällen versus unerträglicher Realität zusätzlich an ihren Nerven.

„Ich …“, sie schluckte. „Ich war gestern in der Bibliothek und habe in alten, von Dorfbewohnern verfassten Geschichten, deren Wahrheitsgehalt durchaus zweifelhaft ist, einen weiteren Hinweis gefunden.“

„Hinweis worauf?“

„Auf einen Fluch. Einen Fluch, der durch das Lesen des Märchenbuches ausgelöst wurde und jetzt Auswirkungen auf alle hier im Dorf hat.“

„Fluch“, wiederholte Tristan tonlos und sie nickte bekräftigend.

„Ich weiß, wie das klingt, glaub mir, aber wenn du dich nur einmal genau im Dorf umsehen würdest, würdest du mich sicher besser verstehen.“

„Elli …“ Seine Tonlage wurde zunehmend ablehnender.

„Bitte hör mir weiter zu!“, flehte sie. „In dieser Geschichte im anderen Buch ist von einer Frau die Rede, die von den Dorfbewohnern gejagt und am Ende von einem gewissen Grafen Shamhurst getötet wurde. Ihr

Familienname war Arlijka und ich … ich glaube, dass das deine Ur-Ur-Urgroßtante oder Ähnliches war und der Fluch irgendwie damit zu tun hat. Und –“

Sie stockte. Bisher hatte sie es nicht mehr gewagt, Tristan in die Augen zu blicken, und als sie es jetzt tat, zuckte sie erschrocken zurück. Es waren keine seltsam leuchtenden Augen, dennoch schienen sie Funken zu sprühen. Sie hatte gewusst, dass er wütend werden würde, doch die Mischung aus Zorn, Fassungslosigkeit und Verachtung in seinem Blick ließ ihre Gedärme zu einem harten Knoten werden.

„Tristan, ich weiß, wie das klingt und ich –“

„Nein, ich versteh schon“, sagte Tristan und seine Augen wurden ganz schmal. „Wir reden hier von *Zigeunermagie*! Vermutlich hat sie den Fluch mit ihren letzten Worten ausgehaucht.“

„Nein!“, versuchte Elli verzweifelt zu retten, was bereits verloren schien. „Ihr wurde nachgesagt, dass sie angebliche besondere Kräfte hätte, aber wahrscheinlich war es gar nicht sie selbst, sondern ein Verwandter, der sie sehr geliebt hat. Vielleicht ihre Mutter, die das nur aus Verzweiflung über den Tod ihres Kindes tat.“

Hatte sie ernsthaft angenommen, dass diese Richtigstellung irgendetwas daran ändern würde, wie ihre Vermutung bei Tristan ankam? Elli konnte seinen Blick kaum noch ertragen. Es war nicht nur die Wut, sondern auch tiefe Enttäuschung, die sich in seinen Augen spiegelte. Sie setzte erneut zum Sprechen an, doch er hob Einhalt gebietend eine Hand und sein Gegenüber schwieg tatsächlich.

„Weißt du, Eliana“, begann er gefährlich leise und ruhig, „noch vor ein paar Jahren hätte ich herauszufinden versucht, warum du das machst. Woher du die Kälte nimmst, *so* falsch zu sein; was ich dir deiner Meinung angetan haben muss, dass du mich *so* behandelst. Und speziell nach gestern, nach deiner“, er lachte freudlos und klopfte sich Gras und Erde von den Klamotten, „schauspielerischen Glanzleistung …“

Er schüttelte den Kopf. „Ich habe mich immer gefragt, warum du dich so verändert hast, aber weiß du, was ich mittlerweile glaube? Der einzige, der sich verändert hat, bin ich. Du hast es nur lange Zeit exzellent verstanden, dein wahres Ich vor der Welt zu verbergen.“

Mit diesen Worten wandte er sich von ihr ab und humpelte zurück auf sein Haus zu. Wenn er jetzt darin verschwand, war es das gewesen. Endgültig. Noch endgültiger als beim letzten Mal. Er würde Elli nie wieder zuhören. Aber im schlimmsten Fall würde er das ohnehin nicht mehr, egal, was sie sagte. Und gerade deswegen konnte sie ihn nicht gehen lassen.

Ein energetisches Vibrieren ging durch ihren Körper und etwa einen halben Meter vor Erreichen seines Heims fiel die Tür mit einem lauten Knall ins Schloss.

Ich LIEBE es!, freute sich ihre Mitbewohnerin. ***Obwohl ich zugeben muss, dass ich den Sinn und Zweck noch nicht so ganz verstehe. Meinst du echt, du hast noch eine Chance bei ihm?***

Elli versuchte sie zu ignorieren, konzentrierte sich voll und ganz und mit viel zu schnell schlagendem Herzen auf Tristan, während sich Frust und Verzweiflung immer weiter in ihr ausbreiteten.

Ein paar Meter entfernt drehte er mit einem verärgerten Laut wiederholt am Türknauf, doch selbst wenn sich die Tür einen Zentimeter weit öffnete, schlug sie im nächsten Augenblick gleich wieder zu.

„WAS SOLL DENN DER SCHEIß??“, schrie Tristan entnervt. „IM ERNST, WENN DIE TÜR NICHT IN EINER HALBEN SEKUNDE AUF IST …“

Wutentbrannt drehte er sich zu Elli um, nahm wohl an, dass das immer noch zu ihrem fiesen Plan gegen ihn gehörte. Und stutzte.

Wiederholt ertönten seltsam erstickte Geräusche und es dauerte einen Moment, bis Elli begriff, dass es Schluchzer waren und diese von ihr selbst kamen. Die dazugehörige Flut an Tränen erklärte auch ihre verschwommene Sicht. Super, jetzt heulte sie schon wieder, aber sie konnte sich einfach nicht beherrschen, zu furchtbar war die ganze Situation. Sie fühlte sich machtlos und verloren und es tat schrecklich weh, auch wenn man meinen konnte, dass Emotionen wie diese doch allmählich zur Gewohnheit für sie werden mussten.

Wie zum Henker sollten ihre Freunde und sie aus dieser Sache wieder herauskommen? Bei ihrem bisherigen Glück gab es noch einen Extraspruch, der besagte, dass der Fluch soundsolange Zeit nach seinem Einsetzen nicht mehr umkehrbar sein würde. Vermutlich war es irgendwas mit einer Sieben. Oder Dreizehn. Vielleicht dreizehn Tage oder bei ihrem Glück Stunden und die letzte Chance war somit bereits seit einer Weile vertan und nur eine Zeitreise konnte sie noch retten. Aber die war genauso unwahrscheinlich wie Glück es für sie gerade zu sein schien.

Eine Weile, die in Ellis mutlosem Zustand Stunden oder auch Sekunden sein konnten, geschah nichts weiter, dann nahm sie durch ihren Tränenschleier eine unscharfe

Silhouette wahr, die sich auf sie zubewegte. Kurz darauf spürte sie eine warme Hand auf ihrer Schulter. Diese Berührung ließ die Dämme endgültig brechen. Sie hatte gar nicht gewusst, dass man so viel weinen konnte. Wenn das so weiterging, würde der Garten sich bestimmt bald in ein Meer verwandeln.

„Hey“, machte Tristan schließlich sanft und drückte ihr ein Taschentuch in die Hand, mit dem sie sich schleunigst in der ihr eigenen Lautstärke die Nase putzte.

„Ich …“, begann sie mit zitternder Stimme und schnäuzte sich erneut, „ich [schluchz] hab [schnief] dich nicht [schluchz] angelo-hogen [exrem heftiger Schluchz], es sti-himmmmt wir- [schluchz]-klich.“

Ein zweites Taschentuch wurde ihr hingehalten und sie trompetete erneut los.

„*Wirk-lich*“, bekräftigte sie anschließend, wieder ein klein wenig ruhiger und ihr Blick fand den Tristans. Der Zorn war verschwunden, hatte einer Mischung aus Verwirrung und Mitleid Platz gemacht.

„Ich kann es dir zeigen, wenn du mitkommst“, brachte sie mit dünner Stimme endlich einen ordentlichen Satz zustande. „Ich schwöre dir, dass das kein Trick ist. Was ich gestern sagte, war die Wahrheit und ich lüge dich auch jetzt nicht an“, wiederholte sie mit anderen Worten, was sie schon vor einer Weile gesagt hatte.

Tristan biss sich nachdenklich auf die Unterlippe und sah dabei so süß aus, dass sich trotz ihres aufgelösten Zustands schon wieder ein leichtes Flattern in ihrem Bauch bemerkbar machte.

Na, wie schön, da sind wir ja endlich wieder, meldete sich eine bekannte Stimme in ihrem Innern. ***Was war***

denn das gerade für eine armselige Vorstellung? Da sollte ja wohl mehr dri-

„Halt den Mund", zischte Elli zwischen zusammengebissenen Zähnen.

„Was?", erkundigte Tristan sich geistesabwesend.

„Ich fragte ‚ist dein Fuß wieder gesund?'", redete sie sich heraus und er musterte sie irritiert.

Hoffentlich glaubte er nicht wieder, dass sie ihm einen fiesen Streich spielen wollte und vielleicht heimliche Nachrichten an ihre Kumpane sandte … mit denen sie per Funk verbunden war, oder was?

Also wirklich! Jetzt reiß dich mal zusammen! Sonst verschreckst du diese kleine Sahneschnitte noch völlig und das wäre doch wirk-

Elli räusperte sich lautstark und befahl dieser Irren in ihr wortlos, sich endlich zu verdünnisieren! Langsam nahm das leicht schizophrene Züge an.

Anstatt auf ihre eigentliche Frage zu antworten, zog Tristan die Augenbrauen hoch und reichte ihr ein weiteres Taschentuch. Elli winkte ab. „Danke, brauch keins mehr."

Er nickte nachdrücklich. „Doch, tust du. Deine Augen sind nicht mehr … ganz so smokey, eher Richtung ‚nachdem die Feuerwehr gelöscht hat' … mit einem echt großen Wasserschlauch … angeschlossen an einen schier unermesslich scheinenden Tank … mit –"

„Okay!" Diesmal war es an ihr, Einhalt gebietend die Hand zu heben, auch wenn ihr ein glucksendes Lachen entfuhr. Sie hatte Tristans trockenen Humor schon immer gemocht – und schrecklich vermisst.

„Ich hab keine Ahnung, wieso ich versuche, die Situation aufzulockern.“

Weil du kein Herz aus Stein hast, du Engelchen, und uns immer noch liebst.

Er schüttelte den Kopf. „Das … das ist echt das Verrückteste, was ich je in meinem Leben gehört habe. Und ich möchte betonen, dass ich den Scheiß über meine magisch begabte Vorfahrin nicht noch einmal hören will oder ich bin raus.“

Elli blinzelte verwirrt. „Raus?“, hakte sie nach und erneut glomm Hoffnung in ihr auf. … *glomm*? Es war wie ein helles Strahlen, das sie durchfuhr. „D-das heißt, du glaubst mir und – “ Alles würde gut werden, sie würden gemeinsam –

„*So* weit würde ich nicht gehen“, unterbrach er ihre Euphorie. „Allerdings muss ich zugeben, dass auch mir ein paar Dinge aufgefallen sind. Ms Baker war heute Morgen echt schräg drauf, ich dachte schon, ich hätte Fasching verpasst, weil sie so einen komischen Hut mit zwei Spitzen aufhatte und ich meine, dass, nachdem sie aus der Küche kam, Qualm aus ihrem Mund kam, dabei raucht sie gar nicht …“

O Gott, ein Drache! Na, das hat uns ja noch gefehlt!

„Dann kam Barry rein und hat sich ein Schnitzel bestellt. Am liebsten aus Ziegenfleisch. *Barry*! Ich dachte, ich hör nicht richtig! Und er war richtig sauer, als Ms Baker ihn darauf hingewiesen hat, dass sie nur Teigwaren verkaufen würde.“

Fressen Drachen nicht auch Fleisch?

Elli schob ihre Mitbewohnerin verärgert beiseite und warf sich stattdessen beherzt auf die guten Gefühle, die

Tristans Kehrtwende herbeizauberte. Trotz seiner wenig positiven Informationen fiel ihr ein Stein vom Herzen. So würde es sehr viel leichter werden, ihn noch richtig zu überzeugen.

„Siehst du, es ist kein doofer Streich“, merkte sie nachdrücklich an.

Er zuckte die Schultern. „Vielleicht haben die was geraucht.“

„Ms Baker, Barry und alle anderen zusammen, oder wie?“

Ein weiteres Achselzucken. „Kann auch was im Trinkwasser sein, wär ja nicht das erste Mal. Vielleicht sind wir auch mittendrin in einem geheimen Regierungsexperiment. Eignen würden wir uns ja, so überschaubar und abgelegen wie Ferry Bridge ist.“

Sie blickten sich an und mussten erneut lachen, Elli jedoch nur, weil sie nicht zugeben wollte, dass auch sie das bereits ernsthaft in Erwägung gezogen hatte.

„Die Sache mit dem Apfelbaum war allerdings echt abgefahren.“ Er stutzte. „Apfelbaum“, wiederholte er. „Ai Saibha, mein armes Auto!“

Der Wagen hatte ein paar kleine Kratzer, die laut Tristan aber auch schon vorher dagewesen sein konnten, sowie eine größere Delle auf dem Dach, dennoch konnten sie damit ins Dorfzentrum fahren, da Doktor Eliana entschieden hatte, dass der Fußmarsch zu viel für Tristans lädiertes Gelenk war.

Sie war gerade vor Billys Wohnung ausgestiegen, als sie entsetzt zurückfuhr und sich rücklings gegen die Wagentür presste. Wie aus dem Nichts war eine Person in einer schwarzen Robe vor ihr aufgetaucht und schritt mit einer großen Sense in der skelettierten rechten Hand an ihr vorbei. Nach ein paar Metern wandte sie sich um, deutete mit der Sichel auf Elli und Tristan und blickte beide aus dunkel umrandeten, tief in einem strahlendweißen Totenkopfgesicht liegenden Augen an.

„Denkt immer daran“, tönte die Schauergestalt in einem unheilvollen, gewaltigen Bass, „wenn ich zu Füßen des Kranken stehe, ist seine Seele mein!“

Mit diesen Worten wandte sie sich wieder ab und Elli schnappte nach Luft.

„War das … Constable Richards??“, fragte Tristan nach einer Schrecksekunde ebenfalls atemlos und starrte der Person ungläubig hinterher. Die zum langen Gewand zugehörige Kapuze war erstaunlich hoch aufgetürmt. Vermutlich trug der Polizeibeamte darunter immer noch seinen schwarzen Schutzhelm.

„Hat der sich im Ernst das komplette Sensenmann-Outfit von Larissa geliehen?“ Tristan konnte es immer noch nicht fassen. „Ich dachte, die macht ihren Kostümverleih erst wieder zu Halloween auf.“

„Siehst du, was ich meine?“ Elli hob die Hände in die Luft und wies um sich herum.

„Ja und es unterstützt meine Drogen-Faschings-Theorie voll und ganz.“

Mit einem genervten Seufzen warf sie den Kopf in den Nacken, ging um den Wagen herum zu Tristan und zog ihn wie in alten Zeiten am Arm mit sich. Manche Instinkte und Verhaltensweisen waren einfach nicht abzuschütteln und da Tristan sich auch nicht sträubte, ließ sie ihn erst wieder los, als sie gemeinsam die Treppe zu Billys Wohnung erklommen hatten.

Die Tür war verschlossen und erst nach dem dritten Klopfen und lauten Rufen, öffnete sie sich.

Ach, was für ‚kluge' Mädchen! Nutzlos, aber süß, dass sie es versuchen. Als ob uns ein simples Türschloss aufhalten könnte!

Elli schloss die Augen, biss die Zähne zusammen und zwang die verhasste Stimme wieder in ihre Schranken.

„Rappie, ich hab dir schon ein paar Mal gesagt, dass du die Tür immer auflassen sollst!", rief Billy über ihre Schulter zurück. „Was sollen meine lieben sieben Jungs denn sagen, wenn sie mal nach Hause kommen und nicht hereinkönnen?"

„Rappie?", erkundigte sich Tristan verwirrt bei Elli, doch die schüttelte den Kopf. „Was haben die an Hip Hop nicht verstanden?"

„Deine Jungs sind aber schon in ihren Bettchen", flötete Cora aus dem Hintergrund. „Ich habe Grumpy gerade noch einmal persönlich zugedeckt, der hatte sich wieder freigestrampelt, der kleine Racker."

„Danke, wie umsichtig von dir", erwiderte Billy beglückt und wandte sich wieder Elli und deren Begleiter zu.

„Wie schön, in meiner bescheidenen Hütte Besuch zu empfangen!" Sie schlug freudig die Hände zusammen. „Und weil die Jungs ja da sind, darf ich euch sogar hereinlassen!" Sie beute sich kurz verschwörerisch zu ihnen vor und flüsterte: „Wegen Noah und Cora waren sie schon ein bisschen sauer, aber dann haben wir alle zusammen von einem Tellerchen gegessen und aus einem Becherchen getrunken und alle waren wieder selig miteinander. Also kommt herein!"

Sie machte eine weitausladende Geste und Billy ging Tristan voran, weil der vor lauter Staunen, nicht mehr fähig war, sich zu regen.

„Nicht so schüchtern, mein Hübscher!“, rief Billy fröhlich. „Sagt mir nur, wen darf ich denn vorstellen?“

Elli griff kurzerhand erneut nach Tristans Arm und zog ihn in die Wohnung. „Du kennst ihn doch“, erinnerte sie ihre beste Freundin. „Das ist Tristan.“

„Ach.“ Billy musterte ihn ausgiebig, bevor ihre Augen zu Eliana zurückfanden. „Und wer bist du?“

Hatte Schneewittchen schon immer so ein Erbsenhirn? Viel passt da nicht rein, oder?

Elli zwang sich zu einem verkrampften Lächeln. „Ich bin deine beste Freundin“, half sie Billy und hatte große Mühe, ihren Frust nicht allzu deutlich nach außen hin zu zeigen.

„Aber Rappie ist …“

„Eliana!“, schnauzte Elli sie nun doch an. „*Das* ist mein Name und *ich* bin deine beste Freundin! Und das da ist Cora – nicht Rappie!“

Billy und auch die Genannte zuckten erschrocken zusammen und duckten sich.

„Schon gut, schon gut, ich erinnere mich“, verkündete Erstere verängstigt. „Du … du wirst doch nicht wieder … tschu tschuuh“, sie deutete auf ihre Augen und bewegte die Finger nach vorne, so als wolle sie Blitze imitieren und Elli schüttelte den Kopf, Tristans fragenden Blick spürend, aber ignorierend.

Als Billy sich mit einem erleichterten „Na, dann ist es ja gut!“ umwandte, bewegte sie schnell die Hand vor ihrem Gesicht hin und her, um Tristan zu zeigen, dass ihre Freundin sie nicht alle hatte. Dessen zweifelnder

Blick und sein halbherziges Nicken schienen jedoch nicht nur dieser zu gelten.

„Schaut mal, wer trotz unserer unfreundlichen Haustürpolitik den Weg zu uns gefunden hat!“, rief Billy nun in die Runde.

„Unfreundlich?“, erwiderte Cora spitzfindig. „Ein Mädchen muss auf sich aufpassen! Mutter sagt immer: Wilde Kreaturen lauern dort draußen, böse und hinterhältig und jederzeit bereit, dir ihre scharfen Fangzähne ins Fleisch zu schlagen und dich zu zerfetzen!!“ Sie schlug sich dramatisch mit der Hand auf die Brust. „Weh mir, sollte jemand ihr kundtun, dass ich den Turm heimlich verließ!“

Panikartig rannte sie zum Fenster und sah nach draußen. „Gottseidank ist es noch hell! Mutter kommt immer erst abends zurück. Wenn die Sonne den Rosenbusch im Garten erreicht, muss ich gehen.“

„Sorry, ich hab einen meiner alten Werwolf-Comics herumliegenlassen“, ließ sich eine männliche Stimme vernehmen und Noah winkte ihnen augenrollend von der Couch her zu. „Seitdem dreht sie noch mehr am Rad als vorher.“

Tristans und dessen Gesicht erhellten sich gleichermaßen, als sie einander entdeckten. „Na Alter, was geht?“, erkundigte sich Noah, als er rasch aufgestanden war, um mit Tristan einen komplizierten Begrüßungs-High-Five auszutauschen und Elli erinnerte sich dunkel daran, dass auch Noah eine Weile mit ihrem ehemals besten Freund bei Tesco gearbeitet hatte.

„Ferien eben. Familie besuchen und so weiter“, entgegnete Tristan. „Und selbst?“

„Meine Crazy Sis und ihre nicht-im-coolen-Sinne-komischen Freundinnen babysitten. Total insane-in-the-membrane, aber voll harmlos. Futtern nur und schwatzen über komische Sache und Tamara pennt ohnehin die ganze Zeit.“ Deutlich enttäuscht wies er mit dem Daumen auf die Schlafzimmertür, durch die dumpf ein lautes Schnarchen zu vernehmen war.

Tristan nickte und betrachtete Billy, die sich in der Küche um eine in einer offenen, wohl ehemaligen Besteckschublade liegende Plastikpuppe kümmerte.

„Sind das Zwerge?!“, raunte er Elli entgeistert zu und sie nickte, doch Tristans wachsende Irritation richtete sich nun auf Cora, die ihr mittlerweile fast knielanges Haar bürstete.

„Wart ihr mal beim Arzt?“, stellte er die wohl für ihn naheliegendste Frage und Billy quiekte erschrocken.

„Nicht wieder zu dem komischen Mann mit der glänzenden Scheibe, auf der er Buchstaben auftauchen lässt!“ Erneut beugte sie sich ein Stück vor, als würde sie ein Geheimnis teilen wollen.

„Er ist verrückt“, flüsterte sie, nickte nachdrücklich und richtete sich wieder auf. „Außerdem wird Elli da immer so böse und dann bekomm ich Angst und ich mag keine Angst mehr haben und – *Fass meine Zwerge nicht an*!!“

Schnell schritt sie in die Küche, auf die Tristan sich stirnrunzelnd zubewegt hatte und stellte sich schützend zwischen ihn und die in Schubladen bzw. zu Bettchen umgestalteten Pappkartons ruhenden, gestohlenen Gartenzwerge.

„Sie müssen sich ausruhen und außerdem kennen sie dich nicht und werden nicht erfreut sein, wenn du sie weckst.“

„Sie *wecke*“, wiederholte er und sein besorgter Blick schlich zu Elli hinüber. „Sind sie denn schon mal … aufgewacht?“

„Ob sie schon mal … also hallo?!“, empörte sich Billy, während Elli nur kurz die Augen schloss und den Kopf schüttelte, Tristan so zu verstehen gebend, dass sie sich bei all dem Irrsinn wenigstens nicht um lebendig gewordene Plastikfiguren sorgen mussten.

„Meine Jungs sind äußerst fleißige kleine Bergarbeiter!“, zeterte ihre Freundin währenddessen weiter. „Mit dem ersten Hahnenschrei ziehen sie los und kommen erst bei Sonnenuntergang zurück!“

Sie zog das Deckchen einer der Figuren bis zu deren Hals hoch und strich ihr liebevoll über den Kopf. „So was! Gut, dass ihr das nicht hören musstet!“

„Und du … findest das Ganze hier nicht irgendwie … *bedenklich*?“, wandte Tristan sich an Noah, der sich bereits wieder in eines seiner Comichefte vertieft hatte und die Schultern zuckte.

„Nö. Haben vermutlich ihre Tage oder so. Eventuell waren es auch einfach extrem viele Magic Mushrooms. Kein Grund zur Besorgnis, das vergeht bald wieder.“

„Und du selbst … fühlst dich nicht irgendwie anders?“, hakte Tristan weiter nach und Elli machte innerlich drei Kreuze. Dass er so viele Fragen stellte, war schon mal ein gutes Zeichen.

Noah runzelte die Stirn. „Nö, wieso auch? Hab ja nix genommen, obwohl es schon fies war, mir nix anzubieten. Na ja, *ich* teil ja auch ungern. Und jetzt sorry, Leute, wir können gern morgen quatschen, aber das hier is grad echt spannend."

Er wedelte mit seinem Lesestoff, dem er sich anschließend wieder zuwandte.

„Und? Hab ich zu viel versprochen?", erkundigte sich Elli leise bei Tristan und er schüttelte den Kopf.

„Ich muss unbedingt rausfinden, was die eingeworfen haben, und dann will ich auch was davon. Is ja ein geiler Trip."

Er lachte, als er Ellis entsetzten Blick sah. „Das war ein *Scherz*! In so was will ich mich bestimmt nicht verwandeln!"

„Verwandeln?", kiekste Billy verstört aus dem Hintergrund und kam wieder näher. „Wer verwandelt sich? Bist du etwa doch ein Zauberer?!"

„Genauuuu!", sagte Tristan mit vor Hohn triefender Stimme und ignorierte Ellis nachdrückliches Kopfschütteln. „*Ich* bin an all dem hier schuld und gleich werde ich von meinen schwarzen Künsten Gebrauch machen und euch alle noch mehr verfluchen! Buuuuuh!"

Ein spitzer Schrei ertönte und selbst der bis dato eher lethargisch wirkende Noah fuhr erschrocken hoch.

„Er ist die böse Königin!", kreischte Billy. „Sie hat sich nur verkleidet! Er … Sie wird uns alle töten oder Schlimmeres!! Zu Hilfe!!"

„Geht das schon wieder los?!", beschwerte sich ihr Bruder und folgte seiner Schwester in die Küche, in die sie flüchtete und wo sie eilends begann, an den Plastikfiguren herumzurütteln. „Wacht auf, wacht auf, wir müssen weg!!"

„Apropos ‚weg'", meldete sich Tristan wieder zu Wort und was er sagte, ließ Elli das Blut in den Adern gefrieren. „Wo ist Cora hin?"

Ihr Blick flog zur Tür, die einen guten Spalt weit offenstand. In Windeseile durchsuchte sie Bad und Schlafzimmer der überschaubaren kleinen Wohnung und rannte danach auf den Ausgang zu, wo sie stoppte und Tristan von hinten in sie hineinlief.

„Sorry", murmelte er verlegen, doch Elli hatte keine Zeit, darauf zu reagieren.

„Haut ab, ich pack das hier schon!", rief Noah die erhofften Worte und griff nach einem Glas, füllte es mit Wasser und nahm dann die Tabletten in die Hand, die Elli in der Apotheke gekauft hatte.

„Maximal –"

„Zwei täglich, ich kann lesen", unterbrach er sie. „Los, geht ihr die langhaarige Nervensäge suchen, aber ich hab auch kein Problem damit, wenn sie sich ihre Haare zeitweilig mal woanders bürstet. Das kratzende Geräusch stört beim Lesen und die am Boden liegenden sind wie Schlingfallen."

Rapunzel und das Biest

Wie schnell läuft die denn?“, keuchte Elli, als sie mit Tristan zusammen im Eilschritt Coras Fluchtweg nachzuvollziehen versuchte. Anfangs gestaltete sich dies nicht allzu schwer, weil ‚Rapunzel‘ eine unfreiwillige Spur hinterlassen hatte; bestehend aus zwei Bürsten und einigen Haarklammern und dann und wann ein paar langen Haaren, die sich in Büschen oder herabhängenden Zweigen verfangen hatten.

Sie hatten den Wagen stehenlassen und Tristan hatte Ellis besorgten Hinweis auf seinen Knöchel einfach hinweggefegt. Als sie jetzt kurz anhielten, um sich neu zu orientieren, stützte er sich allerdings an einem Gartenzaun ab und biss die Zähne zusammen, was garantiert nicht die gleiche unsportliche Ursache wie ihre Seitenstiche hatte.

„Sie ist bestimmt in den Wald rein“, versuchte er, die Situation zu überspielen. Sie sah dennoch besorgt-vorwurfsvoll auf seinen Fuß und er erwiderte den Blick in Richtung ihres ‚Verbandes‘.

„Bist du sicher?“

„Würde Sinn machen in ihrem Zustand. Offensichtlich hält sie sich ja für Rapunzel, oder? Und der Turm, in dem die wohnt, befindet sich in einem Wald, ergo: da lang.“

Er wies auf einen schmalen Weg, der neben dem Grundstück, vor dem sie standen, in den Ferry Bridge Forest hineinführte. Elli wollte gleich weiter, doch Tristan hielt sie an der Schulter fest, brachte sie so dazu, sich ihm zuzuwenden.

Hm, jetzt sucht er schon den Körperkontakt von sich aus, freute sich ihr mentaler Quälgeist, während Elli erneut versuchte, das Flattern in ihrem Bauch zu ignorieren, das seine Berührungen immer auslösten. *Wenn das mal kein gutes Zeichen ist ...*

„Kannst du mir kurz erklären, warum Cora nicht nach Hause gehen darf?“, bat er sie mit diesem Blick, der ihn immer wie einen um Futter bettelnden Hundewelpen aussehen ließ.

„Tamara hat sich dort in den Finger gestochen und ist in ihren hundertjährigen Schlaf gefallen“, versuchte sie sich so kurz wie möglich zu fassen. „Also haben sich die Rosenbüsche dort selbstständig gemacht und angefangen das Haus in sich einzuschließen. Wenn sie da rein geht …“

„… kommt sie wahrscheinlich nicht mehr so schnell wieder raus“, beendete Tristan ihren Satz, wie er das oft früher getan hatte. „Und wir wollen ja nicht, dass sie verhungert oder ebenfalls einschläft, denn das ist ja in dem Märchen jedem widerfahren, der im Schloss war. Okay, ich verstehe – dann weiter im Takt …“

Er lief los, hielt aber nach ein paar wenigen Schritten wieder an, weil Elli ihm nicht sofort folgte, sondern ihn nur verblüfft ansah.

„Was?“, fragte er etwas ungeduldig.

„Das … das alles erstaunt dich gar nicht, oder? Dornröschen, Rapunzel, die Dornenhecke …?“, begann sie, aber er fiel ihr ins Wort, während sie sich nun doch, etwas langsamer als zuvor, vorwärtsbewegte.

„Schneewittchen, der Sensenmann … soll ich fortfahren?“, gab er zurück und beantwortete erst dann ihre eigentliche Frage: „Doch, ich find es sogar absolut irre, total beängstigend und mein Verstand kann sich noch keinen rechten Reim darauf machen, aber das heißt nicht, dass ich an deine Märchen-Fluch-Theorie glaube.“

Ellis trauriger Blick entging ihm nicht, doch er hob die Schultern. „Sorry, aber das geht mir ein wenig zu weit. Es *muss* eine bessere, eine *rationale* Erklärung dafür geben.“

Sie versuchte, ihre Enttäuschung zu ignorieren, und konzentrierte sich stattdessen wieder auf die Spurensuche. Theoretisch konnte Cora überall sein und vielleicht hätten sie sich lieber trennen und einer von ihnen hätte gleich deren Unterkunft überprüfen sollen, doch ein sicheres Gefühl sagte Elli, dass Cora nicht auf direktem Wege nach Hause gerannt war.

Eine Weile entdeckte sie keine weiteren Hinweise, bis sie auf ein paar Brotkrümel und Kuchenreste stieß, die in einigen Abständen auf dem Waldboden lagen.

„Was ist denn *das*?“, fragte auch Tristan und beugte sich interessiert herunter. „Hat sie sich Wegzehrung mitgenommen und mit den Vögelchen geteilt?“

Er grinste sie breit an und auch Ellis Mundwinkel zuckten nach oben. Ein vollständiges Lächeln wurde es dennoch nicht, weil plötzlich in ihrer Nähe lautes Knacken und Rascheln zu vernehmen war.

„Die lasst ihr mal schön da liegen!! Das sind unsere!!", ertönte eine wütende Stimme aus dem Dickicht rechts von ihnen und Rodney und Margret Mirren, ihres Zeichens Zwillinge und Inhaber des kleinen Tante-Emma-Ladens, stürmten auf sie zu.

„Hast du das gesehen?", giftete Margret und drohte Tristan mit ihrem Gehstock. „Wollten unsere Spur zerstören, damit wir uns wieder im Wald verlaufen, aber daraus wird nix!!"

„Weg da, *weg da*!!", ereiferte sich nun auch wieder Rodney und wedelte mit seinen Händen in ihre Richtung, als wären sie zwei Fliegen, die er so vertreiben könne.

Großartig, nun kommen auch noch Hänsel und Gretel Senior ins Spiel! Und nirgendwo eine Hexe, die sie in den Ofen schieben könnte! Obwohl …

„Haben sie vielleicht unsere Freundin Cora gesehen?", zog Elli die Aufmerksamkeit des streitsüchtigen Pärchens auf sich und blendete zur gleichen Zeit erfolgreich ihre innere Nervensäge aus. „Sie wissen schon, Cora Pemberton, die mit mir früher immer bei Ihnen …"

„Ach, das zerzauste, dürre Ding? Ja, das wollte unseren Besitz auch schon stehlen, aber nicht mit uns!" Wieder wedelte Miss Mirren mit ihrem Stock, den Tristan mit einer entschiedenen, aber dennoch recht sanften Bewegung zur Seite schob, als er ihm zu nahe kam.

„Wir wollen ja nicht, dass jemand zu Schaden kommt“, sagte er mit diesem einzigartigen, unwiderstehlichen Patal-Lächeln und man konnte zusehen, wie Miss Mirrens abwehrende Haltung ob seines Charmes dahinschmolz wie Butter in der Sonne.

Der IST aber auch ein Schnuckelchen! Sogar alte Schreckschrauben lieben ihn, da wird mir ja direkt warm ums schwarze Herz!

Halt die Klappe!, zischte Elli wortlos.

Sehr einfallsreich bist du aber nicht, oder? Na wie dem auch sein, komm, sei ein liebes Mädchen und zeig den beiden Greisen den Weg zum Süßwarenladen, da wartet schon ein warmes Plätzchen auf sie. Verstehst du? Oooh, ich bin so doppeldeutig heute ... und jetzt mach!

Die Stimme in ihr war dunkler geworden und trotz des recht warmen Tages fröstelte Elli plötzlich. Tapfer und für die Außenwelt hoffentlich unsichtbar, wehrte sie sich gegen diesen erneuten Eingriff in ihre private Gedankenwelt.

Verschwinde! Sie atmete tief durch. *Verschwinde ... HAU AB!!!*

Die Stimme in ihr wurde zu einem undeutlichen Wortgemisch und löste sich endlich auf wie Nebel.

„Wohin ist Cora denn gelaufen?“, vernahm sie Tristans Stimme und Miss Mirren stützte sich auf ihren Stock, warf Elli seltsame Seitenblicke zu und sah dann wieder deren Begleiter an.

„Das weiß ich leider nicht, mein Junge. Wir waren ja zu sehr damit beschäftigt, unsere Spuren neu auszulegen, nicht wahr? Und nun müssen wir auch dringend damit weitermachen, denn es ist ja noch ein weiter Weg heim und wir haben uns schon zweimal verlaufen …"

„Ihr Haus ist das vorletzte in der Main Street, den Weg zurück, dann rechts, etwa fünf Minuten von hier." Er wies in die angegebene Richtung und die beiden Alten starrten ihn mit offenem Mund an, bevor sie sich überschwänglich bei ihm bedankten und anschließend hastig der Wegbeschreibung folgten. Meine Güte, wie lange waren die denn schon hier umhergeirrt??

„Cora?!", fuhr Elli prompt mit ihrem Rufen fort, weil sie Tristans besorgten Blick spürte. Die anderen hatten *doch* etwas von ihrem inneren Drama mitbekommen und das war das Letzte, worüber sie jetzt reden wollte. Wenn sie die zugehörige Panik zuließ, war sie zu nichts mehr zu gebrauchen. „CORA!!"

„RAPUNZEL!!", versuchte Tristan es schließlich und gar nicht weit entfernt knackten ein paar Zweige. Kurz darauf ertönten leise verzweifelte Laute, die umgehend verstummten, als Tristan und Elli auf die Stelle zuliefen, aus der sie kamen.

Hinter einem Busch hockte ein zusammengekauertes Häuflein Elend, dessen lange Haare sich gnadenlos in den Ästen verfangen hatten.

Elli atmete tief erleichtert auf und war dem Fluch für einen Augenblick tatsächlich für das ‚Haargeschenk' an ihre Freundin dankbar.

„Ich wollte doch nur nach Hause", wimmerte Cora, während Elli neben ihr in die Hocke ging, und ein paar Tränen kullerten ihre Wange hinunter. „Bitte nicht böse sein."

„Bin ich nicht", versprach Elli sanft. „Jetzt befreien wir dich erstmal und sehen dann weiter."

Entschlossen griff sie nach den mit dem Busch verknoteten Haarsträhnen und Cora gab ein weiteres gequältes Wimmern von sich. Bedauerlicherweise halfen weder vorsichtiges Ziehen noch Abbrechen kleinerer Zweige.

„Hast du noch dein Taschenmesser?“, fragte Elli, während Tristan bereits in seine Tasche griff, um es hervorzuholen.

Cora, die ihn mit weit aufgerissenen Augen anstarrte, versuchte erfolglos und nun schon wesentlich panischer, sich loszumachen.

„Lass ihn nicht an mich ran, Elli!! Er ist die böse Königin!!“

„So ein Quatsch!!“, rief Tristan und schüttelte verständnislos den Kopf, während er trotz ihres Protests näherkam, das Messer in der Hand. „Wenn ich die böse Königin wäre, würde ich dich nicht befreien wollen!“

„Du kannst mich ja schlecht mit dem Busch zusammen fortschleifen!“, hielt Cora an ihrer Logik fest. Wenn sie in Panik geriet, schaffte sie es durchaus, mehr als einen Gedanken pro gefühlter Stunde in Worte zu fassen. „Außerdem hast du es selbst gesagt: Du wirst uns alle verfluchen!“

Er hielt inne und sah sie konsterniert an. „Das war ein *Scherz*! Ironie, hallo??“

„Es war nicht sehr komisch und ich glaube dir auch nicht du … du … Hexenmeister!“

Tristan starrte sie verärgert an, zuckte die Achseln und wandte sich ab. „Weißt du was? Du hast recht. Bleib besser, wo du bist. Mach’s dir einfach ein bisschen im Moos gemütlich und warte auf den blinden Prinzen, der dich irgendwann retten kommt.“

Elli sah ebenfalls abfällig auf Cora herab. Was fiel ihr ein?! Sie konnte ihren Freund doch nicht als Hexenmeister betiteln!

Dieses weinerliche, nutzlose Ding, das den ganzen Tag nichts anderes tut als herumzujammern und sich mit diesem nervig kratzenden Geräusch die Haare zu kämmen!! Wozu brauchen wir sie überhaupt? Soll sie sich von Rosenranken einschließen lassen und für immer schlafen! Dann müssen wenigstens wir uns nicht mehr um sie scheren und können uns um wichtigere Dinge kümmern.

Tristan hatte recht, niemand sollte sich mit ihr belasten müssen.

„Ähm, Elli?“, vernahm sie erst dessen irritierte Stimme, gefolgt von Coras entsetzter: „Wo … wo gehst du denn hin??“

Sie schüttelte den Kopf, merkte erst jetzt, dass sie sich unter dem Einfluss der dunklen Stimme in der Tat bereits ein paar Schritte Richtung Straße entfernt hatte. Ihr war die Kontrolle entglitten und zum ersten Mal, seit sie nicht mehr allein in ihrem Körper war, hatte sie nicht bemerkt, dass nicht mehr sie selbst ihr Handeln steuerte!

Mit dem Rücken zu ihren Freunden verharrte sie einen Moment, versuchte verbissen, die Tränen zu unterdrücken, ihre aufgewühlten Gefühle wieder in den Griff zu bekommen und die aufkommende Panikattacke abzuwehren. Diese fremde Person in ihrem Kopf machte sie wahnsinnig!

Ruhig atmen, ruhig!, sprach sie sich selbst Mut zu – dieses Mal mit ihrer eigenen Stimme der Vernunft. *So nützt du niemandem etwas. Du bist nicht verrückt und du wirst dich auch nicht vollständig verwandeln. Du bist stärker als die anderen. Alles wird gut, du kannst das!*

„Hey, Elli“, hörte sie Tristans samtweiche Stimme nun schon wesentlich näher und spürte im nächsten Augenblick seine Hand auf ihrer Schulter. Es kostete sie unheimliche Kraft, nicht nach ihr zu greifen und sich wie eine Ertrinkende an einem Rettungsring festzukrallen.

„Elli, bitte! Nicht wieder so böse werden, du machst mir ganz doll Angst“, meldete sich auch Cora wieder zu Wort und Elli sah sich um, in die flehenden Augen ihrer Freundin. Großes Mitleid und ein furchtbar schlechtes Gewissen durchfuhren sie und sorgten dafür, dass ihre eigenen Ängste und Sorgen so schnell verschwanden, wie sie gekommen waren. Entschlossen nahm sie Tristan das Messer aus der Hand und ging langsam wieder auf Cora zu.

„Tut mir leid, Süße, ich dachte, ich hätte was gehört, aber da war nichts. Gar nichts“, fügte sie nachdrücklich hinzu und war erleichtert, als nichts und niemand widersprach – obgleich sie ganz genau wusste, dass Tristan ihr diese Lüge nicht abnahm. Dafür kannte er sie viel zu gut.

„Magst du selber …?“ Sie hielt ihr das Taschenmesser mit dem Griff zuerst hin, doch Cora schüttelte den Kopf.

„Nachher piek ich mich und schlaf auch noch ein und dann geh ich schlafwandelnd aufs Klo und esse und trinke mit geschlossenen Augen so wie Tammy.“

Aus Tristans Richtung ertönte ein eigenartiges Grunzen, das garantiert ein unterdrücktes Lachen war, welches er aber gleich mit einem falschen Husten überspielte.

„Das wird jetzt leider ein wenig ziepen“, warnte Elli Cora vor, als sie neben ihr in die Hocke ging, aber die winkte nur niedergeschlagen ab. „Mach einfach schnell, ich muss doch nach Hause. Schau, die Sonne beginnt schon unterzugehen. Nicht auszudenken, was Mutter sagen wird!“

Es dauerte ein paar Sekunden, dann war sie frei und stolperte ein paar Schritte vorwärts. Ihre Mimik wandelte sich schnell von erfreut zu fassungslos und schließlich zu verzweifelt.

„Ich weiß den Weg nicht mehr!“, keuchte sie und begann prompt zu weinen.

Elli war sofort bei ihr und nahm sie vorsichtig in den Arm. „Du … du musst gar nicht heim, erinnerst du dich?“, begann sie, sich eine möglichst glaubhafte Erklärung auszudenken. „Deine Mutter … sie ist doch in der nächsten Stadt, um ihre … ihre …“

„Stickereien“, schluchzte Cora.

„Genau, ihre Stickereien zu verkaufen und da ist sie immer mindestens zwei Tage und Nächte unterwegs.“

„Erst heute Morgen sagte sie mir wie immer vor ihren Reisen Lebwohl“, stieg ihre Freundin tatsächlich auf die Geschichte ein. „Aber was ist, wenn sie früher zurückkommt?“

„Bestimmt nicht. Der Markt ist nur …“, im Hintergrund hielt Tristan zwei Finger hoch, „… an zwei Tagen in der Woche und den darf sie auf keinen Fall verpassen.“

Cora schniefte noch einmal. „Das ist wahr …“

„Und morgen Mittag kann ich dich gleich nach Hause bringen, aber bis dahin bist du bei Schneewittchen und den lieben Jungs bestens aufgehoben, findest du nicht? Da ist es viel lustiger und nicht so einsam."

„Aber ich bin ja gar nicht einsam. Die Tiere des Waldes besuchen mich immer im Turm. Eichhörnchen und Vögel und – "

„Ja, aber die können ja auch zu Schneewittchen kommen", bestätigte Tristan und fing sich einen weiteren misstrauischen Blick ein, der ihn sich mit einem verärgerten Schnauben abwenden ließ.

„Er hat recht, das können sie", pflichtete Elli ihm schnell bei, drückte Cora kurz an sich und schob sie vorsichtig auf den Weg zurück ins Dorfinnere.

„All die lieben Tierlein, die süßen Eichhörnchen, die putzigen Vögelchen, die –"

RRROOOOOOOOOAAAAAAAAAAR!!!

Ein wütendes Grollen gefolgt von einem lauten, spitzen Schrei, zerriss die Idylle des friedlichen Augenblicks und ließ sie alle erschrocken zusammenfahren. Cora verschwand mit einem schrillen Quieken eilends hinter ihrem Busch und Tristan und Elli sahen sich entsetzt an. Was zur Hölle war *das* denn gewesen?!

„Du Untier, lass das!!", tönte eine schrille Frauenstimme zu ihnen herüber. „HIIIILFEEEE!!"

Etwa hundert Meter von ihnen entfernt lief etwas Rotes, Wehendes durch den Wald und stürmte auf sie zu, sobald es sie entdeckte. Elli konnte es kaum glauben, aber bei näherem Hinsehen entpuppte sich dieses Etwas als Hannah, die einen weinroten Maxirock, ein pinkes Shirt und ein knallrotes Regencape mit fluoreszierenden gelben Streifen trug.

„HILFE!!“, schrie sie erneut, die Augen vor Angst weit aufgerissen. „Wir müssen uns in Sicherheit bringen, er dreht total durch!!“

„Wer?“, fragten Tristan und Elli unisono und ein weiteres unheimliches Grollen ertönte, diesmal schon wesentlich näher.

„Jamie!!“, rief Hannah, stolperte auf dem letzten Meter und stürzte nur nicht, weil Tristan sie geistesgegenwärtig auffing. Das hielt sie allerdings nicht davon ab, weiterzureden – viel zu laut und hysterisch. „Ich wollte meiner Großmutter nur ein paar leckere Sachen bringen und er war erst so freundlich, aber dann …“ Sie sah sich hektisch um, fixierte schließlich einen Punkt in der Ferne und ihre Augen wurden vor Entsetzen noch größer, als wollten sie jede Sekunde aus den Höhlen springen.

„Ich dachte, deine Großmutter sei – “, begann Tristan stirnrunzelnd, doch Elli winkte nachdrücklich ab, dann folgten ihre Augen dem Beispiel Hannahs. Sie wusste, sie sollte weglaufen. Sich zumindest eine Waffe besorgen. *Irgendetwas* Sinnvolleres tun, als ‚Reh im Scheinwerferlicht‘ spielen, aber alles, wozu sie imstande schien, war, das anzustarren, was sie in der Ferne erblickte.

Selbst auf die relativ große Distanz sah es noch nach dem Jamie Wilkins aus, den sie erst neulich bei Joe’s getroffen hatte, allerdings schien er wesentlich … haariger geworden zu sein, während seine Augen hell aus seinem Gesicht herausstachen. Und er war … *nackt*. Schnüffelnd reckte er seine Nase in die Luft und wandte schließlich ruckartig den Kopf in ihre Richtung.

Endlich erwachte Elli aus ihrer Starre, zog an Tristans Arm, den der gruselige Anblick genauso eingefroren hatte wie sie. „Lauf!“, rief sie zeitgleich mit einem erneuten markerschütternden Brüllen aus Jamies Richtung, der nun auch noch auf sie zulief.

Sie stürmte auf Cora zu, deren Haare sich schon wieder im Busch verfangen hatten. Von der anderen Seite klammerte sich jedoch plötzlich ein panisches Rot*cape*chen an sie, was ihren Bewegungsradius extrem einschränkte.

Jamies Füße schienen wie Hufe einer ganzen Herde über den Boden zu donnern und trotz des recht dichten Buschwerks um sie herum verringerte er die Distanz zwischen ihnen erschreckend schnell. Mit der zusätzlichen Last würden sie es niemals rechtzeitig bis zur Straße schaffen.

Renn weg! Schütze dich selbst!!

Elli schüttelte den Kopf. Auf gar keinen Fall würde sie ihre Freunde mit diesem Monster hier allein lassen!

„Jamie, komm mal klar, was soll denn der Scheiß?!“, rief Tristan mit einer Mischung aus Verärgerung und Verunsicherung. Auch er war nicht geflohen, sondern versuchte stattdessen Hannahs Schraubstockgriffe um Ellis Arm zu lösen.

Das Nennen seines Namens ließ Jamie stoppen und seine gelben(!!) Augen wurden kurzzeitig wieder blau, bevor die gefährliche Gier in sie zurückkehrte und er seinen Weg fortsetzte, nun etwas langsamer. Anscheinend wusste er nicht so genau von welcher Seite er angreifen sollte oder durch welchen Busch er schneller klettern konnte.

„Fressen, fressen!!“, knurrte er mit einem Ausdruck wilder Vorfreunde im von einem roten Vollbart zugewucherten Gesicht und „*So* viel *Fleisch*!! *Hunger*!!“

Er schob sich zwischen zwei Bäumen hindurch und streckte gierig seine Hände nach ihnen aus. Deren Nägel waren zu Ellis Grauen länger und krallenartig geworden und wenn sie sich nicht täuschte, waren auch seine Eckzähne sehr viel spitzer als zuvor. Ihr Freund hatte sich in eine Art Werwolf verwandelt!

Tristan und sie bewegten sich gleichzeitig vorwärts. Während er bereits kampfbereit einen langen Ast vor sich hielt, tastete sie nach seinem Taschenmesser, doch es musste irgendwo im Gerangel mit der panischen Hannah heruntergefallen sein und Jamie war bereits viel zu nah heran, um lange danach zu suchen.

Rette dich selbst, verdammt noch mal!! Wenn du nicht rennen kannst, kämpfe!

Eigentlich geschah alles ganz schnell, dennoch hatte Elli das Gefühl, den Ablauf wie in Zeitlupe vor sich zu sehen. Jamie griff als erstes den nun etwas abseits stehenden Tristan an, der ihn mit einem Schlag gegen die Schulter geschickt abwehren konnte. Dennoch begann es in Ellis Innerem zu brodeln. Die Angst verschwand und machte wütender Entschlossenheit Platz, begleitet von einem Vibrieren und energetischen Kribbeln, das immer stärker wurde. Hannahs buchstäbliche Anhänglichkeit ließ eine Welle heißen Zorns in ihr hochschießen, also entledigte sie sich dieser mit ein paar schnellen Handgriffen, kümmerte sich nicht weiter darum, dass sie unsanft auf den Waldboden fiel. Sofort änderte Jamie seine Richtung, stürmte auf die hilflose junge Frau zu.

Als ob sie es schon ihr Leben lang getan hätte, bewegte Elli beide Hände ruckartig nach vorne und ließ die Energie, die sich in ihr angestaut hatte, frei. Der ‚Wolf' wurde von einem kräftigen, jedoch unsichtbaren Schlag in den Bauch gestoppt, der ihm die Luft aus den Lungen presste, etwa fünf Meter weiter nach hinten schnellen und gegen einen Baumstamm krachen ließ, zu dessen Wurzeln er regungslos liegenblieb.

Für einen langen Augenblick geschah nichts mehr, weil jeder einzelne von ihnen im Angesicht dieser Demonstration übernatürlicher Kräfte vollkommen erstarrt war. Auch Elli.

Beweg dich!, kommandierte ihre mentale Mitbewohnerin. *Gib ihm den Rest!*

Wie ferngesteuert setzte Elli sich in Bewegung, fühlte wie ein frischer Schub Wut ihr eigenes Entsetzen in Sekundenschnelle überwand – doch weit kam sie nicht, denn Tristan hielt sie umgehend am Arm fest.

„Lass mich!!", knurrte sie unwirsch, versuchte dabei die Verstörung in seinen Augen nicht an sich heranzulassen. „Wenn ich eins aus Horrorfilmen gelernt hab, dann dass sie nie so schnell aufgeben, dass man immer dafür sorgen muss, dass sie am Boden *bleiben* und –"

„Elli, der Junge ist gerade gefühlte hundert Meter durch die Luft geflogen und hatte einen *Baumstamm* als Auffangnetz", erinnerte Tristan sie sanft und ohne jeden Vorwurf in der Stimme. „Ich mache mir eher Sorgen, ob er *überhaupt* wieder aufsteht."

Als würde er die Bedeutung seiner Worte erst jetzt selbst begreifen, ließ er entsetzt seinen Ast fallen, der ohnehin in der Mitte durchgebrochen war, und eilte auf Jamie zu.

Ellis Herz zog sich zusammen und ihr wurde ganz schlecht.

Nur nicht weich werden!, wurde sie innerlich ermahnt. *Der wollte euch fressen. Du hast getan, was du tun musstest. Als Regentin hat man die Verpflichtung sein Volk vor allen Gefahren zu schützen. Und du willst sicherlich eine beliebte Königin sein!*

Ich will überhaupt keine Königin sein!, erwiderte Elli entsetzt und schob die fremde Macht mit solcher Kraft zurück, dass ihre Gegenwart tatsächlich sogleich nicht mehr spürbar war.

„Puuh, er lebt noch“, verkündete Tristan zu ihrer großen Erleichterung, nachdem er kurz Jamies Puls gefühlt hatte, und ‚Wolfboy‘ begann sich tatsächlich schon wieder zu regen.

„Vorsicht!“, sagten Elli und Tristan gleichzeitig, doch während Elli um Tristans und ihre Sicherheit fürchtete, galt dessen Sorge wohl eher Jamies körperlichem Zustand.

Der rothaarige junge Mann blinzelte sie verwirrt an. Aus seinen Augen war der vorherige gruselige Ausdruck gänzlich verschwunden und sie besaßen auch wieder ihre natürliche Farbe, wie Elli beim Näherkommen feststellte.

„Was … was ist denn passiert?“, fragte er stattdessen verwirrt.

„Oh, wo soll ich anfangen“, erwiderte sie bissig, „beim Versuch uns alle in einen Snack zum Fünf-Uhr-Tee zu verwandeln oder deiner neuen Oufitwahl? Jeez, ich kann gar nicht hinsehen!“

„Wieso?“, erkundigte sich Jamie und bewies bei seiner primären Antwortoption entweder Mut oder Ignoranz. „Ich bin halt ein echter Naturbursche. Da unten muss auch mal Luft ran. Und besonders jetzt, wo ich etwas behaarter bin, *brauche* ich halt mehr Luft an meinem Körper.“

„Etwas?“, wiederholte Tristan und auch Elli ließ ihren Blick noch einmal schnell über Jamie wandern. Nicht nur sein Haupt- und Brusthaar war länger und dichter geworden: seine Augenbrauen waren buschig und in der Mitte zusammengewachsen. Darüber hinaus glich seine Arm- und Beinbehaarung zerzaustem dünnem Fell.

„Das solltest du vielleicht erstmal lassen“, fügte er hinzu, als Jamie Anstalten machte, sich zu erheben. „Wir wissen nicht, ob du dir den Rücken –“

Der junge Mann ließ sich nicht abhalten, streckte und reckte sich, was ein unangenehmes Knacken zur Folge hatte, und schüttelte sich anschließend, woraufhin Elli ihren Blick dringend wieder auf Augenhöhe brachte und auch Tristan kurz die Augen schloss, bevor er schnell wieder auf die Beine kam.

„Ach, geht's mir gut! Ich fühl mich wie ein junges Reh!“, jauchzte Jamie. Dabei fingen seine Augen wieder an zu leuchten und das Blau bekam einen deutlichen Gelbstich, darüber hinaus reckte er die Nase in die Luft und sog tief die Luft ein. „Hier riecht es aber auch gut!“

Elli und Tristan wechselten besorgte Blicke, die ihrem ‚Wolf‘ aber vollkommen entgingen, und erstere hielt ihre verletzte Hand auf dem Rücken, weil sich der Verband schon wieder ein wenig nass anfühlte.

„Ich geh jetzt was essen!“, verkündete Jamie. „Aber nicht zu Joe’s, der brät immer alles zu doll durch.“

„Vielleicht sollten wir dir vorher was zum Anziehen holen“, schlug Tristan vor und Jamies Gesicht nahm einen enttäuschten Ausdruck an.

„Jamie? Geht’s dir wieder gut?“, piepste Hannah aus dem Hintergrund und trat mit der widerstrebenden und immer wieder etwas von „Mutter hat mich gewarnt. Jetzt hab ich den Salat. Weh mir!“ murmelnden Cora im Schlepptau an die kleine Gruppe heran.

„Babe!“, rief ihr gemeinsamer Freund erfreut und zog Rotkäppchen energisch in seine Arme, was zu großer Irritation bei allen Anwesenden führte. „Da bist du ja! Wieso bist du denn weggerannt? Wo ich dich so zum Fressen gern hab!“

Er lachte und nahm die entsetzten Reaktionen um sich herum wohl gar nicht wahr.

„Jamie … das ist *Hannah* – nicht Billy!“, erinnerte Elli ihn und ihr Freund blinzelte verwirrt, ließ aber die bereits verzweifelt strampelnde andere junge Frau nicht wieder los.

„Und?“

„*Sie* ist *nicht* dein ‚Babe‘, sondern *Billy*!“

Jamie kratzte sich hinter seinem Ohr und schürzte nachdenklich die Lippen. „Aber die hat keine Großmutter mehr!“

„Hannah doch auch nicht!“

Das genügte endlich, um Rotkäppchen wieder freizugeben, die natürlich prompt anfing zu heulen und Trost in Rapunzels Armen fand. Jamie gab ein frustriertes Grunzen von sich, wandte sich aber sogleich wieder den

Mädchen zu und fing nun an, Cora über ihre Mutter und den Turm auszufragen.

„Was machen wir denn jetzt mit ihm?“, zischte Elli Tristan zu. „Der ist bestimmt nicht auf Dauer so zahm. Guck ihn dir mal an!“

„Ich könnte ihn in meinem Keller einsperren“, wisperte Tristan und sie nickte nach kurzem Nachdenken, inständig hoffend, dass Jamies Ohren nicht so gut wie die eines echten Wolfes waren. Ihre Freunde möglichst getrennt voneinander einzusperren, war wohl momentan nicht zu vermeiden, wenn sie nicht wollte, dass diese irgendwelche Dummheiten machten oder einander gar umbrachten. Es war durchaus vorstellbar, dass auch Rotkäppchen und Rapunzel zu echten Waffen griffen, wenn Jamie sie weiterhin so massiv bedrängte.

„Und wie willst du ihn dazu bringen, da reinzugehen?“, erwiderte sie ebenso leise.

Tristan hob die Schultern. „Notfalls brat ich ihm wieder eins über.“

Sie unterdrückte ein Lachen, das in Anbetracht der absurden Situation auch eine leicht verzweifelte Note gehabt hätte.

„Im Ernst, lass das mal meine Sorge sein. Jamie, los!“, wurde er lauter „Wir gehen dir Kleidung holen, sonst lässt man dich nirgendwo rein.“

„Muss das sein?“, nölte dieser, während Elli Tristan voller Dankbarkeit betrachtete. Ihr Held. Ihr wunderschöner Prinz, der ihr immer treu zur Seite stand …

„Leider ja“, gab er mitfühlend zurück.

Wenn er so weitermachte, würde sie ihn einfach auf ihr Schloss schleppen *müssen* und … Ach du Schande! Elli griff sich an den Hals, verbannte die Gedanken der schrecklichen fremden Kraft aus ihrem Geist. Sie durfte auf keinen Fall zulassen, dass sie derart miteinander verschmolzen!

„Aber ich wollte Hannah zu ihrer Großmutter begleiten“, beschwerte sich Jamie im jammernden Tonfall eines Kleinkindes.

So wollte Elli mit Sicherheit nicht enden!

„Hannahs Großmutter ist schon längst gestorben“, wiederholte Tristan, was Elli schon zuvor verkündet hatte, jedoch anscheinend längst wieder vergessen war.

„Was?!“, fragten Hannah und Jamie, als ob das eine vollkommen neue Information wäre, und letzterer fügte doch ernsthaft interessiert hinzu: „Wie lange denn schon?“, bevor er sich hungrig die Lippen leckte

„Seit vier Jahren“, erinnerte nun auch Elli die beiden widerwillig.

Hannah sah sie entsetzt an und Elli rechnete fest damit, dass sie schon wieder in Tränen ausbrach. Doch dieses Mal nickte sie schließlich langsam. „Stimmt … wie konnte ich das vergessen?“

Ganz verloren schien ihre Freundin noch nicht zu sein. Rotkäppchen hatte noch nicht gesiegt.

„Du … du hast also gar keine Oma mehr?“, hakte Jamie nach und Elli biss sich auf die Lippen, um nicht laut aufzustöhnen. Ihre Freunde verwandelten sich nicht nur in Märchenfiguren – sie schienen dazu auch noch in einen alzheimerähnlichen Zustand zu geraten, in dem sie nichts behalten konnten, was mit ihrer wahren Identität zusammenhing. Zumindest nicht für lange Zeit.

Hannah schüttelte den Kopf. „Die väterlicherseits habe ich nie kennengelernt.“

Enttäuscht nahm Jamie Abstand zu ihr. „Dann … dann geh ich lieber mit Tristan. Du *hast* noch eine Großmutter, oder?“

Tristan sah ihn stirnrunzelnd an und Hannah schnappte empört nach Luft, griff wieder nach Coras Hand und stapfte ein paar Schritte voran. Sehr gut, dann brauchte Elli sie nicht erst dazu überreden, mit ihr zu Billy zurückzukehren.

„Wir machen uns anscheinend einen Mädelsabend“, schloss sie und sah noch einmal zu Tristan. „Schafft ihr das wirklich?“

„Klaro“, erwiderte er mit einem kleinen Lächeln und zwinkerte ihr kurz zu, wie er es auch früher oft getan hatte.

Elli wurde ganz warm und mit einem Mal kam es ihr falsch vor, sich so sang- und klanglos von ihm zu verabschieden. Sie trat näher zu ihm heran, musste ob seiner kurzen Irritation darüber grinsen, befahl sich, seinen Duft *nicht* selig lächelnd einzuatmen und ließ das Taschenmesser in seine Hosentasche gleiten.

Leckeres Sahneschnittchen, meldete sich ihre ungeliebte Mitbewohnerin erneut zu Wort.

„Brauchst du hoffentlich nicht“, wurde diese ignoriert. Viel wichtiger war es, Tristan tief in die Augen zu sehen, in diesem wunderschönen Grün zu versinken und zu fühlen, dass ihm ihre Nähe alles andere als unwillkommen war.

Allerdings schien er von ihrem Verhalten auch ein bisschen überfordert zu sein und brachte ausnahmsweise kein einziges Wort heraus. Stattdessen hoben sich seine Lippen zu einem kleinen, etwas verunsicherten Lächeln, bevor er sich schließlich abwandte und auf Jamie zuging.

Na hoffentlich ist sein Keller vergittert! Wäre echt schade, wenn der Wolf sich nachts auf unseren Prinzen stürzt und ihn verspeist.

Ellis eigenes Lächeln erstarb. „Warte!“, stieß sie aus und holte ihn schnell wieder ein. „Ich weiß was Besseres! Bring ihn zu *ihrem* Haus.“

„Ihrem?“, hakte Tristan verwirrt nach und zwischen seinen Brauen entstand diese niedliche Falte, die sie nur allzu gerne berührt hätte. Leider war das kein passender Moment für weitere Annäherungsversuche … Hä? *Annäherungsversuche*? Verdammt! Sie musste auch dringend lernen, ihre eigenen Gefühle und Bedürfnisse von denen der Fremden zu trennen.

‚Coras‘, formte sie mit den Lippen und er nickte nach kurzem Zögern, hob dann aber fragend die Schultern.

‚Wieso?‘, fragte er ebenfalls tonlos.

Hannah und Cora waren vor ein paar Blumen am Wegrand stehengeblieben und Jamie strich sich selbstverliebt über seine Körperbehaarung an Armen und Brust. Hoffentlich fing er nicht auch noch an, sich mit der Zunge abzuschlecken.

„Du wirst es verstehen, wenn du dort bist“, fuhr Elli im Flüsterton fort, in der Hoffnung, dass er sich daran erinnerte, was sie ihm zu Anfang ihrer Suche nach Cora erzählt hatte. „In Hersheys Garten, gleich hier am Waldrand, habe ich vorhin eine Axt liegen sehen, die solltest du dir unbedingt vorher ausleihen.“

„Wieso soll ich den Hersheys ihre Axt klauen? Meinst du, meine Selbstverteidigungskünste reichen nicht, um mit ‚Teen Wolf' da drüben fertig zu werden?"

„*Leihen*!", wiederholte sie nachdrücklich. „Und die ist selbstverständlich nicht für *ihn*!"

Tristan zog erneut die Brauen zusammen, dann erhellte sich sein Gesicht mit der einsetzenden Erkenntnis. „Natürlich!", bestätigte er. „Hatte ich ganz vergessen."

Sie sah ihn ernst an. „Schaffst du das alles wirklich mit deinem Knöchel?"

„Deine Sorge ist rührend, aber unbegründet. Es tut nicht mehr so doll weh und außerdem fahren wir ja."

„Ich hab Hunger!!", dröhnte Jamie und fuhr sich durch seine wild abstehenden roten Locken. „Lass uns auf dem Weg beim Metzger vorbeifahren!"

Auf Ellis zweifelnden Gesichtsausdruck hin, lächelte Tristan noch einmal zuversichtlich. „Ich schaff das. Ich sperr ihn kurz im Auto ein, hol ihm zwei Riesensteaks und bring ihn danach weg. Im Anschluss ruf ich dich an, okay?"

Sie nickte.

„Packst *du* das?", überraschte er sie mit seiner nächsten Frage, doch sie kam nicht mehr zu einer Antwort, denn Jamie lief an ihr vorbei, packte Tristan an der Schulter und zog ihn mit sich.

„Komm, weg von den Weibern ohne Omas. Wir holen uns jetzt was *Richtiges* zu beißen!"

Königskind

Erschöpft lehnte sich Elli gegen den Gartenzaun vor Billys Haus. Dieser Tag hatte bereits all ihre Kraft verbraucht und er war noch lange nicht zu Ende.

Gottseidank waren ihre beiden Freundinnen brav ins Haus marschiert, wo Tamara sich schlafwandelnd gerade wieder mit ordentlich zusammengefalteten Händen auf die Couch gebettet hatte und Cora, Hannah und Billy umgehend damit begonnen hatten, das Abendessen für ‚sie alle zwölf' vorzubereiten. Obwohl sie sich artig bei Elli fürs Heimbringen bedankt hatten, hatte Cora gezögert, als Billy diese mit eingeladen hatte.

„Ich weiß, es ist dein Reich", hatte sie zu Schneewittchen gesagt, „aber ich fürchte, dass Röschen, sollte sie doch aufwachen, nicht sehr begeistert über … du weißt schon … zwölf plus einen Gast wäre. Aber vielleicht kommt der edle Ritter, der uns das Leben gerettet hat, auch noch zu uns …"

Was? WAS??, hatte die erboste Stimme in Elli losgekeift. *Wer hat denn hier bitte den entscheidenden Schlag getan??*

Elli war zu müde gewesen, um sich zu ärgern, und hatte die Nörglerin fortgewischt. „Ich denke nicht", war ihre matte Antwort gewesen.

„Vielleicht ist es auch besser so.“ Cora war ihre Erleichterung als einzige deutlich anzusehen gewesen und auf ihrem Weg nach draußen hatte die Stimme weiter gehöhnt.

Wieso, weil du IHN für die böse Königin hältst? Oh, du dummes, dummes, kleines Ding!

Elli biss die Zähne zusammen und zwang sich tief durchzuatmen. Jetzt, da alle in Sicherheit waren, gab es keine Ablenkung mehr, die das Gedankenkarussell in ihrem Kopf stoppen konnte und trotz aller gegenteiligen Bemühungen spürte sie einen erneuten Schub von Panik in sich aufsteigen. Sie hatte das, was im Wald geschehen war, was *sie* getan hatte, nur verdrängt, nicht vergessen. Und es machte ihr immer noch große Angst.

„Tristan“, bemühte sie sich, ihre Bedenken zu fokussieren, und suchte nach ihrem Telefon. Sie musste unbedingt wissen, wie es ihm und ‚Wolfboy‘ in der Zwischenzeit ergangen war, ob alles so geklappt hatte, wie sie es geplant hatten.

Ja, recht so. Wir müssen ja schließlich sichergehen, dass es dem kleinen Schnuckelchen gut geht.

„*Wir* müssen gar nichts“, knurrte Elli, die neben ihrer Verzweiflung auch wieder Wut in sich aufsteigen fühlte. Was dachte sich dieses Miststück eigentlich??

„*Wir* werden *gar nichts*, denn es gibt *nur mich*. MICH, HÖRST DU?! UND JETZT VERPISS DICH ENDLICH!!“

Auf der gegenüberliegenden Seite ging eine Autoalarmanlage los und ließ sie zusammenzucken.

„Siehst du, ich sag doch, sie führt immer so eigenartige Selbstgespräche und dann passieren komische

Dinge“, hörte sie jemanden schräg über sich murmeln, doch als sie sich umdrehte, sah sie nur die Gardine hinter Billys schräggestelltem Wohnzimmerfenster wackeln … und die Spitze von etwas, das wie ein sich langsam auflösender Riesendutt aussah.

Super! Sogar ihre total durchgeknallten Freundinnen hielten *sie* für plemplem!

Kribbeln in der Nase, Brennen in den Augen und schon kullerten die ersten Tränen hinab. Ärgerlich fuhr sie sich mit einer Hand übers Gesicht (Elli, die Heulsuse musste nicht auch noch zu einem Dauerzustand werden) und stieß sich vom Zaun ab. Sie musste hier weg. Am liebsten sogar sehr weit, einfach fortlaufen, nicht mehr zurückblicken … aber das konnten sie nicht, weil sie ja schlecht ihre Familie und Freunde im Stich lassen konnte. Auch wenn ihr die Sache langsam über den Kopf wuchs.

Sie brauchte dringend Hilfe. Nicht nur Tristans, weil der momentan genauso improvisierte und im Dunkeln tappte wie sie. Und wenn sie selbst irgendwann doch noch dasselbe Schicksal ereilte wie ihre Freundinnen, sie sich nicht mehr daran erinnern konnte, wer sie eigentlich war, war *er* am Ende ganz allein mit dem Mist, den *sie* verzettelt hatte. Das konnte sie ihm nicht antun!

Mit einem der in letzter Zeit so zahlreich von ihr genutzten Seufzer suchte sie mit ihrem Handy nach der Seite im Forum, auf der sie am Morgen von dieser Organisation gehört hatte, die auf seltsame Vorfälle übernatürlicher Art spezialisiert war. Nach ein paar Minuten hatte sie diese gefunden und klickte den Kontaktlink an. Sofort begann sich in ihr starker Widerwillen zu regen, doch sie kämpfte ihn erfolgreich nieder, zwang die zunächst säuselnde, aber bald schon zunehmend fordernder werdende Stimme in die Tiefen ihres Bewusstseins zurück. Dann umklammerte sie das Telefon fester, verfasste und löschte mehrmals hastig einen Text, bevor sie Folgendes absendete:

Hi, mein Name ist Elli und ich schreibe Euch, weil in meinem Heimatdorf sehr seltsame Dinge geschehen – sorry, wenn das total dilettantisch klingt, aber es ist schwer für mich, überhaupt davon zu berichten: Wie es scheint, habe ich versehentlich beim Lesen eines alten Buches einen Fluch ausgelöst und alle um mich herum fangen an, sich seltsam zu verhalten. Es handelt sich um ein Märchenbuch und ich glaube, dass sich die Bewohner meines Heimatdorfes in die darin beschriebenen Figuren verwandeln. Es klingt total absurd, ich weiß, aber ich schwöre, dass es kein Witz ist und wäre super dankbar, wenn Ihr mir helfen könntet. Viele Grüße Elli

Sie wusste nicht, ob es wirklich eine gute Idee gewesen war, fühlte aber einen Hauch von Erleichterung, nachdem sie die Sendetaste gedrückt hatte.

Eine Sekunde später vibrierte das Handy in ihrer Hand. *Wow, sind die schnell*, dachte sie, bevor ihr einfiel, dass es sich vermutlich im besten Fall um eine Eingangsbestätigung handelte. Auf dem Display blinkte jedoch ein eingehender Anruf mit dem Bild eines fünfzehnjährigen Tristan im Hintergrund. Stimmt, den hatte sie doch auch anrufen wollen! Manchmal war es recht praktisch, seine Telefonnummer nie zu ändern. Hastig hob sie ab und versuchte sich dabei nicht allzu sehr über den Fakt zu freuen, dass auch Tristan ihre Nummer nicht gelöscht hatte.

„Melde gehorsamst: Operation Wolf abgeschlossen“, informierte dieser sie jetzt militärisch knapp und allein seine Stimme zu hören, genügte Elli, um sich gleich etwas besser zu fühlen. „Ich hab sogar noch Barry beim Metzger aufgegabelt und gleich mitgenommen … beziehungsweise hat er sich uns angeschlossen, als er gesehen hat, was wir alles kaufen. Also *ich*. Jamie hatte ja logischerweise keine Kohle dabei. Oder auch irgendwie *gottseidank*“, er hustete übertrieben. „Okay, Horrorkopfkino aus. Hm … meinst du, ich hätte Schlafmittel in das Fleisch tun sollen?“

„Das hat sich ohnehin bald erledigt“, gab Elli zurück.

„Wie meinst du das?“

„Du hast das Haus jetzt gesehen oder?“

„Scheiße ja, das war krass! Was für einen Dünger benutzt Tamara denn? Haustür und Fenster waren richtig zugewuchert. Als du das vorhin erzählt hast, hab ich ehrlich gesagt gedacht, dass ihr euch das in eurer Panik nur eingebildet habt. Gute Idee mit der Axt übrigens. Es war nur echt seltsam, dass das Zeug ganz schnell nachgewachsen ist. Gut, dass ich so schnell wieder draußen war, nachdem ich die beiden mit ihren Leckerlis und zwei Wasserflaschen in den Keller gesperrt habe.“

„Das war das einzige, was du seltsam fandest?“ Elli konnte es nicht fassen. „Alle drehen hier komplett durch und ein paar Scheißranken sind das Einzige, was dir komisch vorkommt?!“

Stille am anderen Ende. „Geht‘s dir gut?“, stellte Tristan genau die falsche Frage und sie biss knirschend die Zähne zusammen, weil die Tränen prompt wieder liefen. „Elli?“, hakte er nach. „Eliana?“

„Alles bestens“, schniefte sie. „Is nur was ...“

„Im Auge, klar“, unterbrach er sie, keinen Deut überzeugt.

„Ich wollte sagen ‚in der Luft‘“, stellte sie mit belegter Stimme richtig.

„Heuschnupfen und so, m-hm.“

Gegen ihren Willen musste sie lachen.

„Bist du immer noch vor Billys Haus?“, erkundigte er sich. „Ich kann dich abholen, wenn du magst, dann könnten wir ein wenig reden und … und … na jaaa ...“

Stottern war absolut untypisch für Tristan und für einen ganz kurzen Moment regte sich ein unsinniger Gedanke in Elli, ließ Schmetterlinge in ihrem Bauch umherrasen und ein leises, begeistertes ‚*Ohoooo*‘, in ihrem Kopf ertönen.

„… vielleicht … könnte ich doch mal einen Blick in das Buch werfen“, zerschmetterte er jegliche Hoffnung. „Ich könnte dich heimfahren und –“

„Nein!“, kam es ihr entschieden über die Lippen.

„Ähm, okay …“

„Nein, nein, bitte versteh mich nicht falsch. Ich will nur … es ist nur …“, sie fuhr sich durch die Haare. „Ich will nicht dahin. Meine … meine Schwester und meine Nichte sind auch vom Fluch, den du für was im Wasser hältst, befallen. Nicht auf gefährliche Art und Weise, aber … ich kann jetzt einfach nicht da sein, verstehst du das irgendwie?“ Sie biss sich auf die Lippen, schämte sich ob ihrer unausgesprochenen Bitte.

„Soll ich es für dich holen?“, erkundigte sich Tristan und wenn er jetzt vor ihr gestanden hätte, wäre sie ihm vor lauter Dankbarkeit um den Hals gefallen. So liefen nur noch mehr Tränen und sie brachte gerade mal so ein ersticktes ‚Nein' zustande.

„Willst du es holen und danach zu mir kommen?"

„Ja", krächzte sie.

„Und ich soll dich ganz bestimmt nicht fahren?"

„Nein", piepste sie, weil sie inständig hoffte, dass sie sich auf dem Weg genügend beruhigt haben würde, um nicht mehr wie ein hysterisches kleines Prinzesschen zu wirken.

Na, wir stehen ja auch einen Rang höher, tönte es dumpf in ihr.

„Okay, ich mach uns in der Zwischenzeit was zu essen und wenn irgendwas ist: Handy ist immer an."

„Danke", sagte sie leise. „Wirklich Tristan – danke."

„Keine Panik, alles wird gut", gab er zurück. Wie sie sich wünschte, dass er recht hatte.

Eine halbe Stunde später stand sie wieder vor seinem Haus, mit dem Buch sicher in ihrem Rucksack verstaut und diesmal keine knappe Viertelstunde zögernd, bevor sie es betrat. Es waren nur zwei Minuten, die sie im leichten Nieselregen wartete und die davon unterbrochen wurden, dass er von innen die Tür öffnete, gerade, als ihre Hand zum wiederholten Male über der Klingel schwebte.

Der wohltuende Duft von Bratkartoffeln und Röstzwiebeln drang ihr in die Nase und sie atmete ihn mit genießerisch geschlossenen Augen ein.

„Komm rein", vernahm sie Tristans Stimme nun bereits wieder aus einiger Entfernung.

Sie folgte ihr bis zu der kleinen Küche im ebenerdigen Teil des Hauses, wo er bereits wieder am Herd stand, die Bratkartoffeln geschickt in der Pfanne hin- und herschwenkte und anschließend nach einem Gläschen griff, in das er nacheinander Öl, Zitronensaft, Kräuter, Gewürze und Senf füllte, bevor er es ihr samt Deckel reichte.

„Kannst du das schon mixen? Dann ist der Salat auch gleich fertig."

Tristan, der Koch – eine weitere Sache, die sie sehr vermisst hatte, denn er war bereits als Junge äußerst talentiert diesbezüglich gewesen. Ellis Eltern hatten in der nächstgrößeren Stadt gearbeitet und Melissa und sie nachmittags meist nur Sandwiches gefuttert. Ihre Mutter hatte nicht sonderlich gerne gekocht, der Vater noch viel weniger und so hatte es abends oft Dosenfutter oder Fast Food und auch das meist vor dem Fernseher gegeben. Dahingegen waren die gemeinsamen Mahlzeiten bei Tristans Familie immer etwas Besonderes für sie gewesen, weil jeder mithalf, bis am Ende alle gemeinsam am großen Esstisch saßen und schon bald genauso munter durcheinander plapperten wie während der Vorbereitungszeit.

Ein paar Minuten später saßen Elli und Tristan auf den beiden Barhockern vor dem Küchentresen und ließen es sich schmecken. Nach der miesen Behandlung durch ihre Freunde, die Elli mehr zugesetzt hatte, als sie zugeben wollte, war es eine willkommene Abwechslung – vor allem, da hier die Welt noch in Ordnung und alles ganz normal zu sein schien.

„Und du willst es nicht doch mal als Koch versuchen?“, fragte sie und schob sich eine weitere Portion der knusprigen Kartoffeln in den Mund. „Ich meine, das hier ist soo lecker!“

Er zuckte bescheiden die Schultern. „Ist doch nur ein bisschen Gemüse.“

„Ein Caesar Salad ist auch ‚nur‘ ein Resteessen. Also?“

„Nah, zu viel Stress.“

„Sagte der Medizinstudent.“

Er lachte. „Eben.“

„Vielleicht eine zweite Karriere auf einem Youtube-Kanal?“

„Wieso? Fürchtest du die Konkurrenz, wenn wir beide hier in Ferry Bridge praktizieren?“

Sie stutzte. „Du willst dich im Ernst mit deiner Praxis *hier* niederlassen?“

„Was? Und Doc Jonassen ablösen?“ Erneutes Lachen. „Ganz bestimmt nicht.“

Eine Weile lang aßen sie schweigend. „Danke, dass ich hierbleiben kann“, sagte sie schließlich und er warf ihr ein schiefes Grinsen zu.

„Warte, bis du die Rechnung siehst.“

„Da musst du leider bis zum nächsten Semester warten. Die Unigebühr war grad fällig und ich bin ziemlich pleite.“ Das neuerstandene Sommerkleid musste ja nicht erwähnt werden. „Eigentlich hatte ich vor, im Sommer zu verreisen, aber daraus wurde nix, als sie die Gebühren erhöht haben.“

„Aber, aaaber, wer will denn in die Ferne schweifen, wo das Abenteuer liegt so nah?“, mahnte er sie gespielt. „Kein Erlebnisurlaub der Welt kann dir *das* hier bieten.“

Leises Lachen von beiden Seiten. Leider hielt die heitere Stimmung nicht lange an. Wie sollte sie auch, bei all den schrägen Sachen, die sie am heutigen Tag schon erlebt hatten?

„Was sagst du jetzt zu der ganzen Sache?" Sie legte die Gabel zur Seite und sah ihn prüfend an, klammerte sich dabei fast verzweifelt an die innere Ruhe, die ihr das unbeschwerte Zusammensein mit Tristan geschenkt hatte.

Nachdenklich rührte er in seiner Salatschale herum. „Nach dem, was ich heute gesehen habe … wow!"

Er legte den Kopf schief und erwiderte ihren Blick. „Ich möchte immer noch nicht ganz von meiner ‚was im Wasser'-Theorie weg, allerdings sehe ich mich auch nicht gerade Sturm beim Gesundheitsamt läuten. Ich habe vorhin ein bisschen recherchiert, aber nichts gefunden, was auf größere Chemie- oder Pharmakonzerne in der näheren Umgebung hindeutet. Und wenn Noah nicht gerade seine kleine Privatpillenreserve im Klo runtergespült oder Gratisproben aus seiner Mini-Hanfplantage in der Garage, die er mit echt fiesem Zeug düngt, an alle verteilt hat, dann weiß ich auch nicht weiter. Darüber hinaus sind die Symptome überaus seltsam und ich denke, man braucht kein Psychologiestudium, um zu sehen, dass das hier keine Form milder Massenhysterie ist."

Er griff nach einer Wasserflasche und schenkte ihnen beide nach.

„Vielleicht ist es aber dennoch eine Art Experiment."

„Oder eine göttliche Prüfung!!", rief Elli laut und dramatisch und das gemeinsame Lachen, das ihr so gut tat, ertönte erneut. Auch die Stimme in ihrem Kopf schwieg zumindest für kurze Zeit.

„Was ich besonders seltsam finde“, gab Tristan seinen Gedanken weiter Ausdruck, „ist der Fakt, dass, was auch immer es ist, es so unterschiedliche Auswirkungen hat. Ein erheblicher Teil der Bürger von Ferry Bridge scheint sich für Märchenfiguren zu halten, aber bei Noah konnte ich beispielsweise nichts dergleichen feststellen – es sei denn, es handelt sich nicht nur um alte Märchen, sondern es gibt auch ein neueres über einen drogenkonsumierenden Computernerd, der lieber faul bei seiner Schwester auf der Couch rumhängt, als den ganzen Tag online zu daddeln.“

„Willst du meine Theorie dazu hören?“, fragte sie zaghaft und freute sich wahnsinnig, als er sofort willig nickte.

Sie holte tief Luft. „Also, ich vermute, weil auch meine Schwester und deren Mann noch ganz normal sind, dass nur die Leute direkt davon betroffen sind, die sich genau zu der Zeit, als der Fluch zu wirken begann, in Ferry Bridge aufhielten. Die anderen, also Noah, der mit Freunden einen Wochenendtrip nach Schottland gemacht hat, meine Schwester und ihr Mann, die in Cheltenham Versöhnung gefeiert haben und so weiter … diese Leute wurden oder werden noch nur indirekt vom Fluch beeinflusst. Es ist, als würden sie das Ganze nicht ernst nehmen, aber auch so, als würde es ihnen teilweise gar nichts ausmachen, dass die anderen um sie herum verrücktspielen. Noah macht sich nicht im Ansatz Sorgen um seine Schwester und wir wissen beide, wie sehr sie aneinander hängen.“

„Was ist mit Melissa?“

„Die sorgt sich natürlich um Liv, hat aber Dr. Jonassen geglaubt, dass die Angst vor dem großen bösen Wolf für Kinder in Livs Alter vollkommen normal sei. Selbstverständlich hält sie es aber auch wie du für Blödsinn, dass wir alle verflucht sind.“

Tristan runzelte die Stirn. „Haben wir etwa zwei Rotkäppchen in Ferry Bridge?“

„Nein“, seufzte Elli. „Meine Nichte denkt, sie sei eins der Zicklein aus ‚Der Wolf und die sieben Geißlein‘.“

Tristan räusperte sich übertrieben, griff schnell nach seinem Wasserglas und trank einen kräftigen Schluck, woraufhin er zu husten begann.

Elli klopfte ihm auf den Rücken, hielt aber gleich wieder inne. „Das ist nicht zum Lachen, Tristan Patal!“

„Tschuldige, tschuldige“, gluckste er, „aber die Vorstellung, sie könne sich im Uhrenkasten – und ihr habt auch noch einen so schön großen – verstecken, ist einfach zu komisch!“

Elli blieb ernst. „Genau das *tut* sie ja auch, wenn sie Angst hat. Beim letzten Mal als Barry geklingelt hat.“

Augenblicklich verschwand die Belustigung aus dem ebenmäßigen Gesicht ihres Gegenübers. „Oh, tut mir leid.“

„Schon gut“, winkte sie ab. „Aber mir ist noch was aufgefallen: Die, die später zurückgekehrt sind, scheinen alle kein Verlangen zu haben, diesen Ort zu verlassen. Ich habe meine Schwester öfter gebeten, mit Liv irgendwohin zu fahren, aber sie findet immer eine neue Ausrede. Als ich vorhin zu Hause war, um das Buch zu holen, habe ich sie zum Test gefragt, ob sie mit mir zusammen etwas aus Cheltenham holen würde, das ich dringend benötige, und normalerweise wäre sie gleich losgefahren, aber sie hat eine Ausrede nach der anderen gefunden, warum es nicht geht. Das gleiche ist mit Mr. Lambert von gegenüber geschehen. Eigentlich arbeiten er und seine Frau doch in Cheltenham, weil sie dort einen Buchladen haben und er war zu der Zeit, als ich den Fluch aktiviert habe, bei Verwandten in London. Das weiß ich, weil er mir das erzählt hat, als ich ihn heute Abend zu seiner eigentlichen *Dienstzeit* auf einer Bank im Park sitzend vorgefunden habe. Seiner Aussage nach hat er das auch schon am Tag zuvor gemacht, was total untypisch für ihn ist, weil er ein echter Pedant mit Stock im Arsch ist."

„Hat man ihm vielleicht im Vorfeld gekündigt?", hakte Tristan nach und Elli warf genervt den Kopf in den Nacken.

„Nein, nicht *so*. Du versuchst immer noch, logische Erklärungen für all das zu finden!"

„Wie es *jeder normale* Mensch tun würde!!"

„UND WIEVIELE DIESER NORMALEN MENSCHEN SEHEN, WIE SICH LEUTE IN WILDE, HAARIGE BESTIEN VERWANDELN UND VERSUCHEN, IHRE FREUNDIN UND DEREN FREUNDE ZU FRESSEN?!?!"

Ein ohrenbetäubender Donnerschlag ließ sie zusammenzucken, dann grollte es noch ein wenig und der Regen wurde stärker, trommelte gegen die Fensterscheiben. Seltsam, sie konnte sich gar nicht daran erinnern, vorher etwas vom Gewitter bemerkt zu haben.

Wieder herrschte Stille im Haus und beide starrten auf ihre Teller. Elli rechnete halb damit, dass Tristan sie nach diesem kurzen Aufflammen ihrer alten Freundschaft hinauswerfen würde, doch er nahm einen weiteren

Bissen Kartoffeln mit Salat und sagte dann: „ Naja, das Licht hat sich vorhin eben komisch in seinen Augen gespiegelt und er hat die ganze Zeit von Frischfleisch gefaselt … aber das mit dem Fressen-wollen kann man auch hineininterpretieren, selbst wenn er einen doofen Witz diesbezüglich gemacht hat.“

Elli gab einen frustrierten Laut von sich. „Du *willst* die Wahrheit nicht sehen!“

Er lachte unecht. „Wahrheit ist hier ein relativer Begriff und es geht nicht um das, was ich *sehe*, denn ich habe schon zugegeben, dass es tatsächlich so *aussieht*, als würden sich die Leute in Märchenfiguren verwandeln. Ich bin nicht blind. Was ich *nicht* anerkennen will, ist deine Version der *Ursache* für diese seltsamen Geschehnisse. Warum? Weil sie beinhaltet, dass eine meiner Vorfahrinnen allen Vorurteilen über die Rroma Ehre gemacht hat und eine Hexe war und das Dorf bis in die soundsovielte Generation verflucht hat und *das* ist etwas, das ich *absolut nicht* akzeptieren kann, wie du vielleicht verstehen wirst!“

„Aber darum geht es gar nicht!“

„Doch, Eliana, genau darum geht es!“

Sie ließ den Kopf hängen und spürte, wie sich verzweifelte Leere in ihr ausbreitete. Sie hatte so viel Hoffnung in diesen Abend gesteckt, sich auf dem Weg hierher eingeredet, dass Tristan ihr jetzt glauben, sie verstehen würde und sie gemeinsam eine Lösung finden konnten.

Vielleicht ist er doch nicht so toll, hörte sie es in sich sagen, hatte aber keine Kraft zu widersprechen.

Zitternd holte sie Luft. „Ich bin weder jetzt noch am Nachmittag noch gestern hierhergekommen, um dich, deine Familie oder deine Kultur in irgendeiner Weise zu beleidigen, das musst du mir glauben!"

„Das weiß ich doch", erwiderte er ruhig.

„Heute Nachmittag warst du dir da noch nicht so sicher."

„Tief in meinem Innern schon. Aber diese spezielle Situation ist auch für mich nicht ganz einfach."

„Ich weiß …", begann sie, doch er fiel ihr ins Wort.

„Nein, das denke ich nicht. Ich meinte gerade nur uns, Elli, nicht das, was hier sonst noch passiert."

Sie schluckte. „Oh." Zumindest war sie nicht die einzige, die vom ständigen Auf und Ab ihrer Gefühle verwirrt war.

„Bist du fertig?", fragte er unvermittelt und Elli nickte traurig, seine Frage komplett als Aufforderung zu gehen missverstehend.

„Dann komm, lass uns hochgehen, ich mach das hier später sauber. Jetzt will ich mir erstmal in Ruhe dieses vermaledeite Buch ansehen."

„Oben?", fragte sie irritiert. Er wollte sie nicht rauswerfen! Sie unterdrückte einen erleichterten Seufzer.

„Klar, da ist meine Wohnung." Er runzelte die Stirn, dann verstand er.

„Oh, das hier unten ist der Wohnbereich meines Vaters, aber der ist gerade verreist", klärte er das Missverständnis schnell auf. „Stimmt, das hier kennst du ja noch gar nicht. Ich hab gestern erfolgreich meinen Herd eingesaut und bin noch nicht zum Saubermachen gekommen."

„Die meisten ziehen ja von ihren Eltern weg, nicht wieder hin", sagte Elli und biss sich auf die Lippen. „Sorry, das geht mich nichts an. Cora hat gesagt, du würdest den neuen Mann deiner Mutter nicht so mögen und da ist es ja klar … besser … sorry!“

„Immer dieser Dorftratsch“, beschwerte sich Tristan grinsend und fuhr dann offen fort: „Allein könnte ich mir die Bude neben meinem Zimmer im Studentenwohnheim nicht leisten und mit meinem Vater versteh ich mich ja eigentlich ganz gut. Außerdem hat er immer noch ein schlechtes Gewissen wegen der Trennung und daher ist die Miete seeehr fair.“

Der warme Blick seiner Augen ruhte für einen Moment wortlos auf Elli und sie lächelte, konnte gar nicht genug von dieser wieder auflodernden Vertrautheit zwischen ihnen bekommen, die sie so lange hatte entbehren müssen.

„Na, dann …“ Er räusperte sich. „Dann führe ich dich mal in meiner Riesenbude herum.“

Elli schnappte sich ihren Rucksack mit dem Buch und folgte ihm die schmale Treppe hinauf, wo er theatralisch die Arme ausbreitete und auf die einzelnen Dinge wies: „Treppenflur, Wohnungstür, Wohnungs*flur*, Wohn*küche*, Schlafzimmer uuuund Bad. War bestimmt die längste Führung, die du je hattest und du bist jetzt schwer beeindruckt, oder?“

Elli schmunzelte. „Auf jeden Fall.“

„Wenn ich ehrlich bin, breite ich mich normalerweise über das ganze Haus aus, wenn mein Alter nicht da ist, und das ist er in den letzten zwei Jahren ohnehin ständig, weil er eine Zweitwohnung in der Nähe seiner Praxis in Bristol hat und auch an den Wochenenden oft dort bleibt. Du kannst von Glück reden, dass ich erst seit ein paar Tagen hier bin und du nicht im Slalom zur Küche laufen musstest.“

„Slalom."

„Und Hürdenlauf."

„Also quasi kurz vor einem speziellen Triathlon", stieg sie darauf ein und sah sich in Ruhe um.

Die Wohnung war klein, aber geräumig. An den Wänden hingen einige Zeichnungen von Tristans jüngerer Schwester sowie Poster von Rockbands und eine Pinnwand voll mit Fotos seiner Familie. Neben einer gemütlich aussehenden Couch gab es davor einen kleinen Tisch, einen Schreibtisch in der Ecke und drei Bücherregale, die bis oben hin zugestopft waren. Die Küchenzeile war schmal, aber mit dem Notwendigsten ausgestattet. Auf den beiden Herdplatten klebte eine bräunliche Masse, die nach ausgelaufenem und angebranntem Karamell aussah.

Das Schlafzimmer konnte sie durch die halb geöffnete Tür kaum erkennen, aber sie wäre sich wie ein Eindringling vorgekommen, wenn sie einfach reingeschaut hätte. Das Bad würde sie bestimmt später noch aus natürlichen Gründen in Augenschein nehmen können.

„Setz dich", forderte er sie auf. „Magst du 'nen Tee oder so?"

Sie schüttelte den Kopf. „Danke, aber nein danke."

„Na, dann gib das Fluchbuch des Grauens mal her." Er dehnte seine Arme übertrieben mit verschränkten Fingern und lockerte seinen Nacken wie ein Kämpfer in einem Film, bevor er seinen rechten Arm ausstreckte und eine auffordernde Geste in Bruce-Lee-Manier machte, woraufhin Elli ihm grinsend, gleichzeitig aber mit gemischten Gefühlen das alte Werk reichte.

Interessiert überflog er den Einband, blätterte das Buch ein wenig durch, dann hefteten sich seine Augen auf den Spruch, den Elli als Fluch betitelt hatte.

„Okay, jetzt verstehe ich zumindest, wieso das kein dummer Scherz von einem deiner Freunde sein kann – es sei denn, irgendjemand hat ihnen Rromanes beigebracht, was ich stark bezweifeln möchte."

Selbstverständlich gab es speziell in der heutigen Zeit Mittel und Wege, Sprachen auch ohne einen Lehrer zu erlernen, doch Rromanes war nach Ellis Informationen keine, die man in einem Onlinekurs oder im Google Translator finden würde und wenn, dann nur einzelne Worte und sicherlich nicht in Reimform.

Sie stutzte. „Rromanes?"

„Keine Angst, ich glaub nicht, dass du dich hingesetzt, das geschrieben und dich danach bemüht hast, auch die Schrift so alt wie möglich –"

„Rromanes??", wiederholte Elli und rutschte zu ihm heran, blickte ebenfalls auf die alte Handschrift.

„Ja …?", bemerkte Tristan trocken. „Du weißt schon, Sprache der –"

„Ich dachte, das stünde da auf Englisch", unterbrach sie ihn perplex. „Wirklich, ich hätte schwören können … ist ja abgefahren!"

„Ein weiteres Mysterium", fügte Tristan hinzu, die Augen dramatisch aufgerissen. „Oder auch nicht, immerhin kennst du ja ein paar Worte. Aber apropos Mysterium: Welcher Figur fühlst *du* dich denn seit Beginn der ganzen Geschichte besonders verbunden?"

Obwohl sie sie insgeheim schon länger erwartet hatte, traf die Frage sie vollkommen unvorbereitet.

„Sind ja schon einige Optionen weg und ich glaube, pro Figur gibt es nur eine … eine …“

„Betroffene?“

„Genau. Also was ist es bei dir? Elfe? Königskind? Oder gar *böse* Königin?“

Elli schluckte und spürte, wie ihr ganz kalt wurde. Es war wie ein grässliches Kribbeln, das ihren gesamten Körper von oben nach unten durchwanderte und ihren normalen Willen, das, was sie ausmachte, langsam ausblendete.

Na, ist er nicht ein kluges Kerlchen? Und schau mal, es macht ihm so gar nichts aus. Vielleicht ist an ihm doch mehr dran als Spaß für gewisse Stunden.

„Hör auf“, murmelte Elli.

„Hey, so war das nicht gemeint“, bezog Tristan das auf sich. „Ich dachte nur gerade an den Apfelbaum und das Donnern und das, was Cora gesagt hat.“

Den müssen wir uns warmhalten. Endlich mal was Intelligentes nach all diesen grauenvoll langweiligen Hohlbroschen um dich herum!

„Hör auf!“, wiederholte Elli und Tristan hob abwehrend die Hände.

„Okay, okay. Eigentlich glaub ich ja auch nicht daran, einige Dinge waren nur ein bisschen *zu* seltsam für Zufälle.“

Jetzt versau es bloß nicht wieder!, warnte die Stimme in ihr. *Ich hab keine Lust, dass du ihn verschreckst! Wird schließlich bald schon einsam genug hier werden, wenn ich erstmal –*

„HÖR AUF!!“, schrie Elli und hielt sich die Ohren zu, so als würde das bei einer Stimme im Innern irgendetwas nützen. Draußen verwandelte ein Blitz das rötlich-goldene Licht der Abenddämmerung für einen unnatürlich langen Augenblick in grelles Gelbweiß, dann erfolgte ein erneuter, ohrenbetäubender Donnerschlag und ließ das Haus erzittern.

Tristan war aufgesprungen und sein entsetzter Blick wanderte zwischen Elli und dem Fenster hin und her.

„Ach, du Scheiße!“, entfuhr es ihm und er eilte Richtung Fenster, riss es auf. Der Blitz hatte den Apfelbaum gespalten und erste kleine Flammen züngelten hervor, die allerdings vom noch stärker gewordenen Regen gleich wieder gelöscht wurden und auch noch nirgendwo hin hatten übergreifen können.

All dies bekam Elli jedoch nur am Rande mit. In sich zusammengesunken saß sie auf dem Sofa, hatte die Arme um ihren Leib geschlungen und wiegte sich langsam vor und zurück, drängte die Stimme in sich verzweifelt zurück, konzentrierte sich mit all ihrer Kraft darauf, sie zum Schweigen zu bringen. Wie durch Watte hindurch spürte sie zwei Arme, die sie an einen warmen, starken Körper zogen, hörte eine beruhigende Stimme, die ihr sagte, dass alles gut werden würde und vor allem, dass sie nicht allein wäre.

Schlaflos in Ferry Bridge

Sie musste wohl eingenickt sein, denn als sie erwachte, lag sie unter einer leichten Decke auf der Couch. Allein. Erschrocken fuhr sie hoch, erblickte zu ihrer Erleichterung aber sofort Tristan in der Küchenzeile, der gerade ein Teesieb in eine große Kanne hängte.

„Na, wie fühlst du dich?“, erkundigte er sich und goss das Ganze mit heißem Wasser auf.

„Wie lange hab ich geschlafen?“ Elli wischte sich müde über die Augen.

Er sah auf seine Armbanduhr. „Nur so zwei Stunden.“

Zwei Stunden! Meine Güte!

„Hast bestimmt nicht viel Schlaf bekommen die letzten Tage, hm?“ Mit der Teekanne in der einen und zwei Tassen in der anderen Hand kam er wieder zu ihr herüber. „Und?“

Er reichte ihr eine der dampfenden Tassen und blickte sie prüfend an.

„Besser“, seufzte sie. „Aber irgendwie ein bisschen als hätte ich einen Kater.“

„Jetzt offen für meine ‚was im Wasser‘-Theorie?“, witzelte er und wurde wieder ernst, als er ihr verkrampftes Lächeln bemerkte. „Ich muss zugeben, ich hab ein wenig recherchiert, als du geschlafen hast, und nachdem ich Doktor Jonassen nicht erreicht habe und im Netz einiges über Angststörungen gelesen habe, war ich sogar kurz davor, bei einer dieser Nottelefonnummern anzurufen.“

„Und dann bist du alles noch mal im Kopf durchgegangen und hast gemerkt, dass es nicht so leicht ist, die Geschehnisse logisch erklären zu wollen?“

Er zuckte die Schultern und nickte, während er auf das Buch wies, das nun auf dem Couchtisch ruhte. „Also hab ich mir *das* noch einmal angesehen.“

Er hielt inne, die Brauen zusammengezogen, als müsste er erst seine Gedanken dazu sortieren, während Elli ihn mit wachsendem Unbehagen musterte. Hatte er etwa das ganze Buch noch mal gelesen? Durfte man das überhaupt, nachdem der Fluch bereits in Kraft getreten war?

Tristan fing ihren Blick auf und seine Augen verengten sich. „Überprüfst du, ob ich mich verwandele?“

Sie hob die Schultern. „Seit ich die Märchen meiner Nichte vorgelesen habe, *haben* wir den Salat und eigentlich …“ Sie kratzte sich verlegen am Kopf, nahm einen vorsichtigen Schluck Tee und zögerte, suchte nach den richtigen Worten, um ihn nicht gleich wieder zu verärgern.

„Eigentlich wunderst du dich ohnehin, dass ich so gar keine Anzeichen zeige“, erriet er ihre Gedanken ganz richtig.

Seine Offenheit verblüffte sie.

„Was ja auch wunderbar deine Theorie mit meiner Urururgroßmutter unterstützt,“ setzte er immer noch sehr ruhig hinzu. „Wenn diese Frau den Fluch erschaffen hat, wird sie sicherlich dafür gesorgt haben, dass ihre eigenen Nachfahren davon nicht getroffen werden.“

„Groß*tante* wäre auch möglich und nur drei ‚Ur‘s“, stellte sie leise richtig und bereute ihre Worte gleich wieder.

„Na, *das* lässt die Sache spontan in einem anderen und *viel positiveren* Licht erscheinen“, bemerkte er sarkastisch.

„Das ist doch nichts, was ich mir aus den Fingern sauge!“, verteidigte sie sich und stellte die Tasse ab. „Glaubst du, ich hab mich vor ein paar Tagen hingesetzt und mir gesagt ‚oooh, schon wieder Ferien in Ferry Bridge, wie langweilig, da denk ich mir doch mal eine lustige Geschichte aus, weihe fast alle ein, engagiere zusätzlich ein paar Leute für die Special Effects, fälsche alte Bücher und Schriften und spiele Tristan einen achso-lustigen Streich, hahahaha‘??“

Auf der einen Seite tat es gut, ihre Verzweiflung zur Abwechslung mal ohne fremdes Einwirken in Verärgerung umzuwandeln, auf der anderen half das auch niemandem.

„Plural?“, bewies ihr Gegenüber mal wieder seine Spezialfähigkeit, aus einer langen Schimpftirade ein auf den ersten Blick unwichtiges Detail herauszufiltern.

„Was?“, fragte sie verwirrt.

„Du sagtest Büch*er* und Schrift*en*. Wieso Plural?“, wurde er genauer.

„Oh. Na, deswegen.“ Sie wollte ihr tief in der rechten Hosentasche vergrabenes Handy herausziehen, was sich allerdings in ihrer derzeitigen Position etwas schwierig gestaltete. Aufstehen ging nicht, weil der Tisch jetzt zu nah an der Couch stand und sie Angst hatte, beim Verschieben die gut gefüllten Tassen umzukippen. Der rechts liegende Stapel aus Kissen und Decken war zu hoch, um sich dort kurz ein wenig auszustrecken und so besser in die Tasche greifen zu können, also blieb nur die linke Seite und von dort sah Tristan sie leicht amüsiert an, als sie seinem Schritt mit dem Kopf immer näher kam.

Mit knallrotem Gesicht hielt sie das Telefon schließlich in der Hand, öffnete ihre Fotogalerie und anschließend die beiden noch in der Bibliothek gemachten Bilder, die sie Tristan hinhielt.

„Das stammt von dieser Frau aus der Gruppe von Klatschbasenmöchtegernschrifstellerinnen aus dem Buch aus dem 19. Jahrhundert, von dem ich dir heute Vormittag erzählt habe.“ Es fiel ihr schwer, zu glauben, dass das wirklich erst so kurz her war. „Ich bin davon überzeugt, dass die Geschichte einen wahren Kern hat und nur in ganz furchtbar falscher Form niedergeschrieben wurde.“

Er starrte auf den Namen im letzten Absatz, den sie fotografiert hatte.

„Wieso bist du so sicher, dass es falsch ist?“, hakte er nach.

„W-wieso ich … jetzt sag mir nicht, dass du den Mist glaubst?!“ Elli sah ihn entsetzt an. Verwandelte er sich auch gerade und wenn ja, in wen oder was??

„Selbstverständlich glaube ich ihn nicht, auch wenn es in jedem Volk schwarze Schafe gibt“, stellte er richtig, „aber ich denke, dass deine Überzeugung nicht nur auf freundschaftlichen Gefühlen mir und meiner Familie gegenüber basiert. Hab ich recht?“

Sie kaute auf ihrer Unterlippe herum und nickte schließlich. Schlimmer konnte sie die Situation wohl kaum noch machen. „Ich habe davon geträumt. Von *dieser* Geschichte.“

Tristan machte keinen überraschten oder gar schockierten Eindruck. „Kein Wunder, nach dem Chaos der letzten Tage“, erwiderte er gelassen. „So was versucht man oft in Träumen zu verarbeiten.“

„Nein, du verstehst nicht: Ich habe davon geträumt, noch *bevor* ich diese grässliche Erzählung in der Bibliothek gefunden habe. Das erste Mal in der Nacht, nachdem ich mit Liv das Märchenbuch gelesen habe, und *da* ist diese Geschichte nicht drin und ich kannte sie auch nicht vorher.“

„Also hast du jetzt auch noch weissagende Träume,“ merkte Tristan stirnrunzelnd an.

Elli verzog das Gesicht und schüttelte den Kopf. „Nein, es … es hat sich irgendwie so angefühlt, als wäre ich Teil der Geschichte, als würde ich in der Zeit zurückgereist sein und alles selbst erleben.“

Tristans dunkle Brauen bewegten sich aufeinander zu und er strich sich nachdenklich mit den Fingerspitzen über das Kinn, zupfte an den kurzen Barthaaren. „Wie eine Erinnerung?“, überlegte er.

Es fiel ihr schwer, ihm wieder in die Augen zu sehen, weil sie sich gerade fragte, wie sich das Haar dort so anfühlte. „Ja …“, kam es etwas verzögert über ihre Lippen und endlich fand ihr Blick wieder den seinen. „Das kommt dem schon näher.“

„Heißt das, du befindest dich, wenn du diese Träume hast, im Körper eines der Beteiligten?“, hakte Tristan weiter nach.

Sie nickte.

„Und dieser jemand steckt jetzt auch in dir?“

Elli stutzte. Dieser Gedanke war ihr noch gar nicht gekommen, doch schließlich musste sie zögernd den Kopf schütteln.

„Nein, das glaube ich nicht …“ Sie blinzelte verwirrt. Dieses Mal war es weitaus weniger schwer, zuzugeben, dass auch sie vom Fluch betroffen war. Vielleicht auch, weil Tristan es längst wusste und einfach zu klug war, um ihn jetzt noch vom Gegenteil zu überzeugen. Und ihre schlechtere Hälfte war gerade erstaunlich still. Vielleicht schlief sie ja?

Tristan sah sie immer noch erwartungsvoll an, das Gesicht offen, der Ausdruck seiner grünen Augen warm und verständnisvoll. Wie hatte sie ihn vermisst! Eine ihrer Hände hob sich minimal, weil das Bedürfnis, ihn zu berühren, sein Gesicht zu streicheln und ihm zu sagen, was sie fühlte, fast überhandnahm, doch dann hatte sie sich wieder im Griff.

„Die Person, an deren Erinnerung ich teilhabe, ist ein Mann“, brachte sie schließlich heraus, „während …“, nun wurde es doch etwas schwerer, das auszusprechen, „… das, was in meinem Kopf ist und manchmal mit mir spricht …“

Sie brach ab, weil sie fühlte, dass schon wieder Tränen in ihre Augen traten. Was sie da sagte, klang total irre, klappsmühlenreif!

„… das ist weiblich?“, half Tristan ihr vorsichtig.

Elli presste die Lippen zusammen, nickte, um gleich darauf den Kopf zu schütteln und die Schultern zu heben. Ein ersticktes Lachen drang über ihre Lippen und fast im selben Moment kullerten die ersten Tränen ihre Wangen hinunter.

Tristans Mitempfinden zeigte sich überdeutlich in seinem Gesicht, als er sich zu ihr vorbeugte und ihre in ihrem Schoß liegenden Hände vorsichtig in seine schloss.

Ellis Lider fielen von ganz allein zu und sie atmete tief durch die Nase ein, kämpfte tapfer gegen ihren nächsten Zusammenbruch an. Es tat gut, den sanften Druck von Tristans Fingern, die Wärme seiner Handflächen auf ihrer Haut zu fühlen.

„Ich … ich hab solche Angst, dass ich verrückt werde“, brachte sie mit dünner Stimme hervor und auch nur, weil sie ihn dabei nicht ansehen musste. „Und ich weiß, wie egoistisch das in Anbetracht der Tatsache klingt, dass so viele Menschen, darunter meine Familie und meine Freunde, betroffen sind, auch wenn es ihnen nicht so viel auszumachen scheint. Sie scheinen bei aller Verwirrung nicht mal zu verstehen, dass sie sich verändern!“

Sie schluckte schwer, hatte jetzt endlich die Kraft, ihre Augen wieder zu öffnen. Tristans Blick hatte sich nicht verändert, war immer noch voller Mitgefühl und Verständnis.

„Ich weiß, dass es das nicht besser macht,“ fuhr sie fort, „aber ich … *ich* kann dieses Gefühl nicht ertragen!

Dass sich da irgendwer in mir eingenistet hat, mit dem ich nichts zu tun haben will, der mich aber einfach nicht in Ruhe lässt! Der versucht, die Kontrolle über mich zu erlangen, über das, was ich sage und tue und der mich Dinge tun lässt, die ich gar nicht tun will oder zumindest glaube ich, dass ich sie nicht tun will! Ich drehe durch, Tristan, ich werde vollkommen irre, *sie* macht mich irre, ich … oh Gott, wenn du sie hören könntest, fühlen, was ich fühle. Wie sie sich wie eine verdammte Schlange durch meine Adern frisst, mir zusäuselt, ihr zu folgen, mich fallen zu lassen. Ich will das nicht, werde das nicht zulassen!! Aber ich habe Angst, solche Angst, dass ich irgendwann nicht mehr stark genug sein werde, ihr zu widerstehen!“

Erneut begann sie zu weinen, konnte ihre Verzweiflung nicht mehr zurückhalten und Tristan zog sie wie selbstverständlich in seine Arme, hielt sie fest, gab ihr den Halt, den sie so bitter nötig hatte und um den sie nie zu bitten gewagt hätte.

„Is’ schon okay“, hörte sie ihn durch ihr Schluchzen hindurch erneut die Worte flüstern, die sie so dringend hören musste. „Du wirst nicht durchdrehen. Alles wird gut werden. Ich glaube ganz fest daran. Wir werden einen Weg finden.“

Es war das ‚wir‘, das ihre Tränen endlich versiegen ließ. Sie richtete sich vorsichtig auf, wischte sich mit dem Handrücken über die nassen Wangen.

„Glaubst du das wirklich?“, musste sie dennoch nachfragen.

Er legte den Kopf schief. „Würde ich es sonst sagen?“

Ein leises Glucksen entfuhr ihr, weil ihr so viele Dinge aus ihrer Vergangenheit einfielen, die einerseits schmerzten, weil sie aus so vertrauten Zeiten stammten, andererseits auch so typisch für Tristans ewigen Optimismus waren.

„Mathearbeit, 4. Klasse“, schniefte sie. „Ich hatte keine Ahnung, totale Panik …“

Sein Gesicht hatte sich bereits mit ihren ersten Worten erhellt und seine Lippen verzogen sich zu einem Lächeln, das die Dunkelheit in ihrem Inneren ganz weit zurückschob. „… wir haben die halbe Nacht gelernt, ich hab dir gesagt, dass du dir selbst mehr vertrauen musst und du hast trotz der befürchteten 6 eine 3- bekommen“, fiel ihm ein.

Auch sie begann zumindest schon zu schmunzeln. „Reiten auf Mr Millers Pferd.“

Er grinste. „Du hattest keine Ahnung, was du tatest, hast dich mutig auf den Rücken des Pferdes geschwungen –“

„– und es hat mich nach drei Galoppschritten abgeworfen und ich habe mir den Fuß gebrochen. Du hast behauptet, dass das meine Feuertaufe war und ab jetzt nichts mehr schiefgehen kann.“

„Und danach hast du deine Angst vor Pferden endgültig verloren, Reitunterricht bei Miller genommen und ebendieses Pferd wurde dein liebstes“, fügte er hinzu. „Wie hieß es doch noch gleich? Sunshine?“

„Goldie“, erinnerte sich Elli mit einem sehnsüchtigen Lächeln, sah vor ihrem inneren Auge all die Szenen, die sie aus der gemeinsamen Vergangenheit heraufbeschworen und fühlte, wie endlich wieder Ruhe in ihr Inneres einkehrte. Wie oft in ihrem Leben hatte sie schon vor unlösbar erscheinenden Aufgaben gestanden und dennoch alles hinbekommen – und wenn nicht, war das Leben trotzdem weitergegangen. Sie hatte sich immer erholt und das Beste aus allem gemacht. Und jetzt hatte sie Tristan wieder an ihrer Seite. Er hatte recht: Gemeinsam würden sie bestimmt einen Weg finden.

Ihre Augen glitten über seine schönen Gesichtszüge und erst nach einigen Augenblicken bemerkte sie, wie warm er ihren Blick erwiderte. Die alte Vertrautheit, die während des vergangenen Tages immer wieder zwischen ihnen aufgeflammt war, war auch jetzt deutlich zu spüren. Und da war noch etwas anderes in seinen Augen. Eine tiefe Sehnsucht, die auch an ihr zerrte.

Für den Bruchteil einer Sekunde wanderte sein Blick zu ihren Lippen, dann zurück zu ihren Augen und wieder zurück … ließen sie ihre Unterlippe einziehen und darauf herumbeißen.

Los! Küss ihn!, meldete sich ihr ungewollter Gast derart plötzlich zurück, dass Elli heftig zusammenzuckte und sie damit beide aus ihrem tranceähnlichen Zustand riss.

„Ist sie wieder da?“, erriet Tristan ganz richtig.

Sie schluckte schwer und nickte tapfer.

„Was tut sie?“, fragte er weiter und betrachtete ihr Gesicht nun, als wäre sie ein besonders interessantes Studienobjekt.

Meine Güte! So wird das nie was!, beschwerte sich ihre geistige Mitbewohnerin. *IHR stellt euch vielleicht an!*

„Sie spricht nur mit mir“, beantwortete Elli seine Frage und hoffte, dass sie nicht so rot war, wie es sich anfühlte. „Das ist alles, was sie meist tut. Bis auf die paar Mal, wo mir die Kontrolle entglitten ist und sie meinen Körper übernommen hat.“

So ein Blödsinn! Mach mich nicht dauernd schlecht! Du hattest immer die Kontrolle. Ich hab dir nur geholfen, deine Ideen auszuführen.

„Heißt das, dieser Stoß, den du Jamie verpasst hast – der kam von ihr?“, hakte Tristan weiter nach und Elli nickte, trotz des Protests ihrer Mitbewohnerin.

„Ich weiß nicht genau, was passiert, aber ich spüre immer so ein Kribbeln und Knistern in meinem Inneren, bevor diese … übernatürlichen Dinge passieren“, berichtete Elli weiter. „Als würde ich mich in gewisser Weise aufladen und dann diese Energie freisetzen.“

Das ist ganz normal, wurde sie schon wieder gestört. *Jede Magierin macht das so. Das nennt man Zaubern.*

„Sie sagt, dass sie zaubert“, gab Elli die Information ungehemmt weiter.

DU zauberst – nicht ich.

Auf Tristans Stirn erschienen ein paar Falten. „Bleiben wir einfach bei der gesammelten Energie, die freigesetzt wird“, entschied er. „Damit kann ich besser arbeiten. Du sagst, das passiert nur selten?“

„Ja, meist nur, wenn ich mich sehr aufrege.“

„Das heißt, deine Emotionen lösen das aus?“

„Ja, das könnte man so sagen.“

„Aber sonst bist du noch Herrin über deinen Körper, ganz egal, was dir die Hexe einflüstert, oder?“

„Hexe?“, wiederholte Elli mit Unbehagen.

Ja, ich finde auch, das klingt ein bisschen abwertend.

„Zauberin?“, schlug Tristan vor. „Oder böse Königin? Das sind doch die weiblichen Märchenfiguren, die Zauberkräfte haben.“

Elli lag ‚Fee‘ als Vorschlag auf der Zunge, aber sie brachte es nicht über sich, das auszusprechen.

Also bitte! Als so was Albernes wollen wir doch nicht betitelt werden oder? Königin ist der Begriff mit der besten Perspektive – wenn ich auch das Wörtchen ‚böse‘ zumindest in der Öffentlichkeit besser weglassen würde.

„Ist ja auch egal“, beendete Tristan von sich aus das Herumgerate und nahm erneut Ellis Hände in seine. Dieses Mal sandte seine Berührung ein leichtes, mehr als angenehmes Prickeln durch ihren Körper.

„Wichtig ist nur zu wissen, dass du der Chef bist. In deinem Körper, meine ich – was unsere Beziehung angeht, müssen wir das noch ausdiskutieren. *Arbeits*beziehung natürlich.“

Sie gab ein leises Lachen von sich und konnte die ‚Königin‘ aus ihrem Verstand verbannen, bevor sie auch nur ein weiteres Mal den Mund aufmachen konnte.

„Ich bin der Chef“, wiederholte sie.

Tristan nickte nachdrücklich. „Und das wird auch so bleiben, bis wir den Fluch, oder was auch immer das ist, besiegt haben. Wir müssen in Zukunft nur darauf achten, dass du dich nicht zu sehr aufregst. Das ist alles.“

„Klingt machbar“, verkündete sie lächelnd. „Und wenn wir Glück haben, bekommen wir bald auch noch mehr Hilfe dazu.“

Leichte Irritation zeigte sich in Tristans Augen. „Wie meinst du das?“

Elli druckste ein wenig herum, denn jetzt, da es ihr wieder besser ging und sie das Gefühl hatte, vielleicht doch alles allein hinzubekommen, fühlte sie sich nicht mehr ganz so wohl, was ihre Email an den seltsamen Verein aus dem Internet anging.

„Ich hab doch, schon lange bevor ich dich in alles eingeweiht hatte, nach Hilfe im Internet gesucht", gestand sie ihm, „und in einem Forum hat mir jemand den Kontakt zu einer Organisation zugeschickt, die sich wohl mit übernatürlichen Phänomenen bestens auskennt und Betroffenen mit Rat und Tat zur Seite steht."

„Sag jetzt bloß, du hast die kontaktiert!"

Elli verzog das Gesicht und das genügte Tristan schon, um leise zu seufzen. „Wollten die sofort Geld?"

„Ich habe ihnen noch nichts gezahlt, falls du das befürchtet hast", gab Elli mit leichtem Ärger zurück. „Ich bin nicht doof. Die haben von mir nur eine E-Mail erhalten – mehr nicht und bisher hat sich keiner zurückgemeldet. Wahrscheinlich ist das alles ohnehin nur Fake. Mir sind halt die Optionen ausgegangen."

„Ich mach dir doch keine Vorwürfe", lenkte Tristan rasch ein. „Vielleicht bringt das ja auch tatsächlich was und die Leute sind so was wie die Winchester-Brüder aus ‚Supernatural' und können uns tatsächlich helfen. Ich will nur nicht noch zusätzlichen Ärger mit irgendwelchen Betrügern aus dem Netz."

„Ich doch auch nicht", seufzte Elli und hielt rasch eine Hand vor den Mund, weil sie ihr Gähnen nicht mehr unterdrücken konnte.

Tristan lachte leise. „Da ist wohl jemand immer noch sehr müde und erschöpft."

Sie lächelte verschämt. „Es war ein langer Tag“, gab sie zu und ließ ihren Blick kurz über die Couch wandern.

„Wäre es okay, wenn ich …“, begann sie, brach aber gleich ab, weil Tristan den Tisch ein Stück zurückschob, sich erhob und sie auf die Beine zog.

„Komm“, forderte er sie auf, „du schläfst im Bett.“

„Aber das geht …“, versuchte sie zu protestieren, wurde jedoch sogleich von einem mehr als deutlichen „Klar geht das!“ abgewürgt.

An der Hand führte Tristan sie in sein Schlafzimmer, knipste das Licht dort an und offenbarte ihr ein wundervoll gemütliches Doppelbett in einem noch etwas karg eingerichteten Raum.

„Ich kann dir doch nicht dein Bett wegnehmen“, protestierte sie schwächlich, als er sie losgelassen hatte und die Bettdecke ein Stück zurückzog.

„Meine Couch ist total bequem und ich schlafe auch oft dort, wenn kein Besuch da ist“, erklärte er ihr, während er zwei seiner T-Shirts aus dem kleinen, aber robusten Kleiderschrank gegenüber des Bettes holte. „Tweety oder Sailor Moon?“

Elli trat lachend an ihn heran und nahm das Shirt mit letzterem Motiv in die Hand. „Sieh mal einer an – ich wusste gar nicht, dass du auf Manga-Heldinnen stehst“, grinste sie.

„Das gehört meiner Schwester“, schmunzelte er zurück. „Die schläft nämlich auch manchmal hier. Zu meinem Fetisch für Kanarienvögel stehe ich allerdings. Immer noch.“

Sie musste erneut lachen, wurde aber schnell wieder ernst. „Was ist eigentlich mit deiner Schwester? Sollten wir sie nicht auch besser herholen?“

„Nicht nötig“, gab Tristan ruhig zurück, während er das andere Shirt zusammenfaltete und wieder weglegte. „Die ist schon gestern zurück zum Internat gefahren.“

Elli war überrascht. „Sie konnte Ferry Bridge verlassen?“

„Ja – ich wollte dich vorhin nicht unterbrechen, aber deine Theorie über den Fluch ist nicht ganz rund“, äußerte ihr Freund. „Ein bisschen Denkarbeit erfordert das noch. Allerdings bin auch ich tierisch müde und ich denke, morgen wird es uns sehr viel leichter fallen, der ganzen Sache noch weiter auf den Grund zu gehen.“

Elli nickte sofort und hielt Tristan am Arm fest, als der sich schon abwenden wollte. „Danke!“, sagte sie auf seinen fragenden Blick hin. „Für alles.“

Er bedachte sie mit einem weiteren zugeneigten Lächeln und erst dann war sie bereit, ihn gehen zu lassen – obgleich ihr Bedürfnis, sich zusammen mit ihm ins Bett zu kuscheln, wie sie das als Kinder immer getan hatten, kaum zu bändigen war.

„Wenn du noch was brauchst, lass es mich wissen“, sagte er an der Tür. „Ich bin ja nicht weit weg.“

Ich brauch ***dich***, lag ihr auf der Zunge, doch sie konnte sich noch zurückhalten, gab stattdessen ein etwas zu flehentliches „Okay, aber bitte lass die Tür offen!“ zurück. Peinlich! Sie war schließlich keine fünf mehr.

Tristan reagierte glücklicherweise mit einem verständnisvollen Nicken und Elli atmete erleichtert aus, als er aus dem Türrahmen verschwunden war. Ihn wenigstens in der Nähe zu wissen, tat ausgesprochen gut und verstärkte ihre Hoffnung auf einen guten Ausgang der ganzen Geschichte ungemein. Und die Mütze voll Schlaf würde mit Sicherheit ein Übriges tun.

Es war nachts, als sie wieder erwachte. Durch das Fenster neben dem Bett konnte sie den von Sternen übersäten Himmel sehen, deren Strahlen nur vom hellen Glanz des Vollmonds übertroffen wurde. Elli wollte sich auf die andere Seite drehen, um weiter zu schlafen, doch etwas hinderte sie daran und als sie an sich heruntersah, entdeckte sie, dass zwei Arme ihre Taille umschlungen hatten und sie festhielten.

Ihr stockte der Atem und sie drehte sich nun doch, hinein in Tristans Körper, der dem ihren so nah war, dass sie ihn damit unvermittelt weckte. Wunderschöne grüne Augen, umrahmt von einem Kranz dichter dunkler Wimpern blickten sie liebevoll an und sein Mund verzog sich zu einem Lächeln voller Zuneigung.

Die Frage wann und warum er zu ihr ins Bett gekommen war, spielte mit einem Mal gar keine Rolle mehr. Wichtig war nur, *dass* er hier war, ganz nah. Von der Sehnsucht in seinen Augen ermutigt, hob sie eine Hand und berührte seine Lippen, ließ ihre Finger über die zarte, verlockend weiche Haut gleiten, während sich ihr Puls merklich beschleunigte und sich ein überdeutliches Flattern in ihrem Unterbauch bemerkbar machte. Verliebt. Sie war eindeutig in ihren besten Freund verliebt – und das nicht erst seit heute. Warum war sie früher nur so blind gewesen, hatte weder ihre eigenen noch Tristans Gefühle für sie erkannt? Dabei standen sie ihm so deutlich ins Gesicht geschrieben.

Er bewegte sich nun. Millimeter um wahnsinnig machenden Millimeter kam sein Kopf dem ihren näher. Wie magnetisch angezogen beugte auch Elli sich im Zeitlupentempo weiter vor, bis ihre Lippen schließlich Tristans berührten. Sie waren sanft und warm und wundervoll, sandten einen Schauer nach dem anderen ihren Rücken hinunter und Ellis Hand fand sich wie von selbst in seinem Nacken ein, zog ihn näher zu sich heran. Sie schmeckte einen Rest süßlicher Salatsoße auf Tristans Mund, doch vielleicht war es auch nur der süße Tee, den er danach getrunken hatte, aber wen interessierte das schon wirklich?

Tristans Finger glitten in ihre Haare, und sie hörte ein leises glückliches Seufzen, als ihr Kuss intensiver wurde, er seine Zunge aufreizend über ihre Lippen streichen ließ, nach ihrem Körper griff, sie auf sich zog und an sich presste. Verflucht, fühlte sich das gut an! Warum hatten sie die Grenze der Freundschaft nicht schon viel früher überschritten?

Sie schlang ihre Arme um seinen Rücken und zog ihn ebenfalls an sich, stöhnte, als sein Mund über ihren Hals glitt, sich daran festsaugte, seine Hände sich über ihren Rücken hinabbewegten.

blip blip

Sie blinzelte verwirrt, war aber nicht bereit, sich von irgendetwas ablenken zu lassen.

blip blip

Tristan grummelte etwas Unverständliches, schien jedoch auch nicht gewillt, ihre traute Zweisamkeit jetzt schon wieder zu unterbrechen, fuhr stattdessen damit fort, die zarte Haut ihres Halses zu erkunden, dann legte sich eine seiner Hände auf ihre Schulter …

blip blip

blip blip

Wag es ja nicht, aufzustehen!, tönte es dumpf in ihr, doch ein erneuter Signalton ließ leider auch Tristan in seinen wundervollen Liebkosungen innehalten.

Nein!!, waren Elli und die Stimme in ihr wie so selten einmal der gleichen Meinung, doch Tristan rüttelte an ihrer Schulter.

Elli umfasste seinen Arm, ihm bedeutend, dass er damit aufhören solle, und schrak zurück. Die Haut ihrer eigenen Hand war nicht nur äußerst blass und vom fransigen Ärmel eines Seidenkleides bedeckt, das ihr vollkommen unbekannt war, sondern auch ihre Nägel waren viel länger als vorher, fast krallenartig und bohrten sich in Tristans Unterarm.

Ein Blitz erhellte die Nacht vor dem Fenster und in der Scheibe sah sie ihr eigenes bleiches Gesicht, das ihr diabolisch zulächelte. Obwohl sie gleichzeitig deutlich spürte, wie sich ihr Mund zu einem entsetzten Schrei öffnete, legte ihr Spiegelbild einen Finger auf die geschlossenen, knallrot geschminkten Lippen und zwinkerte ihr verschwörerisch zu, ein unheilvolles Glühen in den Augen.

Entsetzt fuhr sie hoch und es war nur Tristans Reaktionsschnelligkeit zu verdanken, dass ihre Köpfe nicht zusammenstießen.

„Woah, Elli!“ Er packte sie an den Schultern, während sie panisch nach Atem rang, als wäre sie eben noch unter Wasser gewesen und beinahe ertrunken. Sie krallte sich an seinen Armen fest.

„Alles gut!“, versuchte er sie zu beruhigen. „Das war nur ein Traum! Nur ein Traum!“

Sie sah sich hektisch um. Das Fenster befand sich auf einer ganz anderen Seite und Tristan hatte weder unter noch neben ihr gelegen. Er kniete vor ihr auf dem Bett und war wahrscheinlich gerade erst ins Zimmer gekommen, um sie zu wecken.

„Oh Gott!“, kam es kläglich über ihre Lippen und erst jetzt konnte sie ihn wieder loslassen, vergrub ihr Gesicht in den Händen und schüttelte den Kopf.

„So schlimm?“, fragte er mitfühlend.

„Schlimmer“, nuschelte sie in ihre Handflächen. Sie konnte ihn jetzt nicht angucken. Früher hatte er sie immer lesen können wie ein Buch. Was war, wenn sich daran nichts geändert hatte und er erkannte, dass sie nicht nur einen Albtraum, sondern auch einen erotischen Traum mit *ihm* gehabt hatte?

Und? Vielleicht turnt ihn das ja an und er sorgt dafür, dass es zur Realität wird.

„Willst du darüber reden?“, erkundigte sich Tristan sanft.

Elli sah ihn nun doch an, schüttelte leicht panisch den Kopf. „Nein, ich … wie du schon gesagt hast – das war ja nur ein Traum.“ Hektisch sah sie auf ihren Arm und ihre Finger, die sahen jedoch aus wie immer und nicht wie die einer Horrorgestalt, dann flog ihr Blick wieder zu ihm zurück.

Wann war er eigentlich ins Zimmer gekommen und warum? Hatte sie etwa im Schlaf gestöhnt?

„Okay“, gab er zurück und sie war ihm sehr dankbar dafür, dass er nicht weiter nachbohrte. „Dein Handy hat übrigens ein paar Mal Alarm gemacht. Vielleicht ist es was Wichtiges.“

Er war schon wieder auf den Beinen und nahm ihr Handy vom Nachttisch, um es ihr zu geben, konnte es sich aber nicht verkneifen, einen kurzen Blick darauf zu werfen.

„Das sind Nachrichten von deinem Email-Fach“, klärte er sie auf. „Alle von einer gewissen Manja … Soomp.“

„O mein Gott!“, entfuhr es Elli und sie sprang auf, um ihm das Handy aus der Hand zu reißen und die erste Mail zu öffnen.

„Die muss von diesem Verein sein. Du weißt schon, der der sich mit übernatürlichen Dingen bef…“ Elli stutzte.

Sorry, erst jetzt, stand da. Mehr nicht. Sie runzelte irritiert die Stirn und wählte die nächste Nachricht an.

Sorry, zu früh abgeschickt. :(Erst jetzt zurück vom letzten Einsatz, Büro sonst heut leider unbesetzt. Nachricht erhalten. Biete an, morgen Abend nach

Mit einem kleinen Schmunzeln und den Kopf schüttelnd öffnete Elli die dritte Mail.

Mann, schon wieder zu früh abgesendet. Sorry!!! Neuer PC!! :(Also: Biete an, morgen früh nach Ferry Bridge zu kommen und alles Weitere zu besprechen. Bräuchte noch eine genaue Adresse und die Telefonnummer, nur zur Sicherheit, damit ich keinem lustigen Streich aufsitze und den Weg ganz umsonst mache. Alles schon vorgekommen.

Und Nachricht Nummer vier …

Ach so, wegen Bezahlung: Unterkunft und Verpflegung. Der Rest kostenlos. Alles Weitere morgen. Freu mich, Manja.

„Gottseidank hast du die nicht als Computerspezialistin engagiert“, merkte ihr Freund, der über ihrer Schulter mitgelesen hatte, trocken an.

„Tristan!“, rügte Elli ihn lachend und sah auf, stieß dabei mit ihrer Nase gegen seine und hielt erschrocken inne. Leider tat er genau dasselbe, sodass nicht nur ihre Nasen den Kontakt zueinander hielten, sondern auch noch sein Atem verführerisch über ihre Lippen blies. Nur wenige Millimeter … sie brauchte sich nur vorzulehnen …

blip blip

Der Alarmton ihres Handys zerstörte, was auch immer gerade zwischen ihnen entstanden war und Elli überflog rasch die neuen Zeilen.

Habe Zug und Bus schon mal vorsorglich gebucht. Wenn alles nach Plan verläuft, bin ich morgen um sechs Uhr dreißig in Ferry Bridge. LG Manja

„Halb sieben?!", stieß Tristan entsetzt aus und sprach Elli damit vollkommen aus der Seele. Auch er schien nicht plötzlich zum Frühaufsteher mutiert zu sein. „Das kann doch nicht ihr Ernst sein!"

„Anscheinend schon", seufzte sie und musste prompt herzhaft gähnen.

Tristan musterte sie eingehend. „Willst du das echt machen?"

„Um sechs aufstehen?", fragte sie müde.

Er lachte leise. „Nein, diese Frau engagieren. Noch können wir absagen. Wir haben nichts bezahlt, haben keinen Vertrag unterschrieben …"

„Ich hab irgendwie ein gutes Gefühl dabei", gab Elli zurück, nachdem sie kurz in sich gegangen war. „und du weißt ja, auf mein Bauchgefühl ist meist Verlass."

Meinst du? Ich weiß ja nicht …

Tristan biss nachdenklich auf seiner Unterlippe herum und nickte schließlich halbherzig. „Dann schreib ihr, dass wir sie abholen, aber nur wenn wir noch das

Recht haben, das ganze abzublasen, sollte uns nicht gefallen, was … was immer sie auch tut."

Elli dachte nicht lange über seine Idee nach, sondern führte sie widerstandslos aus. Die Müdigkeit war leider zurückgekehrt und sie konnte nur mit Mühe ein weiteres Gähnen unterdrücken, während sie schrieb.

„Erledigt", verkündete sie schließlich und zeigte ihm, was sie geschrieben hatte. Tristan umfasste ihre Hand und drehte sie ein wenig, um den Text besser lesen zu können, was ein weiteres Mal für ein angenehmes Kribbeln in ihrem ganzen Körper sorgte.

„Ich denke, so sind wir auf der sicheren Seite", merkte ihr Freund an und ließ sie leider viel zu schnell wieder los. Seine Augen ruhten jedoch weiterhin auf ihrem Gesicht, länger, als es nötig war, und sie meinte, erneut dasselbe Sehnen in dem intensiven Grün zu entdecken, das auch in ihrer Brust sein Unwesen trieb. War an der Schlussfolgerung aus ihrem Traum tatsächlich etwas dran oder versuchte die andere Person in ihrem Inneren ihr eine Verliebtheit einzureden, die sie vollkommen konfus machte und in ihrem Kampf gegen den Fluch behinderte? Allerdings war die Königin ja eine neue Erscheinung, was man über ihre eigenen körperlichen Reaktionen auf Tristans Nähe nicht sagen konnte.

Kluges Kind. Ich helfe dir nur, dich selbst besser zu verstehen. Tust du jetzt mal endlich was?

Tristan war wohl aufgefallen, dass ihr Blickkontakt zu lange anhielt, denn er räusperte sich verlegen und sah nun doch kurz weg.

„Wir … wir sollten wieder schlafen gehen", schlug er zögerlich vor.

„Genau“, versuchte sie ebenso vernünftig zu wirken, auch wenn nun sogar zwei Stimmen tonlos dagegen anschrien. „Der Tag morgen wird bestimmt nicht weniger anstrengend werden als der heutige.“

„Stimmt.“ Tristan nickte und sah hinüber zur Tür, während sich Ellis Blick auf das Bett richtete. Unvermittelt kam die Erinnerung zurück. Ihr Spiegelbild. Die Krallen an ihren Fingern. Das diabolische Lächeln.

Sie erschauerte – wohl sichtbar, denn Tristan sah sie sofort besorgt an. „Alles gut?“

Ja, wollte sie sagen, *geh ruhig schlafen.* Aber sie konnte es nicht. Allein würde sie heute gewiss kein Auge mehr zutun und die Gefahr, dass sie sich Tristan aufdrängte, war verschwindend gering. Dieser Typ Frau war sie einfach nicht – obgleich die böse Königin sie etwas Anderes glauben machen wollte.

Böse. Ts-ts. Schon wieder dieses unschöne Wort. Dabei war ich bisher immer die edle Retterin in der Not.

„Elli?“ Tristan trat noch näher, sah sie fragend an.

Sie schob die Fremde in sich mit Kraft zurück und schluckte tapfer den Kloß in ihrem Hals hinunter. Das hier war ihr allerbester Freund aus Kindertagen. Vor ihm musste sie nicht immerzu die taffe Elli spielen.

„Ich … ich hab Angst, dass der Traum wiederkommt“, flüsterte sie und er nickte verständnisvoll. „Kannst du nicht hier bei mir bleiben? So wie früher immer.“

Sie sah ihn hoffnungsvoll an und bemerkte sogleich sein Zögern. „Das Bett ist groß genug“, setzte sie schnell hinzu, wenngleich sie genau wusste, dass sein Verhalten nicht der Angst um mangelnden Platz zu schulden war.

„Ich mache dir auch keine Avancen“, setzte sie scherzhaft hinzu, lief aber dennoch rot an. „Du musst dich nicht um deine Jungfräulichkeit sorgen – versprochen!“

Da war es, das Lachen, das sie hatte provozieren wollen und das einen Großteil der Anspannung auf beiden Seiten hinfort wischte.

„Okay, okay“, gab er ihr schließlich nach. „Ich hole nur schnell mein Bettzeug und den Keuschheitsgürtel. Du weißt ja: Vertrauen ist gut – Schutz ist besser.“

Eine Minute später lagen sie beide in seinem Bett, die Hände brav über den Decken gefaltet und starrten vor sich hin. Ganz einfach und so wie früher war es dann doch nicht. Elli biss sich auf die Lippen und versuchte weiterhin, den Pokal im Tiefdurchatmen zu gewinnen und die wieder lauter werdende Stimme in ihr zu ignorieren, die nicht verstehen konnte, dass sie ‚ihnen tatsächlich eine solche Gelegenheit entgehen ließe‘ und ‚was für ein Jammerlappen‘ sie doch wäre. Irgendwann hielt Elli es nicht mehr aus, drehte sich zu Tristan und bohrte ihren Kopf in seine Schulter, woraufhin er nach kurzem Zögern die Arme um sie legte und sie näher an sich zog.

„Magst du drüber reden?“, flüsterte er, aber sie schüttelte den Kopf.

„Erzähl mir irgendwas“, bat sie. „Egal, was, ich muss einfach nur eine andere Stimme hören.“

„Weil die so schön langweilig und einschläfernd ist?“

Sie knuffte ihn in die Seite und er lachte kurz. Nach einem Moment des Überlegens begann er schließlich, von einem Ausflug mit einem seiner Medizinkurse zu sprechen, bei dem so ziemlich alles schiefgegangen war, was schiefgehen konnte. Die einzelnen Begebenheiten waren jedoch so lustig, dass Elli immer wieder kichern musste, bis sie nach einer Weile ganz müde wurde und tatsächlich einschlief.

S.O.o.M.P

Es war bereits hell, als Elli erwachte. Nicht wie am Tag, wenn die Sonne durch die Fenster schien, aber zumindest hell genug, um alle Details des Raumes zu erkennen, in dem sie sich befand. Vor allem *ein* Detail zog ihre Aufmerksamkeit auf sich, machte es ihr unmöglich, mehr zu bewegen als ihre Lider: Tristans entspanntes Gesicht, das sich maximal zehn Zentimeter von ihr entfernt befand.

Noch vor ein paar Tagen hätte sie es nicht für möglich gehalten, ihm jemals wieder so nahe zu kommen, dass sie seine Körperwärme und seinen Atem überdeutlich auf ihrer Haut fühlen konnte. Sie hätte sich schon sehr darüber gefreut, von ihm wenigstens mal gesehen oder gar gegrüßt zu werden, und nun … nun lag er hier mit ihr in einem Bett, als wären sie immer noch die allerbesten Freunde und die Zeit der Trennung hätte nie existiert. Mit dem kleinen Unterschied, dass seine körperliche Nähe gewisse zusätzliche Gefühle noch viel stärker als zuvor in ihr weckte. Gefühle, die sie vor dreieinhalb Jahren all diese dummen Dinge hatte tun lassen.

Tristan schlief noch tief und fest und erlaubte es ihr damit, ihn länger zu betrachten, als es ihr sonst möglich war. Diese ebenmäßigen Gesichtszüge … die sinnlichen

Lippen … und diese dunklen Wimpern, die für einen Mann verboten dicht und lang waren. Auch wenn sie es nicht mochte – sie konnte verstehen, dass so viele Mädchen an der Uni hinter ihm her waren. Schon als Kind hatte sie festgestellt, dass ihr Freund sich von den meisten Jungs um sie herum unterschied. Nicht durch seine dunklere Hautfarbe und die deutlich zu erkennenden indischen Wurzeln, sondern weil er einfach überdurchschnittlich hübsch war.

„Du bist *so* schön!“, hatte sie einmal verzückt verkündet, als sie, so wie jetzt, nebeneinander gelegen hatten, weil sie zum ersten Mal oben im selbstgebauten Baumhaus hatten übernachten dürfen. Damals waren sie beide erst zehn Jahre alt gewesen und Tristan war in schallendes Gelächter ausgebrochen, weil er nicht hatte glauben wollen, wie ernst ihr diese Aussage gewesen war.

Auch später hatte sich an seiner Eigenwahrnehmung nicht viel geändert. Er wusste, dass er ganz gut aussah, aber für schön hielt er sich nicht, was leider auch dafür gesorgt hatte, dass er Neils Eifersucht weder rechtzeitig bemerkt noch verstanden hatte. Dieser hatte es kaum ertragen können, dass sich die Mädchen so oft die Köpfe nach seinem größten Konkurrenten verdreht hatten – und wahrscheinlich war das mit einer der Gründe dafür gewesen, dass Neil ihm sein Leben später derart zur Hölle gemacht hatte.

Elli schluckte schwer, weil sich sofort wieder ihr schlechtes Gewissen bemerkbar machte und versuchte, die Erinnerungen an das Geschehene zu verdrängen. Es war dumm, sich diese Sache weiterhin vorzuhalten, wenn der Betroffene ihr längst verziehen hatte. Und nicht nur das – das starke Band, das ihre Freundschaft ausgemacht hatte, war über die Zeit der Trennung nicht zerrissen. Sie mochten sich beide verändert haben, aber tief in ihrem Inneren waren sie die Seelenverwandten geblieben, die sie immer füreinander gewesen waren. Irgendwann würden alle negativen Gefühle und Erinnerungen ausgemerzt sein und dann war nur noch Freundschaft übrig … oder mehr.

Ellis Herz machte bei diesem Gedanken einen kleinen Hüpfer und ihre Hand, die dicht neben der seinen auf ihrer Decke ruhte, bewegte sich ganz automatisch. Ein paar Sekunden lang schwebten ihre Finger über seinem Handrücken, dann zog sie diese wieder zurück. Nur weil sie schon wach war und von diesen seltsamen, nicht gerade platonischen Gefühlen geplagt wurde, musste sie ihn nicht auch noch um den Schlaf bringen. Der Alarm ihres Handys war noch nicht losgegangen, also musste es noch vor sechs Uhr sein und da Tristan ebenso ein Morgenmuffel war wie sie selbst …

Ganz vorsichtig drehte sich Elli einmal herum und griff nach ihrem Smartphone, das sie vorsorglich auf den Nachttisch gelegt hatte. 5:45 sagte die digitale Anzeige. Grausam. Aber jetzt noch einmal die Augen zu schließen, um weiterzuschlafen, machte keinen Sinn mehr.

Das Bett wackelte ein wenig, als sie sich aufsetzte, doch Tristan schlief ganz ruhig weiter. Auch noch als sie sich ihre Sachen schnappte und ins Badezimmer lief, um sich umzuziehen. Ihr Handy hatte sie mitgenommen und den Alarm bereits ausgestellt. Sie konnte diese Manja auch allein abholen und Tristan später anrufen, um einen Treffpunkt auszumachen – selbstverständlich nur, wenn sich herausstellte, dass die Frau kein Scharlatan war.

Eine Viertelstunde später befand sich Elli auf dem Weg zur Busstation. Manja hatte ihr eine SMS geschrieben, dass sie den Zug wie geplant genommen hatte und wahrscheinlich auch pünktlich in Ferry Bridge sein würde. Was hieß, dass Elli laut Fahrplan nur noch zwanzig Minuten hatte, um die Station zu erreichen. An und für sich war das durchaus machbar, doch in ihrem Dorf hatte sich über Nacht durch den Fluch so viel verändert, dass Elli immer wieder mit offenen Mund stehenblieb, um diese ‚Neuerungen' genauer in Augenschein zu nehmen.

Das Auffälligste war wohl der zunehmend ausschweifende Wuchs der Pflanzen. Nicht nur Dornröschens Haus hatte einen neuen ‚Wandschmuck' erhalten, sondern eigentlich sämtliche Häuser des Dorfes. Nicht überall wuchsen Dornenbüsche am Mauerwerk hinauf, sondern auch Efeu und andere Ranken. Die Eingänge und Fenster waren zwar noch nicht davon betroffen, sodass die Leute die Häuser und Läden weiterhin betreten konnten, aber gruselig war es allemal.

Ist doch schön, meldete sich leider die Königin aus ihrem Schlaf zurück. *Das gibt Ferry Bridge ein wundervoll altertümliches Flair.*

„Ja, *ganz* wundervoll", brummte Elli und stolperte über die Wurzeln eines Baumes, die bereits einige Steine aus dem Gehweg gehoben hatten. „Ich frag mich, wann die ersten Kutschen hier auftauchen werden."

Jetzt werd mal nicht albern. Wo sollen die denn plötzlich herkommen? Außerdem haben die Leute Beine – man nennt sie ja nicht umsonst Fußvolk.

Elli ignorierte das Geplapper der Anderen einfach und lief weiter, sah sich kopfschüttelnd den Schaden an, den der Fluch im Dorf angerichtet hatte. Nicht nur die Gehwege wurden langsam, aber sicher von den Wurzeln der ausufernden Pflanzen gesprengt – auch die Straßen wurden immer unebener und dort, wo diese asphaltiert worden waren, zeigten sich deutliche Risse, aus denen Gras und Blumen sprossen. Trotz ihrer Lethargie *musste* das den Bürgern, die nicht persönlich vom Fluch betroffen waren, allmählich mal auffallen. Warum meldete das niemand im Rathaus? Warum gab es keine Polizei- oder Feuerwehreinsätze?

Auf der anderen Straßenseite sah sie eine Frau aus einem der Häuser kommen. War das nicht Ms Hence, die Apothekerin? Elli winkte ihr zaghaft zu und die Frau grüßte lächelnd zurück.

„Sind deine Schlafstörungen besser geworden?“, rief sie ihr zu.

Elli nickte nach kurzem Zögern und Ms Hence, die sich anscheinend nicht mehr daran erinnern konnte, dass Elli sie betrogen und auf illegale Weise ein rezeptpflichtiges Medikament bei ihr erworben hatte, hob freudig beide Daumen in die Luft.

„Das hör ich gern!“, rief sie und stieg behände über die etwas höher stehende Wurzel eines Baumes. „Ich muss dann aber auch weiter zur Apotheke. Wenn du noch was brauchst, komm vorbei.“

„O-okay“, stammelte Elli und sah der Frau dabei zu, wie sie im Slalom um die Löcher und Erhebungen im Gehweg lief, ohne einmal innezuhalten und sich darüber zu wundern.

Eliana musste ihre Meinung zum Fluch revidieren. Es waren nicht nur *viele* Leute in Ferry Bridge davon betroffen, sondern *alle*. Nur halt auf unterschiedliche Weise. Man konnte sie ganz klar in zwei Gruppen teilen: Die Märchenfiguren und die Gleichgültigen.

Elli zuckte heftig zusammen, als ihr Handy in der Jackentasche zu vibrieren begann, und kramte es hektisch daraus hervor. Die Nummer, die angezeigt wurde, kannte sie nicht, aber sie konnte sich schon denken, wer das war.

„Hallo-ho!", meldete sich eine überschwängliche Frauenstimme am anderen Ende der Leitung. „Spreche ich mit Eliana Carter-Johnson?"

„Ja", gab Elli etwas einsilbig zurück, während sie ihren beschwerlichen Weg zur Busstation fortsetzte.

„Oh, wie wundervoll!", freute sich die Anruferin. „Dann ist das mit Sicherheit kein Streich, dem ich aufgesessen bin. Eigentlich hätte ich ja noch gestern Nacht anrufen sollen, aber da es schon so spät war und ich zuvor ein paar interessante Dinge über die Region, in der Ferry Bridge liegt, herausfinden konnte, habe ich mir das ausnahmsweise geschenkt. Eigenes Risiko halt, aber ich wäre immerhin nicht umsonst hingefahren."

„Dann vermute ich mal, dass du Manja bist", stellte Elli in den Raum.

„Oh, hab ich mich gar nicht vorgestellt? Entschuldige bitte. Manja Simmons von der S.O.o.M.P. Wenn Sie Probleme mit übernatürlichen Phänomenen haben, sind Sie bei uns genau richtig!" Ein fröhliches Lachen ertönte. „Ich weiß, dem Spruch fehlt ein wenig der Kick, aber daran arbeiten wir noch. Wo muss ich denn jetzt hin?"

Elli stutzte. „Bist du denn schon da?"

„Ja, der Bus war ein bisschen schneller als angegeben. Eigentlich wollte er gar nicht runter nach Ferry Bridge fahren, obwohl das so auf dem Plan stand und als er hier anhielt, hatte er es so eilig wieder wegzukommen, dass er meinen Rucksack in der Tür eingeklemmt hat. Keine Sorge – ich konnte mich noch rechtzeitig befreien."

Dieser verdammte Fluch! Hatte der etwa gemerkt, dass Hilfe von außen eintraf?

So ein Blödsinn! Ein Fluch ist kein lebendes, denkendes Wesen. Der Zauber versucht halt, generell ein Eindringen von außen abzuwehren und alle hier zu behalten, die schon da sind.

Elli presste die Lippen zusammen und warf einen raschen Blick auf die Zeitanzeige ihres Handys, bevor sie dieses wieder an ihr Ohr hielt.

„Ich bin nicht weit von der Busstation entfernt", erklärte sie dem Neuankömmling. „Höchstens fünf Minuten zu Fuß."

„Du holst mich ab?", freute sich Manja. „Na, das nenne ich ja mal einen Service! Woran erkenne ich dich?"

„Dunkles Haar, mittelgroß, weiblich", erwiderte Elli schlicht. „Ich denke, wir werden uns schon erkennen."

„Na, dann bis gleich", erwiderte Manja gut gelaunt und legte auf. Ihre Fröhlichkeit ging Elli ein wenig auf den Senkel, aber vielleicht war es gar nicht so schlecht, jemanden an der Seite zu haben, der mit so viel Enthusiasmus und Offenheit an die ganze Sache heranging.

Manja zu erkennen war tatsächlich nicht sonderlich schwer. Abgesehen von den auffallend lila gesträhnten Haaren, die unmöglich zu jemandem im Dorf gehören konnten, war sie nämlich die einzige Person, die sich in der Nähe der Haltestelle befand – seltsamerweise, denn sonst sammelten sich dort zu dieser Uhrzeit die Berufstätigen, die einer Arbeit außerhalb von Ferry Bridge nachgingen. Ein weiteres Zeichen dafür, dass die Auswirkungen des Fluchs immer schlimmer wurden.

Auf Manjas Gesicht fand sich ein strahlendes Lächeln ein, als sie Elli entdeckte. Sie rückte den riesigen Rucksack auf ihrem Rücken zurecht und packte den Ausziehgriff ihres Rollkoffers, um straffen Schrittes auf Elli zuzugehen. Die junge, dunkelhäutige Frau war ein gutes Stück kleiner als sie und auch eher zart gebaut, doch sie strahlte so viel Mut und Zuversicht aus, dass Eliana fast erleichtert ausatmete, als sie diese endlich erreicht und sich ihre Hand hatte durchschütteln lassen.

„Nicht verzagen – jetzt wird alles gut“, versprach Manja ihr, als könne sie Gedanken lesen.

„Das wäre wirklich toll“, erwiderte Elli mit einem kleinen Seufzen. „Hier wird es nämlich von Tag zu Tag verrückter.“

„Ja …“, bestätigte Manja, „vorhin kam ein Mann an mir vorbei, der sich bei mir erkundigte, ob ich seinen Esel irgendwo gesehen hätte. Er hätte für ihn einen ganz speziellen Wert. Als ich ihn fragte, ob er vielleicht Gold ausscheidet, hat er mich angeschrien, dass ich gefälligst meine Finger von dem Tier lassen soll. Jedwede Ausscheidung gehöre ihm.“

Eliana seufzte erneut – dieses Mal jedoch sehr viel schwerer als zuvor. „Tischlein deck dich ist also auch dabei. Na prima!“

„Solange er den Knüppel zuhause lässt, ist alles gut“, erwiderte Manja lächelnd und Elli gab ein leises Lachen von sich.

„Auch wieder wahr“, gab sie zu und räusperte sich. „Bevor wir jetzt irgendwas in die Wege leiten … was ist denn so der Kostenfaktor, wenn du uns hilfst?“

Manja hob erstaunt die Brauen. „Hast du denn nicht unsere AGBs gelesen?“

„Nein“, musste Elli zerknirscht gestehen. „Ich war dafür zu müde und …“

„Kein Problem“, wurde sie mit einer abwinkenden Geste unterbrochen. „Das geht vielen so. Man ist einfach mit den Nerven am Ende, wenn solch unerklärliche Dinge passieren. Also: Wir sind eine Organisation, die von Spendengeldern und dem lebt, was der Gründer uns vermacht hat – und das war ein gewaltiges Erbe. Das heißt für dich: Wir nehmen dir kein Geld für unsere Hilfe ab. Lediglich die Unterbringung und Mahlzeiten werden am Ende berechnet und auch nur, wenn es dir finanziell möglich ist. Bist du noch Studentin?“

Elli nickte. Zu mehr war sie bei so viel Entgegenkommen nicht fähig.

„Dann musst du uns nur einen Nachweis darüber erbringen und gar nichts zahlen. Wir wissen, dass Studenten jeden Cent brauchen.“

„Wow – danke!“, war alles, was Elli herausbrachte.

„Was wir jetzt aber unbedingt brauchen, ist eine Basis, von der aus wir ungestört arbeiten können“, verkündete Manja. „Und die können wir auf keinen Fall im

Hotel oder einer Pension einrichten. Wir wollen ja keine ungebetenen Zuhörer."

„Ich habe hier leider keine eigene Wohnung", musste Elli gestehen, „aber wir könnten das Haus meiner Eltern nutzen. Da wohnt gerade zwar auch noch meine Schwester mit ihrer Tochter …" Sie brach ab, weil ihr Handy schon wieder zu vibrieren begann, und sah kurz auf das Display. Tristan.

„Sorry, ich muss da kurz rangehen", sagte sie schnell und meldete sich.

„Wo bist du denn?!", platzte es ohne jede Begrüßung aus ihm heraus. „Du kannst doch nicht einfach abhauen!"

„Tut mir leid. Ich war schon so früh wach und dachte mir, da kann ich dich noch schlafen lassen und Manja auch allein abholen."

„Und warum lässt du mir keine Nachricht da oder schreibst mir eine SMS? Ich dachte schon die Königin ist mit dir durchgebrannt und ich muss jetzt auf mein Pferd springen und euch hinterherhechten!"

„Pferd?", fragte Elli entgeistert und ihr Magen verdrehte sich.

„War ein Scherz", gab Tristan zurück. „Ich meine damit mein Auto. Also, wo bist du jetzt?"

Elli atmete erleichtert auf und ihr Magen entknotete sich wieder, gab stattdessen ein lautes Grummeln von sich.

„Hast du *noch* einen Wolf gefunden?", fragte Tristan, der ihren Verdauungsapparat wohl durch das Telefon gehört hatte. Peinlich!

„Nein, das war nur mein Bauch. Hör zu, ich hab Manja schon bei mir und würde sie zu einer Pension oder so begleiten …“

Das Kopfschütteln aus Richtung ihrer Begleitung ließ sie innehalten und fragend die Brauen heben.

„Ist das die andere Hälfte von dem vorhin ausgesprochenen ‚uns‘?“, wollte diese mit einem Fingerzeig auf das Handy wissen.

Elli nickte stirnrunzelnd.

„Hat *diese* Person vielleicht eine eigene Wohnung?“

„Ja, aber …“

„Dann weiß ich, wo unser Hauptquartier entstehen wird“, strahlte Manja.

„Was sagt sie da?“, erkundigte sich nun auch Tristan misstrauisch.

„Sie *fragt*, ob wir unser ‚Hauptquartier‘ in deiner Wohnung einrichten können“, gab Elli weiter.

Ein paar Atemzüge lang blieb es am anderen Ende der Leitung still.

„Ja, von mir aus“, gab Tristan schließlich nach und Elli nickte Manja zu, die erfreut in die Hände klatschte.

„Dann kommen wir jetzt zu dir“, kündigte Elli an.

„Und ich gehe Frühstück und Kaffee holen“, ließ Tristan sie wissen. „Ich hab nämlich nichts im Haus und so wie sich dein Magen anhört, ist er gerade dabei sich selbst zu verdauen.“

„Ha ha“, machte Elli, musste aber schmunzeln.

„Ich lasse die Tür offen“, sagte er noch, bevor er mit einem „Bis gleich“ auflegte.

Manja sah Elli lächelnd an. „Du hast den Fluch ausgelöst und dein Freund …?“

„… und seine Familie sind die einzigen, auf die der Zauber keine Wirkung hat“, vertraute Elli ihr an. „Er ist mir eine große Hilfe, aber ich denke, dass seine Familie irgendwas mit der ganzen Sache zu tun hat. Am besten erklären wir dir das nachher zusammen.“

Manjas Augen hatten sich verengt, aber sie lächelte immer noch. „Interessant“, kommentierte sie, ergriff erneut den Ausziehgriff ihres Koffers und nickte Elli zu. „Na, dann zeig mir mal den Weg zu unserm neuen Stützpunkt!“

Wie vermutet, war Tristan noch nicht wieder da, als Elli und ihr Gast das Haus betraten, und nachdem sie alle Sachen abgelegt und Elli Manja ein Glas Wasser eingeschenkt hatte, setzten sie sich gemeinsam auf die Couch und warteten.

Nach einer gefühlten Ewigkeit hörte Elli endlich, wie sich unten die Eingangstür öffnete und seufzte innerlich erleichtert auf. Manja hatte sie bereits auf dem Weg zu Tristans Haus mit Fragen durchlöchert und auf Ellis Hinweis hin, dass sie ohne Tristan nichts besprechen wolle, postwendend zu neuen Themen umgeschwenkt und geredet, geredet, geredet, was Ellis Nervosität nicht gerade verringert hatte. Jetzt sprang Manja so zackig vom Sofa hoch, dass Elli das Gefühl hatte, sich wie eine Hundertjährige von selbigem zu erheben.

„Wieso noch mal ist ausgerechnet *meine* Bude das Hauptquartier?“, erkundigte sich der Wohnungsbesitzer bereits vom Flur aus, bevor er mit einem Papphalter mit drei Kaffeebechern in der einen und einem vollen Einkaufsbeutel in der anderen Hand das Wohnzimmer betrat. Da war es sofort, das angetane Aufleuchten in den

Augen Manjas, das Tristans Erscheinen bei den meisten Frauen gewöhnlich auslöste. Die Sprache verschlug er ihr allerdings nicht.

„Weil deine Freundin – ich darf doch ‚du' sagen, Tristan, oder? – keine eigene Wohnung in Ferry Bridge hat und wir das schlecht in ihrem Elternhaus in Anwesenheit ihrer Schwester, deren Tochter als erstes mit dem Fluch in Berührung gekommen ist, sowie eventuell deren Vater klären können", erklärte ihr Gast, sodass Elli ihren Mund nur öffnete und, ohne etwas gesagt zu haben, wieder schloss.

„Einen neutralen, aber öffentlichen Ort würde ich in diesem Fall ebenfalls nicht empfehlen, da man nie sicher sein kann, wer mithört."

Tristan stellte die Sachen auf den Tisch vor ihnen und musterte sein neues Gegenüber kurz. „Und du bist …?"

„Special Protector Manja Simmons von der S.O.o.M.P."

„Soomp", sagte er.

„Nein, S-O-O-M-P, einzeln", erklärte Manja geduldig. „Großes S, großes O, kleines o, großes M, großes P."

„Und das steht nochmal für …"

„Secret Organisation of Magic Protection." Sie zuckte die Achseln. „Ja, wir waren erst bei so was wie ‚Sorcerous Soldiers', das ging aber aufgrund weltgeschichtlicher Ereignisse mit der Abkürzung nicht, dann ‚Sorcers Force' und ‚Wizard Agency', aber die Namen waren wiederum zu maskulin dominiert, allerdings mochte sich auch keiner ‚Witch Circle' nennen."

„Wie schade. Aber Witches's Little Helpers' wäre doch nett gewesen", warf Tristan trocken ein, während er hinüber zum Küchenbereich lief, und einen der beiden Hängeschränke öffnete.

Manja stutzte, bevor sie kurz lachend mit ihrem Zeigefinger auf ihn wies. „Ich sehe schon, wir hätten dich während des NFP's brauchen können."

So weit kommt's noch!, knurrte die Königin und Elli musste ihr mal wieder zustimmen. Sie erhob sich rasch, um Tristan dabei zu helfen, den Frühstückstisch zu decken.

„N … F …?", erkundigte er sich bei ihrem Gast.

„P", erwiderte Manja eifrig und nickte, als sei damit alles geklärt.

„… Namensfindungsprozess", fügte sie hinzu, als sie die irritierten Blicke der beiden anderen sah.

„Abkürzungen sind voll euer Ding, oder?" bemerkte Elli und hätte sich am liebsten auf die Zunge gebissen. Seit wann redete sie denn so?

Die junge Frau nickte jedoch begeistert.

„Klar! Muss ja alles professionell klingen! Also, wie dem auch sei, als nächstes kam ‚Charming Army', wurde aber auch abgelehnt, hauptsächlich von Bernard, also echt, der ist manchmal soo ein Langweiler … und dann hatten wir überlegt, uns ‚Magic Power Rangers' zu nennen … weiß gar nicht, wieso das nicht durchgekommen ist", sie kratzte sich nachdenklich am Kopf, „ach so ja, Urheberrechtsprobleme wegen des Namens … ja, und nun sind wir halt die ‚Secret Organisation of Magic Protection'. Ich hätte ja lieber irgendwas mit ‚Squad' drin gehabt, weil das cooler ist, aber Bernie meinte, das klänge zu unseriös und nach einer Verbrechergruppe." Sie verdrehte die Augen.

„Klar … Soomp klingt da auf jeden Fall besser“, erwiderte Tristan und ihm war deutlich anzusehen, wie wenig er noch davon überzeugt war, mit der Kontaktaufnahme das Richtige getan zu haben.

„S-O-O-M-P, alles einzeln“, erinnerte ihn Manja freundlich nickend und zückte, als er und Elli mit Tellern und Besteck zurück zum Tisch gekehrt waren, ein Handy. „Dann wollen wir mal einen kurzen IA machen und –“

Wieder erntete sie fragende Blicke.

„Informationsabgleich, ehemals Informationsaustausch“, erläuterte sie.

„Ich bin neugierig“, mischte Elli sich ein und strich sich übers Kinn, „habt ihr euch all das in einer AFR ausgedacht?“

„Bitte?“ Diesmal war es an Manja, verwirrt dreinzublicken.

„Abkürzungsfindungsrunde“, grinste Elli.

„So was haben wir nicht“, erwiderte Manja verständnislos.

„Natürlich haben sie das nicht“, belehrte Tristan Elli. „Wenn, dann wäre es das AF*SM* gewesen; das Abkürzungsfindungs-Squad-Meeting.“

Anstatt durch seine Bemerkungen beleidigt zu sein, lachte die Special Protector erneut auf und klopfte Tristan auf die Schulter. Ihre Hand ruhte für einen etwas zu langen Moment dort und Elli musste sich zusammenreißen, um nicht empört nach Luft zu schnappen, weil die junge Frau doch tatsächlich kurz Tristans Oberarm abfühlte, und ihm beeindruckt zunickte. Nicken schien ja auch ‚voll ihr Ding‘ zu sein.

„Ich sag ja, wir hätten dich brauchen können. In mehr als einer Hinsicht“, musste Manja auch noch hinzufügen und Elli kochte innerlich aus drei Gründen: weil die junge Frau Tristan begrapschte, es diesem seinem Grinsen nach zu gefallen schien und vor allem, *weil es ihr selbst etwas ausmachte*. Sie war so eifersüchtig wie noch nie zuvor in ihrem Leben!

Wir haben ja auch allen Grund dazu!, mischte sich ihre geistige Mitbewohnerin wieder ein. *Schließlich haben wir mit ihm geschlafen!*

***Bei** ihm!*, verbesserte Elli sie mit Nachdruck.

Nun sei mal nicht so pingelig! Wenn du ein bisschen forscher gewesen wärst, würde beides zutreffen. Stattdessen müssen wir jetzt dabei zusehen, wie sich ihm eine andere an den Hals wirft und wahrscheinlich bekommt, was WIR genießen sollten! Sie ist hübsch und Tristan auch nur ein Mann.

Elli versuchte, die Worte nicht an sich heranzulassen, sie als Unsinn abzutun. Aber es gelang ihr nicht. Wie *konnte* dieses Biest es *wagen*?? Wenn hier jemand Tristan antatschte, dann ja wohl … nicht *sie*!! Und wie erdreistete er sich, sie nicht von sich zu stoßen oder ihr zumindest auszuweichen, wie er es noch vor wenigen Tagen wiederholt bei Elli getan hatte?!

„… Interesse hast … jederzeit … anfangen", hörte sie wie aus weiter Ferne, doch das Rauschen in ihren Ohren verschluckte die Hälfte des Satzes. *Niemand* stellte sich ihr entgegen, *niemand* nahm ihr fort, was ihr gehörte! Auch, wenn es ihr gar nicht gehörte! Aber auch keiner anderen!!

Sie sprang auf. Heiße Wut durchfuhr ihren Körper wie ein rasend schnelles Lauffeuer, das sich durch ihre Adern fraß und zu ihren Händen hinausschoss.

„Padpodung, Elli!!“, hörte sie Tristan entsetzt ausstoßen. Innerhalb des Bruchteils einer Sekunde hatte er ihre Konkurrentin gepackt und mit sich zu Boden geworfen. Dicht über dieser schoss ein flammender Ball entlang und krachte schließlich in das Sofa.

„DU WAGST ES!!“, donnerte Elli mit der nachhallenden Stimme der Königin und machte einen drohenden Schritt auf die beiden am Boden Liegenden zu. Irgendwo tief in ihr regte sich Angst, doch sie war noch viel zu schwach, um sie zurückzuhalten.

„Elli!“, rief Tristan erneut, während er aufstand und die widerstrebende Manja hinter sich schob.

„Geh aus dem Weg!“, zischte Elli und machte einen Schritt zur Seite, den Tristan flink spiegelgleich kopierte. Sie schnaubte wütend und drehte ihre gespreizten Finger, woraufhin neue Feuerbälle in ihren Handflächen entstanden.

„Ich kann sie auch um dich herumleiten!“, ließ sie ihn zornig wissen, biss sich aber sogleich auf die Unterlippe, weil die Furcht, Tristan zu verletzen, stärker wurde. Ihr Unterbewusstsein versuchte, zu ihr durchzudringen, aber die böse Königin war stark und eigensinnig, wollte die Kontrolle über ihren Körper nicht wieder hergeben.

„Eliana Carter-Johnson, ich gebiete dir – “, rief Manja und begann mit ihren Händen einen Kreis zu beschreiben, doch Tristan schüttelte energisch den Kopf und legte seine Hände auf ihre Arme.

„Lass mich!“, herrschte sie ihn an. „Namen sind ein wichtiges Mittel, um ihresgleichen Einhalt zu gebieten!“

Ellis Wut schwoll noch weiter an. Diese Verräterin erteilte ihm bestimmt keine Befehle! Und wieder berührten die beiden sich, verbanden, was nicht zusammengehörte! Sie führte ihre eigenen Hände aufeinander zu und die flammenden Kugeln darin verschmolzen zu einer einzigen zischenden und brennenden Masse, die blitzartig in die Höhe schoss.

„Ti si moja najbolja drugarica!!“, rief ihr Freund verzweifelt und ein Stich fuhr Elli ins Herz. Unvermittelt tauchten Bilder und Szenen vor ihrem inneren Auge auf.

Tristan und sie als Kinder in der Morgendämmerung am See. Wie schon so oft hatten sie sich früh hinausgeschlichen, als alle anderen noch schliefen. Hatten sich ein paar Reste des Abendmahls eingepackt und begannen den Tag gemeinsam am Lorasee, dessen Ufer lokalen Sagen nach von mystischen Wesen wie Elfen und Kobolden bewohnt wurde. Dergleichen hatten sie nie gesehen oder wenn, dann in späteren Jahren Sinnestäuschungen zugeschrieben, doch dies waren ihre ganz eigenen Momente gewesen. Gemeinsam. Augenblicke, in denen ihnen nichts etwas anhaben konnte. Fernab einer intoleranten Welt.

Dort, an einem Morgen, sagte er diese Worte das erste Mal zu ihr. Es hatte nichts mit Romantik zu tun – das war ein Begriff der Erwachsenenwelt, der sie noch nicht angehörten – nur mit Freundschaft und einer kindlichen, unschuldigen Art von Liebe.

„Ti si moja najbolja drugarica.“

Er hatte ihr bereits einige Worte Rromanes beigebracht und so konnte sie dann und wann einen Teil zusammenreimen, wenn er in der Sprache seines Vaters sprach – was besonders oft passierte, wenn er emotional wurde, sich freute oder aufregte. Häufig verfiel er dabei auch in die Muttersprache seiner Mum, die Konkani war.

„Warte, ein bisschen Rromanes kann ich ja, ähm ... meine ... gute ... mehr gute ... bessere?“, versuchte sie sich an der Übersetzung und er lächelte, fast ein wenig feierlich.

*„Du bist meine allerbeste Freundin“, erwiderte er lächelnd. „Allerdings Serbisch, nicht Rromanes. Auf Rromanes wäre es ‚*Tu sian mrni najushukhar amali.*‘“*

Elli sah ihn begeistert an. „Was heißt ‚Du bist mein allerbester Freund‘? Ti … si ... noj… naj ... drug ...

*„*Ti si moj najbolji drug*“, half er ihr.*

*„*Ti si noj bolji drug*“, versuchte sie es und er lachte.*

„Jetzt hast du gesagt, du bist ein besserer Strauß.“

„Oh Mann, echt?!“

Er lachte, dann verschwamm sein Bild vor ihren Augen, brachte sie wieder in die Gegenwart zurück. Die, in der das Feuer in ihren Händen allmählich erlosch und ihr eigentliches Ich wieder Herrscherin über das fremde wurde.

„Elli?“, fragte Tristan, machte ein paar Schritte auf sie zu und berührte sie vorsichtig am Arm.

Sie biss sich auf die Lippe und nickte. Tränen der Reue schossen ihr in die Augen und sie begann am ganzen Körper zu zittern.

„Is’ okay“, sagte er und zog sie in seine Arme, „ganz ruhig, es ist okay.“

„Oh mein Gott, oh mein Gott!“, flüsterte sie geschockt. „Was hab ich getan?“

„Nichts, es ist niemandem etwas passiert.“

„Special Protector Simmons noch aktiv und unversehrt“, erstattete Manja derweil Bericht in ihr Handy. Vermutlich hielt sie ständigen Kontakt zu ihrem Team. „Zielpersonen situationsbedingt okay.“

Sie blickte auf das Display ihres Telefons und blies die Wangen auf. „Verschwende deine Zeit bloß nicht mit Sorgen um mich“, brummte sie, dann wurde sie sich ihrer Zuhörer bewusst. „Roger, Cambodia.“

Elli starrte sie erschrocken an. „Es tut mir so leid! Ich weiß nicht, wie ich das wiedergutmachen kann, ich – “

„B-Level Stufe 6, das war ziemlich beeindruckend und die höchste, die ich bis jetzt persönlich gesehen habe“, bemerkte Manja fasziniert.

„Steht B für Besessenheit?“, wollte Elli wissen und die junge Frau nickte bestätigend.

Elli schluckte. „Wie… wie viele Stufen gibt es denn?“

„Zehn – allerdings hat keiner bis jetzt Stufe …“ Sie stutzte und hob wieder ihr Telefon an die Lippen.

„Stufe 6, Bitches!“, rief sie in das Mikro. „Und ich bin die erste offizielle Überlebende!! Ich will einen Eintrag im BoR und einen Orden!“

Scheinbar erhielt sie wieder nur eine einsilbige Antwort, denn nur eine halbe Sekunde später stopfte sie das Gerät mit einem unwilligen Laut zurück in ihre Hosentasche.

„Das Sofa!“, fiel es Elli ein und sie befreite sich aus Tristans Umarmung. „Hast du einen Feuerlöscher oder Wassereimer??“

Er reagierte nicht.

„LOS!! Oder raus hier!!“ Panisch blickte sie sich um, griff nach einer Decke, um das vermeintliche Feuer zu ersticken. Erst dann verstand sie, wieso auch Manja keine Anstalten machte, ihr zu helfen, sondern sie nur stirnrunzelnd betrachtete. Es *gab* keinen Brand. Im Sofa prangte ein großes, verkohltes Loch und auch auf der dahinterliegenden Gardine waren dunkle Flecken zu sehen, doch keine einzige Flamme.

„Wie … wieso hat es nicht Feuer gefangen?“, fragte sie verwirrt.

„Weil ich schwer entflammbare Stoffe in meiner Wohnung habe“, erläuterte Tristan. „Spezialspray. Du kennst doch die Angst meiner Familie vor möglichen Wohnungsbränden. Ich durfte hier nicht einziehen, bevor mein Vater alles auf Feuerfestigkeit überprüft hat.“

„Warum hat er solche Angst davor?“, erkundigte sich Manja etwas taktlos.

Elli hatte jedoch keine Kraft mehr, sich darüber zu ärgern, weil ihr immer noch ganz schlecht war. Wenn sie daran dachte, *was* alles hätte passieren können, was *sie* hätte verursachen können … Mit weichen Knien ließ sie sich seitlich auf der Couch nieder und starrte in das schwarze Loch, während Tristan berichtete, dass es vor langer, langer Zeit einen Brand im Haus seiner Vorfahren gegeben hatte. Eine Geschichte, die Elli nur allzu gut kannte.

„Meine Ur-großeltern hatten nur Glück, dass sie das Feuer rechtzeitig bemerkten“, hatte Tristans Oma auch ihr vor Jahren erzählt, „sonst würde es uns alle und auch meinen Enkel heute nicht geben. Seht euch bloß mit Feuer vor – wenn es erst einmal außer Kontrolle gerät, ist niemand mehr sicher.“

Durch Ellis Körper lief ein weiteres Zittern und sie schüttelte fassungslos den Kopf. Wenn das mit ihren Anfällen so weiterging, würde Tristan auch sie bald wegsperren müssen. Möglichst nicht zu den Wölfen, denn die sollten schließlich nicht als Brathähnchen enden. Oder eher Bratwölfchen.

„Zielsicher bist du ja!“, bemerkte Manja anerkennend, nachdem Tristan seine Geschichte beendet hatte. „Genau in die Mitte!“

„Hurra“, murmelte Elli mitgenommen, dann wagte sie es wieder, die beiden anderen anzusehen.

„Du bist gar nicht schockiert, dass ich auch vom Fluch betroffen bin?“, wandte sie sich an Manja.

Die schüttelte umgehend den Kopf. „Ich höre meinen Klienten immer *sehr* genau zu und du sagtest zuvor, dass Tristan und seine Familie die einzigen seien, auf die der Fluch keine Wirkung habe.“

Sie schenkte Elli ein kleines, mitfühlendes Lächeln, das diese nur sehr halbherzig erwiderte. Ihr schuldbewusster Blick richtete sich auf Tristan.

„Wirklich, ich weiß nicht, wie – “

„Ach, kauf mir einfach irgendwann ‘ne neue Couch“, sagte er, „und die Gardinen wollte ich eh schon lange auswechseln.“

„Und bei mir ist das Berufsrisiko“, winkte Manja ab, dann wurde sie nachdenklich. „Allerdings könnte ich auch eine neue Couch gebrauchen …“

„Was mich zur nächsten Frage bringt“, meldete sich Tristan wieder zu Wort, „bis jetzt hab ich noch nichts zur Bezahlung gehört …“

Die Special Protecor winkte erneut ab. „Geld ist nicht alles – das habe ich auch schon Eliana erklärt. Aber irgendwann werde ich bei euch vorbeikommen und euch um einen Gefallen bitten …“ Sie lachte und nur Tristan fiel halbherzig mit ein.

„Ja, ich merk schon“, sagte sie mit einem Seitenblick auf Elli, „ist noch ein bisserl zu früh für meinen Humor. Also, nicht gleich wieder *pchr pchr*…“ Sie ballte ihre

Hände zu Fäusten und öffnete sie dann, vermutlich Ellis Feuerballattacke imitierend.

Diese starrte sie entsetzt an und Manja nickte verständnisvoll. „Echt noch zu früh, sorry. Bernie sagt, mein ET is nicht das Beste… *der* muss reden."

„Extraterrestrischer …", versuchte sich Tristan, Manja schüttelte jedoch den Kopf.

„Empathisches Timing." Sie seufzte kurz, straffte anschließend die Schultern und ging zum Fenster, um es zu öffnen. Der Brandgeruch war wohl doch zu stark.

„Na, wie dem auch sei", fuhr sie auf ihrem Weg zurück zur Couch fort, wo sie eine der am Rand zusammengefalteten Decken über das Brandloch breitete, als wäre dies *ihr* Haus, „jetzt erzählt ihr zwei mir die Geschichte noch mal von Anfang an. Lasst bitte keine Details aus – auch wenn sie euch zu albern oder unwichtig vorkommen. Meist sind es die kleinen Dinge, die einem die wichtigsten Hinweise geben."

Sie nahm Platz und zückte ihr Handy zum Notieren. „Und los."

Teamwork

„Ist es das?“, erkundigte sich die junge Special Protector, nachdem Tristan und Elli ihren ausführlichen Bericht über die Geschehnisse in Ferry Bridge beendet hatten, und deutete auf das alte Buch, das auf Tristans Küchentresen lag.

Elli nickte beklommen, strich über ihren neuen Verband und Manja kramte etwas aus ihrem riesigen Rucksack, um damit neugierig an das verzauberte Werk heranzutreten. In ihrer Hand lag nun ein schmales, schwarzes Gerät, mit dem sie die Umrisse des Buches nachfuhr.

„Sehr auffällig sind schon mal die Runenzeichen um den Titel herum“, ließ sie ihre Zuschauer und das Handy wissen, das sie sich als Aufnahmegerät vor den Mund hielt. „Die Farbe der Tinte ist anders als die der Schrift selbst, was mich davon ausgehen lässt, dass der Zauber später entweder verstärkt oder abgeschwächt oder einfach nur verändert wurde. Wir finden hier Mannaz, Tiwaz, Laguz, Ehwaz, Dagaz und Othala.“

„Für was genau stehen die?“, sprach Tristan aus, was auch Elli wissen wollte, während sie sich gleichzeitig fragte, warum sie nicht schon früher auf die Idee gekommen war, etwas über diese Zeichen herauszufinden.

„Nun, jede Rune hat eine wörtliche und eine spirituelle Bedeutung und – was für uns am Wichtigsten ist – eine bestimmte magische Funktion“, erklärte Manja bereitwillig. „Mannaz weist auf ein Ungleichgewicht hin, denn die Rune bewirkt den Ausgleich der guten und bösen Seite des Menschen. Sie bringt Körper und Geist in Einklang und öffnet das geistige Auge. Tiwaz steht für Ordnung und Gerechtigkeit. Die Rune lenkt die magische Energie in eine bestimmte Richtung und soll eine gerechte Entscheidung herbeiführen. Laguz steht für reinigende Kräfte. Alles, was ins Stocken geraten ist, wird zum Fließen gebracht und hellseherische Kräfte werden gesteigert. Ehwaz ist eher eine Schutzrune, aber sie kann auch den spirituellen Kontakt mit Verstorbenen erleichtern – was deine seltsamen Träume erklären würde, Elli.“

Sie schenkte der Angesprochenen ein kleines Lächeln und senkte den Blick dann wieder auf das Buch.

„Dagaz ist eine sehr starke Rune, deren magische Wirkung ganz verschieden ausgeprägt sein kann und immer von dem Magier abhängt, der ihre Kraft genutzt hat. Fürs erste würde ich jetzt nur den Überbegriff ‚Erleuchtung‘ dafür benutzen. Othala steht für die Rückkehr nach Hause, Heimat, Familie. Die Rune beschreibt den Endpunkt – was für uns bedeutet, dass es eine Lösung unseres Problems *gibt* und die Magie des Fluchs zu einem befriedigenden Ende führen könnte. Mehr dazu wird uns mit Sicherheit der genaue Wortlaut des Fluchs sagen.“

Sie öffnete das Buch entschlossen. Das Gerät gab ein leichtes Brummen von sich und Manjas Augen verweilten einen Moment auf der Handschrift auf der zweiten Seite, dann kratzte sie sich am Kopf.

„Ich fürchte, mein Polnisch ist leider etwas eingerostet, was eine höfliche Umschreibung für ‚nicht vorhanden‘ ist.“

„Das ist kein Polnisch“, erklärte Elli und ihr Gegenüber schlug sich mit der flachen Hand vor die Stirn.

„Kroatisch“, versuchte sie sich an einer Berichtigung und fügte auf Ellis wiederholtes Kopfschütteln hinzu: „Ungarisch … Tschechisch … Slowakisch … *Rumänisch*!“

„Rromanes“, hatte Tristan schließlich Mitleid und Manja schnippte mit den Fingern.

„Das wäre meine nächste Wahl gewesen!“ Sie klatschte begeistert in die Hände. „Spreche ich aber auch nicht.“

„Es bedeutet: ‚Die Zunge des Verräters haucht dem Zauber Leben ein. Alles, was geschrieben steht, wird am Ende Wahrheit sein. Nur wenn das Unrecht der Vergangenheit getilgt wird durch des Sünders Hand, naht Rettung den Verfluchten dann durch das, was Liebende verband.‘“, half Elli ihr und fing sich einen bewundernden Blick von Tristan ein, den sie mit leichtem Erröten im Farbton einer reifen Tomate zur Kenntnis nahm.

„Hab ihn jetzt so oft gelesen …“, fügte sie mit einem verlegenen Schulterzucken hinzu.

„Wie war das? Zunge des Verräters haucht der Wahrheit … “, wollte Manja wissen und begann sofort mit ihren Notizen. Tristan und Elli halfen ihr bei der korrekten Übersetzung.

„Na, wenn das Kopieren den Fluch mal nicht verstärkt“, witzelte die Special Protector, ohne die alarmierten Blicke ihrer Klienten zu bemerken. „Oder es bringt erst Besserung, aber dann muss ihn jeder kopieren, wie in diesem Film mit dem tödlichen Video, sonst –“ Sie blickte kurz auf und wedelte abwehrend mit den Händen. „Oh Mann, nein, nein, sorry. Ich mach doch nur Witze.“

Sie lächelte beruhigend, zog daraufhin aber die Stirn kraus. „Obwohl …“ Sie überlegte und schüttelte den Kopf. „Nein. Das war ein anderer Fall. Unschön, sehr, sehr unschön, aber ganz anders, kein Grund zur Besorgnis.“

„Du meinst, außer dass alle Dorfbewohner irgendwie durchdrehen, ist bisher nichts Schlimmes passiert?“, warf Tristan mit hochgezogenen Augenbrauen ein.

„Genau“, freute sich die Angesprochene. „Wie schön, dass du mitdenkst.“

Erneut legte sich ihre Hand auf Tristans Schulter, verschwand aber mit einer schnellen Bewegung wieder, so als hätte sie nur einen Fussel wegwischen wollen. Sie hatte wohl gerade noch rechtzeitig Ellis kritischen Blick bemerkt.

„Okay, also durch das Lesen des Spruches oder auch des ganzen Buches ist der Fluch in Kraft getreten und alle Betroffenen sind dazu verdammt, sich entweder in die Figuren aus den Geschichten zu verwandeln oder die sich verändernde Welt um sich herum mit Gleichgültigkeit und lapidaren Ausreden zu ertragen“, fasste Manja erstaunlich fix zusammen. Vermutlich war das ja auch nicht der erste Fluch, mit dem sie es zu tun hatte.

„Mit all den Informationen, die ich erhalten habe, würde ich jetzt erst einmal darauf schließen, dass diejenigen, die sich in die Märchenfiguren verwandeln, Menschen sind, deren Familien schon lange Zeit in Ferry Bridge leben und die selbst hier geboren wurden, also die Nachfahren derjenigen sind, die das im Fluch genannte Unrecht begangen haben."

Elli starrte sie mit großen Augen an. Manja hatte recht, all ihre Freunde kamen aus Familien, die schon seit Ewigkeiten in Ferry Bridge lebten und dasselbe galt auch für ihre eigene.

„Schaut mich nicht so an, als sei ich das größte Genie, das ihr je gesehen habt", merkte Manja lachend an. „Ich hab lediglich sehr viel mehr Erfahrung mit Flüchen als ihr. Die meisten davon treffen leider die – größtenteils unschuldigen – Nachfahren der Übeltäter vergangener Zeiten. Es hätte mich gewundert, wenn dieser Fluch hier anders gewesen wäre."

Sie sah wieder hinab auf das Märchenbuch.

„Gut. Auch dieser Fluch wird erst wieder umkehrbar sein, wenn das in der Vergangenheit erfolgte Unrecht wiedergutgemacht wird", fuhr sie mit ihrer Zusammenfassung fort. „Fraglich ist nun, ob Verräter und Sünder aus dem Spruch ein und dieselbe Person sind."

Sie sah Elli an, deren Kehle ganz trocken wurde.

„Augenblicklich würde ich eher dazu tendieren, zu behaupten, dass das nicht der Fall ist. Dein Verrat an deinem Freund hat zwar den Fluch zum Leben erweckt, aber der oder die Sünder, die ihn verursacht haben, dürften eher – wie ich schon habe anklingen lassen – die Vorfahren der Bewohner Ferry Bridges gewesen sein. Wer genau die Verantwortung zu tragen hat, ist noch nicht klar und ich weiß auch noch nicht, wie wichtig es ist, das aufzudecken, um den Fluch aufzulösen."

Sie holte tief Atem. „Darüber hinaus müssen wir herausfinden, wer genau besagte Liebende waren und was sie verband … was neben der augenscheinlichen Liebe so ziemlich alles sein kann."

Manja starrte nachdenklich auf das Buch. „Wenn wir jetzt also davon ausgehen, dass diese Geschichte aus Ellis Träumen und der Klatschsammlung von damals zumindest in Ansätzen richtig ist, handelte es sich bei dem jungen Mann um einen Grafensohn, der den Nachnamen Shamhurst trug, und bei der jungen Frau um eine Arlijka, stimmt das so?"

Tristan und Elli nickten synchron.

„Das heißt, Tristans Familie ist – ob er nun will oder nicht – in die Geschichte involviert", schloss Manja weiter, was bei ihm zu einem missbilligenden Brummen führte. „Denkst du, die älteren Semester deiner Familie wissen etwas darüber?"

„Meine Oma lassen wir da raus", sagte Tristan streng. „Die hat in ihrem Leben schon genug durchgemacht und wird uns ohnehin nicht glauben. Ich bin mir sicher, dass ihr das alles ebenso neu ist wie mir."

Manja sah ihn ein paar Sekunden lang grübelnd an, entschied sich dann aber dazu, nicht weiter nachzubohren. „Was ist mit den Shamhursts? Gibt es da noch Nachkommen, die hier leben?"

„Die sind alle vor langer Zeit bei einem Brand auf ihrem Gutshof umgekommen", wusste Elli. „Leider kann uns da keiner helfen. Außer vielleicht das Museum."

Die Special Protector dachte kurz nach. „Gut. Dann schlage ich vor, dass wir erst einmal einen kleinen Ausflug zum ‚SdUv' machen."

„Dem Schauplatz des Ursprungsverbrechens“, ergänzte sie aufgrund einer weiteren Runde Ratlosigkeit in den Blicken ihrer Klienten.

„Und das soll uns was genau bringen?“, hakte Tristan begeisterungslos nach.

Manja bedachte ihn mit einem verschmitzten Grinsen. „Das erkläre ich euch, wenn wir dort sind.“

Auf dem Weg zum ‚SdUv‘ rief Elli kurz bei ihrer Schwester an, doch die hatte ihre nächtliche Abwesenheit angeblich nicht einmal bemerkt und auch recht miese Laune, weil Liv sie die halbe Nacht wachgehalten hatte, da sie nicht einschlafen konnte und ihre geliebten Pferdehörspiele gehört hatte. Alle auch nur annähernd gruseligen Stellen hatten von ihrer Mutter vorgespult werden müssen, bis die Kleine irgendwann gegen fünf Uhr endlich eingenickt war. Obwohl Elli den vorwurfsvollen Unterton ihrer Schwester kaum noch ertragen konnte, empfand sie tiefstes Mitleid mit den beiden und konnte sich kaum gegen das weitere Anwachsen ihrer Schuldgefühle und der damit einhergehenden Ungeduld zur Wehr setzen.

Als nächstes wählte Elli Billys Nummer. Als jemand nach dem vierten Läuten endlich abnahm, stand sie bereits kurz vor einem Herzinfarkt.

„Alles gut bei euch?“, erkundigte sie sich und Noah grummelte seine Zustimmung ins Telefon, war aber eindeutig mit seinen Gedanken woanders.

„Und sie sind auch alle noch da?“, hakte sie nach und Noah gab ein gelangweiltes Brummen von sich. „Jahaa, sagte ich doch schon!“

„Ist das Elli?“, vernahm sie die Stimme ihrer besten Freundin im Hintergrund und versuchte, den Kloß in ihrem Hals herunterzuschlucken und die aufkommenden Tränen nicht laufen zu lassen.

Billy sowie allen anderen würde es bald wieder gut gehen. Schließlich arbeiteten sie auf Hochtouren daran, hatten sich sogar – hoffentlich!! – professionelle Hilfe geholt. Selbst Tristan, der immer noch seine Zweifel hatte, zeigte sich momentan überaus aktiv, während er mit Manja vor ihr herlief. Die beiden unterhielten sich angeregt, wobei Manja wiederholt nachdrücklich den Kopf schüttelte. Worüber die wohl redeten?

Und das ohne uns? Kommt dir das nicht seltsam vor? Was tuscheln die da?! Sieh mal, wie sie immer wieder zu uns rüberlinsen!

Beinahe gewaltsam wandte Elli ihren Blick ab und zwang die Stimme zurück, konzentrierte sich wieder auf die Billys.

„… und wieso sprichst du denn schon wieder durch dieses bimmelnde Teufelsding mit ihr?“, fragte die gerade. „Solltest du nicht versuchen, sie per Brieftäublein zu erreichen oder mit einem berittenen Boten? Oh und bitte sag ihr, sie solle nicht sauer sein wegen der Sache gestern. Ich backe ihr nachher einen Kuchen und … ach, du meine Güte, Hatschi, hast du dich etwa erkältet? Du niest ja! Oh, und Schlafmütz, du musst endlich mal aufstehen, komm schon, wir wollen frühstücken.“

Vor ihrem inneren Auge sah Elli, wie Billy sich mit einer Box Taschentücher bewaffnet auf den Weg zum Esstisch machte, wo sie sieben Kinderportionen an ihre Plastikzwerge verteilte. Ob ihr auffiel, dass diese nichts zu sich nahmen, oder aß sie einfach alles selbst? Ein erschreckender Gedanke kam ihr.

„Noah, sag mal, die … Billys neue Freunde, die … haben sich nicht bewegt, oder? … Noah?“

„Ähm, ja …? Natürlich haben die sich nicht bewegt, es sind Ton- und Plastikfiguren, Elli, aber ich will jetzt echt weiterlesen, du störst voll!“

„Wo sind Cora und Hannah und wie geht es Tamara?“, blieb sie hartnäckig.

„Boah Mann, die sind alle hier, okay? Ich hab noch eine Runde Pillen verteilt und bis auf meine Schwester dösen alle vor sich hin.“

„Noah, das sind keine Bonbons!“

„Jetzt chill mal. Haben doch alle nur eine bekommen und auf der Packung steht, sie können bis zu zwei bekommen! Ich leg jetzt auf, okay? Ruf an, wenn es was *Wichtiges* gibt … du Billy, ich glaube, Brummbär hat noch keinen Kakao bekommen, der guckt so angefressen.“ Damit wurde die Verbindung unterbrochen.

Ein paar Herzschläge lang starrte Elli ihr Handy an, dann schob sie es zurück in die Hosentasche und schämte sich fast für die Erleichterung, die sie dabei verspürte, weil sie dieses Gespräch keine Sekunde länger ertragen hätte.

„Alles okay?“, erkundigte sich Tristan mitfühlend und wartete, bis sie zu ihm und Manja aufgeschlossen hatte. Mittlerweile hatten sie den Waldrand im Süden des Dorfes erreicht und dass dieser noch genauso aussah wie früher, half Elli dabei, sich zumindest ein kleines Bisschen zu entspannen.

Sie beantwortete die Frage mit einem Nicken und versuchte optimistisch zu grinsen, was ihr völlig misslang. „Alle noch genauso besessen wie gestern."

Tristan sah sie mitempfindend an, hob eine Hand und streichelte tröstend ihren Oberarm, was ausgesprochen guttat. „Wir fahren da später vorbei, okay?", schlug er vor. „Und ich werde nachher noch mal bei Coras Haus nach dem Rechten sehen. Die Bestien füttern, ihre Bäuche kraulen und so weiter …"

„Ooooh", Manja klatschte begeistert in die Hände, was Ellis Lachen prompt verrecken ließ. „Wölfe! Da komm ich auf jeden Fall mit, wenn es ja auch eurer Schilderung nach leider keine Werwölfe sind, die sind ja noch viiiiel faszinierender!"

„Du hast schon mal einen Werwolf gesehen?", fragte Tristan perplex.

„Klar! Hunderte!"

Ellis Augen weiteten sich.

„Allerdings nur in Filmen", fügte die Special Protector hinzu. „Aber es ist schön, zu sehen, wie offen du bist, weil du nicht gefragt hast, ob es sie überhaupt gibt. Ha!" Sie klopfte Tristan auf die Schulter. „Vielleicht wäre eine Karriere bei S.O.o.M.P. ja was für dich?"

Ihr Klopfen wurde langsamer, weil sie Ellis finsteren Blick auffing und schließlich zog sie die Hand betreten ganz weg.

„Wo genau willst du denn mit der Suche nach dem SdUv anfangen?", lenkte Tristan die Aufmerksamkeit auf sich und sah sich mit gerunzelter Stirn um. Ihm war anzumerken, dass er der ganzen Angelegenheit weiterhin skeptisch gegenüberstand und zum ersten Mal, seit sich der Fluch über ihre kleine Welt gelegt hatte, beneidete Elli ihn um seine Haltung. Oder vielmehr die Möglichkeit, sich diese leisten zu können. Er hatte ja schließlich keine irre Königin in sich, die versuchte, ihn in den Wahnsinn zu treiben und sich seines Körpers und Geistes zu bemächtigen.

Na, na, na, na!, meldete sich eben diese ohne Verzug, *‚irre – so was hört man aber nur sehr ungern. ‚Meisterin der schwarzen Künste' wäre viel netter. Darüber hinaus ist es zwar lustig, Leute in den Wahnsinn zu treiben, aber ich ziehe es vor –'*

Elli biss die Zähne zusammen und konzentrierte sich mit aller Macht darauf, die Stimme zurückzudrängen, befahl ihr wiederholt zu verschwinden. Sie stellte sie sich wie eine tatsächliche Person vor, die sie packte und wegzerrte, irgendwohin, hinter tausend Türen mit tausend Riegeln.

Ein schöner Versuch – energisch, aber sinnlos, höhnte die Königin, allerdings schon wesentlich leiser und Elli legte in Gedanken noch mehr Riegel und Ketten vor noch mehr Türen, bis die Stimme immer leiser wurde und schließlich verstummte. Anstelle dessen ertönte ein seltsames Piepen, das sich je nach der Position von Manjas Hand näherte und entfernte. Darin befand sich schon wieder dieses seltsame schwarze Gerät.

„Spricht sie grad mit dir?“, fragte die junge Frau und die Begeisterung in ihrem Gesicht ließ Elli verärgert schnauben.

„Wer?“, grummelte sie.

Tristan warf ihr einen ‚Echt jetzt?‘-Blick zu, Manja winkte ab und das Piepen wurde tiefer und war schließlich nur noch als ganz entfernter Brummton zu vernehmen.

„Klar, zeitweilige VH, das ist ja nix Ungewöhnliches, macht euch keine Sorgen, das kriegen wir in den Griff“, erklärte sie unzureichend. „Außerdem bedeutet es ebenfalls, dass du immer noch das OK behältst und das ist doch was Gutes. Bedenklich wird es auch erst ab Stufe B3, dann wiederum hattest du schon einen Ausfall der Stufe A7 … aber es ist ja nichts Schlimmeres passiert, als dass eine arme unschuldige Couch verletzt wurde.“

„VH … B3 … denkst du dir die Abkürzungen so aus dem Stegreif aus?“, wollte Tristan etwas ungeduldig wissen und Manja schüttelte verständnislos den Kopf.

„Aber nein, was würde das denn für einen Sinn machen? Dann versteht mich ja keiner. Also keiner aus meinem Team“, fügte Manja auf Ellis und Tristans hochgezogene Augenbrauen hinzu.

Sie griff nach ihrem Telefon und rief etwas auf dem Display auf. „Hier“, sie hielt es den beiden hin und scrollte eine lange Liste von Abkürzungen und deren Erläuterungen runter. Das einzelne ‚B‘ stand demnach für verschiedene Stufen von ‚Besessenheit‘ und ‚VH‘ für Verweigerungshaltung. Die restlichen konnte man bei dem Tempo nicht so schnell ausmachen. „Seht ihr? Hat alles Sinn und Verstand.“

„Wieso sprecht ihr es nicht ganz aus?“, erkundigte Elli sich dennoch.

„Weil es zu lang ist. Die Polizei hat ebenfalls Codes. Fragst du die auch, warum sie die benutzen?“

Damit war das Telefon wieder verschwunden und Manja starrte Tristan an – mit einer Eindringlichkeit, die beinahe einen Aufforderungscharakter hatte. Ihr Freund wich dem Blick aus, sah sich stattdessen erneut um, obgleich sich an ihrer Umgebung mit Sicherheit nichts geändert hatte.

„Erklärst du uns jetzt, warum es so wichtig war, den Ort des Ursprungsverbrechens zu finden?“, fragte er die Special Protector nicht besonders freundlich.

„Haben wir den denn jetzt erreicht?“, erkundigte sich diese.

Tristan hob die Schultern und sah Elli an.

„Was?“, fragte die etwas verstimmt. „Ich hab in meinen Träumen bisher nicht gesehen, wie und wo das Mädchen umgebracht wurde. Keine Ahnung, ob wir schon in der Nähe sind.“

„Aber du sagtest, dass es unweit des alten Gutshofes geschehen sein muss“, erinnerte Manja sie. „Deswegen sind wir hergekommen – weil er hier in der Nähe war.“

„Ja, irgendwo dort“, merkte Tristan an und wies hinüber zu den goldenen Kornfeldern, die man zu ihrer Linken bereits durch die Bäume und Büsche schimmern sehen konnte. „Der existiert aber nicht mehr. Ist – wie schon gesagt – vor langer Zeit abgebrannt.“

„Abgebrannt?“ Manjas Brauen hoben sich kurz. Dann wandte sie sich wieder Elli zu. „In deinen Träumen kam auch ein Feld vor oder?“

„Nicht so direkt – der junge Mann sprach davon, dass der Gutshof von Feldern umgeben sei“, erklärte Elli. „Aber es gibt viele Felder um Ferry Bridge herum.“

„Jedoch nur wenige, die genau zwischen den Ruinen des alten Gutshofes und dem Wald liegen“, erwiderte Manja und lief wieder los, dieses Mal in Richtung der Kornfelder, ihr geliebtes Gerät dabei vor sich haltend. „Ich nehme an, dass dein Traum, in dem das Liebespaar auf der Flucht war, dir die letzten Minuten vor dem Tod des Mädchens gezeigt hat. Demnach muss der SdUv in der Nähe dieses Geschehensortes liegen. Wer immer auch den Fluch erschaffen hat, musste für sein Vorhaben zum Ort des Verbrechens zurückkehren, denn er brauchte die negativen Energien, die bei einem solchen Geschehen immer zurückbleiben, um sie mit seiner eigenen Zauberkraft zu verbinden – das heißt, wenn wir ebenfalls dorthin gehen, finden wir vielleicht auch energetische Rückstände der schuldigen Magierin oder des Magiers."

„Und wie hilft uns das?", hakte Elli nach.

„Ich kann diese energetische Signatur abspeichern und überall wiederfinden. Das ist wie eine Art Fingerabdruck. Wenn wir also einen anderen Ort betreten, können wir dann feststellen, ob unser Täter dort war oder nicht und damit vielleicht herausfinden, wer er oder sie war."

Das klang logisch, musste Elli sich eingestehen, und wenn die Magierin tatsächlich eine Vorfahrin von Tristan war, wie sie immer noch vermutete, konnte man diesen ‚Fingerabdruck' ja auch mit dem von ihrem Freund vergleichen. Vielleicht gab es Ähnlichkeiten in den beiden energetischen Signaturen, die nachwiesen, dass jemand aus seiner Familie den Fluch erschaffen hatte, was wiederum bedeutete, dass eventuell sogar *er* den Fluch aufheben konnte.

„Was?!", brummte ihr Freund sie nun an und ihr fiel erst in diesem Augenblick auf, dass sie ihn die ganze Zeit angesehen hatte. „In meiner Familie gibt es keine Zauberer, Elli! Fang nicht wieder damit an!"

„Nein, das …", begann sie, wurde jedoch sogleich von Manja unterbrochen.

„Niemand kann das mit Sicherheit von seiner Familie sagen“, warf diese ein. „Magische Veranlagungen gibt es häufiger, als man denkt und viele Menschen sterben, ohne dieses Talent jemals zu bemerken. Wir bei S.O.o.M.P. haben mal eine Hochrechnung aufgestellt und sind dabei auf fünf Prozent der Weltbevölkerung gekommen! Fünf! Das sind dreihundertachtzigtausend Menschen! Und von denen nutzen nur sehr wenige ihr magisches Potential. Noch weniger geben es vor anderen zu – noch nicht einmal vor ihren Familien.“

Tristan schnaufte verärgert und schüttelte den Kopf, immer noch nicht bereit, einen solchen Gedanken zuzulassen. Dabei war es so wichtig.

„Davon abgesehen gibt es ein paar geheime Unterlagen über magische Aktivitäten in Ferry Bridge, in die ich vor meiner Abfahrt reinsehen konnte“, fügte Manja hinzu. „Im Vierzehnten Jahrhundert soll hier ein großer Zauberer gelebt haben, der mit seinen besonderen Kräften unter anderem die Pest erfolgreich aus diesem Landstrich verbannen konnte. Er wurde dafür geehrt und bewundert – nur um zehn Jahre später ermordet im Wald aufgefunden zu werden.“

„Moment – sagtest du gerade vierzehntes Jahrhundert?“, wollte Tristan wissen.

Manja nickte und er wandte sich Elli zu, sah übertrieben arrogant auf sie hinab. „Meine Familie ist erst im neunzehnten Jahrhundert eingewandert! Du musst dir also einen anderen Sündenbock suchen!“

„Ich wollte deine Familie nicht …“, fing Elli an sich zu verteidigen, doch konnte sie schon wieder nicht weiterreden.

„Nun, die Existenz eines anderen Zauberers vor Jahrhunderten, besagt ja nicht, dass unbedingt *dessen* Nachfahren den Fluch erzeugt haben. Wie ich schon sagte: Fünf Prozent der Weltbevölkerung sind magisch begabt.“

„Ja, aber wenn es schon mal einen Zauberer hier *gab*, wäre es nicht schlauer erstmal nach *seinen* eventuellen Nachkommen zu suchen?“, kämpfte Tristan weiter für seine Position. „Vielleicht waren die ja auch in die Sache mit der Ermordung meiner Ururgroßtante verstrickt.“

„Selbstverständlich“, stimmte Manja ihm postwendend zu. „Und das werden wir auch tun. Nur sollten wir keine Option aus persönlichen Gründen von vornherein ausschließen.“

„Das Austesten vieler Optionen kostet aber eine Menge Zeit“, mahnte Tristan sie mit eindringlichem Blick.

„Nicht wenn wir das parallel tun“, erwiderte Manja. „Glücklicherweise sind wir zu dritt – *und* wir haben noch einen Vorteil auf der Hand.“

„Der da wäre?“, wollte Elli wissen.

„Euer Fluch ist keiner der ganz bösartigen Sorte. Er hat eine Hintertür.“

„Hintertür?“

„Ja, der- oder diejenige, die den Fluch erschaffen hat, war vermutlich kein vollkommen böser Mensch, sondern nur verzweifelt, mit den Nerven am Ende, von Rachegefühlen geplagt … aber er oder sie war sich immer bewusst, dass ein Fluch wie dieser auch unschuldige, gute Menschen treffen könnte – und diesen wollte er einen Ausweg geben. Deswegen gibt es den Spruch im

Buch, der einen Hinweis gibt, wie man den Fluch brechen kann."

„Der ist aber in einem Rätsel verpackt!", erinnerte Tristan sie etwas ungehalten.

„Ein Rätsel, das man lösen kann. Das wir lösen *werden*. Aber wir können froh sein, dass es überhaupt da ist, sonst wäre es deutlich schwieriger, euch zu helfen."

Ein langgezogener Pfeifton des Geräts in Manjas Händen ließ sie alle zeitgleich stehenbleiben.

„Na also!", stieß die Special Protector erfreut aus. „Wir haben eine Spur! Kommt!"

Sie setzte sich so schnell in Bewegung, dass Elli im ersten Moment Probleme hatte, wieder zu ihr und Tristan, der Sportskanone, aufzuschließen und als es ihr schließlich gelang, blieb Manja wiederum so ruckartig stehen, dass Tristan beinahe in sie und Elli definitiv in ihn hineinlief.

„Uff!", machte er, hielt sie aber geistesgegenwärtig fest, weil der Aufprall sie zurückwanken ließ. Elli krallte sich an seinen Armen fest und bedachte ihn mit einem verlegenen Lächeln, das er sofort erwiderte.

„Hey, ihr Turteltauben – das müsst ihr sehen!", zog Manja wieder die Aufmerksamkeit auf sich und wandte sich mit dem Gerät zu ihnen um. Elli und Tristan sahen ihr jeweils über eine Schulter und konnten so wunderbar die bunten Ausschläge auf dem Bildschirm erkennen.

„Was genau bedeutet das?", wollte Elli wissen.

„Das hier sind die elektromagnetischen Linien dieses Ortes und die anderen Linien, sind die von uns", erklärte Manja geduldig. „Wenn ich jetzt auf die Vogelperspektive umschalte …"

Sie drückte ein paar Knöpfe und erhielt ein ganz anderes Bild. Dieses Mal verliefen die Linien nicht nur längs, sondern auch kreisförmig um einen bestimmten Punkt herum, dessen Mittelpunkt wiederum sehr viel heller leuchtete. Am Rand davon waren drei andersfarbige Energiefelder zu erkennen. Nur eines davon war mit dem Netz verbunden.

„Das bist du", sagte Manja zu Elli. „Dein Energiestrom ist mit dem des Fluches verbunden, weil du ja ebenfalls besessen bist. Hier sieht es fast so aus, als würde er sogar … von dir zehren. Was Sinn macht, weil ein solcher Fluch ja auch viel Energie verbraucht, also gehe ich mal davon aus, dass er sich seine Kraft von *jedem* involvierten Lebewesen holt – sie sozusagen aussaugt."

„Wie bitte?!", entfuhr es Elli schockiert. „Aussaugt? Was willst du damit sagen?"

Manja hob den Kopf, sah aber nicht sie an, sondern Tristan, der mit einem Mal einen sehr beklommenen Eindruck machte.

Manjas Augen wanderten auffordernd zwischen Elli und Tristan hin und her, der beinahe unmerklich den Kopf schüttelte. Daraufhin weiteten sich die Augen der Special Protector nachdrücklich und sie nickte, allerdings wesentlich weniger subtil als er.

In Ellis Innerem ertönte ein seltsames Echo, wie von aufgesprengten Schlössern, eins nach dem anderen. Sie konnte beinahe den dabei entstehenden Funkenregen sehen.

Jetzt haben sie schon eine Geheimsprache entwickelt und du lässt dich so einfach ausbooten?, wurde die verhasste Nörglerin mit jedem Knall wieder lauter, genauso wie das erneute, entnervende Piepen des Geräts in Manjas Händen.

„Jetzt sag es ihr schon“, forderte diese von Tristan und weitere Schlösser flogen auf, als würde sich ein wütender Drache hindurchkämpfen. „Sie muss es wissen!“

„Das können wir doch wirklich später – “

„Was müssen wir wissen?!“, fuhr Elli auf und funkelte die beiden vor sich wütend an. Das Piepen wurde höher und begann in ihren Ohren zu schmerzen. Es musste unbedingt aufhören oder sie würde wahnsinnig werden!!

Ein statisches Knistern ertönte, dann krachte und knirschte es bedenklich.

„Ach, du Scheiße!“, entfuhr es Manja und sie ließ erschrocken etwas Schwarzes, an einigen Stellen Glühendes zu Boden fallen, das sich dort zu einer klebrigen Masse verformte, aus der schließlich nur noch ein dünner Rauchfaden aufstieg.

„Mein EMF!“, hauchte die Special Protector ergriffen und fiel vor dem Gerät auf die Knie, streckte eine Hand aus und berührte vorsichtig dessen Oberfläche, so als wäre es ein verletzter Freund.

„Elli?“, Tristan trat auf sie zu, doch sie hob abwehrend eine zitternde Hand und wich vor ihm zurück. „Ich … ich wollte das nicht, ich wollte nur, dass es aufhört!“

„Elli …“

„Ich will, dass *alles* aufhört! *Alles*!“ Sie presste ihre Hände gegen die Schläfen, stellte sich vor, dass sie die Königin packte und würgte.

Was soll DAS denn? Ich hab dir geholfen! Außerdem kannst du mich nicht umbringen. Ich bin ein Teil von dir.

„Das wird es!“, drang Tristans Stimme zu ihr durch. „Aber solange wir noch nicht wissen, was genau wir tun können, müssen wir damit leben, dass da noch jemand anderes in dir und damit auch an unserer Seite ist, der manchmal ein bisschen gegen das rebelliert, was wir tun.“

„Was meinst du damit?!“, stieß Elli angespannt aus, während die böse Königin ein verzücktes *‚Ich mag den Kerl!‘* von sich gab.

„Dass du und sie … dass ihr euch aneinander gewöhnen müsst“, erklärte Tristan und dieses Mal ließ sie es zu, dass er sanft eine Hand auf ihre Schulter legte. „In so einer Gewöhnungsphase ist es ganz normal, dass es ein paar kleinere ‚Unfälle‘ gibt.“

Er wies mit dem Kinn hinüber zu Manja, die immer noch den Tod ihres Gerätes betrauerte.

„Sich selbst dafür fertig zu machen und gegen dein anderes Ich zu kämpfen, wird daran nichts ändern“, setzte ihr Freund hinzu.

„Ich soll *nicht* gegen sie kämpfen?“, gab Elli zweifelnd zurück, ließ jedoch die Hände wieder sinken.

„Nicht so … hart wie bisher“, sagte er. „Vielleicht reicht es manchmal, sie zu beruhigen.“

Elli sah ihn äußert skeptisch an.

„Sieh mal“, begann Tristan in seiner ruhigen Art, „du kannst ihr doch klarmachen, dass Manja ja schließlich hier ist, weil wir sie gerufen haben – also du – oder auch ihr. Damit sie uns hilft. *Uns allen*! Und das wird schwierig werden, wenn sie immer wieder Steine in den Weg gelegt bekommt.“

„Aber sie hat dieses *Geräusch* verursacht“, sprach Elli aus, was nicht nur sie selbst empfand, sondern vor allem auch ihr ungewollter Gast. „Und das war einfach nur schrecklich."

„Ich kann versuchen, das Gerät in Zukunft von dir wegzuhalten", versprach Manja, die sich gerade hinhockte, um das kaputte Gerät in ihren Rucksack zu packen und ein neues daraus hervorzuholen. „Das letzte, was ich will, ist einem von euch zu schaden. Und die Stärke der Kraft in dir habe ich ja jetzt schon gemessen."

„Für jedes Gerät auch noch einen Ersatz? Ist das nicht tierisch schwer?", fragte Tristan, neugierig auf den Rucksack deutend, während sich Elli langsam wieder entspannte. Die Königin schien sich tatsächlich zu beruhigen. „Was hast du denn sonst noch alles da drin?"

„Sch, sch", machte die junge Special Protector geheimnisvoll, zog den Reißverschluss zu und befestigte die Deckeltasche mithilfe von zwei Klickverschlüssen. „Du fragst den Zauberer ja auch nicht gleich nach seinem Trick oder?"

„Nö", gab Tristan zurück, „ich schau mir dazu Videos auf Youtube an."

Elli und ihre immer noch verhasste Mitbewohnerin seufzten gleichzeitig tonlos, als er sein unwiderstehliches Grinsen zeigte. Dann fiel Ellis Blick auf Manja, die ihn ebenfalls verzückt anstarrte und sie musste sich sehr zügeln, um der sich erneut aufspulenden Königin Einhalt zu gebieten.

Es half, dass sich die Special Protector gleich wieder ihrem Gerät zuwandte und es in verschiedene Richtungen hielt, bevor sie wieder Luft holte.

„Also, wir können festhalten, dass der Mord an dem Mädchen eindeutig der Auslöser für die Erschaffung des Fluchs war", verkündete sie. „Ihr Tod soll wahrscheinlich gesühnt oder vielleicht auch die Wahrheit darüber aufgedeckt werden …"

Sie hielt inne, runzelte die Stirn. „Das ist ja mal interessant!"

„Was genau?", wollte Elli wissen.

„Der Fluss der Energien … er wird in dieser Richtung stärker." Sie wies weg von den Feldern, hinüber zum Dorfrand. „Was genau liegt da?"

Tristan hob unschlüssig die Schultern. „Ein paar abgelegenere Häuser, glaub ich …"

Elli machte ein paar Schritte in die Richtung und … mit einem Mal war es tiefste Nacht um sie herum. Sie stand auch nicht mehr. Rannte stattdessen um ihr Leben, die Hand Jelenas fest umklammernd. Ein lauter Knall hallte durch die Dunkelheit und ein Ruck ging durch den Körper der jungen Frau, ließ sie zu Boden stürzen. Elli fiel neben ihr auf die Knie, umfasste ihren Oberkörper, zog ihn auf ihren Schoss.

„Nein, nein, nein", kam es erstickt über Ellis Lippen, während sie in die toten Augen ihrer großen Liebe blickte, das Blut, das über ihre eigenen Hände und das Gesicht der jungen Frau lief, kaum wahrnahm. Der Schmerz in ihrem Inneren war so groß, dass sie zu schreien begann, gequält und verzweifelt und so laut wie noch nie zuvor in ihrem Leben.

Das Bild verschwamm, wurde von anderen ersetzt: Ein altes Haus, ein alter Mann, der keuchend am Boden lag, eine andere junge Frau, die sich über das Märchenbuch beugte, erneut das Haus … Feuer … Schmerz …

„Elli! Komm schon! Elli! Sieh mich an!"

Das war Tristans Stimme, ganz nah, voller Sorge, ja beinahe Angst.

„Elli, bitte!“ Da war er an ihrer Seite, hielt sie an den Schultern fest, stützte sie. „Was soll ich tun? Wie kann ich dir helfen?“

Es dauerte einen Augenblick, bis Elli begriff, dass sie nicht mehr stand, sondern am Boden kniete, die Hände in Laub und Erde gekrallt und am ganzen Leib zitternd. Auch das Schluchzen und Keuchen, dass aus ihrer Kehle kam, nahm sie erst jetzt wahr, genauso wie die Tränen, die ihre Wangen hinunterliefen.

„Elli?“, fragte Tristan mit gebrochener Stimme. „Bist du wieder da?“

Sie sah ihn an, blinzelte die Tränen weg und nickte. Tristan sagte nichts mehr, stattdessen drückte er sie ganz fest an sich und seine Wange gegen ihre.

„Mach nie wieder so ’nen Scheiß mit mir“, wisperte er vollkommen aufgelöst in ihr Haar. „Ich dachte, …“ Er sprach nicht weiter, aber sie verstand ihn auch so.

„Du liebe Güte“, hörte sie auch Manja etwas atemlos ausstoßen, während ganz langsam wieder Ruhe in ihren eigenen Körper einkehrte. „Du … du hast geschrien, als würdest du die schlimmsten Qualen ausstehen. War das die Hexe? Hat sie irgendwas mit dir gemacht?“

Was für ein dummes Huhn! Ich schade doch nicht mir selbst!

Elli deutete das Kopfschütteln nur an, weil Tristans innige Umarmung ihre Bewegungsfreiheit etwas einschränkte und das bewog ihren Freund schließlich dazu, sie wieder loszulassen. Die Sorge in seinen Augen war immer noch groß, aber er hatte sich jetzt wieder im Griff.

„Ich … das war wieder … so ein Traum …“, brachte Elli noch etwas verwirrt heraus, während Tristan ihr umsichtig auf die Beine half.

„Kein Traum – eher eine Vision“, wusste Manja. „Wahrscheinlich bist du direkt auf den Punkt getreten, an dem das Mädchen gestorben ist. Hast du ihren Tod gesehen?“

Elli nickte beklommen. „Ich weiß jetzt auch, wie sie hieß: Jelena.“

„Faszinierend!“, entfuhr es Manja. Sie verzog jedoch gleich wieder das Gesicht. „‘tschuldige. Es war bestimmt schrecklich, so wie du gebrüllt hast.“

„Das war es“, stimmte Elli ihr zu und fühlte den tröstenden Druck von Tristans Fingern, der sie immer noch zumindest an einem Arm stützte. „Aber ich hab noch etwas anderes gesehen.“

Manjas Augen leuchteten begeistert auf und sie trat näher, hielt dabei aber ihr Gerät möglichst weit von Elli weg. „Und was?“

„Ein Haus …“ Elli zog die Brauen zusammen, versuchte sich besser zu erinnern und sah es sogleich wieder vor sich. Groß, hell mit prächtigen Säulen am Eingang. Eine Villa. Eine, die sie kannte! Sie wandte sich aufgeregt Tristan zu. „Das Geisterhaus, Tris! Die Geistervilla, … wo wir unsere Mutprobe machen wollten und uns dann doch nicht reingetraut haben.“

Das Gesicht ihres Freundes erhellte sich. „Das Anwesen der Brewers?“

Sie nickte nachdrücklich und bereute es im nächsten Moment gleich wieder, weil ihr prompt schwindelig wurde. Die Vision hatte sie ganz schön mitgenommen.

„Aber was hat das Haus mit dem Fluch zu tun?“, fragte Tristan verwirrt.

Elli hob die Schultern. „Keine Ahnung. Es ist einfach nur zweimal vor meinem inneren Auge aufgeblitzt.“

„Gleich zweimal?“, hakte Manja hellhörig nach. „Dann ist es wichtig. Es liegt nicht zufälligerweise in der Richtung, die ich euch gerade gezeigt habe?“

Elli dachte kurz nach und kam zu demselben Schluss wie Tristan. „Doch liegt es“, sagten sie wie aus einem Mund.

Manjas Augen sprühten nahezu Funken vor Freude. „Kinder – wir haben eine Spur!“, stieß sie begeistert aus. „Eine brennend heiße!“

Verspukt und zugenäht

Gemeinsam machten sie sich auf den Weg zum sagenumwobenen Geisterhaus der Brewers, das diesen Namen schon seit Jahrzehnten trug, auch wenn nur wenige Menschen im Dorf wahrhaftig an Geister glaubten.

Die Villa stand schon seit Ewigkeiten leer, eigentlich schon seit Harold Brewer und seine Familie, mit der Elli laut ihrer Oma sogar entfernt verwandt sein sollte, 1901 dort ausgezogen waren. Obwohl die heute noch lebenden Erben der Brewers behaupteten, das Haus wegen eines ungeklärten Erbschaftsstreits nicht verkaufen zu können, meinten einige alteingesessene Dorfbewohner, den wahren Grund für das Leerstehen des Gebäudes zu kennen: Es spukte dort und zwar derart schlimm, dass die meisten Interessenten schon beim bloßen Anblick der Villa das Weite suchten.

Als Kind hatte Elli große Angst vor dem alten Gemäuer gehabt und immer einen großen Bogen drum herum gemacht – bis ihr Cousin Cedric sie und Tristan herausgefordert und bei einer Mutprobe verlangt hatte, dass sie nicht nur den Garten betraten, sondern auch mindestens eine Stunde im Haus blieben. Da waren sie schon elf Jahre alt und der Meinung gewesen, dass sie schon *viel* zu groß waren, um an Geister und anderen Quatsch zu glauben.

Bis in den Garten waren sie gekommen, doch als ein merkwürdiges Heulen aus dem Hausinneren ertönt war, hatten sie Reißaus genommen und Cedric später erzählt, dass Mutproben kindisch und sie beide schon zu alt seien, um bei solchen Kindereien weiter mitzumachen.

Seitdem hatte Elli das Haus nicht mehr aufgesucht und wenn sie ehrlich war, erfüllte sie der Gedanke, es nach so langer Zeit wieder zu tun, nicht gerade mit Freude. Insbesondere weil sich ja nun auch herausgestellt hatte, dass mit der Villa tatsächlich etwas nicht stimmte. Sie war in den Fluch involviert und das schon seit Jahrzehnten.

Tristan, der entweder ihr Unbehagen zu spüren schien oder sich immer noch von seinem Schrecken über ihren ‚Anfall' erholen musste, blieb eine ganze Weile dicht an Ellis Seite, während Manja ihren kleinen Trupp anführte. In der Hand hielt sie weiterhin ihr kostbares Gerät und bemühte sich dabei redlich, es nicht direkt auf Elli zu richten.

„Ich mach es nicht *auch* noch kaputt", sagte diese nach einer Weile kleinlaut, doch die Special Protector winkte ab. „Berufsrisiko. Es wusste, worauf es sich einlässt." Sie grinste schief. „Es war nur das erste, das ich je hatte. Bernie hat es mir zu meinem Einstand geschenkt."

Elli nickte betrübt. „Was … was schulde ich dir denn?"

In Gedanken rechnete sie bereits mit einer abnorm hohen Summe, die es ihr unmöglich machen würde, ihr Studium fortzusetzen und dann würde sie wieder nach Hause ziehen müssen und ihr Traum vom Beruf als Ärztin war für immer ausgeträumt und sie würde bis an ihr Lebensende hier in Ferry Bridge versauern, wenn die Königin sie nicht bereits vorher in den Wahnsinn getrieben hatte.

„O mein Gott, alles in Ordnung, wir sind gut versichert!“, drang Manjas Stimmen beruhigend in ihre panischen Gedanken und auch Tristan blickte sie besorgt an. Super, sich schon wieder wie die ‚Vorzeigebesessene‘ zu fühlen.

„Das wird schon wieder“, sagte er leichthin und sah sie auf ihren zweifelnden Blick hin aufmunternd an.

„Vermutlich müsst ihr mich irgendwann auch einsperren“, sprach sie aus, was sie erst vor kurzem bereits gedacht hatte. „Aber bitte nicht zu den Wölfen!“

„Quatsch“, winkte er ab. „Du kommst in dein eigenes Verlies. Irgendwas Schönes mit Blümchen und … nichts, was brennen kann.“

Sie wollte ihn entrüstet ansehen, musste aber doch lachen. Tristans Zuversicht tat ihr gut und sie wollte gerade nicht darüber nachdenken, ob diese echt oder nur gespielt war, doch eigentlich war er immer der Optimist in ihrer Beziehung gewesen. Ihrer *freundschaftlichen* Beziehung, die immer mehr so wie früher zu werden schien und zum widerholten Male ein schmerzliches Sehnen in ihr auslöste, das umgehend von einer gewissen Person weiter geschürt wurde.

Tristans Blick war warm und vertraut und es kostete Elli all ihre Kraft, nicht nach seiner Hand zu greifen, auch wenn die Stimme in ihr es nachdrücklich forderte und ihr damit selbst aus dem Herzen sprach.

Vor ihnen lief Manja im Zickzack-Kurs, hielt ihr EMF in alle Richtungen und nickte immer wieder bedächtig, bevor sie etwas in ihr Handy eingab.

„Extrem interessant", rief sie und drosselte ihr Tempo etwas, sodass ihre Mithelfer zu ihr aufschließen konnten.

„Nicht E.I.?", konnte sich Tristan nicht zurückhalten und Manja lachte nach einem Moment der Verwunderung. „Alles kürzen wir nun auch wieder nicht ab, das wäre ja zu kompliziert. Schließlich ist unser A.K. – siehst du, da hast du wieder eine – unser Abkürzungskompendium schon recht lang. Das auf dem Handy ist ja nur die Kurzform."

„Natürlich", pflichtete Tristan ihr übertrieben ernsthaft bei und Manja lachte ihn erneut an, sorgte dafür, dass sich Ellis Hände in einem weiteren dummen Eifersuchtsanfall zusammenkrampften.

„Ich mag deinen Humor. Deine Freundin hat's gut mit einem solchen Mr Sunshine an der Seite." Sie zwinkerte Elli verschwörerisch zu.

„Wir sind nicht zusammen!", platzte es ungehalten aus der heraus und Tristans Lächeln erstarb ruckartig, während sich ein Hauch von Betrübnis in seine Augen einfand.

„Wir … wir sind nur Freunde", setzte sie etwas verwirrt hinzu.

„Ach?" Manja machte einen erstaunten Eindruck. „Ich dachte …"

„… das Falsche", fiel Tristan ihr ins Wort. „Wir kennen uns seit dem Kindergarten – deswegen sind wir so vertraut miteinander. Das hat schon viele Leute zu einer falschen Schlussfolgerung geführt."

Diese Worte versetzten Elli einen Stich in ihrer Brust und sie konnte spüren, wie jemand in ihr einen Tobsuchtsanfall bekam.

Siehst du, was sie tut?! Mischt sich überall ein! Treibt uns auseinander, weil sie ihn für sich haben will. Aber wir lassen das nicht zu. Er gehört uns, nur uns!

Halt die Klappe!, fuhr Elli sie innerlich an. *Du machst es nur noch schlimmer! Ich habe uns ja schließlich zuerst in die Nur-Freunde-Schublade gesteckt.*

Und wenn du dich weiterhin so anstellst, wird das auch das Beste bleiben, was wir kriegen können!

Elli stopfte der Königin gedanklich einen Knebel in den Mund. Wie sollte sie es bloß schaffen, *nicht* oder zumindest *nicht so stark* gegen diese Durchgeknallte anzukämpfen? Tristan hatte ja keine Ahnung, was er da verlangte.

„Aber du *hast* mit Sicherheit eine Freundin, oder?", fragte Manja nun auch noch weiter. „Vielleicht einen Freund?"

Und schon war der Knebel ausgespuckt.

Ich? ICH mache alles schlimmer?, höhnte die Königin. *Sie spuckt uns in die Suppe! Bringt alles durcheinander mit ihren komischen Piepgeräten! Ich habe dich gewarnt, sie zu rufen! So wird das hier nie was!!*

Sofort durchfuhr Eifersucht sie wieder wie ein Blitz, ließ ihre Handflächen brennen und sie spürte bereits das erste Prickeln von Funken. Manjas Gerät gab einen hohen Pfeifton von sich, der die junge Frau flugs dazu brachte, ein paar hastige Schritte Abstand zu nehmen, das EMF wohlweislich in eine andere Richtung haltend.

„Hey Leute, da ist es!“, verkündete Tristan genau in diesem Augenblick und wies nach vorn.

Vor ihnen lichtete sich der Wald und gab den Blick auf das große sandfarbene Gebäude frei, das sich hinter einem hohen eisernen Zaun, etliche Meter von ihnen entfernt, in den blauen Himmel reckte. Aus der Ferne sah es noch nicht wirklich gruselig aus, dennoch rann Elli ein kalter Schauer über den Rücken und ihr Herz begann schneller zu schlagen.

„Prima!“, freute sich Manja und lief sogleich zielstrebig auf die Straße zu, die parallel zu ihnen verlief und zu dem großen Tor führte, durch das man das Grundstück betreten konnte.

„Mal sehen, ob Graf Dracula und Co zuhause sind“, witzelte Tristan und stieß Elli mit dem Ellenbogen an.

Die konnte seinen Humor jedoch ausnahmsweise nicht teilen. „Hör bloß auf – vielleicht sind die tatsächlich durch den Fluch zum Leben erweckt worden“, erwiderte sie, während sie dem Tor immer näher kamen.

„Hältst du Dracula für ein Märchen?“, fragte Tristan schmunzelnd.

Sie hob die Schultern, den Blick angespannt auf Manja gerichtet, die gerade das Fahrradschloss, mit dem jemand das Tor mehr schlecht als recht verschlossen hatte, in die Hand nahm.

„In dem Märchenbuch war die Geschichte aber nicht drin“, tröstete Tristan sie. „Also kein Grund, sich Knoblauchketten umzuhängen und die Holzpflöcke anzuspitzen. Und an Geister glaub ich ohnehin nicht.“

„An Zauberei hast du vorher auch nicht geglaubt", erinnerte Elli ihn.

„Tu ich ja jetzt noch nicht mal richtig", gab er leichthin zurück. „Für mich sind das .... energetische Ströme, die ... eine seltsame Wirkung auf ihre Umgebung haben und von bestimmten Menschen gesteuert werden können."

Elli musste schmunzeln. „Willst du das jetzt immer als Ersatz für Worte wie ‚Magie' und ‚Zauberei' benutzen?", neckte sie ihren Freund.

„Kann man ja abkürzen", grinste er. „E.S.d.e.s.W.a.i.U.h.u.v.b.M.g.w.k. Ganz simpel und easy in jedes Gespräch einzubauen."

Elli entwischte ein Prusten, das Manja dazu brachte, sich stirnrunzelnd zu ihnen umzudrehen. „Hab ich was verpasst?", fragte sie, weil auch Tristan sein Lachen hinter seinen Händen verbarg.

„Nö, alles gut", grinste Elli.

„Na, dann." Manja hielt ihnen freudestrahlend das Schloss entgegen und Elli erkannt sehr schnell, dass dieses durchgeschnitten worden war.

„Das Glück ist uns hold", verkündete die Special Protector fröhlich. „Jemand hat das Schloss schon vor uns geknackt. Wir kommen also rein."

Seltsamerweise klang das für Elli nicht nach einer guten Nachricht.

„Die Frage ist, ob wir das wirklich müssen", brachte sie an, was die Königin ihr soufflierte. „Kannst du das Haus nicht mit deinem Gerät von hier aus abscannen?"

Manja sah sie entrüstet an. „Wo wär denn da der Spaß? Außerdem kann mein EMF keine Wände durchdringen

– obgleich es mir bereits verraten hat, dass die Energie beständig stärker wird, je näher wir dem Haus kommen."

Entschlossen öffnete sie einen der Flügel, der ein lautes schrilles Quietschen von sich gab, das in Ellis Ohren wie eine Alarmsirene klang. Zeitgleich mit Tristan verzog sie das Gesicht, aber im Gegensatz zu ihm folgte sie Manja nicht unverzüglich durch das Tor. Ihr Freund blieb stehen, sah sie verwundert an.

„Was ist? Kommst du?"

„Wer immer auch das Schloss geknackt hat, könnte noch da drinnen sein", mahnte sie ihn, machte jedoch zumindest einen kleinen Schritt auf ihn zu, einfach nur, weil er seine Hand nach ihr ausgestreckt hatte.

„Das waren bestimmt nur Jugendliche, die eine Mutprobe machen wollten – so wie wir damals", versuchte er sie zu beruhigen. „Die sind sicherlich längst wieder weg. Und selbst wenn nicht – du bist eine mächtige Hexe. Wer kann dir schon etwas anhaben?"

Da hat er allerdings recht, stimmte genannte Person ihm zu. *Wir können uns das Haus ja mal aus der Nähe ansehen. Vielleicht eignet es sich ja sogar dafür, es in unser neues Schloss umzubauen.*

„Witzig", knurrte Elli und schritt nun doch beherzt durch das Tor – *ohne* nach Tristans Hand zu greifen, weil sie die zusätzliche Verwirrung durch ihre stetig wachsenden Gefühle für ihn nicht auch noch ertragen konnte. „Gerade hast du dir noch vor Angst fast in die Hose gemacht."

„Was hab ich?", hakte Tristan halb lachend nach.

„Oh! Hab ich das laut gesagt?" Sie spürte prompt Hitze in ihre Wangen steigen. „Ich meinte nicht dich."

„Heißt das, die böse Königin hat Angst vor diesem Ort?“, fragte Manja erfreut.

Nein! Selbstverständlich nicht! So ein Blödsinn!

„Ja“, bestätigte Elli fast feixend, „*hat* sie.“

„Das ist ein gutes Zeichen“, klärte die Special Protector sie auf. „Es bedeutet, dass wir des Rätsels Lösung näherkommen, denn ein Auflösen des Fluchs würde ihren Untergang bedeuten.“

So ein dummes altes Haus kann eine mächtige Person wie mich nicht niederringen! Glaub ihr kein Wort. Sie will nur wieder mit ihrem Wissen vor Tristan glänzen und …

Das genügte. Elli stieß ihr anderes Ich mit Kraft zurück und legte an Tempo zu, überholte dabei sogar entschlossen Manja. Die Villa rückte dadurch schnell näher und mit einem Mal spürte Elli ein seltsames Kribbeln in ihren Schläfen, als würde etwas nach ihr greifen, an ihr ziehen, und eine Gänsehaut bildete sich auf ihren Armen. Ihr stockte der Atem und ihr Blick wanderte an der Fassade des einst sicherlich sehr prachtvollen Baus hinauf, flog über die Fenster, von denen die meisten eingeschlagen waren, und blieb schließlich an dem eisernen Schild mit dem Wappen der Brewers über dem Eingang hängen. Sie runzelte die Stirn, denn zwei der Nägel hatten sich gelöst, sodass das Schild nun schräg herunterhing und den Blick auf ein weiteres, dieses Mal steinernes Emblem freigab.

„Ist das …“, begann Tristan neben ihr.

„Ein Greif – ja“, schnitt sie ihm das Wort ab und ihr Herz begann unvermittelt wieder schneller zu schlagen. Wenn es das war, was sie dachte, hatte Manja mit ihrer

Behauptung recht und dieses Haus war in der Tat in die Sache mit dem Fluch verwickelt.

Elli schluckte schwer, hob aus einem Instinkt heraus die Hand und machte eine wegwischende Bewegung. Es überraschte sie selbst, dass die Luft vor ihr kurz knisterte und sich das ganze Schild aus der Wand löste, um scheppernd vor ihren Füßen zu Boden zu fallen.

Gänsehaut bildete sich auf ihren Armen, während sie gebannt das steinerne Emblem betrachtete. Sie kannte es nur allzu gut, weil es an fast allen wichtigen Gebäuden des Dorfes und vielen Ausstellungsstücken im Museum zu finden war: Ein Greif und ein Drache, die jeweils auf ihren Hinterbeinen standen und in ihrer Mitte den verschnörkelten Buchstaben S festhielten. Shamhurst.

„Gibt's doch gar nicht!", stieß Tristan verblüfft aus. „Das haben *auch* die Shamhursts gebaut?"

„Shamhurst?", hakte Manja nach. „Ist das nicht …"

„Die Familie, die meine Ururgroßtante ermordet hat."

„Wusst ich's doch!", freute sich Manja. „Mein EMF irrt sich nie!"

„Dass sie es gebaut haben, heißt aber nicht, dass sie hier auch wohnten", wandte Elli ein, während sie versuchte, sich nicht von dem immer stärker werdenden Sog des Hauses nervös machen zu lassen. „Sie haben viele Gebäude in Ferry Bridge errichtet und dort ihr Familienwappen hinterlassen. Soweit ich informiert bin, hatte sich die Familie aber später auf den Gutshof zurückgezogen, weil kaum noch etwas von ihrem ehemaligen Reichtum zurückgeblieben war."

„Du glaubst doch nicht ernsthaft, dass die magische Energie hier nur zufällig stärker wird!", erwiderte Manja.

„Dieses Haus *hat* etwas mit dem Fluch zu tun – und dass gerade die Familie, die am Tod des Mädchens schuld war, es gebaut hat, spricht Bände.“

„Und es steht seit ewig langer Zeit leer“, fügte Tristan hinzu, „obwohl es ein wunderschönes Haus und nicht so zerfallen ist, dass man es nicht wieder herausputzen könnte. Hat man ja schließlich nach dem Brand auch gemacht.“

Manja sah ihn verblüfft an. „Hier hat es ebenfalls gebrannt?“

„Ja und zwar zur selben Zeit wie auf dem Gutshof – nur konnten die Leute, die hier vorher wohnten, im Gegensatz zu den Shamhursts entkommen. Später kam raus, dass ein Landstreicher, der von der Grafenfamilie schlecht behandelt worden war beide Brände legte.“

„Woher weißt du denn sowas?“, erkundigte sich Elli baff, während Manja die neuen Infos auf ihr Handy sprach.

„Ich hab bei Tesco mal einen Geschichtsstudenten getroffen, der sich genauer darüber erkundigt hatte“, erklärte er mit einem Schulterzucken. „Ich fand's damals ganz interessant, hab mir aber keine weiteren Gedanken darüber gemacht.“

„Sagtet ihr nicht, man erzählt sich, dass es hier spukt?“, wollte Manja wissen und Elli nickte. „Vielleicht ist das der Geist des Magiers, der sich herumtreibt und vielleicht war er ja irgendwie in den Brand verwickelt.“

„Geister gibt es doch gar nicht“, sprach Elli stirnrunzelnd aus, was sie sich bisher erfolgreich hatte einreden können – und erstarrte, weil aus dem Inneren des Hauses ein lautes Knarren und gleich darauf ein unheimliches Heulen zu vernehmen war.

„Habt ihr das auch gehört?“, wisperte sie entsetzt.

Leider nickten die anderen beiden und machten dabei einen ähnlich geschockten Eindruck wie sie – erst recht, als Schritte im Inneren der Villa zu vernehmen waren. Schwerfällig. Laut. Gefolgt von einem langgezogenen Stöhnen.

Lauf!, rief die Königin entsetzt. *Die Geister der Verstorbenen kommen uns holen!*

Elli reagierte nicht. Sie war schockgefroren, konnte sich nicht mehr bewegen, nur atemlos die Tür anstarren, hinter der sich der Spuk abspielte. Diese öffnete sich im nächsten schreckerzeugenden Moment knarrend und sie alle starrten in die Fratze von … Oliver Jones?

Ellis und Tristans alter Schulkamerad, der nach dem Abschluss den Blumenladen seiner Mutter übernommen hatte, war kurz vor ihnen zurückgezuckt, machte jetzt aber ein furchtbar enttäuschtes Gesicht.

„Och nö“, jammerte er. „Schon wieder keine Geister. Der Tag hätte nicht enttäuschender verlaufen können.“

„Oli? Was … was machst *du* denn hier?“, brachte Tristan verwirrt heraus. „Bist du jetzt die neue Geisterattraktion von Ferry Bridge oder was?“

Die Augen des Angesprochenen verengten sich. „Geisterattraktion? Heißt das, ihr habt euch vor mir gegruselt?“

„Ich nicht“, gab Manja cool zurück, während sie ihr laut piependes EMF vor seinem Körper von oben nach unten führte. „Aber die beiden hier schon.“

Mit Ausnahme von mir natürlich.

Olivers Gesicht erhellte sich sichtbar. „Das ist ja wundervoll! Wie ist das so?“

„Was genau?“, fragte Tristan stirnrunzelnd.

„Sich zu gruseln. Angst zu haben.“ Olivers Gesichtsausdruck wandelte sich erneut, zeigte nun deutliche Betrübnis. „Drei Nächte war ich nun schon hier und weiß immer noch nicht, wie es sich anfühlt.“

Elli verdrehte die Augen und seufzte tief. „*Noch* ein Märchen.“

„Nein, das entspricht der Wahrheit“, missverstand Oliver sie. „Ich bin hier …“

„… um das Fürchten zu lernen“, beendete Elli seinen Satz. „Ja, schon klar. Aber das kannst du viel besser draußen im Wald tun.“

„Ja?“ Die Augen des jungen Mannes leuchteten begeistert auf. „Das wäre ja super! Im Haus ist ja nichts los – außer, dass ab und an Putz von der Decke kommt und einem ganz schöne Beulen verpassen kann.“

Er wies auf seine Stirn, auf der ein ordentliches Horn prangte. Wahrscheinlich war das zuvor gehörte Stöhnen von ihm gekommen.

„Also, schön aufpassen, wenn ihr da reingeht“, mahnte er sie. „Wer weiß, vielleicht schafft ihr es ja, euch zu gruseln!“

Damit eilte er auch schon durch den riesigen Vorgarten, auf das Tor zu.

„Na, jetzt bestimmt nicht mehr“, murmelte Tristan und erklomm kurzerhand die breite Steintreppe, um die Villa beherzt zu betreten.

Manja folgte ihm, die Stirn in nachdenkliche Falten gelegt. Elli hingegen blieb vor dem Eingang stehen, spähte argwöhnisch ins doch etwas dunklere Innere.

Hässlich, dreckig, nichtssagend. Lass uns wieder gehen. Da finden wir bestimmt nichts, was uns gefällt. Wir wollen ein Schloss, keine Bruchbude.

„Elli, kommst du?“, hörte sie Tristan rufen und der Klang seiner Stimme riss ihren letzten Widerwillen ein. Mit etwas zu schnellem Puls betrat sie die große Eingangshalle und sah sich staunend um.

Die Villa war nicht annähernd so zerfallen, wie sie es angenommen hatte. An der Decke über ihr hing sogar noch ein kostbarer Kronleuchter und der Boden bestand aus teuren Marmorfliesen. Eine breite Treppe mit goldenem, kunstvoll verziertem Geländer führte hinauf ins obere Stockwerk und das Sonnenlicht, das dort durch das riesige Fenster fiel, gab der verstaubten Halle eine besondere, fast mysteriöse Ausstrahlung.

„Wow!“, stieß Elli beeindruckt aus und wandte sich jetzt erst wieder zu den anderen um.

Während Tristan sich wie sie fasziniert umsah, schien Manja immer noch über irgendetwas nachzudenken.

„Was ist?“, erkundigte sich Elli.

„Ich kenne das Märchen von gerade eben nicht so gut – wer ist sein Gegenspieler?“

„Von dem einen der auszog, das Fürchten zu lernen?“

Manja nickte und auch Tristan trat wieder zu ihnen.

„Geister und Dämonen in einem Schloss, glaube ich“, antwortete er.

Elli schauderte es bei diesen Worten einmal mehr und es kostete sie viel Kraft, nicht gleich wieder aus der Villa zu türmen. Sie war doch sonst nicht so ängstlich.

Nicht ängstlich – vorsichtig. Und das ist klug.

„Aber wenn du mich fragst, ist er selbst der wahre Bösewicht der Geschichte“, setzte Tristan hinzu, „verletzt und tötet andere Menschen aus reiner Dummheit und die Geister können einem am Ende eigentlich nur leidtun.“

„Dann muss die Welt eher vor *ihm* geschützt werden?“, hakte Manja nach.

„Er wird schon niemanden umbringen“, mischte sich Elli ein wenig gestresst ein.

Da war er wieder, der seltsame Blickwechsel zwischen ihrem besten Freund und der Special Protector.

„Was?!“, entfuhr es Elli unbeherrscht.

„Nichts, ich …“, begann Tristan, wurde jedoch sofort voller Ungeduld von Manja unterbrochen.

„Mir reicht's jetzt – kannst du dich an die Enden der Märchen erinnern?“, fragte diese Elli, Tristans leisen Protest bewusst ignorierend. „Weißt du noch, wie sie ausgegangen sind?“

Elli sah verunsichert von Tristan, der resigniert die Augen schloss, wieder zurück zu Manja. Wenn sie sich recht erinnerte, hatte sie nicht ein einziges der Märchen *bewusst* gelesen und die Anspannung ihrer beiden Begleiter in Bezug auf die eben gestellte Frage machte sie mehr als nervös. Sie musste sich räuspern, um den dicken Kloß in ihrem Hals loszuwerden. „Na, wie alle Märchen, denke ich: Und wenn sie nicht gestorben sind …“

„Eben nicht“, war die unschöne Reaktion auf ihre Aussage. „Die Märchen in unserem Fluchbuch gehen alle schlecht aus.“

„Was heißt schlecht?“, fragte Elli alarmiert.

„Sie leben *nicht* noch heute. Alle bringen sich am Ende gegenseitig um. Niemand bleibt übrig."

Für einen kurzen Augenblick setzte Ellis Denken komplett aus. Ihr Inneres schrumpfte zu einem einzigen festen, schmerzhaften Knoten zusammen und sie bekam keine Luft mehr.

„Atmen, Elli!", hörte sie Tristan neben sich und eine Hand legte sich auf ihren Rücken, strich dort sanft auf und ab. „Wir können das noch verhindern. Wir haben noch Zeit."

„Zeit?", fiepste sie.

„Ja", bestätigte Manja. „Bis zum Vollmond. In allen Märchen geht das Gemetzel erst los, wenn der Mond sich rundet."

„Und wann ist der?", piepste Elli weiter.

„Kommenden Dienstag", ließ Tristan sie wissen. „Wir haben noch vier Tage Zeit. Das reicht, um das Rätsel zu lösen und den Fluch zu brechen."

„Oh Gott!", brachte Elli mit brüchiger Stimme heraus und mit ihrer wachsenden Angst und Verzweiflung wurden ihre Beine immer weicher. „Ich muss … muss mich …"

Sie taumelte in Richtung Treppe und Tristan half ihr dabei, sich auf der zweiten Stufe niederzulassen.

Ruhig bleiben, hörte sie die Königin in ihrem Hinterkopf. *WIR werden niemanden umbringen. Und wir sind SO mächtig – da kann uns der Fluch mal kreuzweise. Wir verhindern den Massenmord und machen uns das Dorf untertan. Was hältst du davon?*

Elli schloss die Augen, atmete tief durch die Nase ein und durch den Mund aus. Erst dann fühlte sie sich stark genug, um ihre Mitstreiter wieder anzusehen, die mit besorgter Miene vor ihr standen.

„Wer bringt genau wen um?“, verlangte sie zu wissen, glücklicherweise schon wieder mit etwas festerer Stimme.

Das spielt doch gar keine Rolle! Wir …

Schnauze!

„Die Bösen die Guten und anders herum“, gab Tristan bekannt. „Elli, ich wollte dir das schon bald sagen. Ich fand nur, dass es gerade nicht der …“

Sie brachte ihn mit einem Heben der Hand zum Schweigen, schüttelte kurz den Kopf. Auch wenn da Wut über seine Verschwiegenheit ihr gegenüber in ihr zu finden war, konnte sie nachvollziehen, warum er ihr nicht umgehend von seiner Entdeckung erzählt hatte. Sie war derzeit alles andere als emotional stabil.

„Wir … wir müssen sie voneinander fernhalten, solange wir den Fluch noch nicht besiegt haben“, entschied sie gefasst. „Ich kann nicht riskieren, dass meine Freundinnen und meine Nichte …“

Sie sprach nicht weiter, presste fest die Lippen zusammen, um nicht loszuheulen.

„Dazu müssten wir erst einmal feststellen, wer die bösen Figuren sind“, erwiderte Manja, „und das ist …“

„Neben den Wölfen müssen das böse Hexen, Feen und Königinnen sein“, unterbrach Elli sie ungeduldig. „Zwei Wölfe haben wir schon. Es kann doch nicht so schwer sein, die restlichen Antagonisten irgendwo einzusperren. Zumindest nicht für mich. Meine Kräfte sind vielleicht größer als ihre, weil ich den Fluch ausgelöst habe, und außerdem habe ich euch als Verstärkung.“

„Und wie willst du diese Wesen aufspüren?“, fragte Tristan. „Ferry Bridge ist zwar ein kleines Dorf, aber hier leben immerhin über dreihundert Menschen. Manja kann ja schlecht mit ihrem Gerät von Tür zu Tür gehen und alle Leute scannen.“

Die Special Protector dachte nur kurz nach, dann wurde sie ein weiteres Mal aktiv, kramte in ihrem Rucksack herum und ein Tablet daraus hervor, das sie sogleich anschaltete.

„Wir bei S.O.o.M.P. sind glücklicherweise mit der modernsten Technik ausgerüstet“, murmelte sie, während sie irgendwas in ihren PC eingab.

„Technik, um Hexen und dergleichen aufzuspüren?“, hakte Tristan zweifelnd nach und Elli erhob sich, um näher an das Geschehen heranzutreten.

Manja deutete ein Kopfschütteln an. „Eher Technik, um Magie aufzuspüren – wie ich euch ja auch schon mit dem anderen Gerät gezeigt habe. Und so kompliziert ist das gar nicht. Magie ist eine extrem starke Energieform und hat ein spezifisches Wärmebild wie auch jede Person, die Zauberkräfte besitzt. Diese magischen Wärmebilder lassen sich wiederum sehr gut von Infrarotkameras erfassen. Und da unsere Organisation Zugriff auf einen Satelliten hat, der mit genau so einer Kamera ausgerüstet ist …“

Sie drehte ihr Tablet so, dass auch Tristan und Elli einen Blick darauf werfen konnten.

„Das hier ist das Wärmebild von ganz Ferry Bridge.“

„Grundgütiger!“, entfuhr es Elli, während ihr Freund ein entsetztes „Ah jebemu sranje!“ ausstieß.

Der ganze Ort war ein Mix aus hellgelben und rötlichen Farbvariationen mit einem weißen Bereich am Rand von Ferry Bridge.

„Das sieht erst einmal so aus, als würde das ganze Dorf die Energiequelle sein", erklärte Manja, „aber wenn man heranzoomt …"

Die farblichen Bereiche begannen sich zu ändern, wurden immer unterschiedlicher und man konnte ganz genau sehen, wo die größte Wärme herkam, und dass diese mit dem ganzen Rest in Verbindung stand.

„Ist das …", begann Elli.

„Ja – das Haus hier", bestätigte Manja, bevor sie ihren Satz zu Ende gesprochen hatte. „Ich wusste es! Das Buch und das Haus haben eine Verbindung und wahrscheinlich auch eine gemeinsame Geschichte!"

„Aber wenn die Magie von hier ausgeht und nirgendwo in Ferry Bridge eine ähnliche Quelle zu finden ist …", begann Elli.

„Dann bedeutet das, dass es keine weiteren Menschen mit Zauberkräften gibt", beendete Tristan ihren Satz. „Denn die müssten wir ja auch irgendwo als kleine Punkte mit größerer Wärme sehen."

„Ich bin die einzige böse Magierin", kam es Elli etwas atemlos über die Lippen und sie wusste nicht, ob das eine gute oder schlechte Nachricht war.

„In dir *wohnt* die einzige böse Magierin", verbesserte Tristan sie. „Und du hast sie ja weitestgehend unter Kontrolle, also können wir erst einmal aufatmen."

„Zumindest in Bezug auf die Märchen, in denen jemand mit magischen Kräften das Unheil anrichtet", merkte Manja an. „Selbst *wenn* eine andere Königin oder böse Fee zum Leben erweckt wurde, wird sie dennoch keinen Schaden mit *Magie* anrichten können, weil sie keine besitzt. Sie muss jede Untat mit weltlichen Mitteln ausführen."

„Was ja schon schlimm genug ist", setzte Elli hinzu. „Die Menschen haben noch nie Magie gebraucht, um sich Schaden zuzufügen oder gar umzubringen. Oh Gott! Warum sind wir überhaupt hierhergekommen? Wir hätten gleich aktiv werden sollen!"

„Inwiefern?", wollte Tristan wissen. „Was hätten wir tun sollen? Jeden einzelnen Dorfbewohner in seinem Haus einsperren?"

„Zum Beispiel!", gab Elli aufgewühlt zurück, obwohl sie genau wusste, dass dies kaum möglich war. „Oder halt nur die bösen Märchenfiguren."

„Das ist erstens massive Freiheitsberaubung und zweitens nicht bis zum nächsten Vollmond machbar", mischte sich auch Manja wieder ein.

Elli sah sie verärgert an. „Was war denn *euer* toller Plan, um die Leute davon abzuhalten, sich gegenseitig zu massakrieren?"

„Den Fluch zu brechen", antwortete Tristan. „Und ich halte das auch immer noch für die beste Idee. Jedwede Zeit, die wir darauf verwenden würden, alle bösen Märchenfiguren zu finden, würde uns für die Lösung des Rätsels verloren gehen. Und wer weiß, was passiert, wenn wir zwar verhindern, dass sich alle umbringen, aber der Vollmond vorüber ist. Vielleicht bleiben dann alle in ihrem Zustand gefangen."

Ist doch gar nicht so schlecht. Dann können wir über das Dorf regieren.

Klappe!

Elli wandte sich von ihren Begleitern ab, verkreuzte die Arme vor der Brust und versuchte sich mit aller Macht zu Ruhe und Besonnenheit zu zwingen. Die anderen beiden hatten recht. Sich weiter darauf zu konzentrieren, den Fluch zu brechen, war das Sinnvollste, das sie tun konnten – trotz des neuen Drucks.

„Okay, dann … sehen wir uns halt hier weiter nach Hinweisen um“, sagte sie schließlich niedergeschlagen.

„Das halte ich für eine ausgesprochen gute Idee“, lobte Manja sie. „Am besten teilen wir uns auf. Ich gehe nach oben und ihr beide könnt euch die Räume hier unten ansehen.“

Elli fand bedauerlicherweise keinen Anlass zu widersprechen. Das Haus bereitete ihr und ihrem mentalen Gast immer noch großes Unbehagen und aus ihrer Sicht konnten sie es nicht früh genug wieder verlassen. Zu ihrer großen Erleichterung verkündete Tristan, dass er die Räume zur Linken übernahm (von dort schien der energetische Sog zu kommen, von dem keiner außer ihr etwas wusste) und Elli bewegte sich nach rechts. In dem angrenzenden Raum gab es zwar keine Möbel mehr, aber ein uralter Ofen verriet, dass hier einmal die Küche gewesen sein musste.

Elli drehte in dieser eine kleine Runde und blieb schließlich in der Mitte stehen, ließ ihren Blick langsam über die Wände wandern. Etwas Auffälliges, das Aufschluss über die Geschichte des Hauses und seiner Bewohner geben konnte, konnte sie leider nicht entdecken.

Und damit hat sich die Suche für uns auch erledigt, merkte die Königin an. *Können wir jetzt gehen?*

Drüben bei Tristan könnte es aber anders aussehen, ging Elli ausnahmsweise auf die Bemerkung ein. *Es fühlt sich fast so an, als würde da irgendwas nach uns rufen.*

Papperlapapp! Was du dir alles einbildest. Das sind höchstens die Ratten in den Wänden. Außerdem ist ja Tristan drüben und wenn der nichts findet, wird da auch nichts sein. Wenn du mir nicht vertraust, vertraue wenigstens ihm. Das hat er verdient.

Elli konnte nichts mehr dagegen erwidern – und wenn sie ehrlich war, wollte sie das auch nicht. Man konnte auch an anderer Stelle mehr über das Haus herausfinden, musste nicht unbedingt vor Ort sein.

„Leute?“, konnte sie Manja aus der Vorhalle rufen hören und lief sogleich in diese zurück.

Die Special Protector sah erwartungsvoll von Tristan, der zur selben Zeit im Türrahmen auftauchte, zu Elli. „Und? Irgendwas gefunden?“

Ihr Freund schüttelte zeitgleich mit Elli den Kopf und ließ damit einen Hauch von Enttäuschung über Manjas Züge huschen.

„Das liegt daran, dass es keinerlei Möbel mehr hier gibt, die etwas über die ehemaligen Bewohner aussagen würden“, vermutete sie. „Leider ist mir mein EMF gerade auch keine Hilfe, da das Energielevel hier so hoch ist, dass es keine genauen Angaben mehr machen kann.“

„Heißt das, unsere heiße Spur verläuft hier im Sande?“, fragte Tristan besorgt.

„Nein!“, gab Manja mit Nachdruck zurück. „Sie endet hier – was heißt, dass hier mit *Sicherheit* zumindest ein Teil der Lösung zu finden ist.“

Oder der Fluch versucht lediglich, uns auszusaugen, Elli. Du hast es ja sogar aus Manjas Mund gehört. Erzähl ihnen bloß nichts von dem Sog! Dann bleiben wir noch länger hier und werden immer schwächer!

„Und was machen wir jetzt?“, wollte Tristan wissen.

„Na, wir müssen versuchen, anderswo sehr viel mehr über das Haus herauszufinden“, überlegte Manja laut. „Wem es gehört, wer hier gewohnt und es verkauft hat und so weiter. Kennt ihr jemanden, der mehr darüber wissen könnte?“

Elli zuckte die Schultern. „Ich kann versuchen, meine Eltern anzurufen und nachfragen, aber ich glaube nicht, dass die viel wissen.“ Außerdem wollte sie den Kontakt momentan gern vermeiden, weil sie Angst hatte, sich sofort zu verraten und im schlimmsten Fall kam ihre Mutter früher aus dem Urlaub zurück.

„Vermutlich weiß jeder der älteren Leute hier irgendwas, die Frage ist, inwiefern man deren Aussagen speziell jetzt trauen kann“, gab Tristan zu bedenken, während er auf seinem Telefondisplay herumtippte. „Wo wir aber ganz sicher was finden können, ist im Grundbuchamt und das sollte im Rathaus sein.“

„Dann gehen wir jetzt genau dorthin, um nach eben diesen Unterlagen zu schauen“, sagte Manja voller Tatendrang, doch Tristan schüttelte den Kopf und schob sein Handy in seine Hosentasche zurück.

„Daraus wird wohl nichts. Ich war sicher, dass die so was wie Mittagsruhe haben und hab grad mal nachgeschaut – aber sie haben nicht nur die, sondern auch bloß an zwei Tagen Sprechstunde. Heute ist ganz zu und morgen erst wieder von neun bis zwölf Uhr geöffnet.“

„War das schon immer so wenig?“, wunderte Elli sich und Tristan grinste sie an.

„Nur ein paar Monate weg und schon eine anspruchsvolle Großstädterin. Davon abgesehen hab ich keine Ahnung, denn ganz ehrlich: Wie oft waren wir in der Vergangenheit im Rathaus?“

„Dann machen wir das morgen“, sagte Manja entschlossen. „Am besten teilen wir uns auf, um nicht noch mehr kostbare Zeit zu verlieren.“

„Aufteilen?“, fragte Elli irritiert.

„Ich will unbedingt einen Blick in die Stadtchronik werfen, um mehr über die Shamhursts herauszufinden“, erklärte Manja. „Mir ist da so ein Gedanke gekommen, den ich gern überprüfen will.“

„Die Stadtchronik liegt im Museum“, wusste Elli. „Da lassen die dich ganz bestimmt nicht reingucken.“

Auf Manjas Gesicht erschien ein kleines listiges Lächeln. „Ich hab so meine Methoden, um an Sachen ranzukommen, die für jeden anderen unzugänglich sind“, erwiderte sie selbstbewusst. „Ihr geht morgen zum Rathaus und ich zum Museum und danach treffen wir uns in der Zentrale.“

Nachdem sie (endlich) die Villa hinter sich gelassen hatten, entschlossen sich Elli und Tristan, Manja wenigstens zu ihrer Pension zu begleiten. Die Special Protector weigerte sich weiterhin beharrlich, Tristans Angebot, den Rucksack für eine Weile zu tragen, anzunehmen. Unterwegs wies Elli sie auf die großen und kleinen Veränderungen in der Stadt hin, die entweder mit fehl am Platze wirkender Begeisterung oder nachdenklichem Nicken und Notizen im Handy aufgenommen wurden.

An der Pension der Friggs angekommen, legte sich das erste Mal so etwas wie ungläubiges Erstaunen auf

Manjas Gesicht. Mit offenem Mund starrte sie ebenso wie ihre beiden Begleiter auf die große Ladung weißer Flocken, die langsam auf den Boden rieselte, wo sie sich auf das satte Grün des Rasens sowie der fröhlich vor sich hin wuchernden Sträucher legte. Strahlend blauer Himmel, lauer Sommerwind und *Schnee*?! Spielte die Natur denn jetzt völlig verrückt?!

„Oh, hallo Kinder!", rief eine freundliche Stimme aus einem der oberen Fenster. „Wie schön, dass ihr den Weg hierher gefunden habt! Habt ihr euch um das Brot und die Äpfel gekümmert?"

„Ähm ...", machte Manja, doch Tristan nickte nachdrücklich.

„Na, klar."

Im Dachfenster der kleinen und gleichzeitig einzigen Pension stand die Besitzerin und rüttelte und schüttelte heftig ein großes Kopfkissen nach dem anderen, sodass die Gänsefedern nur so herausstoben.

„Und wieder eins mehr", murmelte Elli und spürte den Stolz der Königin in sich, der im krassen Gegensatz zu ihren eigenen Gefühlen stand. Der Fluch breitete sich wie eine Epidemie aus und sie mochten zwar einen Teil des Rezepts für das Gegenmittel in den Händen halten, hatten jedoch keine Ahnung, welche Zutaten sie noch benötigten.

„Schloss" Ferry Bridge

Ausschlafen. Das hatte ganz oben auf Ellis Ferienliste gestanden und wie oft war sie bisher in den Genuss dieses Wunsches gekommen? Höchstens zweimal, wenn sie sich recht erinnerte, und da hatte sie unter dem Einfluss eines Beruhigungsmittels gestanden. Abgesehen vom frühen Aufstehen hatte sie ohnehin auch in dieser Nacht kaum Schlaf gefunden, weil die neue Erkenntnis, dass sie all ihre Freunde, ihre Nichte und auch ihr eigenes Leben verlieren konnte, wenn sie nicht bis Dienstag den Fluch auflöste, zu den schlimmsten Albträumen seit langem geführt und sie immer wieder schweißgebadet und schluchzend hatte aufwachen lassen. Furchtbar, aber das waren ohnehin die schlimmsten Ferien, die sie jemals in Ferry Bridge verbracht hatte. Einziges Trostpflaster war, dass sie Tristan auch an diesem frühen Morgen an ihrer Seite hatte und sich nicht allein den Auswirkungen des Fluchs und dem Kampf gegen dessen gefährliche Magie stellen musste, während sie zum Rathaus liefen. Im Gegensatz zu Tristans wieder vollständig intaktem Knöchel zierte ihre Hand ein neuer, blütenweißer Verband, weil der andere ebenfalls einige Schmauchspuren aufgewiesen hatte. Wie sie es schaffte, den immer zu versengen, aber nie die darunterliegende Haut war direkt … magisch. Mist. Hätte sie nicht gleich auch noch überdurchschnittliche Selbstheilungskräfte haben können?

Eigentlich hatten sie aufgrund ihres Zeitdrucks das Auto nehmen wollen, doch nachdem Tristan festgestellt hatte, dass die Straße, in der er wohnte, nicht mehr so richtig befahrbar war, hatten sie dieses lieber stehenlassen und sich an dem alten Kinderspielplatz getroffen, den sie früher so geliebt hatten.

Obwohl sie nun schon seit einer kleinen Weile zusammen an dem ‚Märchenproblem' arbeiteten, fühlte es sich jetzt, da sie die Nacht getrennt voneinander verbracht hatten, in gewisser Weise komisch an, sich gerade hier zu treffen. Nach einer etwas verkrampften Begrüßungsumarmung sprachen sie für die ersten paar Minuten nur wenige Worte miteinander und diese hatten auch nicht viel mit ihnen selbst, sondern mit ihren Ängsten und Sorgen und den fluchbedingten Veränderungen in ihrem Dorf zu tun. Der Zerfall der Straßen und Gehwege hielt weiter an, genauso wie das Ausufern der Natur und das merkwürdige Verhalten der ‚Zombies', wie Elli die gleichgültigen Dorfbewohner heimlich nannte.

Nachdem Pete, der andere, eindeutig noch menschliche Postbote ihres Dorfes, sie fröhlich gegrüßt hatte, während er sein Rad umständlich über einen tiefen Riss in der Straße gewuchtet und sich anschließend durch das hohe Gras am Gehwegrand gekämpft hatte, konnte Tristan nicht mehr an sich halten.

„Das ist doch total irre!“, platzte es ungehalten aus ihm heraus. „Die Leute sehen, was passiert, und reagieren auf die erschwerten Umstände, aber sie stören sich daran nicht. Man hat das Gefühl langsam schizophren zu werden.“

„Wem sagst du das?“, seufzte Elli und Tristan bedachte sie mit einem mitfühlenden Blick.

„Irgendwann ist das alles vorüber und wir lachen gemeinsam über diese verrückte Geschichte“, versuchte er sie zu trösten.

Ellis Herz machte einen kleinen Sprung. „Tun wir das?“, hakte sie nach kurzem Zögern nach.

„Natürlich!“, bestätigte er. „Denk allein mal an Schneewittchen und Rapunzel. Eigentlich ist es saukomisch, wie die sich benehmen. Und Jamie mit seinem ‚Naturlook‘…“

Er lachte bei der Erinnerung daran und auch Ellis Lippen hoben sich zu einem Schmunzeln, doch die Sache war ihr zu ernst, um es lange aufrechtzuerhalten.

„Ich meine das ‚gemeinsam‘“, wurde sie genauer und musste sich sehr zusammenreißen, um ihn nicht *zu* erwartungsvoll anzusehen.

Tristan runzelte die Stirn, doch dann schien er endlich zu begreifen. „Du denkst, ich gehe dir danach wieder aus dem Weg?“

Sie hob etwas unschlüssig die Schultern, obwohl seine Reaktion ihr Herz bereits höherschlagen ließ. Er sprach allerdings nicht weiter, sah sie auch nicht mehr an, sondern nachdenklich in die Ferne. Hatte sie sich zu viel Hoffnung gemacht?

„Du glaubst, dass mir das leichtgefallen ist, oder?“, erkundigte er sich schließlich leise bei ihr. „Dich nicht mehr zu sehen, nicht mit dir zu sprechen, dich aus meinem Leben zu streichen …“

Elli dachte über seine Worte nach und musste schließlich den Kopf schütteln. „Nein“, gab sie ebenso leise zu. „Ich wusste immer, dass der Freundschaftsabbruch für uns beide schmerzhaft war, aber ich … ich dachte, dass du den Schmerz schneller überwunden, mich bald schon nicht mehr vermisst hast.“

Tristan stieß ein Geräusch aus, das nur entfernt an ein Lachen erinnerte und schüttelte den Kopf. „Dreieinhalb Jahre mögen eine lange Zeit sein, aber nicht lang genug, um zwölf Jahre Freundschaft vergessen zu können.“

„Dann hast du mich auch vermisst?“, kam es Elli noch sehr viel leiser als zuvor über die Lippen.

„Elli …“ Er sprach nicht weiter, aber der Ausdruck in seinen Augen genügte, um zu wissen, dass es so war.

Ein paar Schritte lang blieb es still zwischen ihnen, dann räusperte er sich, als hätte auch er plötzlich einen Frosch im Hals. „Um deine erste Frage zu beantworten: Aus meiner Sicht kann man nie genug Freunde um sich herum scharen – und wer hat schon jemanden an seiner Seite, der übernatürliche Kräfte besitzt? So was *darf* man sich gar nicht entgehen lassen!“

Elli schnitt ihm eine Grimasse und stieß ihm mit dem Ellenbogen in die Seite, sodass er ein nun deutlich zu erkennendes Lachen von sich gab. Auch ihr eigenes glückliches Lächeln ließ sich nicht unterdrücken, genauso wenig wie das selige Gefühl in ihrer Brust. Sie hatte ihn wieder! Zumindest als Freund! Jetzt hieß es nur noch, alles heil zu überstehen und nie wieder eine solche Dummheit zu begehen wie vor dreieinhalb Jahren.

Nicht weit von ihnen entfernt tat sich die Frontseite des Rathauses auf und Ellis Augen weiteten sich, während sie gleichzeitig deutlich langsamer wurde.

„Siehst du, was ich sehe?“, stieß Tristan ungläubig aus.

Elli nickte beklommen. Als Kind hatte sie sich vorgestellt, dass das Rathaus mit seinen Türmchen und gruseligen Wasserspeiern ein verwunschenes Schloss sei, und sich die tollsten Geschichten damit ausgedacht. Nie im Leben wäre sie darauf gekommen, dass sie als Erwachsene denselben Eindruck gewinnen würde.

An den Wänden des roten Backsteingebäudes rankten sich wie bei fast allen Gebäuden des Dorfes unzählige Efeupflanzen empor sowie zumindest auf der linken Seite eine rosarot blühende Rosenhecke. Die Ornamente über der Eingangstür leuchteten nun in einem hellen Gold und die Flaggen, die am Uhrenturm gehisst worden waren, trugen ein königliches Emblem, das Elli noch nie zuvor in ihrem Leben gesehen hatte. Das i-Tüpfelchen bildete das Wachpersonal am Fuße der Treppe zum Eingang. Beide Männer trugen Kettenhemden und Helme, die sie mit Sicherheit aus dem Museum entwendet hatten, und hielten jeweils einen antiken Speer in der Hand.

„Was soll *das* denn bitte sein?“, brummte Tristan. „Schloss Ferry Bridge?“

Elli schluckte schwer. „Meinst du, die lassen uns überhaupt rein?“, fragte sie zaghaft.

„Müssen sie“, behauptete Tristan und setzte sich entschlossen in Bewegung. „Sprechstunde von neun bis zwölf Uhr. Das steht auf der Internetseite.“

„Ich bezweifle, dass die beiden da noch wissen, was das Internet ist", gab Elli zurück, als sie wieder zu Tristan aufgeschlossen hatte. „Oder eine Sprechstunde."

„Dann fragen wir halt nach einer Audienz beim König", grinste Tristan.

Elli wollte gern lachen, aber so unsinnig, wie es klang, war das aus ihrer Sicht gar nicht. Immerhin befand sich in der Mitte der neuen Flagge eine Krone.

Nette Hütte, machte sich nun auch die Erlauchteste in ihrem Inneren bemerkbar. *Ziehen wir da ein?*

Elli reagierte nicht auf die Frage, konzentrierte sich lieber auf die Wachen, die sich ihnen mittlerweile zugewandt hatten und ihre Speere so hielten, dass sich diese kreuzten und damit den Weg die Treppe hinauf versperrten

„Was ist Euer Begehr?", fragte der eine grimmig und Elli meinte Mr Spencer in ihm zu erkennen, der tatsächlich zum Security-Personal des Rathauses gehörte. Sein Sohn Phil war früher Neils bester Freund und damit auch in der alten Clique gewesen und so wie Tristan sich anspannte, konnte auch er sich daran erinnern. Kein Wunder, hatte Phil sich doch immer voller Freude an Neils Hänseleien beteiligt.

„Wir hätten gern Einsicht in den Grundbucheintrag für die alte Villa im Wald", erklärte Elli rasch. „Die steht immer noch zum Verkauf und wir … hätten großes Interesse daran."

Mr Spencer sah seinen Kollegen an, der machte jedoch ein ähnlich dummes Gesicht wie er selbst.

„Geht es um eine Audienz beim König?", fragte er schließlich.

Elli wollte verneinen, doch Tristan war schneller als sie. „Ja, ganz genau!“, bestätigte er. „Wir wollen den König sprechen. Können wir jetzt durch?“

„Heute nicht“, erwiderte Mr Spencer. „Der König hat zu viel zu tun und empfängt nur hohe Gäste.“

„Hohe Gäste?!“, wiederholte Tristan ungläubig. „Adlige oder was?“

Die beiden Männer nickten synchron und Zorn brodelte in Elli herauf, während Tristan die Wachen fragte, ob das tatsächlich ihr Ernst sei. Kurzerhand schob sie ihren Freund beiseite und baute sich wutschnaubend vor den um einiges größeren Männern auf.

„Wie könnt ihr euch anmaßen, zu beurteilen von welchem Blut wir sind!“, ließ ihre Mitbewohnerin sie laut ausrufen. „Ihr seid nur dummes Fußvolk! Seht ihr denn nicht, wen ihr vor euch habt?! Ich bin Grimhilde, Königin des Düsterlandes und mächtigste Herrscherin aller Welten!“

Die Wachen wichen tatsächlich ein Stück zurück und als Mr Spencer ihr erneut ins Gesicht sah, weiteten sich seine Augen in Ehrfurcht.

„Eure Hoheit!“, stieß er atemlos aus und neigte demütig das Haupt, was sein Kollege ihm flugs nachahmte. „Es tut mir unendlich leid. Bitte verzeiht mein unrühmliches Gebaren.“

Elli hob stolz das Kinn und gab den Männern einen arrogant abfälligen Wink, der sie dazu bewog, umgehend die Speere aus dem Weg zu nehmen. Königlich schritt sie an ihnen vorbei und erst als Tristan in sich hineinlachend zu ihr aufschloss, zog sich ihr innerer Gast erstaunlich brav zurück.

„Das war der Hammer!“, raunte er ihr zu. „Bestell Königin Grimhilde einen lieben Gruß von mir.“

Was für ein Herzchen!, freute sich die Erwähnte. *Ich könnt ihn küssen!*

Untersteh dich, brummte Elli ihr zu und bedachte gleichzeitig Tristan mit einem kleinen Lächeln.

„Sie hört das doch“, erklärte sie. „*Ein* Körper – du erinnerst dich?“

Neidhammel!

Nervtante!

„Ja, sorry.“ Tristan schüttelte den Kopf über sich selbst, konnte aber dennoch nicht aufhören zu grinsen.

„Was?“, hakte sie nach.

„Nichts … nur …“ Er sah sie feixend von der Seite an. „Wenn ich mich recht erinnere, war Prinzessin Eliana vom Feenwald ebenfalls ein recht launisches, arrogantes Persönchen.“

Elli schnappte gespielt nach Luft. „Sie war eine *großartige* Regentin. Streng, aber gerecht. Ritter Tristan war manchmal ein bisschen anmaßend und *musste* in seine Schranken verwiesen werden.“

„Er wollte nicht nur der Laufbursche sein. Das nennst du anmaßend?“

„Laufbursche?? Er durfte die Prinzessin auf all ihren Abenteuern begleiten und sie am Schluss sogar heiraten – also *bitte*!“

Elli sah beleidigt zur Seite, doch als aus Tristans Richtung nichts mehr kam, war sie gezwungen, sich ihm wieder zuzuwenden. Sein entsetzter Blick ruhte auf einer Person, die am Anmeldeschalter saß und dort gerade ein paar Papiere sortierte und auch Ellis Herz stolperte, als sie erkannte, wer das war: Phil Spencer persönlich.

„Sranje!“, kam es leise über Tristans Lippen und er sah sich rasch nach den Schildern um, die verrieten, wo welche Abteilungen des Rathauses zu finden waren.

„Da!“, raunte Elli ihm zu, als sie das Grundbuchamt gefunden hatte, und wies auf das entsprechende Schild, während sie ihn bereits am Arm vorwärts zog. Sie brauchten Phil ganz bestimmt nicht, um zu bekommen, was sie wollten.

Der schien das allerdings anders zu sehen.

„Elli? Tristan?“, tönte seine Stimme durch die Halle, als sie schon fast die Treppe zur linken Seite erreicht hatten.

Das leise Aufstöhnen kam nicht nur aus Tristans Richtung. Sie sahen sich kurz an und wandten sich dann widerwillig um. Die Flucht zu ergreifen, würde nur Verdacht erregen.

„Das gibt's ja gar nicht!“, stieß ihr alter Bekannter mit einer Freude aus, die sie so gar nicht nachempfinden konnten, und jetzt stand er auch noch auf und kam auf sie zu. „Euch hab ich ja *ewig* nicht gesehen!“

„Aus gutem Grund“, murmelte Tristan so leise, dass Phil es nicht hören konnte und Elli verkniff sich ein angespanntes Lachen.

„Was macht ihr denn hier?“, fragte ihr ehemaliger Mitschüler, nachdem er sie beide zu ihrer großen Überraschung in eine sehr verkrampfte Umarmung gezogen hatte.

„Wir?“ Tristan wies mit dem Finger auf sich selbst und dann auf Elli. „Oh, ähm, wir …“

„… wollten ins Grundbuchamt“, entschied sich Elli für die Wahrheit.

Phil sah sie etwas erstaunt an. „Um was zu tun? Wollt ihr … ein Haus kaufen, oder was?“ Er lachte laut, hörte jedoch sehr schnell wieder damit auf und sah verblüfft von einem zum anderen. „Echt jetzt?“

Elli zögerte einen Moment, aber schließlich nickte sie, wusste sie doch ganz genau, dass man einen triftigen Grund brauchte, um den Grundbucheintrag eines Grundstücks einsehen zu dürfen.

„Wow!“, stieß Phil baff aus und lachte erneut. „Also hatte Neil recht: Ihr hattet echt schon immer was laufen.“

„Was? Nein!“, wehrte sich Tristan Ellis Meinung nach viel zu laut und nachdrücklich gegen die Unterstellung.

„Ach, kommt schon, man kauft sich als Freunde doch kein Haus *zusammen*!“, erwiderte Phil und musterte vor allem Elli mit einem seltsamen Grinsen. „Schon gar nicht, wenn man sich dabei *so* kleidet!“

Sie sah etwas irritiert an sich herunter und musste feststellen, dass die Königin mal wieder maßgeblich an ihrer Kleiderwahl beteiligt gewesen war: Eng anliegende weinrote Bluse, deren oberste Knöpfe nicht verschlossen waren und die Spitze des blutroten Unterhemdes erkennen ließen, das ebenfalls wenig dazu beitrug, ihr recht stattliches Dekolletee zu verbergen. Dazu enge schwarze Jeans, ein langer taillierter Mantel und Stiefeletten mit Absatz. So gar nicht ihr gewöhnlicher Stil. Mit Sicherheit war sie auch schon wieder stark geschminkt.

Ich konnte dich ja schlecht mit dunklen Augenringen und blasser Haut aus dem Haus gehen lassen. Wir müssen in der Öffentlichkeit was hermachen!

„Wie meinst du das bitte?", wandte sich Elli verärgert an ihren alten Schulkameraden.

„Ich … also … na ja …", stammelte Phil und wurde anständigerweise tatsächlich ein wenig rot. „War ja nur ein Scherz."

„Super gelungen", merkte Tristan unbewegt an und hob den Daumen. „Na, dann …"

‚… man sieht sich', wollte Elli an dessen Verabschiedung anschließen, doch Phil schien noch keine Lust darauf zu haben, ihre Unterhaltung zu beenden.

„Ihr studiert beide, oder?", fragte er neugierig. „Wie könnt ihr euch denn da ein Haus leisten?"

Shit! Elli sah Tristan an und der starrte kurz mit derselben Ratlosigkeit in den Augen zurück, bevor er sich mit einem Räuspern ihrem ungewollten Gesprächspartner zuwandte.

„Erbschaft", erklärte er knapp und Elli nickte beipflichtend.

„Genau. Erbschaft", bestätigte sie.

Bedauerlicherweise sorgte ihre Aussage für weiteres Stirnrunzeln.

„Ihr habt *beide* was geerbt?", fragte er. „Von derselben Person?"

„Natürlich nicht", erwiderte Tristan geschwind und lachte gekünstelt, was Elli dazu animierte, dasselbe zu tun. „Aber wie der Zufall es wollte, sind bei uns beiden entfernte Verwandte gestorben, die wir beerbt haben."

„Ah.“ Phil nickte verstehend. „Mann, seid ihr Glücksschweinchen. *Ich* muss ja schon selbst meine Brötchen verdienen.“

„Ja“, stimmte Elli ihm vollkommen sinnfrei zu, während Tristan verständnisvoll nickte und einen weiteren Schritt auf die Treppe zumachte.

„Ein paar von uns müssen halt dafür sorgen, dass die Wirtschaft angekurbelt wird“, bemühte sich Phil weiter darum, sie von ihrem Anliegen abzuhalten. „Steuern zahlen und so weiter, solange *andere* studieren.“

Zwischen Tristans Brauen bildete sich eine Falte, die Elli nur allzu vertraut war. Langsam begann er sich zu ärgern.

„Neil macht das auch“, fuhr Phil munter fort. „Arbeitet bei seinem Alten in der Werkstatt. Der hat echt was auf dem Kasten. Bekommt die ollsten Schrottmühlen wieder hin.“

„Das ist schön für ihn“, erwiderte Tristan mit einem falschen Lächeln. „Freut mich, wenn er was gefunden hat, das er gern macht.“

„Ist ehrliche Arbeit. *Wir* tun was für Vater Staat …“

„Dem wir Studenten ja nur auf der Tasche liegen“, fügte Tristan spitzzüngig hinzu. „Ich hab das schon verstanden.“

„So war das nicht gemeint“, versuchte sich Phil schnell herauszureden. „Ich wollt nur was von alten Schulkameraden erzählen.“

„Neil ist da aber nicht gerade das beste Thema“, mischte sich nun auch Elli etwas ungehalten ein.

„Wieso?“ Ihr Gegenüber machte ein ganz erstauntes Gesicht. „Wegen der alten Geschichte? Ach, kommt, da waren wir noch dumme Kinder. So was ist normal im

Teenageralter. Man rauft sich, zankt ein bisschen und später, wenn man erwachsen ist, lacht man gemeinsam drüber."

„Klar – war ja auch *ur*komisch das alles", stimmte Tristan ihm falsch lächelnd zu. „Und gleich sagst du mir, dass Neil im Grunde ein total krass netter Typ ist."

Phil blinzelte verwirrt. „Ist er ja auch. Obwohl … momentan ist er ganz schön schräg drauf, aber normalerweise …"

„Schräg drauf?", fragte Elli hellhörig nach. „Inwiefern?"

Phil schien einen Augenblick darüber nachzudenken, ob er ihnen davon erzählen durfte, doch schließlich holte er tief Luft: „Weiß nicht, er … ist nicht mehr so der Partytyp, sondern will eher im Wald ein Lagerfeuer machen und …", er druckste herum, „… drum herumtanzen. Hab ihm schon zweimal abgesagt und er war echt sauer und meinte, ich würde das noch bereuen. Aber er ist ja nicht der einzige, der so ein paar komische Sachen macht in letzter Zeit. Ist wohl was in der Luft."

Er lachte laut, verstummte aber schnell wieder, weil Tristan und Elli seine Belustigung nicht teilen konnten. „Hey, alles in Ordnung! Jeder hat mal komische Phasen. Unser Bürgermeister steht zum Beispiel neuerdings auf Kronen und setzt die sich sogar auf. Jaaa …" Phil nickte nachdrücklich. „Er möchte auch, dass man ihn mit ‚Eure Majestät' anredet. Total gaga." Er wedelte mit der Hand vor seinem Gesicht herum.

„Und du arbeitest trotzdem noch weiter für ihn?", hakte Elli verständnislos nach.

Phil hob die Schultern. „Solange die Kohle stimmt. Interessiert mich doch nicht, was die privat so machen.

Da sollen sich mal die Angehörigen um einen Platz in der Anstalt kümmern."

Er lachte erneut, als hätte er den lustigsten Witz aller Zeiten von sich gegeben.

„Hey, was haltet ihr denn davon, wenn wir uns alle mal treffen und über alte Zeiten und Neuigkeiten quatschen?", setzte er vollkommen zusammenhanglos hinzu.

„Alte Zeiten?", wiederholte Tristan wenig begeistert. „Wie die ‚lustigen' Streiche, die ihr mir gespielt habt? Nee, danke, die versuche ich eher zu vergessen."

„Ach, komm schon", murrte Phil und machte tatsächlich einen Schritt hinter ihnen her, weil sie sich weiter auf die Treppe zubewegten, „willst du uns das ewig nachtragen?"

„Ich hab nur keinen Bock, die ganze Geschichte noch mal in der Verkleidung eines Jungenstreichs zum abendfüllenden Thema eines Treffens unter alten Schulkameraden werden zu lassen", erwiderte Tristan nun schon etwas bissiger. „Mag ja sein, dass ihr schon darüber lachen könnt, aber mir hat das Ganze dann doch zu sehr zugesetzt, um eure Freude an diesen Erinnerungen zu teilen."

Phils Lächeln wandelte sich in ein enttäuschtes Verziehen des Gesichts. „Nur weil wir dich Zigeuner genannt haben?"

Tristan, der sich eben noch weiter auf die Treppe zubewegt hatte, blieb stehen und wandte sich fassungslos zu ihm um. „Weil ihr …" Er stieß ein ungläubiges Lachen aus und schüttelte den Kopf.

Das gab Phil leider genügend Zeit, die nächste Ungeheuerlichkeit von sich zu geben. „Ist ja nicht so, als hätten wir damit ein Geheimnis preisgegeben. Ich meine, das Zigeunerblut springt dir buchstäblich aus dem Gesicht. Und was ist an dem Wort überhaupt so schlimm?“

Heiße Wut durchströmte Elli und sie konnte dem Wunsch der Königin, Phil dafür bezahlen zu lassen, nur beipflichten. Ihre Hände ballten sich zu Fäusten, doch zu mehr kam sie nicht, denn Tristan ergriff ihren Arm und zog sie zurück, trat stattdessen selbst dichter an ihren alten Schul‚freund‘ heran.

„Meine Mutter ist *Inderin*“, gab er mit einem überaus freundlichen Lächeln bekannt. „Von *ihr* habe ich die etwas dunklere Hautfarbe, auf die du gerade so dezent hingewiesen hast. Das hat nichts mit meiner …“, er hob die Hände, um Anführungszeichen in die Luft zu schreiben, „… ‚Zigeunerabstammung‘ zu tun! Und wenn du es genau wissen willst: Die kommt aus der Richtung meines *rothaarigen*, *blassen* Vaters und ist bei mir ziemlich verwaschen, weil mein Großvater väterlicherseits Ire war und seine Frau zum Viertel Deutsche.“

Er machte einen weiteren Schritt auf Phil zu und das zornige Funkeln in Tristans Augen ließ diesen sofort ein Stück zurückweichen, was nicht nur die Königin, sondern auch Elli sehr glücklich machte.

„Eine Sache würde ich gern noch klarstellen, weil ich das damals versäumt habe: Ich bin auf jedes einzelne meiner bunt gemischten Gene stolz! Die indischen, die serbischen, die irischen, die deutschen *und* die Rroma-Gene. Denn weißt du was? Meine Familie war immer, ist und wird auch immer großartig sein! Wir sind fleißig, belesen, intelligent, warmherzig und anderen wohlgesonnen. Meine Urahnen kamen in dieses Land, um hier eine Heimat zu finden und diese mitzugestalten – auf positive Weise! Und das haben wir von Anfang an getan.

Trotz aller Widerstände und Diskriminierung! Ich studiere Medizin, mein Vater ist Arzt, so wie meine Großmutter es vor ihm war. Wir *helfen* Menschen! Wir haben sie immer schon geheilt, nicht beklaut oder ausgetrickst. Unsere Kultur ist vollkommen anders und viel individueller, als du dir das mit deinem Minihirn ausmalst. Ich habe noch nie in meinem Leben einen Wohnwagen von innen gesehen und Lagerfeuerromantik ist für mich ein Graus. Diebstahl ist auch bei uns ein Verbrechen und niemand aus meinem größeren Familien- oder Bekanntenkreis würde jemals auf die Idee kommen, Kinder zu stehlen! Und wo wir gerade beim Thema Familie sind: Wir heiraten nicht innerhalb dieser – weder aus Zwang noch freiwillig!"

Tristan atmete schnaufend aus und sah Elli an. „Habe ich jetzt alle rassistischen Vorurteile über die Rroma aufgezählt oder fehlt noch was?"

Sie hob zögerlich die Schultern, doch Tristan hatte wohl auch gar nicht mit einer verbalen Antwort von ihrer Seite aus gerechnet, denn er wandte sich postwendend wieder Phil zu.

„Was das Wort ‚Zigeuner' angeht, gebe ich dir den freundlichen Ratschlag, einfach mal ein bisschen zu googeln, dann wird dir vielleicht ein Licht aufgehen, warum man keinen Menschen so nennen sollte." Er musterte sein Gegenüber kurz und sehr abfällig. „Oder auch nicht", setzte er hinzu, schüttelte den Kopf und wandte sich entschlossen um, um endlich die Treppe hinauf zum ersten Stock zu laufen.

„Heißt das jetzt, dass ihr euch nicht mit uns treffen wollt?", konnte Elli Phil rufen hören, als sie schon fast den ersten Treppenabsatz erreicht hatten.

Sie sah Tristan fassungslos an und beide prusteten im nächsten Moment los.

„Wie lange *der* wohl braucht, um morgens den Weg zum Bad zu finden?“, grinste Tristan, während sie die letzten beiden Treppenstufen hinter sich brachten.

„Oder sich die Schnürsenkel zuzubinden?“, setzte Elli hinzu und musste sich den Mund zuhalten, um nicht zu laut zu lachen. „Aber ganz ehrlich, dein Umgang mit der ganzen Situation war wesentlich besser als der, der jemand Bestimmtem vorgeschwebt hat – und wohl auch deutlich humaner.“

„Das hatte ich mir schon fast gedacht“, erwiderte er, „aber wenn ich ehrlich bin, habe ich gerade ebenfalls ganz schön mit einer etwas … martialischen Seite in mir kämpfen müssen.“

Er zwinkerte ihr kurz zu und sah sich dann nach weiteren Richtungsweisern um. „Da lang!“, stellte er fest und Elli folgte ihm ohne Zögern.

„Hätte ich mich mehr einmischen sollen?“, sprach sie nach wenigen Schritten eine Frage aus, die innerlich an ihr nagte. „Ich meine als Elli – nicht als böse Königin.“

„Wir sind keine Kinder mehr, die sich gegen den Rest der Welt verschwören müssen“, erwiderte Tristan sanft. „Manche Kämpfe kann man auch allein ausfechten. Und du musst *nichts* wiedergutmachen, falls du das glaubst.“

„Vielleicht schon ein bisschen“, widersprach Elli ihm bedrückt.

Tristan blieb stehen, sah sie ganz ernst an. „Alles, was vor dreieinhalb Jahren passiert ist … das ist jetzt Schnee von gestern, okay? Wir streichen das aus unserer Vergangenheit.“

„Okay“, stimmte sie zu, obwohl sie so ihre Zweifel hatte, dass man Erlebtes einfach so entfernen konnte. „Phil hat in seinem Kopf eh eine ganz andere Vergangenheit geformt, in der er und seine Freunde immer nur nette Jungs waren und wir bereits in der Pubertät herumge…“ Sie biss sich auf die Lippen und sah Tristan verschämt an, doch der grinste bereits wie ein Honigkuchenpferd.

„Kannst du dich daran etwa nicht erinnern?“, neckte er sie. „Unsere Liebeshöhle hoch oben in Großmutter Luminitas altem Apfelbaum?“

Elli gluckste in sich hinein und fühlte gleichzeitig, wie immer mehr Blut in ihre Wangen lief. Hoffentlich bemerkte er das nicht.

„Wie kommt der nur auf solche Ideen?“, wunderte sie sich.

„Na jaa …“, sagte Tristan gedehnt, „wenn du *solche* Klamotten anziehst und die noch nicht mal richtig zuknöpfst, können die Gedanken bei manch einem Primaten schon mal in eine gewisse Richtung gelenkt werden.“

Elli schnappte empört nach Luft, was mit Sicherheit sehr seltsam aussah, weil sie zusätzlich lachen und verarbeiten musste, dass auch Tristans Augen für den Hauch einer Sekunde an besagtem Ausschnitt hängen blieben.

„Sexist!“, stieß sie halb lachend aus und knuffte ihn in den Oberarm.

„Emanze!“, schnappte Tristan zurück, sein Grinsen verging ihm jedoch schnell wieder, weil ihnen über den Flur zwei Frauen in langen Roben und Spitzhütchen entgegenkamen.

„Sind das …“, begann Tristan fassungslos.

„Hofdamen – ja“, ergänzte Elli mit großen Augen. Beide Frauen kannte sie vom Sehen her und wusste, dass sie im Rathaus arbeiteten.

„Ms … Thomsen?“, sprach sie die jüngere von beiden perplex an, als diese schon – eindeutig über sie beide tuschelnd – an ihnen vorübereilen wollten.

„*Lady* Thomsen, bitte!“, erwiderte die Angesprochene etwas verärgert.

„Okay, dann *Lady* Thomsen. Könnte Durchlauchtigste mir vielleicht eine Auskunft zukommen lassen?“

Nach kurzem Abwägen nickte die Frau gnädig. „Worum geht es denn?“

„Wir würde gern in einen Eintrag im Grundbuch einsehen und …“

„Grundbuch?“ Ms Thomsen blinzelte verwirrt. „Was soll das sein?“

Elli musste sich sehr zusammenreißen, um nicht genervt die Augen zu verdrehen. „Das ist ein öffentliches Register, in dem Grundstücke und deren Eigentumsverhältnisse verzeichnet sind“, fasste sie sich kurz.

„Und das soll es hier im Schloss geben?“ Ms Thomsen sah sie äußerst skeptisch an. „Das glaube ich kaum. Zudem sind die Eigentumsverhältnisse dieses Landes doch ganz klar.“

„Ach ja?“

„Ja. Alles gehört dem König.“ Sie lachte und es war eindeutig, dass dies eher ein Auslachen des ungebildeten Besuchs war, als dass sie damit Ironie anzeigen wollte.

„Selbstverständlich“, stimmte Tristan der ‚Hofdame‘ schnell zu und ergriff Ellis Arm. „Wir haben ja auch nur Scherze gemacht.“

„Ach so.“ Die Frau sah bedauerlicherweise nicht sehr überzeugt aus, was Tristan nicht davon abhielt, ihr noch einen schönen Tag zu wünschen und Elli mit sich mitzuziehen.

„Was ist denn?“, raunte diese ihm zu, weil ihr Freund mit einem Mal einen solch angespannten Eindruck machte.

„Hast du bemerkt, wie die uns gemustert hat?“, wisperte er zurück, während er jede einzelne Tür, an der sie vorbeigingen, genauer in Augenschein nahm. „Die halten sich selbst vielleicht für hochwohlgeboren, aber uns mit Sicherheit nicht. Wir stören hier nur am ‚Königshof‘ und was macht man mit Störenfrieden?“

„Sie rauswerfen“, wusste Elli und warf rasch einen Blick hinter sich.

Die beiden Frauen waren nicht etwa gleich weitergegangen, sondern standen noch an Ort und Stelle und flüsterten miteinander, ihre Augen dabei nur allzu deutlich auf die Störenfriede gerichtet.

„Es dauert bestimmt nicht mehr lange, bis sie sich dazu entscheiden, einen Wachmann oder ähnliches zu holen“, setzte Tristan hinzu.

„Aber … was willst du jetzt tun? Wenn die Angestellten hier alle so drauf sind …“

„… flaniert vielleicht auch das Team des Grundbuchamtes lieber auf den Gängen des Schlosses.“

„Du willst ohne offizielle Erlaubnis die Papiere der Villa einsehen?“, schloss Elli und ihr Herz begann prompt noch schneller zu schlagen.

„Nein, ich will sie gleich mitnehmen oder glaubst du, dass wir noch genügend Zeit haben, die Akte durchzugehen und abzufotografieren?“

Elli blieb ihm eine Antwort schuldig.

DAS ist mein Junge!, freute sich die Königin stattdessen. *Von den Spinnern hier lassen wir uns doch nicht aufhalten!*

„Und wie willst du an die Akte rankommen?“, fragte Elli vorsichtig. „Einfach in das Büro reingehen und eigenständig danach suchen?“

Tristan nickte angespannt. „*Wenn* die Tür offen ist – was durchaus drin ist, bei den Knalltüten hier.“

„Da!“, rief Elli aus, weil sie das Schild an der Tür auf ihrer Seite recht schnell entziffert hatte. ‚Grundbuchamt‘ stand dort und sie beide zögerten, sahen sich für ein paar Sekunden etwas unentschlossen an – bis Tristan lieber auf Nummer sicher ging, die Hand hob und anklopfte.

Niemand reagierte. Auch nicht auf das zweite Klopfen hin.

Na los – du Memme!, forderte ihr zweites Ich und Elli gehorchte ausnahmsweise, hatten sie doch keine Zeit mehr zu verlieren. Sie drückte die Klinke hinunter und tatsächlich ließ sich die Tür öffnen, gab den Blick auf ein großes Büro mit zwei Schreibtischen und ein paar zugestopften Regalen frei. In der Mitte der Wand gegenüber von ihnen befand sich eine weitere, bereits offenstehende Tür, durch die man in einen noch etwas größeren Raum voller Aktenschränke gelangen konnte.

Ohne sich weiter absprechen zu müssen, hielten Tristan und Elli darauf zu, dann aber sofort wieder inne.

„Denkst du, was ich denke?“, wandte sie sich an ihren Freund.

„Dass wir keine Zeit haben, lange zu suchen und lieber in einem der PCs nachgucken sollten, wo sich die Akte genau befindet?“

Sie nahm sich noch nicht einmal die Zeit, zu nicken, sondern setzte stattdessen gleich den Gedanken in die Tat um. Glücklicherweise hing direkt am Bildschirm ein kleiner Klebezettel mit dem Vermerk ‚Achtung! Neues Passwort lautet nach Anordnung vom Bürgermeister *King Luis*‘, sodass sie tatsächlich ungehindert an das auf dem Rechner gespeicherte Register der Grundbuchakten herankamen. Elli notierte sich die Angaben und wollte sich gerade wieder auf den Weg zum anderen Raum machen, als von draußen laute Rufe und das Trampeln von mehreren Füßen ertönten. Geistesgegenwärtig zog Tristan sie am Arm nach unten, sodass sie hinter dem Tisch verborgen waren, als der aufgeregte Trupp Menschen an ihrer Tür vorbeilief.

„Langsam wird's brenzlig“, murmelte Tristan in seinen Bart, bevor er geduckt auf den anderen Raum zueilte, dicht gefolgt von Elli.

„Meinst du, die sind hinter *uns* her?“, raunte diese ihm zu, als sie sich zusammen vor dem Regal mit der niedergeschriebenen Nummer einfanden.

„Besser ist es, wenn wir das gar nicht erst herausfinden“, gab Tristan zurück und gemeinsam gelang es ihnen, die richtige Schublade fast geräuschlos zu öffnen.

Beide erstarrten, als der Lärm draußen wieder anschwoll.

„Weiß denn jemand, was die wollten?“, konnte man einen Mann rufen hören. „Wenn sie ein Attentat auf den König geplant haben, sollten wir dann nicht lieber zu ihm zurückgehen?“

Tristan griff beherzt zu, zog die Akte aus der Halterung und verstaute sie flink in seinem Rucksack. Ein Nicken in Ellis Richtung genügte, um aus dem Raum zu eilen und erneut Deckung hinter einem der Schreibtische zu suchen.

„Sie haben irgendwas von einem Haus erzählt und Besitzverhältnissen“, konnten sie jetzt eine Frauenstimme vernehmen, die mit Sicherheit zu Ms Thomsen gehörte. „Es klang nicht danach, als wollten sie ein Attentat auf den König verüben. Aber beim Pöbel weiß man das ja nie genau.“

Elli spähte vorsichtig um den Tisch herum und konnte direkt vor der Tür einen Zipfel von Ms Thomsens Kleid ausmachen. Shit! Damit war ihr Fluchtweg erst einmal versperrt.

„Wer will ein Attentat auf mich verüben?“, ertönte eine weitere Stimme. Jetzt gesellte sich auch noch der Bürgermeister Edward Stinton persönlich zu dem Menschenauflauf im Flur! Das wurde ja immer besser!

Mit Bangen sah Elli Tristan an, der einen ebenso hilflosen und besorgten Eindruck machte wie sie selbst. Bedauerlicherweise besaß dieses Büro ebenso wenig wie der hintere Raum ein Fenster, aus dem sie klettern konnten, also konnten sie nur durch die Tür hinaus, was wiederum hieß, darauf zu warten, dass die Leute draußen verschwanden.

„Eure Majestät“, konnte man nun einen Mann sagen hören, „ich bitte um Eure Vergebung, denn leider muss ich verkünden, dass zwei unwürdige Dorfbewohner in das Schloss eindringen konnten und bisher unauffindbar sind.“

Die Königin in Elli schnappte empört nach Luft, spornte damit Ellis eigenen Ärger über diese Bemerkung an.

„Dorfbewohner?“, hakte der Bürgermeister empört nach. „Will mich dieses Pack etwa bestehlen? Oder gar stürzen?“

„Das wissen wir noch nicht, aber ganz gleich, was sie vorhaben, wir werden sie vorher finden und davon abhalten“, versprach der andere Mann demütig.

„Davon gehe ich aus!“, gab der Bürgermeister streng zurück. „Andernfalls werde ich Ihn ruck-zuck seines Amtes als Oberbefehlshabers entheben.“

„Vielleicht haben sie das Schloss ja auch schon längst wieder verlassen“, konnte man Ms Thomsen sagen hören.

„Was?!“, schnaufte der ‚König‘ empört. „Das wäre ja *noch* schöner! Solcherlei Gesocks darf nicht ungeschoren davonkommen! Hauptmann Berger, ich beauftrage Ihn hiermit, eine Suchmeldung nach den Flüchtigen auszustellen. Lasse Er sie sich beschreiben und eine Zeichnung anfertigen. Und dann setze Er ein Kopfgeld von zweitausend Pfund auf sie aus!“

Elli presste eine Hand auf den Mund, um nicht entsetzt zu keuchen, und auch Tristan stand der Schock nur allzu deutlich ins Gesicht geschrieben. So schnell wurde man in verrückten Zeiten wie diesen zum gesuchten Verbrecher.

„Wenn Er sie gestellt hat – ganz gleich ob hier im Schloss oder unten im Dorf – bringe Er sie hierher“, befahl der Bürgermeister. „Dann werde ich alle Einwohner von Ferry Bridge zusammenrufen und ein Exempel an ihnen statuieren. Die Leute hier nehmen mich nicht ernst genug und das muss sich dringend ändern. Ich will härtere Gesetze – ach was – nicht nur härtere, sondern die *härtesten*! Nur so wird mich mein Volk endlich respektieren."

Der Mann schien sich langsam so richtig in Rage zu reden. „Hole Er mir die beiden Querulanten her und sollte es Widerstand von anderer Seite geben, dann … dann sperre Er jeden ein, der gegen meine Führung rebelliert! Klage Er sie wegen Hochverrats an und dann will ich Köpfe rollen sehen! Ja – Köpfe! Was glaubt ihr, wie schnell hier wieder Zucht und Ordnung herrscht!"

Mit jedem seiner fanatischen Worte waren Angst und Wut in Elli gewachsen und ihre Gedärme verkrampften sich schmerzhaft. Die Auswirkungen des Fluchs eskalierten schneller als gedacht. Dabei hatten sie doch noch bis Dienstag Zeit!

Wir sollten ihn ausschalten, schlug die Königin vor. *Jetzt. In Ferry Bridge ist kein Platz für einen größenwahnsinnigen König oder auch überhaupt einen, mit dem wir nicht verheiratet sind, und das da werde ich bestimmt nicht ehelichen!! Wenn du nicht willst, dass die Enden der Märchen in Erfüllung gehen, musst du JETZT handeln! Dann wird nur einer sterben.*

Ellis Hände ballten sich zu Fäusten und ihre Atmung beschleunigte sich – eine Veränderung, die auch Tristan nicht entging. Er rutschte rasch näher an sie heran, nahm ihre Hände erneut in seine und schüttelte vehement den Kopf, während der Bürgermeister im Flur seinen Männern den Befehl gab auszuschwärmen.

„Elli, sieh mich an!", wisperte er und sie kam der Aufforderung nach, suchte Halt in dem warmen Grün seiner Augen. „Sieh mich einfach nur an. Atme. Ganz tief und ruhig. Du kannst das. Du bist stärker als sie. Du weißt, was richtig und was falsch ist.“

Sie konnte fühlen, dass der Kontakt zu Tristan auch die Königin beruhigte, ihr Drängen auf das Nutzen ihrer magischen Kräfte schwächer werden ließ.

„Wir kommen hier ohne sie nicht raus“, wisperte Elli dennoch aufgelöst, während das Getrampel draußen verkündete, dass sich zumindest ein Teil der Menschen bereits auf die Suche nach ihnen machte.

„Das weiß ich, aber wir müssen ihre Kräfte vorsichtig einsetzen, dürfen ihr nicht zu viel Handlungsfreiheit einräumen“, gab Tristan flüsterleise zurück. „*Du* bestimmst, was sie tut, okay?“

Och, nö!

Elli zögerte und Tristan nahm ihr Gesicht in beide Hände, sah sie drängend an. „Bitte! Niemand darf hier zu Schaden kommen – ganz gleich, wie schlecht er sich benimmt. Sie sind alle nicht sie selbst und wissen nicht, was sie tun.“

Tolle Ausrede!

„Verschone sie bitte … Für mich. Kannst du mir das versprechen?“

Die Königin gab einen frustrierten Laut von sich und zog sich zurück, ließ es zu, dass Elli bestätigend nickte. Ihr beider Lohn war Tristans dankbares Lächeln und … ein flüchtiger Kuss auf ihre Stirn, der Ellis Atem stocken und ihre Haut prickeln ließ. Dann war ihr Freund auch schon außer Reichweite, schlich geduckt hinüber zur Tür und spähte kurz hinaus, bevor er Elli einen auffordernden Wink gab.

Sie atmete tief durch und setzte sich anschließend ebenfalls in Bewegung. Tristan sagte nichts zu ihr, als sie an seiner Seite stand, wies nur mit dem Finger nach links.

Ganz vorsichtig beugte sich Elli nach vorn und spähte in den Flur. Drei Leute hielten sich dort noch auf: Der Bürgermeister und die beiden ‚Hofdamen'. Ms Thomsen präsentierte ihrem ‚König' gerade ihren glitzernden Armreif und lachte hell auf, als dieser anmerkte, dass kein Schmuck der Welt jemals ihre Schönheit überstrahlen könne.

„Was nun?", hauchte Elli, als sie sich zurückgezogen hatte.

„Rechts runter ist ein Notausgang, wahrscheinlich mit einem Extra-Treppenaufgang", las sie eher von Tristans Lippen, als dass sie es wirklich hörte. „Wir brauchen ein Ablenkungsmanöver, um ungesehen dorthin zu kommen. Kann die Königin uns da helfen?"

Mal sehen …

Elli spähte erneut vorsichtig in den Flur, dieses Mal aber auch an den sich dort aufhaltenden Personen vorbei. Etwas weiter entfernt stand eine kleine Holzbank und über dieser war eine Pinnwand befestigt, an der einige Zettel angeheftet waren.

Denkst du, was ich denke?, fragte die Königin und Elli begann zu grinsen. Ihre Hand hob sich von ganz allein, reckte sich in den Gang und richtete sich auf die Pinnwand. Energie ballte sich in ihrem Inneren zusammen und floss rasch durch ihren Arm und hinunter in ihre Finger. Es dauerte nur wenige Sekunden, bis ein kleiner Rauchfaden von einem der Zettel aufstieg und sich dieser mit einem Zischen entzündete, das auch dem ‚Hofstaat' im Flur nicht entging. Alle Köpfe flogen herum und das laute Kreischen, das beim Anblick der nun schon lichterloh brennenden Pinnwand ertönte, kam nicht nur aus den Kehlen der Frauen.

„Los!“, stieß Elli in Tristans Richtung aus, weil der König und sein Anhang nach dem ersten Schrecken in Richtung des Feuers liefen und versuchten es zu löschen, indem sie die Pinnwand zu Boden warfen und darauf eintraten.

Ihr Freund reagierte blitzschnell, war mit ihr geschwind auf dem Flur und gemeinsam eilten sie auf die Notausgangstür zu ihrer Rechten zu, an der das Notausgangzeichen befestigt war. In einer Geschwindigkeit, die sie sich selbst nie zugetraut hätte, raste Elli die Treppen hinunter, nur um ruckartig vor dem Zugang zum Erdgeschoss abzustoppen, Tristan zu packen und ihn zur Seite, neben die Tür zu ziehen.

Die flog mit dem nächsten Wimpernschlag auf und ein Trupp Wachen donnerte die Treppe hinauf, ohne Notiz von den beiden Menschen zu nehmen, die sich stocksteif an die Wand gepresst hatten.

„Wo… woher wusstest du …“, brachte Tristan etwas atemlos heraus, als das Zufallen der Tür über ihnen bestätigte, dass sie wieder allein im Treppenhaus waren.

„Intuition“, gab Elli knapp zurück und bedankte sich innerlich bei der Königin, die ihr gerade rechtzeitig eine stumme Warnung hatte zukommen lassen. Dass ihr mentaler Gast ihnen einmal eine so große Hilfe sein könnte, hätte sie nie gedacht. Langsam wurden sie zu einem richtig guten Team.

Elli öffnete die Metalltür zur Eingangshalle so leise wie möglich und spähte mit rasendem Herzschlag hinaus. Hier unten war alles leer. Nicht einmal Phil war mehr an seinem Platz. Wahrscheinlich machte er irgendwo Mittagspause.

„Ich schlage vor, wir stürmen durch die Halle und sollten die Wachen noch draußen vor dem Eingang stehen, räume ich sie aus dem Weg“, raunte Elli ihrem Freund zu, der schräg hinter ihr nach möglichen Gefahren Ausschau hielt.

Was für eine schöne Idee!

„Ohne sie umzubringen bitte“, setzte Tristan seinem stummen Einverständnis hinzu.

Spielverderber.

„Geht klar!“, erwiderte Elli, das Murren der Königin dabei ignorierend, und lief beherzt los. Das Echo ihrer schnellen Schritte war viel zu laut, jedoch schien augenblicklich niemand nahe genug zu sein, um sie zu hören, und so stürmten sie ungehindert durch die Flügeltüren des Eingangs hinaus ins Freie.

Zur ihrem großen Glück und der noch größeren Enttäuschung der Königin hatten sich auch die Wachen vor dem Eingang verzogen und machten vermutlich ebenfalls im Schloss Jagd auf die Eindringlinge. Dennoch rannten Elli und Tristan weiter, brachten einige Straßen zwischen sich und das Rathaus, bevor sie schwer atmend stoppten und sich die schmerzenden Seiten hielten.

„Das war …“, keuchte Elli.

„… knapp“, beendete Tristan ihren Satz und wischte sich mit dem Handrücken den Schweiß von Stirn und Schläfen.

„Glaubst du, die werden jetzt echt per Zeichnung noch weiter nach uns suchen?“, erkundigte sich Elli und warf einen verunsicherten Blick in die Richtung, aus der sie gekommen waren.

„Keine Ahnung“, gab ihr Freund zurück. „Die sind derart neben der Spur, denen ist alles zuzutrauen … Sollen sie doch. Uns kann man nichts nachweisen und niemand dort kennt unsere Namen.“

„Außer Phil“, merkte Elli an.

„Ja, aber der ist ja nur sekundär vom Fluch betroffen.“

Elli biss sich nachdenklich auf die Unterlippe. „Wir sollten trotzdem vorsichtig sein und weitere Auftritte in der Öffentlichkeit möglichst vermeiden, solange der Fluch noch anhält“, sagte sie. Ihr Blick fiel dabei auf Tristans Rucksack, in dem sich die Akte befand. Wenigstens waren sie nicht umsonst im Rathaus gewesen. Es sei denn …

„Kannst du mal nachsehen, ob das auch wirklich die richtige Akte ist?“, forderte sie Tristan etwas verunsichert auf. Warum hatte sie nicht vorher, als sie noch im Gebäude gewesen waren, daran gedacht, das zu überprüfen?

Ihr Freund kam ihrer Bitte umgehend nach und holte den Ordner hervor. Zu ihrer großen Erleichterung nickte er, sobald er das oben aufliegende Blatt überflogen hatte. Wohl um wirklich sicherzugehen, blätterte er noch ein paar Seiten weiter und hielt abrupt inne. Seine dunklen Brauen zogen sich kurz zusammen, nur um sich gleich darauf wieder zu heben. Auch seine Augen weiteten sich bedenklich.

Ellis Herz machte ein paar unangenehme Hopser. „Was ist?“, fragte sie alarmiert.

Tristan antwortete nicht verbal. Er drehte die Akte so, dass auch sie die aufgeschlagene Seite betrachten konnte. Es war ein alter, vergilbter Kaufvertrag aus dem Jahr

1901, handschriftlich und sehr schlampig angefertigt. Abgeschlossen zwischen Harold Brewer und einem oder einer S. Arlijka.

Ellis Mund öffnete sich in stummem Staunen.

„Wir gehen nicht zurück zu meiner Wohnung“, verkündete Tristan angespannt und schlug die Akte entschlossen zu. „Wir suchen erstmal meine Großmutter auf. Ich denke, die hat mir dringend was zu erklären!“

Oma Wunderlich

Mit äußerst gemischten Gefühlen stand Elli wieder einmal vor einer Tür und wartete darauf, dass geöffnet wurde. Gerne hätte sie etwas mehr Zeit gehabt, um ein wenig auf- und abzulaufen, doch Tristan wartete nach einmaligem Läuten genau fünf Sekunden und trat schließlich mit einem lauten ‚Nana!' einfach in das Haus seiner Großmutter ein.

Der Anblick des kleinen, einstöckigen Cottages genügte, um all die wundervollen Erinnerungen, die Elli mit dem Haus verband, in ihr heraufzubeschwören und ihr gleichzeitig noch einmal klarzumachen, warum sie so lange Zeit nicht mehr hier gewesen war und dass es noch andere Menschen in Tristans Familie gab, die verständlicherweise sehr schlecht auf sie zu sprechen waren.

Vielleicht hätte sie doch lieber Manja suchen gehen sollen, die sich ja bereits vor einiger Zeit auf den Weg zum Museum gemacht hatte, um einen Blick in die Dorfchroniken zu werfen.

Stattdessen blieb Elli unschlüssig und mit verkrampften Gedärmen an der Türschwelle stehen, denn nicht nur der Königin in ihr widerstrebte es, weiterzugehen.

Lass uns lieber nach dieser Manja schauen gehen. Wer weiß, was die verzapft, wenn wir nicht auf sie aufpassen? Und außerdem war unser Abgang SO lustig! Wir könnten

ihr mit einer ähnlich genialen Aktion helfen. Ohne uns ist die mit Sicherheit bereits in Schwierigkeiten geraten.

Du schlägst freiwillig ein paar weitere Minuten mit Tristan aus?, hörte sich Elli tatsächlich innerlich kontern und die Königin lachte.

Endlich denkst du mal in die richtige Richtung und dann ist es natürlich genau am falschen Ort. Als würde hier in diesen verstaubten Wänden so etwas wie Romantik in mir aufkommen.

„Alles klar?", riss Tristans Stimme aus dem Inneren des Hauses sie aus ihrem royalen Zwiegespräch und Elli biss die Zähne zusammen und zuckte die Schultern, weil sie sicher war, dass sie hier nicht unbedingt willkommen sein würde. Das gute Verhältnis zu Tristans Familie bestand seit ihrem unrühmlichen Fehler nicht mehr und im Gegensatz zu ihm würde ihr diese bestimmt nicht so schnell verzeihen, alle voran seine Großmutter, die ihr damals höchstpersönlich das Versprechen abgenommen hatte, niemanden jemals von der Rroma-Herkunft der Familie wissen zu lassen.

Noch ein Grund mehr zu verschwinden, bevor uns die alte Hexe mit ihrem Besen zur Tür herausjagt!

„Nervt sie dich wieder?" Tristan tauchte wieder im Türrahmen auf und sah sie mitempfinden an, doch Eliana kam nicht dazu, zu antworten, weil sich urplötzlich eine faltige Hand auf dessen Schulter legte und sich die Spitze eines Messers auf ihr Gesicht richtete.

„Was tut *sie* hier?", knurrte eine unfreundliche Stimme und Tristan legte seiner um gut eineinhalb Köpfe kleineren Oma einen Arm um die Schultern, drückte das Messer mit zwei Fingern nach unten und ihr einen Kuss auf das zu einem kunstvoll Dutt hochgesteckte Haar.

„Zdravo, Nano!“, begrüßte er sie. „Sie ist mit mir hier.“

„Gut, lass mich anders fragen: Wieso ist sie *hier*?“ Ms Arlijka Senior wedelte erneut mit dem Messer herum. „Und warum *mit dir*? Hat sie denn noch nicht genug Schaden angerichtet?“

„Das ist jetzt nicht mehr wichtig, Nana“, begann er und die alte Dame hob dramatisch die Hände in die Luft, befreite sich aus der Umarmung ihres Enkels und murmelte ein paar genervte Worte, bevor sie in den Flur verschwand.

„Hi, Ms Arlijka“, quiekte Elli und winkte ihr zerknirscht nach, bevor sie Tristan ansah. „Das bringt doch nichts! Ich werde zu Manja gehen und ihr helfen, bevor mich deine Oma noch filetiert.“

Er kratzte sich an seinem gepflegten Kinnbart – seinem ihn unglaublich sexy aussehen lassenden Kinnbart, wie Elli zum wiederholten Male bemerkte.

„Na ja, vielleicht stimmt das Vorurteil mit der Menschenfresserei ja doch“, sagte er nachdenklich, dann lachte er kurz auf. „Ich nehm’ dich auf den Arm, E. Meine Oma bereitet gerade ihr Mittagessen vor und die Kartoffeln waren am Überkochen.“

Mit diesen Worten zog er sie ins Innere des Hauses und schloss die Tür, was für Elli einen furchtbar endgültigen Klang hatte.

„Nana, entschuldige, dass wir dich stören, aber wir haben ein paar sehr wichtige Fragen bezüglich eines bestimmten Hauses an dich und warte, bis du die Story hörst, die wir dir dazu zu erzählen haben.“

Etwa eine Stunde später herrschte wieder Stille in der Küche. Tristan hatte den Großteil des Redens übernommen und die Geschichte so abgeändert, dass seine Oma sie beide zumindest nicht *sofort* ins Irrenhaus stecken würde. Der Fluch war zu einem die Psyche der Menschen und den Wachstum der Pflanzen verändernden Virus geworden, der nur Nachfahren der alten Dorfbewohner befiel, und sie selber versuchten lediglich einen Mord aus alten Zeiten aufzudecken und dadurch ein Heilmittel für alle zu finden. Die Spuren hatten sie schließlich zur alten Villa im Wald geführt, in der sie einen Hinweis darauf gefunden hatten, dass dort vielleicht einmal die Arlijkas gewohnt hatten. Dass sie beide ins Grundbuchamt eingebrochen waren und dort die Akte über die Villa gestohlen hatten, ließ ihr Freund lieber weg.

Vor lauter Nervosität hatte Elli ihr Essen während des ausführlichen Berichts zunächst fast gar nicht angerührt – sehr zum Missfallen von Ms Arlijka, die es trotz ihrer immer noch deutlich ablehnenden Haltung ihr gegenüber wohl als ihre Pflicht als – wenn auch unfreiwillige – Gastgeberin ansah, auch sie nicht verhungern zu lassen, und gleich noch eine größere Portion gekocht hatte.

Nun starrte sie Eliana noch finsterer an als zuvor. „Du sagst also, dass meine Familie in einen Mord verstrickt war? Und dass sie dieses Dorf vergiftet hat?“, hakte sie nach, anstatt auf Tristans Frage zu antworten, ob sie sich an das Haus erinnern könne. Ihre Augen wurden schmal. „Wo die Tür ist, wirst du ja wohl noch wissen.“

„Vorfahren, Nana“, berichtigte Tristan und hielt Ellis Hand fest, weil diese sich tatsächlich schon erheben wollte, „und glaub mir, ich hab Elli auch fast rausgeworfen, als sie mir das das erste Mal gesagt hat, aber nach allem, was ich in den letzten Tagen gesehen habe …“

Seine Großmutter nickte bedächtig und sah ihn ernst an. „Pile moje, nimmst du Drogen? Hat sie dich dazu verleitet? Du kannst es mir ruhig sagen.“

Tristan ließ entnervt den Kopf in seine Hand fallen. „So habe ich auch reagiert, *nach* all den Vermutungen, es würde sich um einen Streich handeln, aber wenn du mal durch das Dorf gehen würdest und –“

„Ich *gehe* durch den Ort und habe vorhin die alte Ms Friggs gesehen, die alle vorrätigen Decken und Kissen bei *Tory & Bibbs* aufgekauft und gleich neue nachbestellt hat, weil wir angeblich noch viel mehr Schnee im Hochsommer brauchen. Ich habe auch die seltsam wuchernde Natur gesehen und wollte gleich nach dem Essen mal googeln, was es damit auf sich haben könnte. Darüber hinaus habe ich Mr Johnson getroffen, der angeblich einen gerade eben maßgeschneiderten todschicken Anzug trug, allerdings in einem Aufzug vor mir stand, den ich nur vorsichtig als Adamskostüm umschreiben möchte – Schuhe, Socken und seinen Hut trug er nämlich noch.“ Sie schüttelte den Kopf. „Meine armen Augen! Aber wie dem auch sein mag; ich komme deshalb nicht gleich auf die Idee, von einer … irre machenden Epidemie zu sprechen, die auch noch Auswirkungen auf die Natur hat. Und schon gar nicht“, ihre Augen wanderten wieder zu ihrem ungebetenen Gast, „jemanden des Entwickelns einer schlimmen Krankheit zu beschuldigen!“

„Ich weiß, dass die ganze Sache unglaublich klingt, aber glaub mir bitte, wenn ich dir sage, dass wir dennoch etwas dagegen tun müssen", fuhr Tristan fort, Ellis Überzeugungskampf von vorgestern auszufechten und nach einer weiteren Runde zuckte die alte Dame schließlich die Schultern.

„Dann tut halt was dagegen", sagte sie schlicht, „aber lasst mich und den Rest der Familie aus der ganzen Sache heraus. Nicht dass die Leute denken, wir seien *alle* verrückt geworden!"

„Das geht leider nicht", gab Tristan zerknirscht zurück. „Ich muss wissen, ob unsere Familie Ende des 19. Jahrhunderts mal in der Villa gewohnt hat."

„*Ende 19. Jahrhunderts*? Ooo devla, devla! Für wie alt hältst du mich?!", regte sich Oma Nita auf.

„Das meine ich damit doch gar nicht!", verteidigte sich ihr Enkel und langsam war ihm anzumerken, dass auch seine Geduld Grenzen hatte. Er seufzte tief. „Können wir wenigstens hier im Haus selbst nachsehen, ob wir irgendwo Informationen über die Villa finden?"

„Ihr wollt mein Hab und Gut durchkramen?!"

„Nur alte Sachen, Nana. Urkunden, Verträge, irgendwelche Infos über die Villa, falls es sie gibt. Wo bewahrst du so was denn auf? Bitte Nano, hilf uns! Mir zuliebe. Ohne dich sind wir verloren."

Elli hätte es nicht mehr für möglich gehalten, doch Oma Nita gelang es tatsächlich, ihr aufschäumendes Temperament ihrem Enkel zuliebe wieder in den Griff zu bekommen. Sie nahm einen langen Atemzug und ihre Gesichtszüge glätteten sich rasch.

„Lass mich nachdenken …" Die alte Dame tippte sich mit dem Zeigefinger an die Nase, als würde sie überlegen. „Wo bewahrst *du* denn deinen alten Kram auf? Ach, ich weiß, in *meinem* Keller!"

Sie verdrehte die Augen und hob die Hände gen Himmel. „Nun gut, dann geht eben runter. Aber ich muss euch warnen: Ich habe nicht aufgeräumt! Ich habe daher keine Ahnung, wo zwischen all dem alten Zeug etwas sein könnte, was euch weiterhilft. Vielleicht hinten im alten Regal aus deinem Kinderzimmer, Tristan. Davor stehen alte Fahrräder von dir und Florica, die nur ganz kurz zwischengelagert werden sollten. Und Puppenwagen, Autorennbahnen, Play-Dingsdas und dergleichen. Vielleicht erbarmt sich ja jemand im Austausch und entrümpelt da unten in den nächsten Wochen mal."

Sie sah ihren Enkel mit hochgezogenen Brauen an und der nickte artig, bevor er mit Elli den Weg nach unten antrat. Die bemühte sich, recht nah bei ihm zu laufen, weil Ms Arlijka im Hintergrund ein großes Fleischermesser zu schärfen begann und ihr dabei einen seltsamen Blick hinterherwarf.

„Meinst du, deine Oma … ist vielleicht … doch auch betroffen?", verbalisierte sie ihre Bedenken, sobald sie unten waren und Tristan lachte auf.

„Du warst echt lange nicht mehr hier. Kannst du dich nicht an ihren schwarzen Humor erinnern? Wir haben sie schon früher immer Oma Wunderlich genannt."

„Ich glaube nicht, dass sie mir gegenüber gerade in irgendeiner Form zu Scherzen aufgelegt ist."

Er zuckte die Achseln. „Kann schon sein, aber sie ist sonst genauso wie immer, glaub mir. Keiner aus meiner näheren Familie hat bis jetzt irgendwelche Anzeichen gezeigt, obwohl sie zur Zeit des Fluch-", er suchte nach dem richtigen Wort, „-ausbruches hier waren."

Elli nickte zögerlich und sah sich um. Der Keller war recht groß und verwinkelt und wesentlich voller als sie ihn in Erinnerung hatte, doch im Laufe der Zeit sammelten sich nun mal immer mehr Dinge an, die man nicht mehr in seiner unmittelbaren Nähe haben, sie aber auch nicht weggeben oder -werfen wollte.

Als Kinder hatten sie und Tristan hier oft gespielt, hatten sich in einer der Ecken ein Zelt aufgebaut und so getan, als wäre dies ihr Schloss.

Wir brauchen übrigens auch noch dringend eines, inklusive Hofstaat, ließ sich die Königin prompt vernehmen. *Immer diese winzigen Räume!*

Tristans Blick glitt ebenfalls kurz durch den Keller, dann bahnte er sich seinen Weg zwischen Fahrrädern und einem kleinen, hölzernen Kinderwagen hindurch zu einem mittelgroßen Regal an der Wand und begann, die dort stehende Kiste zu öffnen. Nach kurzem Durchsehen brachte er einige davon nach vorne. Elli wollte sie ihm abnehmen, doch er winkte ab.

„Jetzt hab dich nicht so“, sagte sie und nahm ihm die nächste einfach aus der Hand, wobei sich ihre Finger berührten und wieder das angenehme Kribbeln in ihr auslösten.

Tristan erwiderte ihr Lächeln kurz, wandte sich jedoch gleich der nächsten Box zu. „Redet sie eigentlich noch mit dir?“, erkundigte er sich unvermittelt.

„Wie ein Wasserfall“, brummte Elli, stellte die Box auf einen ausrangierten Gartentisch neben die anderen und öffnete sie, doch es befanden sich nur alte Kontoauszüge darin. Auch der Inhalt der nächsten Kiste war nicht viel hilfreicher. Angestrengt suchte sie nach einem neuen Thema, weil Tristan nur stumm und teilnahmsvoll genickt hatte und dann wohl vom Inhalt einer der Boxen abgelenkt worden war, während die Königin ihre vorherige Aussage postwendend unter Beweis stellte und es leichter war, sie zu ignorieren, wenn es nicht so still war.

„Sag mal“, wandte sich Elli deshalb an ihn, den Kopf möglichst tief in einer der seitlich auf dem Tisch stehenden Kisten vergraben, damit er ihren sicherlich hochroten Kopf nicht sah. „Es geht mich ja eigentlich nichts an, aber“, sie biss sich kurz auf die Lippen, als die Königin in ihr ‚*Ich halt die Daumen, aber selbst wenn, kann ich was dagegen tun, lass mich nur machen.*‘ verlauten ließ, „ist da eigentlich jemand?“

„Wo?“, fragte Tristan geistesabwesend, der gerade einen Stapel Fotoalben durchblätterte und nur kurz aufsah. „Meinst du, so wie bei dir?“

„Nein, ich meinte … “, sie holte tief Luft, richtete sich auf und wandte ihren Kopf schnell nach links, um die auf einem Regalbrett stehenden Einmachgläser zu begutachten, weil es ihr zu peinlich war, ihn jetzt anzusehen.

Gott, bist du ein Seelchen.

„Manja hat doch vorhin so geschickt herauszufinden versucht, ob du eine Freundin hast und du hast gar nichts dazu gesagt und da dachte ich, ich frag mal ganz plump nach. Aber es geht mich ja auch eigentlich gar nichts an“, fügte sie ihrem eigenen, wasserfallartigen sprachlichen Erguss kleinlaut hinzu.

Und wie uns das was angeht!

Ihre Finger krampften sich um ein Gurkenglas. Sie konnte ihn innehalten hören, dann spürte sie seinen

Blick in ihrem Nacken und zwang sich, sich zumindest höflichkeitshalber umzudrehen.

„Und was wäre wenn?“, erkundigte er sich mit interessiert hochgezogenen Augenbrauen.

Elli holte Luft, öffnete den Mund und schloss ihn wieder, bevor sie antwortete: „Dann … wüsste ich es.“ Sie nickte ein wenig kläglich zur Bestätigung ihrer eigenen Worte.

Und ICH wüsste in diesem Fall, was zu tun wäre!!

„Aber, wie gesagt, es geht mich ja auch gar nichts an“, fuhr sie etwas lauter fort, hauptsächlich, um die Stimme zu übertönen.

„Nicht mehr“, sagte Tristan schlicht und es war nicht ganz klar, worauf genau sich das bezog. „Und bei dir so? Freund, Freundin?“, überraschte er sie mit der Gegenfrage.

Elli biss die Lippen zusammen und schüttelte den Kopf, während die Stimme in ihr jubilierte und nochmals bekräftigte, dass sie aber auch gerne entsprechende Konkurrenz aus dem Weg geräumt hätte.

„Dann wär das ja geklärt“, gab er mit einem trockenen Grinsen zurück, das eine Horde irrer Schmetterling in Ellis Bauch freisetzte.

„Kakao, Tee, Kaffee!“, dröhnte es von der Treppe her. Elli fuhr zusammen und ließ fast das Glas fallen.

Tristans Großmutter kam mit einem großen Tablett nach unten, das mit Tassen, Kannen und Keksen beladen war.

„Ihr jungen Leute von heute könnt ja nie klar sagen, was ihr wollt, aber keiner soll behaupten können, er sei hungrig von hier weggegangen! Gerüchte entstehen ja recht schnell, wie man weiß!“ Sie maß Elli mit einem beinahe strafenden Seitenblick und überreichte ihrem Enkel, der ihr entgegengekommen war, das Tablett.

„Wo ist eigentlich diese andere Person vom Seuchenamt – diese Maja, von der ihr erzählt habt?“

„Manja – sie hat gerade was Wichtiges zu erledigen“, erklärte er und sie sah ihn tadelnd und von oben herab an – im wörtlichen wie im übertragenen Sinne.

„Natürlich“, gab sie zurück und der Zweifel stand ihr deutlich ins Gesicht geschrieben. Im Anschluss flüsterte sie ihm etwas auf Rromanes oder Serbisch zu – so genau konnte Elli das nicht sagen – woraufhin Tristan entnervt den Kopf schüttelte und eine kurze Diskussion entbrannte.

Los, streng dich an, was reden die da?, verlangte die Königin.

Keine Ahnung.

Wir sprechen die Sprachen doch!

In Ansätzen. Und außerdem sprechen sie zu leise.

Dann geh halt näher ran! Oh, meine Güte, lass mich mal machen!

Halt die Klappe, sonst kommt wieder der Knebel!, drohte sie und die Königin schnaubte empört. Ellis Hand krampfte sich um die Tischkante und sie zwang sich dazu, sich wieder auf die Unterlagen zu konzentrieren.

„Habt ihr schon gefunden, wonach ihr sucht?“, wandte sich Ms Arlijka Senior wieder auf Englisch an Elli und Tristan und beide schüttelten die Köpfe.

„Ich hab ja gleich gesagt, dass das vermutlich nichts bringt, aber nun gut. Sagt, wenn ihr noch was braucht.“ Mit diesen Worten und einem weiteren

Seitenblick auf Elli, die nur ein gestottertes ‚d-danke‘ hervorbrachte, verschwand sie wieder nach oben.

„Und? Geht sie jetzt die Polizei rufen oder Männer in weißen Kitteln?“, erkundigte Eliana sich mit einem verkrampften Grinsen.

Er lachte. „Nein, aber sie ließ mich wissen, dass ihr Angebot, mich ihr anzuvertrauen, damit wir gemeinsam nach geeigneten Therapieformen suchen können, immer noch gilt.“

„Wofür denn?“, fragte sie und kniff die Lippen zusammen. Sie hatten Tristans Großmutter nichts von ihrer unerwünschten Mitbewohnerin erzählt, doch vielleicht war sie schon so durchgeknallt, dass es auch für Außenstehende nicht mehr zu übersehen war.

„Na, für meine offensichtlich frisch erblühte Drogensucht“, erwiderte er. „Sie vermutete außerdem weiterhin, dass ich das Zeug von dir habe, aber das konnte ich ihr Gott sei Dank wieder ausreden.“

Mit diesen Worten reichte Tristan ihr eine der Tassen sowie den Plätzchenteller.

„Ich hab wirklich keinen –“, fing Elli an, aber er legte den Kopf schief.

„Na, na, na, so gerade von der Drogendealerschippe gesprungen solltest du aber nichts riskieren. Komm schon, du kennst sie doch. Wenn nachher nicht mindestens die Hälfte weg ist, wirst du vielleicht doch noch ihr nächster Sonntagsbraten.“

„Sehr witzig“, brummelte Elli und nahm sich grinsend einen Keks und etwas Kakao.

„Hier sind noch mehr alte Unterlagen.“ Er holte einen Stapel Papiere aus der untersten Schublade eines ausrangierten Sekretärs und legte sie ebenfalls auf den alten

Holztisch, nachdem er die bereits durchsuchten Boxen heruntergenommen hatte.

„Ifft du bar miffts?“, fragte sie und sein Grinsen wurde noch breiter.

„Nö, aber auf mich ist sie ja auch nicht so sauer.“

Elli verdrehte gespielt-genervt die Augen und sichtete dann den nächsten Stapel. Uniunterlagen … Gebrauchsanweisungen … alte Fahrkarten … super, sie hatte die ich-weiß-nicht-wohin-damit-aber-ich-heb-es-trotzdem-auf-Sammelbox bekommen, das war ja mal wieder typisch.

Genau, vermutlich will sie dich nur noch ein bisschen hinhalten und hier unten ist gar nichts. Also los, schnapp dir endlich den schnuckeligen Hauptgewinn und verschwinde hier, bevor wir noch eine Staublunge bekommen!

Verschwinde du *doch endlich!*, gab Elli tonlos zurück.

Mein Güte, was bist du dröge! Muss ich hier denn alles allein machen? HALLO??

Elli wollte gerade etwas entgegnen, als sie automatisch innehielt und ein deutlich älteres Schriftstück näher an ihre Augen hob.

Eine Besitzurkunde! Na, endlich!! … für ein Pferd. Enttäuscht zog sie einen Flunsch und suchte weiter, während die Königin gelangweilt weiterzeterte. Gut, auf dem Level konnte sie notfalls erst mal bleiben. So simpel wie Tristan sich das ‚nicht gegen sie ankämpfen‘ scheinbar vorstellte, war es wahrlich nicht, aber Nichtbeachtung durch Fokussierung auf andere Dinge funktionierte mitunter auch ganz gut. Und da war doch schon etwas, wenn sie nicht irrte.

„HA!“, machte sie laut und Tristan schrak zusammen.

„Vertreibst du gerade deine Untermieterin oder …?“ Er ließ den Satz unbeendet und trat interessiert näher, weil Elli ihn eifrig herbeiwinkte.

„*Diesem* Schreiben nach zu urteilen, hat die Villa *tatsächlich* einst deiner Familie gehört, Tristan!!“

„Was??“, gab er erstaunt zurück und trat noch dichter an Elli heran, die unauffällig seinen Duft einsog, als er sich ebenfalls über das alte Schriftstück beugte.

Vielleicht ist so ein staubiger Keller doch nicht der schlechteste Ort, ließ sich die Königin sofort wieder vernehmen. *Ich meine, wenn er unten ist und wir die alte Decke dort drüben ausbreiten …*

„Davon wusstest du gar nichts, oder?“, fragte Elli unbedacht, nur um die peinlichen und ihren heimlichen Wünschen nicht widersprechenden Vorschläge zu übertönen und wieder ihre eigene Stimme zu hören. Er sah sie ein wenig herablassend an.

„Doch, Eliana, aber ich fand die Vorstellung, den Abend sinnfrei in einem staubigen Keller herumzukramen, so verlockend.“

Sie schnitt ihm eine Grimasse und er lachte, während er das Schreiben umblätterte.

„Wer ist denn“, Elli hob die Blätter behutsam hoch, um sich die Unterschrift genauer ansehen zu können, „Se… Seharadza Arlijka?“

„Šeherezada“, ertönte eine Stimme direkt hinter ihr, die sie diesmal beide zusammenzucken ließ.

„Nana!“, rief Tristan und griff sich an die Brust. „Was ist das heute? Verpasst-Tristan-nen-Herzinfarkt-Tag? Wieso schleichst du immer so??“

„Ich laufe eben leise in meinen Turnschuhen“, erwiderte diese, „was du vielleicht noch wüsstest, wenn du dich öfter hier sehen lassen würdest. Darüber hinaus macht man über so etwas keine Scherze. Du weißt, was deinem Onkel Stefan zugestoßen ist.“

Tristan runzelte die Stirn. „Onkel Stefan? Ich habe gestern erst seine Karte aus der Südsee bekommen. Wieso? Was ist denn mit ihm??“

Oma Nita machte eine bedeutungsschwangere Pause und Elli spähte automatisch nach etwaigen Messern oder sonstigen spitzen Gegenständen in deren Händen.

„Nichts“, räumte diese letztendlich ein. „Er erfreut sich bester Gesundheit.“

„Aber das könnte sich ändern?“, musste Elli einfach fragen, wenngleich die sehr viel brennendere Frage war, *woher* die Oma das wissen wollte. Vermutlich traf der Fluch Tristans Familie doch. In welchem Märchen gab es noch mal eine Hellseherin? Und war sie gut oder schlecht gewesen?

„Zweifellos, bei *seinem* Lebensstil. Gerade neulich habe ich erst wieder in seinem Blut gelesen“, fügte Ms Arlijka mit seltsam lauernder Stimme hinzu und sah Elli fest an. „Tropfen für Tropfen habe ich es studiert … also quasi, nachdem mir die Laborergebnisse vorlagen.“

Sie sah Tristan an, der losprustete. „Ich weiß nicht, ob sich die Einstellung der jungen Dame wahrlich geändert hat, so wie sie mich ansieht.“

„Das ist doch Quatsch, Nano. Elli war nie gegen uns. Sie hat damals etwas ausgeplappert, das sie nicht hätte sagen dürfen und das tut ihr aufrichtig leid, glaub mir“, erklärte er und Elli nickte im Hintergrund so heftig, dass ihr beinahe schwindlig wurde.

„Und wie stehen die Dinge nun?“, fragte Ms Arlijka ohne Umschweife weiter und blickte von einem zum anderen.

„Jetzt tut es ihr immer noch leid und wir suchen hier noch ein bisschen weiter“, murmelte Tristan und seine Großmutter schüttelte mit einem kurzen Schnalzen den Kopf.

„Zwischen euch. Wie geht es nun weiter?“

Ehrliche Verblüffung legte sich auf die Gesichter ihrer Besucher.

Die Alte gefällt mir!, frohlockte die Königin indes. ***Sie ist bestimmt nützlich bei der Hochzeitsplanung. Oder dem Büffet. Kochen scheint sie ja ganz ordentlich zu können.***

„Was meinst du?“, begann Tristan, doch ein strenger Blick seiner Großmutter ließ ihn die Schultern zucken.

„Stell dich nicht dumm,“, brummte diese, „so hat dich dein Vater nicht erzogen, weil *ich ihn* nicht so erzogen habe!“

Elli wartete bestimmt ebenso gespannt auf die Antwort wie ihr weibliches Gegenüber.

„Das Vergangene ist vergangen und ich werde alles tun, um Elli zu helfen, diese ganze abgefahrene Sache durchzustehen“, antwortete er und sie bemühte sich sehr, sich keinerlei Enttäuschung anmerken zu lassen.

Was hatte sie denn auch erwartet? Jahrelang hatten sie nicht miteinander geredet und innerhalb von ein paar Tagen befanden sie sich in ihrer Beziehung bereits auf der Überholspur? Sie war so mit ihrem Missmut beschäftigt, dass sie beinahe Tristans liebevolles Lächeln und sein aufmunterndes Augenzwinkern verpasst hätte.

„Wollt ihr jetzt wissen, wer Šeherezada war, oder nicht?“, blaffte Ms Arlijka in die romantisch angehauchte Stille. Aus dem Augenwinkel heraus nahm Eliana deren amüsiertes Grinsen bei ihrem nachdrücklichen Nicken wahr, das aber gleich wieder verschwand und einem nachdenklichen Gesichtsausdruck Platz machte.

„Das war meine Urgroßmutter, wenn ich nicht irre. An dieses Schriftstück kann ich mich allerdings nicht erinnern.“

Sie nahm es an sich und studierte es ein paar Sekunden lang. „Vielleicht habe ich es zusammen mit anderen Unterlagen von meinen Eltern oder Großeltern übernommen, ohne es wirklich zu bemerken.“

„Du wusstest die ganze Zeit, dass uns die Villa mal gehört hat, oder?“, vergewisserte sich ihr Enkelsohn, ohne dabei verärgert zu klingen.

Oma Nita zögerte einen langen Moment, bevor sie ausweichend antwortete: „Manche Dinge aus der Vergangenheit sollte man lieber ruhen lassen.“

„Das können wir aber nicht“, blieb Tristan weiter am Ball. „Woran erinnerst du dich noch? Das Datum ist leider etwas schwer zu entziffern. Wann hat unsere Familie das Haus denn gekauft?“

„Oh, wir haben es nicht gekauft“, war die überraschende Antwort. „Wir haben es irgendwann im letzten Jahrhundert vermacht bekommen. Von jemandem, der der Familie sehr wohlgesonnen war, jedoch immer im Hintergrund bleiben wollte.“

„Warte – wir haben ein Haus und keine Ahnung, von wem?“

„Wir haben weder das Haus noch das Land, auf dem es erbaut wurde, Tristan. Beides gehört der Familie ja seit langem nicht mehr.“

„Ursprünglich wurde es von den Shamhursts gebaut“, murmelte Elli und fing sich einen kritischen Blick der Großmutter ein.

„Woher weißt du das?“

„A-an dem Eingang ist deren Wappen zu finden.“

Die alte Dame durchbohrte sie mit einem undefinierbaren Blick, dann wandte sie sich wieder an ihren Enkel. „Unsere Familie hat das Haus verkauft – fertig, aus“, sagte sie streng.

„Wir brauchen aber mehr Infos darüber, wer es außer unserer Familie bewohnt hat, warum es verkauft wurde und so weiter …“

„Damit kann ich euch nicht dienen“, stellte sich Oma Nita weiter quer. „Schon gar nicht für diese verrückte Virus-Detektiv-Geschichte. Also: Was wollt ihr jetzt machen? Eine kleine Séance abhalten und die Geister befragen?“

„Wenn es sein muss“, sagte Elli fast trotzig, obwohl sie gar nicht gefragt worden war.

Eine Séance hatte ich lange nicht mehr. Was für eine schöne Idee, da trifft man immer auf so interessante Leute!

Ms Arlijka schnaubte verächtlich und winkte dann ab. „Ach, ihr Kinder von heute. Obgleich ihr beiden ja schon früher hier unten Gruselschloss gespielt habt. Man hätte allerdings annehmen können, dass ihr irgendwann erwachsen werden würdet, aber wie dem nun auch sei, so bekomme ich wenigstens demnächst bald mal Ordnung hier unten rein.“

Sie kniff die Augen zusammen und sah Tristan streng an. „Das hier ist aber nicht so ein komisches Pokimok-Spiel, wie das, nach dem sie gerade alle verrückt sind und ihre Handys in die Weltgeschichte halten, um für andere unsichtbare kleine Viecher zu sammeln oder?“

„Joj, Nano, du hast uns voll erwischt“, entgegnete er trocken und sie tätschelte ihm großmütterlich-herb die Wange.

„Na, wie dem auch sei, ich muss jetzt wieder hoch, schließlich haben einige von uns Verpflichtungen und können nicht den ganzen Tag hier unten rumhocken und ‚Verseuchtes Dorf‘ spielen. Nehmt, was ihr braucht, aber bringt mir die Unterlagen wieder, ja?“

Schnapp dir auch den alten Leuchter, der macht sich ganz toll auf dem Séancetisch!

Ein strenger Blick traf Elli, ein deutlich freundlicherer Tristan und damit waren sie wieder alleine.

„Ich würde uns auch nicht glauben“, bemerkte er kopfschüttelnd. „Okay, lass uns das hier und die Kiste, aus der du das hast, einpacken und verschwinden und dann rufen wir Manja an. Vielleicht ist sie ja auch schon fertig und kann uns berichten, was sie alles herausgefunden hat.“

Dunkle Versuchung

Wusstest du, dass deine Familie mal nicht nur die Villa im Wald mit riesigem Grundstück besessen hat, sondern auch zwei Läden in der Stadtmitte?“

Elli, die mit einer der beiden Kisten, die sie sich noch in Oma Luminitas Keller gepackt hatten, auf dem Schoß auf Tristans Couch saß, hielt ihrem Freund die Pachtbescheide hin. „Eine Bäckerei und eine Schusterei. Bis zum Jahr 1894 haben die ebenfalls deiner Ur-ur-ur-Großmutter und deren Geschwistern gehört.“

Tristan betrachtete die Papiere stirnrunzelnd, bevor er deutlich verstimmt den Kopf schüttelte.

„Wahrscheinlich hat man die ihnen weggenommen, als bekannt wurde, dass ihre Schwester Jelena heimlich den ehrenwerten Grafensohn gedatet hat“, brummte er und nahm eines der Tagebücher seiner Ururgroßmutter Jolanda aus seiner Box, die sie kurz vorm Verlassen des Kellers in einem Regal gefunden und ebenfalls kurzerhand eingesteckt hatten.

Elli ließ die Zettel wieder sinken und sah ihn voller Mitgefühl an. Es musste unsagbar schwer für ihn sein, sich mit diesem Teil der familiären Vergangenheit auseinanderzusetzen, eben weil er über lange Zeit nichts davon gewusst hatte und dennoch versuchte er sich die meiste Zeit nichts anmerken zu lassen – ihr zuliebe. Ihr Bedürfnis, ihn in den Arm zu nehmen, um ihm Trost zuzusprechen und sich gleichzeitig für seine mehr als rührende Unterstützung zu bedanken, war groß, aber sie konnte sich noch zusammenreißen.

„Sie wollte dich nur nicht belasten", sagte sie schließlich leise, als er bereits das Buch aufgeschlagen und sich in die Aufzeichnungen vertieft hatte. „Deine Nana, meine ich. Deswegen hat sie dir das mit dem Haus verschwiegen, denn wenn deine Vorfahren die letzten waren, die in der Villa gelebt haben, müssen sie es gewesen sein, die dem Brandanschlag ausgesetzt waren. Der Vorfall mit dem Feuer in deren Haus, war also kein Unfall, wie es in deiner Familie weitergetragen wurde, und ich halte es auch für fraglich, dass es tatsächlich der Landstreicher gewesen ist, von dem du erzählt hast."

Tristan hob die Schultern, ohne sie anzusehen. „Was soll's? Es lässt sich eh nicht mehr ändern. Ich werde meine Verärgerung und Enttäuschung einfach in … wie sagt sie immer so schön? Ach, ja – positive Energie umwandeln und damit all die Nachfahren der Leute retten, die damals meine Ururgroßtante getötet und meine Familie enteignet und verfolgt haben. Klingt doch nach 'nem ganz wundervollen Plan!"

„Du rettest damit auch *meine* Familie … und mich", merkte Elli leise an.

Tristan wandte sich ihr nun doch zu, das Gesicht deutlich weicher und sichtbare Reue in den Augen. „Natürlich. Tut mir leid. Das ist nur gerade alles ein bisschen …"

„… schwer zu verkraften – ich weiß“, half sie ihm. „Schon gut. Ich verstehe dich.“

„Tust du das?“, fragte Tristan zweifelnd.

Elli erwiderte seinen Blick ruhig und verständnisvoll, sagte jedoch nichts, sondern ließ ihn einfach reden.

„Weißt du, ich hab mich die ganze Zeit gegen den Gedanken gewehrt, dass irgendwer aus meiner Familie den Fluch erschaffen haben könnte“, versuchte Tristan zu erklären, was in ihm vorging, „aber ganz langsam nistet sich in mir sogar der *Wunsch* ein, dass es tatsächlich so ist. Alles immer nur zu ertragen, sich nie zu wehren … ich weiß nicht, ob das generell der richtige Weg ist und irgendwie würde es mir Genugtuung verschaffen, zu wissen, dass wenigstens *eine* Person in meiner Familie irgendwann einen Schlussstrich gezogen hat.“

Tristan gab ein trauriges Lachen von sich und seine Augen wanderten zurück zu dem Buch in seinem Schoß.

„Meine Familie hat so darum gekämpft, sich zu integrieren, ein Zuhause zu finden. Sie hat so viel aufgegeben, die Verbindung zum Rest des Arlijka-Clans gekappt, kulturelle Grundsätze über Bord geworfen und sich angepasst. Und gerade in dem Moment, in dem sie glaubten, Teil einer Gemeinschaft geworden zu sein, dazuzugehören, haben die Leute um sie herum ihr wahres, rassistisches, engstirniges, von Vorurteilen zerfressenes Gesicht gezeigt und ihnen alles genommen, was sie hatten. Das bisschen Kultur, das meine Familie sich bewahrt hatte, war anstößig genug, um einen *Mord* zu rechtfertigen! So was muss man sich mal vorstellen!“

Er schüttelte fassungslos den Kopf und Elli konnte es ihm *so* nachfühlen. Die ganze Geschichte war einfach entsetzlich und es war an der Zeit, sie endlich zu sühnen.

Ganz genau!, stimmte die böse Königin ihr zu. *Deswegen frage ich mich ja auch schon seit einer kleinen Weile, wieso ihr so vehement gegen den Fluch ankämpft, denn dieser würde genau das tun. Aber anstatt den Zauber nur ein bisschen abzuwandeln und die Macht über alles an euch zu reißen, sitzt ihr hier und wollt dafür sorgen, dass dieses Dorf erneut seiner gerechten Strafe entgeht! Rettet sie vor dem Tod, aber macht sie euch alle untertan! Nutzt den Fluch, um zumindest hier für immer für Gerechtigkeit zu sorgen!*

Elli gab dem dunklen Wesen in ihr einen ordentlichen Schubs. Die Kinder der Täter von damals hatten nichts mit der ganzen Sache zu tun – insofern war der Fluch alles andere als gerecht und *musste* gestoppt werden.

„Deine Ur-ur-urgroßeltern müssen unglaublich starke Menschen gewesen sein", überlegte Elli mit großer Bewunderung. „Sie haben sich trotz des Mordes nicht vertreiben lassen."

„Oh doch!", überraschte Tristan sie. „Sie sind erst mit dem Rest der Familie geflohen. Aber Šeherezada hat das nicht lange mitgemacht. Sie sagte ihrem Mann, dass sie ein Zuhause habe und sich dieses niemals mehr wegnehmen lassen würde. Also sind sie umgekehrt. Das weiß ich alles aus den Geschichten meiner Oma, die das Drama mit Jelena und die Geschichte mit der Villa vollkommen ausgespart haben. Sie hat mir und auch meinem Vater nur erzählt, *dass* man versuchte, unsere Familie zu vertreiben, nicht auf welche Weise das geschah."

„Wahrscheinlich wollte sie nicht, dass ihre Kinder und Enkelkinder mit Hass auf die Bürger der Stadt groß werden“, mutmaßte Elli. „Oder ihr selbst waren die schlimmen Details ebenfalls nicht bekannt. Ich frage mich nur, wie es Šeherezada gelang, dafür zu sorgen, dass man sie dann doch noch weiter in Ferry Bridge wohnen ließ und warum ihrer Familie sogar die Villa vermacht wurde.“

„Erpressung?“, schlug Tristan vor. „Immerhin wurde ja ein Mord verübt und die Shamhursts wollten das bestimmt vertuschen.“

Elli verengte die Augen. „Gut möglich“, gab sie zu. „Vielleicht können die Tagebücher ja in dieser Hinsicht Klarheit schaffen. Jolanda war schließlich Šeherezadas Kind.“

„Ich versuche ja schon die ganze Zeit sie zu lesen“, gab Tristan schmunzelnd zurück und zeigte damit erneut seinen großen Willen, sich und Elli wenigstens ab und an aus der dunklen Gedankenwelt herauszuholen, in der sie sich durch den Fluch immerzu bewegten, „aber eine kleine Nervensäge hält mich unentwegt davon ab.“

„Kleine Nervensäge?“, wiederholte Elli mit gespielter Empörung, beugte sich vor und knuffte ihm mit dem Ellenbogen in die Seite.

„Jetzt werde ich auch noch misshandelt!“, beschwerte er sich lachend.

Elli wurde ganz warm zumute, nicht nur weil Tristan das schönste Lachen der Welt besaß, sondern auch weil sein Blick kurz abschweifte, hin zu ihrem Dekolletee – nicht zum ersten Mal an diesem Tag.

Aber holla!, kommentierte die Hexe diese kleine Entgleisung. *Da geht doch was!*

Da geht gar *nichts!,* knurrte Elli zurück. *Tristan ist auch nur ein Mensch. Ein männlicher, der eindeutig auf Frauen steht – da kann das schon mal passieren.*

„Hier“, sagte eben dieser männliche Mensch und griff nach einem weiteren Tagebuch, um es Elli in die Hand zu drücken. „Lass uns die Dinger zusammen durchsehen und uns später um die anderen Papiere kümmern. Ich denke, da werden eher brauchbare Infos drin sein.“

„Wie ihr befehlt, Meister“, erwiderte Elli demütig und verneigte sich sogar ein Stück weit vor ihm.

Tristan musste erneut lachen und Elli sah ihn grinsend an, hielt dann aber inne. Der Blick in ihr Dekolletee war dieses Mal zu lang und damit zu auffällig, um ihn noch einmal ignorieren zu können.

Sie gab ein Lachen von sich, das Tristans Augen flugs zu ihrem Gesicht zurückbrachte.

„Das gibt’s doch nicht!“, beschwerte sie sich nicht wirklich ernsthaft. „Erst im Rathaus an meinem Outfit herumnörgeln und jetzt ganz ungeniert dessen Vorteile genießen!“

„Was?“, tat Tristan verwirrt, aber seine sich deutlich rötenden Wangen verrieten ihn.

„Du hast mir in den Ausschnitt gestiert!“, lachte sie.

„Nein, hab ich nicht!“, log er dreist.

„Jawohl – hast du!“

Ein Hauch von Panik zeigte sich in seinen Augen und seine Lippen bewegten sich, jedoch kam kein weiteres Wort heraus.

Selbst peinlich berührt sieht er noch sexy aus, vernahm sie die böse Königin erneut in ihrem Inneren. ***Worauf***

wartest du noch? Er WILL dich und ihr beide habt nach all dem Stress doch wirklich ein bisschen Vergnügen verdient!

„Hey“, gab sie zurück und legte Tristan eine Hand auf den Unterarm, „ist echt nicht schlimm. Kann jedem Mal passieren. Ist doch auch ein Kompliment für mich.“

Tristans Brauen wanderten irritiert aufeinander zu, während Elli sich mit aller Macht darum bemühte, den ungebetenen Gast in ihrem Kopf wieder wegzusperren.

„Außerdem ist es bei dir etwas anderes“, setzte sie hinzu – mit aus ihrer Sicht immer noch viel zu weicher Stimme. Die hatte auf Tristan allerdings durchaus eine Wirkung, denn seine Augen huschten zu ihren Lippen und sie sah seinen Adamsapfel auf und ab wandern. Ganz automatisch begann sich ihr Puls zu beschleunigen.

„Du weißt schon“, setzte sie etwas leiser hinzu und betrachtete auch seine Lippen, die ihren verlockend nah waren. „Wir sind doch … Freunde.“

Du dumme Kuh! Warum sagst du so was?!

„Ja, klar“, sagte Tristan und wandte sich wieder dem Buch in seinem Schoß zu, „wir sind … ‚Freunde‘.“

Ellis Herz machte einen kleinen Sprung, denn aus seiner Betonung dieses Wortes sprach eindeutig Unzufriedenheit.

Jetzt schnapp ihn dir!

„Es sei denn, du würdest etwas an unserem Beziehungsstatus ändern wollen“, setzte sie hinzu.

Tristans Kopf hob sich ruckartig und er sah sie perplex an. „Was? … Beziehungsstatus? Sind wir jetzt bei Facebook?“

Sie rutschte noch näher an ihn heran, sodass sich ihre Schenkel berührten und erschauerte. Trotz zwei Lagen Stoffes zwischen ihnen fühlte sich der Kontakt ausgesprochen gut an und dass Tristan nicht zurückzuckte, war wohl als gutes Zeichen zu deuten.

„Würdest du?“, hakte sie auch aus ihrer Sicht erstaunlich forsch nach und sah ihm dabei tief in die Augen. Verdammt! Es war äußerst schwer, sich gegen den Einfluss der Königin zu wehren, wenn sie beide am selben Strang zogen.

Tristan schluckte schwer, riss sich jedoch von ihrem Anblick los und sah wieder das Buch an. „Wir sollten uns lieber auf unsere Arbeit konzentrieren, sonst können wir …“

Ermutigt von seinem Interesse an *ihrem* Beziehungsstatus vorhin in Oma Luminitas Keller ergriff sie eine seiner Hände, die sich in den Einband gekrallt hatten, und zwang ihn so dazu, sie wieder anzusehen. „Ich will das jetzt wissen!“

„Elli …“

„Tristan?“

Er presste die Lippen zusammen, deutete ein Kopfschütteln an.

„Das heißt, du fühlst dich *nicht* von mir angezogen?“, ließ die böse Königin sie fragen, als sie sich selbst bereits frustriert zurückziehen wollte.

Ein weiteres schweres Schlucken war alles, was sie als Antwort erhielt.

Sie beugte sich weiter zu ihm vor, ein laszives Lächeln auf den Lippen und stellte mit Freude fest, dass Tristan auf den Köder reagierte, seine Augen schon wieder in ihrem Ausschnitt versanken.

„Du findest mich *nicht* sexy?“

„Herrgott, Elli!“, fuhr Tristan so plötzlich auf, dass sie sogar zusammenzuckte. „Du weißt ganz genau, dass es nicht so ist! Weswegen hast du dich sonst vor dreieinhalb Jahren von mir abgewandt und neue Freunde gesucht? Du hast genau gespürt, dass ich in dich verliebt war, und die Flucht ergriffen.“

Dieses Mal war es Elli, die vollkommen perplex war, für einen kurzen Augenblick nicht wusste, was sie sagen sollte.

„Also – ja, ich finde dich sexy“, fuhr Tristan gequält fort. „Können wir das jetzt abhaken und weitermachen?“

„Ja …“, kam es kaum hörbar über ihre Lippen, obwohl sie eigentlich gar nicht ihre Zustimmung erteilen wollte.

Jetzt gehört er dir!, mischte sich die Königin schon wieder ein. *Du brauchst nur zuzugreifen! Was hält dich noch zurück?*

Es gab eine ganze Menge Gründe, diesen letzten Schritt *nicht* zu gehen, doch Elli war nicht stark genug, um dem Drängen ihrer dunklen Seite weiter zu widerstehen. Sie sehnte sich zu sehr nach Tristans Nähe, wollte ihm zeigen, dass er mit seinen Gefühlen nicht allein war. Entschlossen griff sie nach dem Buch und zog es ihm aus den Händen, bevor er es festhalten konnte.

„Elli …“, begann er, stockte aber sogleich, weil sie sich aufrichtete und innerhalb zweier Herzschläge rittlings auf seinem Schoß saß.

„W-was genau wird das?“, brachte er etwas atemlos heraus, als sie ihm auch noch die Arme um den Hals legte und tief in die Augen sah.

„Ein Test“, wisperte sie.

„Ein Test, ob ich mich als Reittier eigne?“, fragte er mit deutlich kratziger Stimme.

„Tristan!“, rügte sie ihn mit einem leisen, kehligen Lachen.

Seine Augen weiteten sich. „Nein, ich meinte das nicht *so*! Ich meinte …“

Sie ließ ihn den Satz nicht mehr beenden, presste einfach ihre Lippen auf seine, sanft und doch bestimmt. Sein ganzer Körper spannte sich an und sie spürte, dass er auch den Atem anhielt. Dennoch hatte sie kein schlechtes Gewissen. Dazu fühlten sich seine Lippen viel zu gut an: warm, weich … aufregend.

Trotz seiner Reaktionslosigkeit beließ sie es nicht bei einem kurzen Kuss, sondern begann seinen Mund mit ihrem zu ertasten und als ihre Zungenspitze zaghaft zwischen seine Lippen glitt, erhielt sie endlich eine Reaktion: Ein tiefes, sehnsüchtiges Stöhnen drang aus Tristans Kehle und schon umschlangen seine Arme ihren Körper, zogen sie ganz fest an den seinen. Der Kuss, der nun folgte, raubte Elli den Atem, so hungrig und unbeherrscht war er. Seine Lippen verschlangen ihre nahezu, seine Zunge tanzte mit ihrer und erkundete ihren Mund mit einer Gier, die ihrer eigenen in nichts nachstand.

Elli klammerte sich an Tristan, drängte sich an seinen Leib, ließ ihre Finger in sein Haar gleiten, wollte ihn so intensiv wie nur möglich spüren und er schien ihr diesen Wunsch erfüllen zu wollen. Geschickt drehte er sich, sank mit ihr auf die Couch und sie schlang sogleich ihre Beine um seine Hüften, drückte ihn genau dort noch fester an sich, wo sie ihn am dringendsten fühlen wollte. Ihr eigenes Stöhnen ging in seinem unter. Seine Lippen ließen von ihren ab, wanderten über ihren Hals, saugten dort an der weichen Haut und Elli scherte sich nicht einen Deut darum, dass er dort vielleicht einen Knutschfleck hinterlassen würde. Sollte doch die ganze Welt sehen, welche Sünde sie zusammen begangen hatten.

Mit hämmerndem Herzschlag schob sie ihre Hände an seinem Rücken unter das Shirt, drückte ihre Finger in seine feste Muskulatur und genoss das leise Brummen an ihrem Hals, genoss es, zu fühlen, wie seine Erregung noch weiter wuchs.

Ein lautes Klopfen unten an der Haustür holte sie beide ruckartig zurück in die Realität. Sie erstarrten, sahen sich atemlos an und wussten für einen viel zu langen Augenblick nicht, was sie tun sollten.

Auf keinen Fall aufhören!, knurrte die Königin. *Das ist es, was wir wollen, was wir brauchen, und der Rest der Welt muss jetzt eben warten.*

„Huhu! Ich bin's", ertönte Manjas Stimme vor der Tür. „Macht ihr auf?"

Tristan holte Luft, um zu antworten und bewegte sich, doch Elli war schneller. Sie klammerte sich mit Armen und Beinen an ihm fest, sodass er nicht von ihr wegkam, und presste ihre Lippen erneut auf seinen Mund. Sein überraschter Laut war von draußen mit Sicherheit nicht zu hören.

Sehr gut!, lobte die Hexe sie. *Manja soll sich gefälligst wieder verziehen! Ein bisschen Spaß zwischendurch muss auch mal sein.*

„Elli …", nuschelte Tristan an ihren Lippen, als sie leider nach Luft schnappen musste. „Wir sollten …"

Einmal Atem holen genügte eindeutig und schon verschlossen ihre Lippen wieder seinen Mund. Er gab ein Geräusch von sich, das wie eine Mischung aus Stöhnen und Lachen klang, und zog den Kopf zurück – so weit, dass der Kuss ganz automatisch unterbrochen wurde.

„Elli, ernsthaft …“, begann er und griff nach ihren Armen, versuchte aus ihrem Griff herauszukommen, „… wir müssen jetzt aufmachen.“

„Hallo?!“, rief Manja erneut. „Seid ihr eingeschlafen?“

Tristan gelang es nun doch, sich trotz ihrer Gegenwehr aufzurichten. Elli ließ ihn jedoch nicht so leicht entkommen, schnellte ebenfalls hoch und griff wieder nach ihm, konnte ihren Mund nun selbst auf seinen Hals pressen. Wie wundervoll weich seine Haut war, wie verführerisch sie roch und schmeckte! Sie hörte, wie er zischend Luft holte und auch seine Finger sich ganz automatisch wieder in ihre Kleider krallten. In ihrer Gesäßtasche vibrierte ihr Handy, doch sie ignorierte es geflissentlich.

„Sie geht schon wieder“, hauchte sie in sein Ohr und die Königin brachte sie sogar dazu, sein Ohrläppchen zwischen die Zähne zu nehmen und neckisch daran zu ziehen.

Tristans Atem stockte und sie fühlte genau, dass sie fast gewonnen hatte.

Männer sind so leichte Beute, wenn ihre Triebe erst einmal überhandgenommen haben, freute sich ihre dunkle Seite. *Du brauchst nur noch einen kleinen Schubs …*

„HAAALLLOO!“, dröhnte Manjas Stimme dumpf durch die Tür, allerdings laut genug, um Tristans

Verstand wiederzuerwecken. „AUFWACHEN! Leute, ich hab keinen Schlüssel und die Zeit läuft uns davon!"

„Shit!", stieß Tristan betroffen aus und nutzte den Moment von Ellis schockiertem Innehalten, um sich aus ihrer Umarmung zu befreien und aufzustehen.

So erregt Elli auch war – sie konnte dank der bösen Königin innerhalb eines Sekundenbruchteils von Verführerin auf zornige Hexe umschalten.

„Ich bringe sie um!", stieß sie dunkel aus und die auflodernde Wut erzeugte eine ungeheure Hitze in ihrem Inneren. Eine, die unbedingt aus ihr herausmusste. Ihr ganzer Körper zitterte, als sie sich erhob, die Hände noch zu Fäusten geballt.

Tristan, der schon auf halben Weg zur Treppe gewesen war, kehrte ruckartig um und stellte sich ihr in den Weg, nachdrücklich den Kopf schüttelnd. Die Besorgnis und Angst in seinen Augen verrieten, dass er genau wusste, wer sich da gerade die Kontrolle über ihren Körper krallte.

„Elli! Beruhige dich!", beschwor er sie und hielt sie an den Schultern fest. „Manja hat recht – wir dürfen uns von nichts ablenken lassen!"

„SIE SOLL VERSCHWINDEN!", grollte Elli mit einer Stimme, die ihr selbst Angst und Bange machte.

„Die Königin?", missinterpretierte Tristan ihre Worte bewusst. „Ja, das ist eine gute Idee. Bekämpfe sie. Das kannst du! Das weiß ich genau!"

Doch seine Worte halfen nicht. Die Wut der Königin war groß. Sie *musste* jetzt handeln, etwas gegen den Störenfried tun. Sie drehte ihre Hände mit den Handflächen nach oben, krümmte die Finger zusammen, sodass ihre

Energien dort zusammenliefen und versuchte dabei an Tristan vorbeizukommen.

„Nein! Elli – nein!“, drang Tristans Stimme zu ihr durch und war sofort wieder vor ihr. Mutig nahm er ihre beiden bereits dampfenden Hände in die seinen, schloss sie darin ein und schüttelte verzweifelt den Kopf. „Tu das nicht! Bitte! Du kannst dagegen ankämpfen! Wenn nicht für dich selbst, dann wenigstens für mich. *Bitte*!“

Es war der flehende Blick seiner Augen, der Ellis gutes Ich wieder zurückholte, ihr die Kraft gab, sich aufzubäumen, die Königin erneut von ihrem Thron zu stoßen.

Nein! Du machst einen großen Fehler!, zeterte diese. *Wenn du Manja nicht endlich aus dem Weg räumst, wirst du ihn verlieren. Du wirst ALLES verlieren!*

Sie glaubte ihr nicht, konnte nicht, solange sie in Tristans gütige Augen sah, seine Zuneigung und sein Vertrauen in sie so deutlich fühlen konnte.

Es dauerte noch ein paar Sekunden, dann war nichts mehr von ihrer bösen Seite zu hören. Der Kampf gegen die Hexe war jedoch so anstrengend gewesen, dass Elli ein Stück nach vorn wankte. Schlimm war das nicht. Ganz im Gegenteil, denn Tristan war ja da, um sie in seine Arme zu schließen und ihr beruhigend über das Haar zu streichen.

„Siehst du – du bist stärker“, wisperte er in ihr Ohr. „Du wirst sie *immer* besiegen.“

Sie nickte stumm, bohrte ihre Nase in sein Shirt und sog tief seinen vertrauten Duft ein. Wie beruhigend etwas derart Simples doch manchmal sein konnte.

„Ich will, dass das endlich aufhört“, murmelte sie gegen seine Brust.

„Das wird es“, versprach er ihr, wie schon so oft zuvor, und löste sich von ihr, hob ihr Kinn mit Zeigefinger und Daumen an und blickte ihr fragend in die Augen. „Wieder okay?“

Sie nickte erneut und schämte sich fast dafür, dass sie schon wieder das Bedürfnis hatte, ihn zu küssen – auch ohne das Zutun der Königin. Zeit, um dem nachzugeben, blieb ihr allerdings ohnehin nicht, denn Tristan ließ sie leider los, um die Treppe hinunterzulaufen und die Tür zu öffnen.

Manja kam nicht gleich herein, sondern spähte zunächst nur zaghaft um die Ecke, in der Hand eines ihrer vielen Geräte haltend. Sie sah verängstigt aus, was angesichts Ellis lauten Wutausbruchs nicht weiter verwunderlich war.

„Ist es vorbei?“, piepste die S.O.o.M.P-Agentin und erst als Tristan ihr eine positive Antwort gab, entspannte sie sich wieder. „Gott sei Dank!“, stieß sie aus, steckte das Gerät weg und trat ein. „Glaubt mir – ich bin echt froh, dass ich nicht testen musste, ob das Teil überhaupt funktioniert.“

„Was genau war das?“, wollte Elli wissen, als sie bereits auf dem Weg nach oben zu Tristans Wohnung waren.

„Ein Energieabsorber“, äußerte Manja schlicht. „Gaby hat ihn entwickelt, aber bisher musste ihn noch keiner von uns benutzen. Wir wissen also nicht, wie gut er funktioniert.“

„Wär das eher für dich oder für mich schlecht gewesen?“, fragte Elli mit Unbehagen und dass Manja daraufhin nur zaghaft die Schultern hob, machte die ganze Sache nicht viel besser.

„Hoffen wir einfach, dass wir das alles überstehen, ohne ihn noch einmal herausholen zu müssen“, merkte Tristan an und legte Elli beruhigend eine Hand auf die Schulter. Es half tatsächlich und auch Manja besann sich zurück auf die wirklich wichtigen Dinge.

„Ich hab euch eine Menge aufregender Sachen zu erzählen!“, verkündete sie, nahm ihren prall gefüllten Rucksack von den Schultern und stellte ihn auf den Couchtisch. Anschließend kramte sie ein dickes, altes Buch mit goldenen Einfassungen daraus hervor.

„Ist das …“, begannen Elli und Tristan synchron.

„Die Stadtchronik – ja!“ Manja nickte fröhlich. „Ich weiß, ich sollte eigentlich nur einen Weg finden reinzugucken, aber die Situation dort war so verzwickt, dass ich die Gelegenheit beim Schopfe packen und das Buch mitnehmen musste.“

Anscheinend war ihre Aktion ähnlich aus dem Ruder gelaufen wie der Besuch im Rathaus. Nun waren sie vermutlich alle drei gesuchte Diebe.

„Verzwickt?“, hakte Tristan nach.

„Ja.“ Sie seufzte tief, als würde allein die Erinnerung daran sie erneut vollkommen erschöpfen. „Die beiden weiblichen Museumsangestellten haben sich furchtbar darum gestritten, wer den ausgestopften Bären in der Vitrine heiraten darf, wenn er sich zurück in einen Prinzen verwandelt. Keine von beiden wollte den Bruder, weil dieser ja nur zweite Wahl sei. Und ich wurde immer wieder gefragt, wo ich denn meinen Bart gelassen habe, ob ich ihn irgendwo eingeklemmt und nicht mehr rausbekommen hätte.“

„Schneeweißchen und Rosenrot?“, fragte Tristan mit hochgezogenen Brauen und Manja nickte.

„Allerdings waren sich die beiden auch nicht ganz einig, wer die eine und wer die andere ist“, setzte sie hinzu.

„Klar, weil Schneeweißchen ja den Bären kriegt“, wusste Elli. „Meinst du, wir müssen einschreiten und sie voneinander trennen, damit sie sich nicht vor Ende des Ultimatums umbringen?“

„Sie haben zwar zuletzt so laut gezetert, dass sie meinen Diebstahl nicht mitbekommen haben, aber es sah noch nicht gefährlich aus“, war die erfreuliche Antwort, „und wir sollten uns die Zeit, die uns geblieben ist, gut einteilen. Deswegen ...“ Sie schlug das Buch auf, blätterte eilig darin herum.

„Der Sohn des Grafen, mit Namen Jerome Shamhurst, der sich in deine Ururgroßtante Jelena Arlijka verliebte,“ sie nickte Tristan zu, „und seine Schwester Audrey Shamhurst erbten, nach dem Tod ihres Vaters George beide zu gleichen Anteilen dessen ganzen Besitz: Ländereien, Häuser, Geld. Jerome verließ nach der ganzen Tragödie erst einmal das Land. Doch er kam drei Jahre später, im Jahr 1898, wieder – krank und schwach, allerdings nicht allein. Die Frau, die ihn begleitete, war Italienerin aus bürgerlichem Hause und obwohl nicht mit ihm verheiratet, war sie bereits im siebten Monat schwanger.“

„Der Typ war ja echt für Skandale zu haben“, kommentierte Tristan trocken, ohne eine Miene zu verziehen.

„Das kannst du laut sagen“, erwiderte Manja. „Seine ganze Familie war vollkommen aus dem Häuschen, weil er sein gesamtes Erbe noch zu Lebzeiten an diese Frau überschrieb, und als er starb, ließ sie sich ein wunderschönes Landhaus bauen, in dem sie ihr Kind in Wohlstand und mit einem neuen reichen Ehemann großzog.“

„Die Spukvilla?“, erkundigte sich Elli aufgeregt.

Manja begann zu schmunzeln und irgendetwas an der Art und Weise, wie sie Elli ansah, war seltsam. „Nein, aber viel wichtiger ist, welchen Namen diese Frau durch ihre Ehe später annahm“, sagte sie und drehte die Chronik so, dass Elli lesen konnte, was auf der aufgeschlagenen Seite stand: Marianna Johnson.

Ellis Augen weiteten sich. „Das … das ist der Name meiner Ururgroßmutter!“

„Was?!“, stieß Tristan verblüfft aus und beugte sich ebenfalls über das Buch.

„Und der Name darunter ist der meines Ur-urgroßvaters!“, keuchte Elli.

„Ganz genau“, bestätigte Manja, „und das macht dich, meine Liebe, zu einer direkten Nachfahrin der Shamhursts.“

Elli schüttelte den Kopf, obwohl sie es schwarz auf weiß vor sich hatte. Nahm der Irrsinn denn gar kein Ende? Hatten alle Menschen immer nur Geheimnisse, mit denen sie ihre eigenen Familien irgendwann ins Verderben stürzten? *Sie* verwandt mit Jerome Shamhurst? Nun, das würde zumindest ihre seltsamen Träume erklären und dass sie dabei immer den männlichen Part einnahm. Durch die Magie des Buches tauchte sie ab in die Erinnerungen ihres Vorfahren. Aber warum?

Manja hatte längst weitergesprochen, doch erst jetzt sickerte der Inhalt von dem, was sie sagte, in ihren Verstand.

„… erklärt auch, warum ausgerechnet du den Fluch auslösen konntest. Wahrscheinlich hätte niemand anderes das tun können. Nur eine direkte Blutsverwandte von Jerome.“

„Weil er im Grunde ebenfalls eines der Opfer war“, schloss Tristan aus Ellis Sicht sehr richtig, doch Manja schüttelte den Kopf, erneut mit diesem undefinierbaren Lächeln auf den Lippen.

„Es gibt eine große Frage, die wir uns noch nicht gestellt haben“, sagte sie, „die aber wahrscheinlich der Schlüssel zu allem ist.“

„Die da wäre?“, fragte Elli ungeduldig.

„Warum bist du die einzige von den bösen Märchengestalten, die tatsächlich magische Kräfte besitzt? In dem Märchenbuch gibt es *so* viele böse Kreaturen, die zaubern können, aber hier in Ferry Bridge nur eine.“

Tristan sah Elli mit großen Augen an und anschließend wie sie hinüber zum Märchenbuch, das zwischen all den anderen wichtigen Unterlagen auf seinem Couchtisch lag. Mit dem nächsten gruseligen Gedanken, der sich in ihrem Verstand formte, stockte ihr der Atem und ihr Herz polterte in ihrer Brust herum, als wollte es auf der Stelle herausspringen.

Und plötzlich geschah es wieder, aus dem Nichts heraus: Die Wände des Raumes verschwanden und vor ihr erstreckte sich ein Stoppelfeld unter sternenklarem Himmel. Der Mond schien hell auf sie hinab, während sie sich durch die tiefe, aufgewühlte Erde kämpfte, einer jungen Frau folgte wie einer der Bluthunde ihres Vaters. Die Fliehende rannte, als wäre der Teufel selbst hinter ihr her und vielleicht empfand sie es ja auch so – denn sie wusste, was den meisten Menschen um Jerome Shamhurst nicht bekannt war: In ihm war nach Jelenas Tod die dunkelste aller Mächte erwacht, der Durst nach Rache; ein Hass, der keine Grenzen kannte.

Dieser Hass ließ es auch nicht zu, dass er Mitleid mit der jungen Frau hatte oder sich gar dafür schämte, sie so zu hetzen, obwohl sie Jelenas Schwester war und mit ihrem Einbruch auf dem Gutshof nur Gutes im Sinn gehabt hatte.

„Du kannst etwas derartig Schreckliches nicht tun, Jerome“, hatte sie erst vorgestern zu dem jungen Mann gesagt, in dessen Haut Elli gerade steckte. „Es ist doch deine Familie! In Familien hält man zusammen, verzeiht einander.“

„Er hat Jelena getötet!“, hatte Jerome aufgewühlt zurückgegeben. „Vor meinen Augen hat er ihr kaltblütig in den Kopf geschossen, Šeka! Er ist nicht mehr mein Vater, sondern ein Monster, das nichts anderes als den Tod verdient. Er und der ganze Rest seiner Brut!“

„Aber deine Schwester …“

„Sie hat sich gefreut und mir gesagt, dass ich Vater später noch dankbar sein werde, weil die ‚Zigeuner‘ jetzt nicht mehr mein Erbe verprassen können.“

Šeherezada hatte schockiert geschwiegen, allerdings nicht für lange Zeit. „Deine Gabe wurde dir nicht in die Wiege gelegt, um sie für das Böse zu nutzen. Jelena hat mir von dem erzählt, was deine Vorfahren, deine Mutter bewegen konnte, was *du* tun kannst … Lass dich nicht von deiner Trauer und Verzweiflung dazu verleiten, aus weißer Magie schwarze zu machen.“

„Du weißt doch gar nicht, wovon du sprichst!“, hatte Jerome geblafft. „Du kennst die Kräfte, die in meiner Familie von Generation zu Generation weitergegeben wurden, gar nicht. All der Reichtum … glaubst du, der ist uns einfach so zugeflogen? Unsere Magie wurde schon immer für Böses eingesetzt, um anderen zu schaden.

Aber dieses Mal wird es anders sein. Dieses Mal wird sie uns selbst treffen. Uns und das ganze vermaledeite Dorf, das meiner Familie zu Füßen liegt!“

Jerome hatte das Märchenbuch in seinen Händen kurz angehoben und boshaft gelächelt. Nur nicht lange. „Ich dachte, du freust dich, wenn ich dir von meinem Plan erzähle“, hatte er enttäuscht hinzugesetzt.

Šeherezada war kurz still gewesen, hatte voller Angst das Buch angesehen. „Jelena hätte das nicht gewollt“, hatte sie geflüstert und damit Jeromes Schmerz noch weiter vertieft. „Der Fluch könnte auch gute, unschuldige Menschen treffen.“

„Glaubst du das wirklich?“, hatte er kalt lächelnd gefragt. „Glaubst du noch an das Gute in den Menschen?

„Ja – das tue ich.“

„Dann kannst du beruhigt sein, denn sollte der Fluch genau über diese Menschen hereinbrechen, werden sie sich ihm stellen und ihn beseitigen. Er ist nicht unantastbar und wahrhaft rechtschaffene Menschen werden ihn besiegen können.“

Danach war er gegangen, hätte nie damit gerechnet, dass sie versuchen würde, das Märchenbuch zu stehlen, weil sie ihre Schwester tief und innig geliebt hatte. Doch letztendlich war sie in sein Zimmer eingedrungen, hatte das Buch entwendet und war davongeeilt. Er konnte es jetzt noch kaum glauben, aber sie würde keinen Erfolg haben.

Mittlerweile waren sie weit genug vom Hof entfernt, um ungesehen seine Kräfte spielen zu lassen. Eine minimale Handbewegung ließ Šeherezada stürzen und das Buch aus ihrer Hand fallen. Sie rappelte sich zwar schnell wieder auf und nahm das Werk erneut an sich, doch nun war er schon zu dicht hinter ihr, als dass sie noch eine Chance hatte, zu entkommen.

An der Kapuze ihres Mantels riss er sie zurück. Sie schlug nach ihm, aber gegen seine durch Magie verstärkten Kräfte hatte sie keine Chance, hing bald schon erschöpft in seinen Armen. Das ‚Monster', wie sein Vater nur noch bei ihm hieß, war nun auch da, hatte die Lüge über den Schmuckdiebstahl in seiner Boshaftigkeit nur allzu gerne geglaubt. Gut so – und noch besser, dass auch Casper, der eifrige Helfer, auf Jerome hereingefallen war, er nun seinen in Windeseile entwickelten Plan ungestört in die Tat umsetzen konnte. In dem Moment, in dem der widerliche Alte sie erreichte, war sein Schicksal schon besiegelt.

Wahre Freude konnte Jerome allerdings nicht empfinden, als er später das Herz von Jelenas Mörder mit seiner Magie zusammendrückte, ihm die Kraft nahm weiterzuschlagen. Auch die Genugtuung war nicht so groß, wie er es gehofft hatte. Und der Hass … er war noch lange nicht verschwunden.

Šeherezada erkannte das und dennoch nahm sie das Buch, das durch die wirkenden Kräfte hell leuchtete, nicht wieder an sich. Die letzten Worte, die George Shamhurst gesprochen hatte, hatten ihr Mitleid für dessen Familie wohl endgültig versiegen lassen.

„Ich habe mich geirrt", stieß sie mit belegter Stimme aus und bewegte sich dabei langsam weiter rückwärts. „Deine Familie hat das verdient. Sie und alle anderen in diesem Dorf voller Monster!"

Davon lief der letzte Mensch, der noch so etwas wie ein Freund für Jerome gewesen war. Er sah der jungen Frau lange nach, fühlte, wie das schwarze Loch in seiner

Brust immer größer wurde und wandte sich erst wieder um, als das Monster mit einem gequälten Krächzen seinen letzten Atemzug tat.

Georges Augen wurden ganz leer, sein Gesicht blass und der Mund stand ihm offen, als wolle er noch etwas sagen. Worte, die niemand hören wollte, die endlich nicht mehr ihr Gift in der Welt verbreiten konnten.

Jerome ging in die Hocke und hob das Märchenbuch vom Boden auf. Der Fluch, wenn er erst einmal ausgelöst worden war, würde nicht nur seine Familie, sondern auch jeden anderen treffen, der in Ferry Bridge geboren wurde und dort sein Leben verbrachte. Hatten sie wahrlich *alle* den Tod verdient?

Nachdenklich ließ Jerome seine Finger über die geschwungene Titelschrift gleiten und diese leuchtete hell auf. Licht. Weiß und rein. Wie Jelena …

Vielleicht würde er ihnen noch eine Chance geben und sie erst einmal verschonen, abwarten, wie sich alles entwickelte. Vielleicht hatten die Bürger ja ein Einsehen und würden Wiedergutmachung an Jelenas Familie leisten … vielleicht …

„Elli!“ Jemand rüttelte an ihrer Schulter, riss sie aus ihrer Trance, aus der Erinnerung ihres Vorfahrens.

Tristan war direkt vor ihr, blickte ihr sorgenvoll ins Gesicht und atmete erst erleichtert auf, als sie sein Handgelenk packte, ihn festhielt.

„Ich war es!“, keuchte sie, schüttelt aber gleich darauf den Kopf. „Ich meine, *er* war es! Jerome! *Er* hat den Fluch erschaffen!“

„Ja!“, rief Manja erfreut aus und schlug mit der Faust in die Luft. „Ich wusste es! Oh, mein Gott, Leute! Wisst ihr, was das bedeutet?!“

Schwer atmend und noch völlig aufgelöst sah Elli die junge Frau an, schüttelte den Kopf.

„Wir können alle retten! Und zwar schneller, als wir gedacht haben!“

Kuss und Schluss

Manche Dinge waren schwerer zu verkraften als andere. Elli hatte immer gedacht, dass sie stärker war als die meisten Menschen um sie herum und es nichts gab, das sie so schnell umwerfen konnte. Und ganz ehrlich – bedachte man, dass ihre komplette Lebenswelt innerhalb weniger Tage vollkommen umgekrempelt worden war und die Leben fast aller Bewohner von Ferry Bridge in ihren Händen lagen, hatte sie sich ihrer Ansicht nach bisher unglaublich gut gehalten.

Nun allerdings, nachdem die Erkenntnis, dass sie nicht nur aus einem alten Adelsgeschlecht, sondern auch aus einer Zaubererfamilie stammte, in ihr Bewusstsein gedrungen war, konnte sie sich kaum noch aufrecht halten. Ihre Gedärme waren schlimmer verknotet als jemals zuvor, ihr Herz fing in regelmäßigen Abständen an loszurasen und ihre Beine blieben butterweich, sodass sie es erst einmal vorzog, auf Tristans Couch sitzen zu bleiben.

„Und du sagst, Jerome hatte sich umentschieden?“, wiederholte Manja das soeben Gehörte. „Er hielt den Fluch zurück, in der Hoffnung, dass die Bürger von Ferry Bridge ein Bewusstsein für ihr verwerfliches

Verhalten entwickeln und Wiedergutmachung leisten würden?"

Elli nickte bestätigend und nahm dankbar die Tasse heißen Tees entgegen, die Tristan ihr soeben reichte.

„Aber das haben sie doch nicht", überlegte Manja. „Seht mal hier!" Sie blätterte in der Stadtchronik herum, die mittlerweile neben dem Märchenbuch auf dem Tisch lag.

„Zwölfter Oktober 1895", las die junge Agentin vor. „Bei einem Jagdausflug am Abend erschoss George Shamhurst Graf von Ferrington versehentlich die junge siebzehnjährige Jelena Arlijka. Wir alle beten um die Seele der armen Verstorbenen."

„Verlogenes Pack!", stieß Tristan mit einem verächtlichen Lachen aus.

„Das ist weder einsichtiges Verhalten noch Wiedergutmachung", pflichtete ihm Manja bei.

„Dann haben sie den Test halt nicht bestanden", gab Elli matt zurück. „Sonst hätten wir ja nicht heute diese massiven Probleme."

„Und warum ist der Fluch dann nicht schon früher ausgelöst worden?", fragte Manja. „Soweit wir wissen, ist er eng mit deiner Familie verbunden, Elli. Den Drang, es unbedingt komplett vorlesen zu wollen, verspürt niemand, der nicht von den Shamhursts abstammt, richtig?"

Elli nickte erneut. Jetzt, da sie wusste, dass Jerome ihr Ururururgroßvater gewesen war, konnte sie auch sehr viel besser auf seine Erinnerungen zurückgreifen. Zwar war nicht alles für sie zugänglich, aber sie konnte einiges erfahren, wenn sie nur intensiv daran dachte – zumindest soweit der Zauber des Buches es erlaubte.

„Wenn also nur ein Shamhurst den Fluch aktivieren kann", fuhr Manja fort, „hätte Jerome das Buch lediglich in die Bibliothek seiner Familie stellen müssen und sein Plan wäre aufgegangen."

„Ja, aber er …", Elli kniff die Augen zusammen, weil die Informationen nur sehr zäh an sie herangetragen wurden, „… er wollte es nicht. Es gab einen Handel – ja."

Sie sah Tristan an und der verstand sofort.

„Meine Ururgroßmutter Šeherezada durfte mit ihrer Familie nach Ferry Bridge zurückkehren und dort in Frieden leben", gab er verblüfft von sich. „Sie hat sich dieses Recht nicht erpresst – Jerome hat das für sie getan."

„Weil er sich besann, verstand, dass man Freunde, dass man *Liebe* in seinem Leben braucht, um seinen Frieden zu finden", setzte Elli hinzu. „Die Villa gehörte ihm und *er* vermachte sie deiner Familie, als Dank für Šeherezadas Unterstützung und Rat."

Tristans Brauen wanderten aufeinander zu. Er bewegte sich, begann in den Unterlagen aus dem Grundbuch herumzuwühlen.

„Was suchst du?", fragte Manja und hob erstaunt die Brauen. „Habt ihr etwa ebenfalls gleich die ganze Grundbuchakte der Villa mitgehen lassen?

„Ich suche den Eintrag mit dem genauen Datum für den Brand in der Villa", ging Tristan nur auf ihre erste Frage ein. „Kannst du vielleicht nachsehen, wann Jerome starb?"

Manja nickte, während Elli die Finger auf ihre Schläfen presste, weil sich auch die böse Königin schon wieder regte.

Was soll denn der ganze Blödsinn?, beschwerte sie sich. *Spielt es eine Rolle, wieso der Fluch damals nicht aktiviert wurde? Das ändert nichts an unserer derzeitigen Lage!*

„Dritter November 1899“, wurde die S.O.o.M.P-Agentin schnell fündig.

„Ich wusste es!“, stieß Tristan aufgeregt aus. „Der Brand, der dafür gesorgt hat, dass meine Familie für immer Angst vor Feuer haben wird, fand ein halbes Jahr nach seinem Tod statt! Jemand dachte sich, dass man meine Familie endlich doch noch vergraulen kann, weil ja ihr großer Beschützer nicht mehr da ist! Sie dachten, dass der Fluch mit ihm gestorben ist!“

„Aber das geschah nicht!“, stieß Manja fasziniert aus. „Das Buch existierte weiter und als Ellis Ur-urgroßvater das Erbe antrat, geriet auch das Buch in seinen Besitz.“

„Der Dachboden!“, entfuhr es Elli. „Wir hatten es schon mal in den Fingern, als wir noch Kinder waren. Ich hab letztens erst wieder davon geträumt und dachte, es wäre gar nicht passiert, aber das ist es. Beim sechzigsten Geburtstag meiner Großmutter! Wir haben Verstecken gespielt!“

„Oh! Ja!“ Tristans Augen weiteten sich. „Aber damals hattest du nicht das Bedürfnis, es unbedingt lesen zu müssen.“

„Weil ich damals deiner Familie keinen Schaden zugefügt hatte und ich keine Verräterin war – und das ist eine der Bedingungen des Fluchs!“

„Okay, das bedeutet aber, dass Jerome seinen Fluch tatsächlich nur aufgeschoben hat“, wandte Manja ein. „Anderenfalls hätte er das Buch irgendwo in der Wildnis tief im Boden vergraben, sodass keiner seiner Nachfahren es jemals hätte wiederfinden können."

Sie kratzte sich flüchtig an der Stirn, sah Elli an und verengte die Augen. „Was genau hat Jerome zu Šeherezada gesagt, als sie meinte, dass sein Fluch auch gute Menschen treffen könne?"

Elli ging in sich, versuchte die Erinnerung wiederaufleben zu lassen. „Dass der Fluch nicht unantastbar sei und genau diese Menschen ihn brechen könnten."

„Gut …" Manja zückte ihr Handy und rief dort eine ihrer vielen Notizen auf.

„*Nur wenn das Unrecht der Vergangenheit getilgt wird durch der Sünder Hand, naht Rettung den Verfluchten dann durch das, was Liebende verband*", las sie noch einmal die schicksalsschweren Worte vor und wandte sich wieder ihren beiden Mitstreitern zu.

„Wir wissen, dass eure Familien Dreh- und Angelpunkt dieser dunklen Magie sind, also könnt auch nur ihr beide den Fluch brechen. Der stellvertretende *Sünder* für Jeromes Vater und das Dorf, das zu ihm hielt, bist ganz klar du, Elli", sie verzog mitleidig das Gesicht, „und du musst auch das Unrecht tilgen, das geschehen ist. Du hast dich bereits entschuldigt und ihr beide seid wieder Freunde. An der Geschichte von damals könnt ihr nichts mehr ändern und das wusste auch Jerome, als er den Fluch erschaffen hat. Was also fehlt?"

Tristan hob etwas unschlüssig die Schultern und Elli tat es ihm nach. Auch in den Erinnerungen Jeromes ließ sich augenblicklich nichts Brauchbares finden.

Hast du ernsthaft damit gerechnet?, fragte die Königin. *Du erinnerst dich nur an das, was die Magie des Fluchs dir übermittelt. Sie wird dir ganz bestimmt nicht die Lösung des Problems einfach so senden. Du musst schon selbst darauf kommen!*

„Rettung durch das, was Liebende verband …“, murmelte Manja mit angestrengt in Falten gelegter Stirn. Nur einen Wimpernschlag später erhellte sich ihr Gesicht. „Das ist es!“ Sie gab ein erfreutes Lachen von sich. „So simpel! Natürlich!“

„Könntest du uns vielleicht an deinem Geistesblitz teilhaben lassen?“, fragte Tristan ungeduldig. „Ich würde mich auch ganz gern mal wieder freuen.“

„Ihr müsst euch küssen!“, strahlte Manja.

„WAS?!“, stießen Elli und Tristan zeitgleich aus.

„Was ist die stärkste Magie im Universum?“, wollte Manja wissen, beantwortete ihre Frage aber lieber selbst: „Wahre Liebe! Das hatte ich ja schon ganz zu Anfang auf dem Schirm.“

Sie runzelte die Stirn. „Warum habe ich das eigentlich nicht weiterverfolgt? Ach, ja – weil es zu simpel war. Ts. Dabei ist manchmal gerade die simpelste Lösung die richtige.“

Sie sah die beiden anderen wieder strahlend an. „Ihr liebt einander heiß und innig und müsst das nur noch mit einem Kuss besiegeln. Dann ist der ganze Spuk vorbei.“

Elli spürte, wie ihr das Blut ins Gesicht schoss und sie schüttelte rasch den Kopf. „Das ist doch Quatsch“, sagte sie schnell und ein flüchtiger Blick auf Tristan genügte, um zu wissen, dass er ebenso peinlich berührt war wie sie. Manja war keine enge Freundin und keiner von ihnen beiden hatte große Lust, ihr zu gestehen, was sie gerade eben erst auf dieser Couch getan hatten.

„Nein, ist es nicht!“, widersprach ihnen die junge Frau übereifrig. „Der Kuss gehört fast zu jedem Märchen dazu – es macht Sinn, dass er den Zauber bricht. Es würde zum Spruch passen und auch zu Jerome, zu der Liebe, die er für Jelena empfunden hat. Nun habt euch nicht so!“

Sie packte Tristan am Arm und zog ihn auf die Füße, tat dasselbe mit Elli. „Es ist für einen guten Zweck und zudem wird es euch auch noch Spaß machen.“

Nun schüttelte auch Tristan nachdrücklich den Kopf. „Elli hat recht, das ist mit Sicherheit nicht die Lösung für unser Problem.“

„Das werden wir erst wissen, wenn ihr es probiert habt“, blieb Manja hartnäckig, ihr war jedoch anzumerken, dass sich ihre Geduld allmählich verflüchtigte.

Elli holte tief Luft. „Das haben wir ja schon“, gestand sie schließlich und Manja, die gerade eben noch etwas sagen hatte wollen, klappte verblüfft den Mund zu. Sie sah mit großen Augen von einem zum anderen.

„Oh“, kam es ihr schließlich über die Lippen und dann erst schien sie *alles* zu verstehen. „OH! Vorhin, als ihr mich nicht reingelassen habt?“

Tristan nickte mit einem verkrampften Lächeln.

„Das ist in der Tat …“ Sie brach ab, lief hinüber zum Fenster und warf einen prüfenden Blick hinaus. „Ja, der Nachbar denkt immer noch, er sei die Ziege aus *Tischlein deck dich* und knabbert friedlich an seinem Löwenzahn.“

Elli blinzelte verblüfft. Dann hatte Mr Miller die Gartenarbeit wohl auf ganz andere Weise verrichtet, als sie angenommen hatte. *Des*wegen war er bei ihrer Ankunft vor ein paar Stunden auf allen Vieren herumgekrochen!

Manja wandte sich wieder zu ihnen um, eindeutig entschlossen, nicht so schnell aufzugeben. „Ein Kuss der wahren Liebe ist es also nicht“, murmelte sie nachdenklich, während sie wieder zu ihnen hinüberkam, „dabei hätte ich schwören können …“

Erneut hielt sie ruckartig inne. „Warte – *wer* hat ihn geküsst?“, wollte sie von Elli wissen. „Du oder die böse Königin?“

Die Angesprochene runzelte die Stirn. So sicher war sie sich da gar nicht. „Irgendwie … beide?“

„Ha! Daran wird es liegen!“, stieß die junge Frau erfreut aus, während sich auf Tristans Gesicht ein Anflug von Enttäuschung zeigte. „Du musst es allein sein! Der Kuss der wahren Liebe kann nur funktionieren, wenn er zwischen sich wahrlich liebenden Menschen ausgetauscht wird. Und die Königin liebt niemanden!“

Ist ja gar nicht wahr!, beschwerte sich diese umgehend. *Ich liebe eine Menge Menschen und Tristan gehört eindeutig dazu. Wir lieben ihn beide!*

Elli presste fest die Lippen aufeinander und drängte die Hexe zurück, legte sie unter deren lautem Protest in mentale Ketten, während Tristan bereits den Kopf schüttelte.

„Manja, das wird selbst *dann* nicht funktionieren, wenn sich Elli für kurze Zeit von der Königin löst“, wandte er ein.

„Doch, selbstverständlich wird es das!“, widersprach die Special Protector ihm und ergriff Ellis Hand, zog sie erneut dichter an Tristan heran. „Vertraut mir! Das ist ganz alte Magie und …“

„Elli liebt mich nicht!“, unterbrach Tristan sie etwas unwirsch. „Okay? Jedenfalls nicht *so*!“

Elli starrte ihn mit großen Augen an, doch ihr Freund war so auf Manja konzentriert, dass er das gar nicht mitbekam.

„Es mag sein, dass die böse Königin sich von mir angezogen fühlt und dafür gesorgt hat, dass wir … rummachen, aber Elli geht es nicht so“, sprach er für sie und lag damit *so* falsch.

„Wie kommst du darauf?“, mischte sie sich ein.

Endlich wandte sich Tristan zu ihr um, nun vollkommen verwirrt. „Wie ich darauf …“ Er brach ab, zog die Brauen zusammen. „Das hab ich doch schon vorhin erklärt. Du … du wolltest nicht mehr mit mir befreundet sein, als du gemerkt hast, dass ich mehr als nur Freundschaft für dich empfinde. Du hast sogar mit diesem Riesenarsch Neil rumgeknutscht, obwohl du genau wusstest, dass ich ihn mehr hasse als jeden anderen Menschen auf dieser Welt. Wie sollte ich das anders interpretieren, als dass du mich derart hart vor den Kopf stoßen willst, dass ich niemals etwas bei dir versuche, was nicht freundschaftlicher Natur entspringt?!“

Sie brauchte einen Moment, um zu verdauen, was er da sagte, weil ihr erst jetzt richtig bewusst wurde, dass er sich nicht nur durch ihren Ausrutscher bezüglich seiner Rroma-Abstammung verraten gefühlt hatte, sondern auch massiv durch die Wahl ihres Freundes. Elli zwang sich, ihm fest in die Augen zu sehen, in denen der Schmerz über ihre damalige Entscheidung erneut ganz deutlich zu erkennen war.

„Erstens *habe* ich das *nie* bemerkt und zweitens habe ich mich nach anderen Freunden umgesehen, weil *ich* plötzlich anders für *dich* empfunden habe!“, sprach sie endlich aus, was sie schon so lange mit sich herumtrug. „Ich habe die Flucht ergriffen, weil ich nicht wollte, dass *du* das merkst, weil ich Angst hatte, dadurch meinen besten Freund zu verlieren. Und das mit Neil … ich kann dazu nur sagen, dass es mir leidtut, dass ich einfach nur dumm war und nicht daran gedacht habe, wie sehr ich dich mit dieser von vornherein zum Scheitern verurteilten Beziehung verletzen könnte.“

„Du … du warst auch in mich verliebt?“, stammelte Tristan und blinzelte verwirrt. „Deswegen bist du vor mir weggerannt?“

„Genau das habe ich gerade eben erklärt, oder?“, gab sie zurück.

„Aber … aber warum hast du denn nie was gesagt?“, stieß ihr Freund verstört aus.

„Warum hast *du* es nicht getan?“, konterte sie. „Jetzt gib nicht mir die Schuld an allem! Ich war verwirrt und damals war mir das alles selbst gar nicht so richtig klar. Ich hab es erst sehr viel später kapiert. Und da hatte ich dich schon für immer vergrault.“

„Nicht für immer!“, sagte er mit Nachdruck und machte einen Schritt auf sie zu, sodass er plötzlich direkt vor ihr war. „*Niemals* für immer!“

Elli schluckte schwer, konnte dem Sog seiner Nähe kaum widerstehen, erst recht nicht, als er behutsam ihr Gesicht in seine Hände nahm und sich vorbeugte. Ihr Herz machte ein paar schnelle Sprünge und ihr ganzer Körper begann zu kribbeln.

„Oh, du … du willst das also jetzt wirklich noch mal tun“, wisperte sie, während die Königin in ihrem Inneren einen kleinen Freudentanz aufführte.

Tristans Lächeln war so liebevoll und sanft, dass Ellis letzter Widerstand in Sekunden dahinschmolz. Manja, die mit verzückt zusammengefalteten Händen neben ihnen stand, nahm sie gar nicht mehr richtig wahr. Sie wich auch nicht zurück, als seine Lippen sich ihren näherten. „Okay …“, konnte sie noch hauchen, bevor sie die ihren berührten, er sie unglaublich vorsichtig und hingebungsvoll küsste.

Ihre Lider fielen zu und sie ließ los, gab sich den wundervollen Gefühlen hin, die dieser innige Kuss in ihr auslöste: Glück, Zufriedenheit, Hoffnung, Begierde und vor allem Liebe. Warme, tiefe Liebe, die noch nicht einmal die schreckliche Zeit der Trennung hatte zerstören können.

Wir schreiben unser eigenes kleines Märchen, flüsterte eine weit entfernte Stimme.

Das schönste und glücklichste, das die Welt je gesehen hat, antwortete eine andere und durch ihren Körper lief ein energetisches Kribbeln, das auch Tristan zu fühlen schien, denn er erstarrte, löste seinen Lippen von ihren, um sie mit großen Augen anzusehen.

„Was … was war das?“, flüsterte er.

„Habt ihr was Ungewöhnliches gefühlt?“, fragte Manja aufgeregt, bevor Elli antworten konnte, sah dann aber an ihnen vorbei und riss die Augen auf. „Da!“, stieß sie aus.

Tristan trat zur Seite und ihnen beiden klappte vor Staunen der Mund auf. Die Schrift auf dem Märchenbuch leuchtete hell, erlosch dann aber ganz langsam wieder.

„Du hattest recht, Manja“, kam es fassungslos über seine Lippen. „Irgendwas ist da gerade passiert.“

Die Special Protector nickte eifrig und eilte hinüber zum Fenster. Dort angekommen ließ sie jedoch schnell wieder die Schultern sinken, um kurz darauf erschrocken einen kleinen Schritt zurück zu machen.

Ellis Herz sank, denn sie konnte sich schon vorstellen, was das bedeutete. „Und? Frisst er immer noch seinen Löwenzahn?“, fragte sie, gewappnet für die Enttäuschung, die mit der Antwort einhergehen würde.

„Nein, jetzt ist es wohl eher Klee, aber …“, Manja schüttelte fassungslos den Kopf, „… das müsst ihr besser selbst sehen. Das sieht gar nicht gut aus!“

Innerhalb eines Sekundenbruchteils waren Tristan und Elli an ihrer Seite und erschraken so wie sie zuvor.

Vor dem Gartenzaun hatte sich eine kleine Gruppe Menschen versammelt, eine bunte Mischung aus Alt und Jung, Märchenfiguren und ‚Zombies‘. Elli konnte Neil, aber bedauerlicherweise auch Cora und Hannah darunter finden, sowie Vera, die sich eindeutig für das tapfere Schneiderlein hielt, die Fliegenklatsche wie ein Schwert in der Luft schwingend.

Allen diesen Menschen war eines gemein: Sie sahen wütend aus. *Sehr* wütend. Sie diskutierten laut miteinander, wiesen dabei auf Tristans Haus.

„Die sind wegen des Kopfgeldes hier, oder?“, fragte Elli etwas atemlos, während ihr Herz immer schneller in ihrer Brust schlug. „Wie haben die uns finden können? Uns hat doch keiner so richtig gesehen!“

„Der da schon“, merkte Tristan bitter an und wies auf Phil, der aus der Menge an Neils Seite trat und verschwörerisch mit ihm tuschelte.

„Kopfgeld?“, wiederholte Manja verblüfft.

„Das ist eine lange Geschichte und …“ Tristan brach ab, wohl weil er ebenfalls die Worte aus der immer lauter werdenden Menge vernommen hatte, die auch an Ellis Ohren gedrungen war: Zigeunerpack. Hexer. Zauberer.

Elli ergriff automatisch Tristans Hand, dessen Miene sich deutlich verfinstert hatte, und das Spiel seiner Wangenmuskeln bezeugte, wie sehr ihn das Erscheinen dieser Meute und ihre furchtbaren Kommentare aufwühlten.

„Scheiße!“, stieß Manja aus, als ausgerechnet Neil unerlaubt das Gartentor öffnete und hereinkam, auf die Haustür zuhielt. Sie drehte sich herum und lief zu ihrem Rucksack, begann hektisch alle wichtigen Unterlagen einzustecken.

„Was machst du denn …?“, begann Elli, kam aber nicht weit, weil das grelle Klingeln der Haustür sie heftig zusammenzucken ließ.

„Wir müssen hier weg!“, erklärte Manja mit einem leichten Zittern in der Stimme.

Erneut kam Elli nicht dazu, auszusprechen, was *ihr* auf der Zunge lag, denn Tristan entzog ihr seine Hand und lief entschlossen auf seine Wohnungstür zu.

„Halt! Warte!“, rief sie entsetzt und stolperte ihm hinterher, doch er war schon draußen, lief die Treppenstufen zur Haustür hinunter.

„Ich will wissen, was das alles soll!“, raunte er ihr über die Schulter zu und griff nach der Türklinke. „Die haben keine Beweise dafür, dass wir im Rathaus waren, oder glaubst du im Ernst, dass die noch wissen, was eine Überwachungskamera ist?“

„Ich glaub nicht, dass man normal mit denen reden kann!“, rief Manja aus dem Wohnzimmer. „Die stehen alle unter dem Bann des Märchenbuchs und können nicht mehr klar denken."

„Sie hat recht!", stieß Elli aus und eilte ebenfalls die Treppe hinunter, doch Tristan ließ sich nicht aufhalten. Mit einem leisen „Als ob *der* jemals denken konnte!" öffnete er die Tür und im nächsten Augenblick starrten sie beide in Neils von Wut verzerrtes Gesicht.

„Aha!", entfuhr es dem jungen Mann bei Ellis Anblick und über seiner Nase entstand eine tiefe Zornesfalte. „Hat er dich also auch schon zu seiner Sklavin gemacht! Langsam reicht es!"

„Bitte?" Tristan sah ihn mit hochgezogenen Brauen an, die Hände zu Fäusten geballt, was kein gutes Zeichen war. Erneut griff sie nach ihm, umschloss sein Handgelenk sanft mit ihren Fingern und fühlte, dass ein Teil seiner Anspannung tatsächlich dahinschwand.

„Cora hat mir alles erzählt!", grollte Neil. „Dass du das ganze Dorf verzaubert hast mit deinem Zigeunerhokuspokus, dass du Barry und Jamie weggeschafft und wahrscheinlich getötet hast, dass du im Rathaus warst, um den König zu töten, und dass du uns am Ende alle zu deinen Sklaven machen willst!"

„Cora hat das erzählt?", empörte sich Elli und sah hinüber zu ihrer Freundin, die sich schuldbewusst hinter den sehr viel größeren Phil duckte.

Neil hielt kurz inne und wackelte mit dem Kopf, die Lippen nachdenklich geschürzt. „So ungefähr", gab er schließlich zu. „Sie hat euch belauscht. Du hast selbst gesagt, dass du von deinen schwarzen Künsten Gebrauch machen wirst, Tristan!"

„Das war *Ironie*!", brummte dieser, „oder um es für dein Kleinhirn verständlicher zu machen: Ich habe meinem Ärger Luft gemacht, indem ich spöttisch das Gegenteil dessen gesagt habe, was ich meinte."

Neil lachte dümmlich. „Mein Kleinhirn lässt sich von dir aber nicht verarschen. Genauso wenig wie das aller anderen. Der König lässt nicht umsonst nach euch suchen – da braucht man nur eins und eins zusammenzählen!"

„Und das bekommst du hin?", fragte Tristan zweifelnd.

„Hä?" Neil starrte ihn verwirrt an, schüttelte dann den Kopf. „Darum geht's gar nicht. Fakt ist, dass ihr gesucht werdet und der König eine Belohnung auf euch ausgesetzt hat, die ich mir mitsamt der Königstochter unter den Nagel reißen werde. Fakt ist auch, dass *ich* derjenige sein werde, der euch zur Strecke bringt."

„Ach? Wirst du das?", fragte Tristan provokant und Elli zog an seinem Arm, schüttelte den Kopf.

„Ja-a!", bestätigte Neil mit einem demonstrativen Nicken und richtete sich auf, drückte die übertrainiere Brust heraus. „Mich wirst du nämlich niemals deinem Zauber unterwerfen können", er lachte manisch, „denn um das zu tun, müsstest du meinen richtigen Namen wissen und den habe ich noch *niemandem* verraten!"

Tristan legte den Kopf schief und musterte sein feixendes Gegenüber kurz. „Rumpelstilzchen?"

Neils Gesichtszüge entgleisten und seine Augen weiteten sich in schierem Entsetzen. Dann begann er bestialisch zu schreien, griff dabei in seine Haare und zog daran, als wolle er sie sich ausreißen. Erfolgreich, denn sogleich flog das erste Büschel durch die Luft.

Elli wusste sofort, dass sein Anfall fatale Konsequenzen haben würde, doch sie konnte nichts mehr dagegen tun. Mr Miller verzog sich zwar nur meckernd hinter eine dicke Tanne, der Rest der aufgebrachten Meute zog jedoch genau die falschen Schlüsse und stürmte den Garten.

Tristan und sie reagierten geschwind und griffen nach der Tür, um sie zu schließen. Allerdings hatten sie nicht mit Neil gerechnet, der sich plötzlich besann und mit weit aufgerissenen Augen und einer Maske blanken Hasses nach vorn gegen ebendiese warf.

„Sranje!“, stieß Tristan durch die Zähne aus, während sie darum rangen, den letzten handbreiten Spalt zu schließen, denn wenn die anderen erst da waren, hatten sie keine Chance mehr.

Elli stemmte sich mit aller Macht gegen die Tür, doch durch den Spalt konnte sie bereits die wutverzerrten Gesichter des Mobs sehen.

Nicht mit mir!, vernahm sie die Stimme der Königin und schloss die Augen, überließ ihr das Feld.

„SCHLAFT!“, hallte ihre Stimme durch den Flur hinaus in den Garten. Nur einen Herzschlag später konnte sie das dumpfe Geräusch von auf dem Boden aufschlagenden Körpern vernehmen. Auch direkt vor der Tür gab es ein Rumsen und diese knallte umgehend zu.

Elli hob den Blick und sah in Tristans verblüfftes Gesicht. Er sagt jedoch nichts, griff stattdessen erneut nach der Klinke und öffnete vorsichtig die Tür. Neil lag direkt auf den Treppenstufen und hinter ihm offenbarte sich ein Bild, das ungemein an eine sehr düstere Szene aus einem Horrorfilm erinnerte. Ein Dutzend Menschen lag reglos am Boden, teilweise sogar übereinander, niedergestreckt von einer unsichtbaren Kraft. Lediglich Mr Miller schien von Ellis Magie verschont geblieben zu sein, denn er trabte nun an den Gartenzaun heran, stieß ein fragendes „Mä-ä-äh?“ aus und begann gleich darauf wieder friedlich zu grasen.

„Wow!“, kam es Tristan beeindruckt über die Lippen. „Da sage mal einer, die böse Königin kann nur schlechte Dinge bewirken.“

„Hältst du das für eine *gute* Tat?“ Elli sah ihn kritisch an, weil sie sich mit der ganzen Sache äußerst unwohl fühlte.

Doch er schenkte ihr sogar ein kleines Lächeln, bevor er Neil kurz mit dem Fuß anstieß und dieser ein leises Grunzen von sich gab. „Oh ja!“, sagte er mit Nachdruck und zauberte damit auch ein kleines Lächeln auf ihre Lippen.

„Fantastisch!“, hörten sie Manja hinter sich rufen und die junge Frau erschien schwer bepackt mit gleich zwei Rucksäcken und einer Pappkiste hinter ihnen und lugte erfreut zwischen ihnen hindurch. „Dann lasst uns verschwinden, aber schnell!“

Tristan sah sie verständnislos an. „Aber die schlafen doch jetzt alle!“

„Bestimmt nicht lange“, erwiderte die Special Protector und drückte ihm eines der schweren Gepäckstücke gegen die Brust, das er sich ohne Zögern willig auf den Rücken wuchtete. „Der Fluch will sich erfüllt wissen. Wenn alle schlafen, können sie sich nicht gegenseitig umbringen. Glaubt mir – die sind bald wieder wach.“

An der Logik war was dran, musste Elli zugeben und nahm die Pappkiste mit den losen Unterlagen bereitwillig von Manja entgegen.

„Und wo gehen wir hin?“, erkundigte sie sich etwas hilflos.

„Zum einzigen Ort, an dem ebenfalls starke Magie wirksam ist“, gab Manja bekannt.

„Die Villa“, wusste Tristan und erhielt umgehend ein Nicken.

„Wir haben hier schon an dem Fluch gerührt und ich wette, dass wir ihn weiter kleinkriegen, wenn wir das Rätsel um die Villa lösen“, erklärte Manja. „Dorthin zurückzukehren, wäre ohnehin der nächste Schritt gewesen, oder seht ihr das anders?“

Tristan und Elli schüttelten synchron die Köpfe.

„Wir müssen vorher aber noch meine Großmutter abholen“, äußerte Tristan besorgt. „Die haben von ‚Zigeunerpack‘ gesprochen und wenn sie *mich* nicht in die Finger bekommen, könnten sie das an *ihr* auslassen.“

„Selbstverständlich“, gab Manja ihm rasch nach. „Und vielleicht können wir ihre zusätzliche Hilfe sogar ganz gut gebrauchen. Viele Verbündete hatten wir ja nie und auf der Zielgeraden werden es sicherlich nicht mehr werden.“

Mauern, die die Welt bedeuten

Oma ‚Wunderlich' war alles andere als begeistert, als sie zu dritt ihr Haus stürmten, ohne ihre Zustimmung ihren Rucksack packten und mehr als nachdrücklich ‚vorschlugen' mit ihnen zu kommen, ohne eine glaubhafte Erklärung dafür abzugeben. Da sie aber ihren Enkelsohn über alles liebte und ihm mit ihrem Leben vertraute (was sie gleich mehrfach betonte), fügte sie sich schließlich dem Drängen ihrer drei ‚Retter' und stieg in Manjas Auto.

„Ihr solltet euch mal zuhören", beschwerte sie sich, während Tristan sie sorgsam anschnallte, „ihr klingt wie eine Gruppe Anstaltsinsassen, die aus einem Irrenhaus entkommen sind. Das ganze Dorf sei hinter uns her, weil man glaubt, dass wir Zauberer und Hexen seien … ts, ts … Wir sind nicht mehr im Mittelalter, Kinder!"

„Das wissen *wir* – aber *denen* ist das, glaube ich, nicht mehr ganz klar", verkündete Elli und Tristans Oma runzelte die Stirn.

„Wieso? Haben die Kinder etwa auch Drogen genommen? Und kommt mir jetzt bitte nicht schon wieder mit dieser Virus-Geschichte!"

Tristan verzog das Gesicht. „Nicht so ganz."

„Sie denken, sie seien Märchenfiguren", erklärte Elli nach kurzem Zögern.

„Oh", machte Oma Nita und irgendetwas an ihrem Gesichtsausdruck, dem leichten Zusammenziehen der Brauen und der darauf folgenden überwältigten Erkenntnis in dem dunklen Braun ihrer Augen ließ Elli stutzen. Zu recht, denn ihre nächsten Worte sorgten für ein paar Sekunden der verblüfften Stille im Auto: „Ist etwa der Fluch des Märchenbuchs aktiviert worden? Ist es das, was eigentlich hinter eurer hanebüchenen Virusgeschichte steckt?"

Stille. Weder Elli noch Tristan waren für einen langen Moment fähig, etwas herauszubringen und Manja hielt sich ebenfalls zurück.

„Warum sagst du das denn nicht gleich?!", fuhr Oma Nita ihren Enkel an. „Stattdessen tischst du mir hier einen Blödsinn auf, der mich fast glauben lässt, du hättest deinen Verstand verloren!"

„Ein verfluchtes Märchenbuch, das ein ganzes Dorf in seinen Bann schlägt, klingt deiner Meinung nach weniger irre?", entgegnete Tristan entgeistert.

„Ja, zumindest für *mich*", gab seine Oma zurück. „Ich hätte mich dann nämlich sehr schnell an das erinnert, was meine Mutter mir vor ihrem Tod erzählte, worum sie mich bat."

„Deine … deine Mutter?", stotterte Tristan vollkommen verwirrt.

„Ja – meine Mutter!", bestätigte Luminita. „Sie hat mir zwar nie erzählt, wie der Fluch zustande gekommen ist, aber auf ihrem Sterbebett vertraute sie mir das Geheimnis um die außergewöhnlichen Fähigkeiten eines gewissen Jerome Shamhursts und das Märchenbuch an und nahm mir das Versprechen ab, demjenigen seiner Nachfahren zu helfen, der den Fluch eines Tages vielleicht doch noch auslöst. Genau dasselbe Versprechen hatte *ihre* Mutter nämlich auch *ihr* abgerungen."

„Und du hast ihr das alles geglaubt?"

„Selbstverständlich nicht! Ich schrieb es ihrem furchtbaren Zustand zu, aber ganz tief in meinem Inneren regte sich immer ein leiser Verdacht, dass vielleicht doch etwas an der Sache dran ist. Zu recht, wie man ja jetzt sieht." Sie schüttelte betroffen den Kopf. „Deswegen spielen alle so verrückt."

„Du … du kannst uns helfen?", wiederholte Elli etwas atemlos die Aussage, die für *sie* am Wichtigsten war.

„*Euch*?" Die Falte zwischen Oma ‚Wunderlichs' Brauen vertiefte sich. „*Ihr* habt den Fluch ausgelöst?"

Elli hob zögerlich den Finger. „Ich war's", gestand sie kleinlaut und dieses Mal war es die Alte, in deren Gesicht großes Erstaunen geschrieben stand.

„*Du* bist eine Shamhurst?", fragte sie.

„Es sieht ganz danach aus", gab Elli zu, „und glaub mir – ich bin die letzte, die sich darüber freut!"

Luminitas Augen wurden etwas schmaler. „Ich kann mich erinnern, dass Jerome deine Ururgroßmutter nach Ferry Bridge gebracht haben soll. Damals soll sie schon schwanger gewesen sein, aber später hieß es, das Kind sei nicht von ihm gewesen. Dennoch hat nie jemand versucht, ihr und auch später deinem Ururgroßvater und dessen Kindern den Besitz wegzunehmen, den Jerome ihr vererbt hatte."

„Anscheinend wurde da eine weitere Familie erpresst, damit die Shamhursts ihren guten Ruf nicht verlieren“, schloss Tristan mit einem Kopfschütteln. „Diese Bande dreckiger …“

„Tristan!“ Seine Großmutter sah ihn mahnend an.

„… Lumpen“, milderte er brav sein Schimpfwort ab und die alte Dame nickte zufrieden.

„Es ist eindeutig, dass Elli direkt von der Grafenfamilie abstammt“, ergänzte Manja, die den ‚Flucht‘-Wagen fuhr (den Jeep, den sie sich schon am Morgen von Ms Friggs ‚geliehen‘ hatte). „Sie aktivierte den Zauber und wahrscheinlich kann auch nur sie ihn auflösen.“

„Das sagte auch meine Mutter“, stimmte Luminita ihr zu.

„Und was noch?“, drängelte ihr Enkel.

„Dass ich diese Person in die Stadtvilla bringen solle, in der unsere Familie einst gelebt habe.“

„Ernsthaft?!“, platzte es aus Tristan heraus und seine Oma sah ihn rügend an.

„Sehe ich aus, als würde ich Späße machen? Ja, *ernsthaft*. Es gibt einen Grund, warum es mir nicht gefallen hat, dass ihr plötzlich in dem alten Haus herumschnüffelt. Meine Mutter sagte mir, dass es mit dem Märchenbuch und damit auch dem Fluch in Verbindung steht und auch wenn ich nicht daran geglaubt habe, war es mir nicht geheuer, dass ihr euch dafür interessiert.“

„War das alles, was sie dir erzählt hat?“, fragte Elli ungeduldig weiter.

Luminita maß sie mit einem strengen Blick, antwortete aber dennoch auf ihre Frage: „Nein. Sie sagte mir auch noch, dass ich dort demjenigen, der den Fluch erweckt hat, einen Satz mit auf den Weg geben solle, der ihm dabei helfe, des Rätsels Lösung näherzukommen."

Tristan und Elli sahen die alte Frau erwartungsvoll an, doch diese schwieg, reagierte auch nicht auf die auffordernde Handbewegung ihres Enkels.

„Hast du ihn vergessen?", hakte dieser nach einer kleinen Weile irritiert nach.

„Tu dileja, natürlich nicht!", sie gab ihm einen kleinen Klapps auf die Schulter. „Ich darf ihn erst sprechen, wenn wir dort sind!"

„Das ist doch ...", begann Tristan, verstummte auf den strengen Blick seiner Oma hin jedoch gleich wieder. „Okay", sagte er schließlich zu Elli, „wahrscheinlich macht es eh keinen Unterschied und wir sind ohnehin gleich da."

Das entsprach der Wahrheit, denn sie bogen gerade in die Straße ein, von der aus man bereits den hohen, von Efeu und anderen Pflanzen überwachsenen Zaun des riesigen Grundstücks sehen konnte. Wie bei ihrem ersten Besuch löste der Anblick eine gewisse Unruhe in Elli aus, zu der sich prompt auch das nur schwer zu ertragende flaue Gefühl im Magen gesellte.

Ich will da nicht reingehen, vernahm sie sogleich die böse Königin in ihrem Hinterkopf. *Das wäre nicht gut. Das Haus und ich – wir mögen uns nicht.*

Mir doch egal, knurrte Elli zurück, wenngleich das eine Lüge war. *Wir tun, was wir tun müssen!*

Aber das müssen wir ja eben nicht!, kämpfte die Hexe in ihr weiter. *Wir können auch abwarten, ob der Fluch wirklich alle tötet – was ich persönlich ja bezweifle und auch nicht zulassen würde. Schließlich braucht eine Königin, wie ich schon öfter angemerkt habe, demütige Untertanen. Und wie wir gerade festgestellt haben, fließt ja sogar blaues Blut durch unsere Adern.*

Durch meine *Adern!*

Sei mal nicht so pingelig!

Jetzt halt endlich die Klappe und überlass der Stärkeren und Mutigeren die Führung!

Das genügte. Miss Superböse zog sich beleidigt zurück und Elli hatte endlich wieder Ruhe vor ihr.

Tristan hatte wohl gemerkt, dass sie schon wieder in den Gespaltene-Persönlichkeit-Modus abgedriftet war, denn er sah sie wohlwollend an, legte eine Hand auf ihre und drückte sie sanft. Mehr brauchte es nicht, um zumindest ein kleines Lächeln auf ihre Lippen zu zaubern und ihre innere Unruhe nicht allzu stark werden zu lassen. Sie war nicht allein in ihrem Kampf gegen das Böse und das war ein großer Vorteil.

Nur wenig später fuhren sie den größtenteils von bereits sehr hoch stehendem Gras und Unkraut überwachsenen Kiesweg zum Haus entlang und hielten direkt vor dem mit Säulen eingefassten Haupteingang. Die Villa hatte nichts von ihrer unheimlichen Geisterhausausstrahlung verloren und auch dieses Mal bildete sich allein beim Betrachten des schmutzigen Gebäudes eine Gänsehaut auf Ellis Armen.

Sie brauchte nur einen Schritt auf die Treppe zuzugehen, um auch wieder den Sog zu verspüren, die Energie, die nach ihr rief, sie drängte, hineinzugehen, einen ganz bestimmten Ort innerhalb des Hauses aufzusuchen. Zur gleichen Zeit schrie etwas in ihr, die Beine in die Hand zu nehmen und wegzulaufen. Etwas? Jemand!

Verdammt! War das jetzt doch wieder zu auffällig?, ärgerte sich die Königin. *Letztes Mal war ich wohl subtiler.*

Warst du nicht! dachte Elli. *Ich hab die ganze Zeit gewusst, dass du mich beeinflusst! Du willst nicht, dass der Fluch gebrochen wird, weil du dann aufhörst zu existieren. Deswegen redest du mir ein, dass ich Angst habe.*

Oh nein! Du HAST Angst! Ich weise dich nur darauf hin. Und du SOLLTEST dich auch fürchten! Guck dir mal das Haus an. Da geht kein geistig gesunder Mensch freiwillig rein! Und du tust es nun schon zum zweiten Mal, obwohl du weißt, dass es uns aussaugt!

Warme Finger legten sich um Ellis Hand und anstatt hinauf zu den kaputten Fenstern blickte sie in Tristans schöne Augen, die sie fragend ansahen. „Alles okay?“

Sie nickte und schob die Königin wieder zurück, die auch dieses Mal keine Chance hatte, die Oberhand zu behalten.

„Dann lasst uns reingehen“, forderte er sie und auch die anderen beiden auf, die sich gerade schmunzelnd angesehen hatten.

Sich gemeinsam auf das Haus zuzubewegen, war leichter, als es allein zu tun. Dennoch wuchs Ellis Unbehagen und Widerstand weiter an. Ihr Puls beschleunigte sich und auch ihre Atmung ging nach einer Weile schneller, als es normal für sie war. Noch schlimmer wurde es, als Manja mutig die Tür öffnete und der Wind, der durch diese wehte, schon wieder ein leises Heulen irgendwo tiefer im Inneren des Haus erzeugte.

... obwohl du weißt, dass es uns aussaugt ...

Ein Zittern lief durch Ellis Körper und mitten im Türrahmen hielt sie inne, schüttelte den Kopf und versuchte Tristan die Hand zu entziehen. Doch der hielt sie geistesgegenwärtig fest.

„Elli – nicht!“, beschwor er sie und zog sie vorwärts, doch sie sträubte sich, konnte mit Hilfe der Königin gegenhalten.

„Nein! Ich kann das nicht!“, stieß sie in einem jammernden Tonfall aus, für den sie sich selbst verachtete. „Ich kann da nicht rein! Sie will das nicht! Und ich … ich will das auch nicht!“

„Elli, das meinst du nicht wirklich“, wusste er es besser, ergriff auch das Handgelenk ihrer verletzten Hand, zog aber nicht weiter an ihr. „Ohne dich können wir nichts tun. Das weißt du und du hast nicht das Herz, ein ganzes Dorf seinem Schicksal zu überlassen.“

Tränen drängten in ihre Augen und ihr Kinn begann zu zittern. „Ich bin nicht stark genug“, hauchte sie, gab wieder, was sie fühlte und dachte. „Ich kann sie nicht weiter bekämpfen, kann den Fluch nicht auflösen. Ich werde versagen. Ich bin zu schwach … ihr müsst ohne mich weitermachen …“

„Nein“, widersprach Tristan ihr und schüttelte auch noch zusätzlich den Kopf. „Du bist nicht schwach! Das warst du noch nie. Du bist die stärkste, mutigste und hartnäckigste Person, die ich kenne. Niemand anderes als du, hätte es geschafft, *meinen* Sturschädel aufzuweichen. *Niemand.* Nicht einmal meine Mutter bekommt das hin. Aber du … du schaffst so was, weil du das Mädchen bist, das *niemals* aufgibt, das sich ganz allein einem starken Fluch stellt und ihn bekämpft, ohne zu wissen, womit sie es eigentlich zu tun hat; das es schafft, ihren besten Freund über die Scheidung seiner Eltern hinwegzutrösten, obwohl sie gerade erst selbst dieselbe Scheiße durchgemacht hat, – izvini, Nano – das in einen Abwasserkanal steigt, um einen Hund daraus zu retten; das auf meterhohe Tannen klettert, um dort ein heruntergefallenes Vogelnest zu befestigen; das sich mit dem stärksten Jungen des Kindergarten prügelt, weil der ein anderes Mädchen vollkommen eingeschüchtert hat. Und sag jetzt nicht, dass du nicht mehr so bist, denn gerade in den letzten Tagen hast du mehrfach bewiesen, dass du nicht nur dir selbst treu geblieben, sondern auch noch weit über dich hinausgewachsen bist!"

Für einen kleinen Moment war Elli vollkommen sprachlos. Vieles von dem, was Tristan gesagt hatte, hatte sie längst vergessen. Es jetzt noch einmal zu hören, tat unglaublich gut, holte ihren Kampfgeist zurück und …

Nein, nein, nein, nein!, murrte ihre dunkle Seite, *nun mal nicht gleich Höhenflüge bekommen. Das sind alles Dinge gewesen, die jedem normalen Menschen passieren können. Hier haben wir es mit starken übernatürlichen Kräften zu tun, gegen die noch nicht einmal ICH mich stellen kann. Glaub mir, es ist besser zu gehen!*

Tristan schien ihr Zögern umgehend zu bemerken, denn er legte eine Hand an ihre Wange, streichelte sie sanft. „Vertrau mir Elli, wenn wir zusammenhalten, schaffen wir *alles*. Das war doch schon immer so. Du und ich gegen den Rest der Welt. Für immer."

Bestimmt nicht mehr, wenn ihr euch mit diesen dunklen Mächten anlegt.

Elli atmete stockend ein, wusste nicht, wem sie mehr Glauben schenken sollte. „Aber die Königin …“, begann sie, doch Tristan ließ sie nicht weiterreden.

„Elli, was sie will oder sagt, ist unwichtig!“, sagte er drängend.

Also bitte!

„Nur *dein* Wille zählt! Denn du bist die Herrin über deinen Körper und über die Kräfte, die dir gegeben wurden!“ Er sah ihr fest in die Augen, vollkommen von seinen Worten, seinem festen Glauben an sie überzeugt. „Vielleicht gibt es die Königin gar nicht wirklich. Vielleicht ist das nur der Fluch, der dich glauben macht, dass da eine weitere Person in dir drinsteckt und in Wahrheit kämpfst du nur mit dir selbst, mit deinen eigenen Ängsten, der dunklen Seite, die auch jeder andere Mensch besitzt – was weiß ich …“

Ja, was weißt du schon, du Querulant?!

„Eines weiß ich aber mit Sicherheit“, fuhr Tristan fort. „Ob mit oder ohne Königin – *du* bist meine Märchenheldin, die Person, die alles zu einem guten Ende führt, die dafür sorgt, dass auf den Seiten des Märchenbuchs bald schon anstatt eines ‚… und alle starben‘ ein ‚… und sie lebten glücklich bis an ihr Lebensende‘ steht.“

„Ich bin deine Heldin?“, wisperte Elli und spürte, wie ein kleines Schmunzeln an ihren Lippen zupfte.

„Du bist meine Heldin“, bestätigte Tristan mit einem warmen Lächeln, das die Königin ohne Mühe aus dem Weg fegte und auch ihre Angst in Ketten legte.

„Du weißt genau, was du einem emanzipierten Mädchen sagen musst, um es rumzukriegen, oder?“, neckte sie ihn und er ließ mit einem kleinen Lachen seine Hand sinken, ergriff stattdessen erneut ihre Finger.

„Na klar“, sagte er und drückte sie sanft, um sich gleich darauf zu ihr vorzubeugen. „Insgeheim hoffe ich darauf, hier ein abgelegenes Zimmer zu finden, in dem ich dir den Rest meiner hart erarbeiteten Verführerqualitäten zeigen kann“, flüsterte er ihr ins Ohr.

Auch sie gab nun ein leises Lachen von sich, mit dem es ihr endlich gelang, die Villa richtig zu betreten. Mit ihrer Hand in Tristans fühlte es sich auch gar nicht *so* schlimm an, als Manja die Tür hinter ihnen schloss und es gleich ein wenig dunkler in der Eingangshalle des Hauses wurde.

„Und nun?“, wandte sich ihr Freund an die Special Protector. Die richtete ihren fragenden Blick jedoch auf eine andere Person: Tristans Großmutter.

„Oh ja! Die wichtigen Worte“, fiel der Alten ein und sie drehte sich zu Elli um, tat kund, was sie sich vor so langer Zeit fest eingeprägt hatte: „Pratin to ilo. Dirin okova sostar dara.“

„Was bedeutet das?“, wollte Elli wissen, die zwar erkannte, dass es sich um Rromanes handelte, die einzelnen Worte allerdings nicht gleich einordnen konnte.

Tristan holte Luft, um zu übersetzen, doch seine Großmutter schritt sofort ein, hob abwehrend die Hand und schüttelte den Kopf.

„Meine Mutter sagte, wenn die Person, die das hört, wahrhaft dazu bestimmt ist, den Fluch zu brechen, wird sie mit ihrem Herzen verstehen, was die Worte bedeuten.“

„Aber wir haben keine Zeit, um …“

Ein strenger Blick genügte, um den unwilligen Enkelsohn zum Schweigen zu bringen. Elli war längst nicht so aufgebracht wie er, denn tief in ihrem Inneren regte sich etwas, seit sie die Worte gehört hatte. Ein altes Wissen, ein Verständnis, das mit einem warmen Gefühl von Heimat einherging. Ihre Atmung wurde langsamer und auch ihr Herzschlag beruhigte sich. Da war sie, die Bedeutung dessen, was sie gerade gehört hatte und sie brachte den Sog, den das alte Haus schon immer auf sie ausgeübt hatte, nicht nur zurück, sondern verstärkte ihn noch. Das einzige, das dieses Mal fehlte, war ihre Angst. Der Ruf nach ihr kam eindeutig erneut von links, aber nicht von unten, wie sie zuvor gedacht hatte, sondern von oben.

Elli lief los. Zeit, zu erklären, was los war, nahm sie sich nicht, ging sie doch davon aus, dass die anderen ihr folgten. Und richtig: Außer einem verwirrten „Elli?“ aus Tristans Richtung stellte niemand eine Frage. Ihre drei Mitstreiter klebten ihr an den Fersen, als sie die breite Treppe zum oberen Stockwerk hinauflief und nach links eilte, hinein in einen geräumigen Saal, durch dessen breite Fensterfront das goldene Licht der bereits schon sehr tief stehenden Sonne fiel. Vor der gegenüberliegenden kahlen Wand blieb Elli etwas atemlos stehen.

Auf der über die Zeit ergrauten Tapete waren noch die etwas helleren Umrisse der Möbel und Bilder zu erkennen, die einst den Raum geschmückt hatten. Etwas Ungewöhnliches war mit dem bloßen Auge allerdings nicht auszumachen. Nichtsdestotrotz wusste Elli, dass sie hier richtig war, dass genau von dieser Wand der seltsame energetische Ruf ausging.

„Hier muss es sein“, kam es leise über ihre Lippen, während ihre Augen suchend über die Tapete wanderten.

„Was sein?“, hakte Tristan nach. Auch er und die anderen betrachteten die Wand eingehend.

„Ich weiß nicht genau … ich … ich fühle nur diesen Sog …“

Tristan kippte den Kopf zur Seite und machte einen Schritt nach vorn. Nur einen Wimpernschlag später ergriff er die Ecke einer Tapetenlage, die sich mit der Zeit vom Untergrund abgelöst haben musste und zog daran. Normalerweise war es nicht so leicht, Tapeten von den Wänden zu holen, doch diese entschied sich dazu, komplett seiner Führung zu folgen und klatschte schließlich vor seine Füße. Bedauerlicherweise war auch auf dem bloßen Putz nicht Ungewöhnliches zu entdecken. Tristan wollte jedoch nicht so schnell aufgeben und zog zwei weitere Lagen problemlos ab, bevor er die Hände in die Hüften stemmte und sein ‚Werk‘ kopfschüttelnd betrachtete.

Elli schluckte schwer. Zu sehen war immer noch nichts, aber der Sog war jetzt sogar noch stärker geworden und sie vernahm (wohl als einzige) ein leises Knistern, das eindeutig von der Wand ausging.

„Folge deinem Herzen. Berühre, was du fürchtest“, sprach sie leise die Worte aus, die Oma Nita ihr übermittelt hatte und streckte mutig ihre Hand aus.

Für den ersten Moment fühlte sich die Wand ganz normal an: kalt, rau, hart. Doch das blieb nicht lange so. Ein Kribbeln breitete sich in ihren Fingern aus, durchwanderte ihren Arm und flutete ihren ganzen Körper. Zur selben Zeit begann auch die Wand, nun für *alle* hörbar, zu knistern und von ihrer Hand aus bildeten sich feine, golden aufleuchtende Linien, die sich zu Wörtern und schließlich zu einem vollständigen Vers verbanden.

Elli konnte nicht mehr ruhig stehen bleiben. Sie zog ihre Hand zurück und drängte sich an Tristan, der beschützend einen Arm um ihre Schultern legte. Der Zauber verflog durch ihre ängstliche Reaktion jedoch nicht. Die Linien blieben bestehen, wenngleich ihr Leuchten langsam erstarb.

„Noch ein Rätsel!“, stieß Manja fasziniert, allerdings auch ein bisschen frustriert aus.

„Des Zaubers gute Kraft, besiegt was Leid erschafft“, las Tristan die dieses Mal auf Englisch verfassten Worte laut vor, „bekehrt der Schwachen Geist und wenn der Schleier reißt, wird jeder Wahrheit sprechen und keinen Eid mehr brechen.“

„Ist das auch von unserem lieben Jerome?“, konnte Elli Manja fragen hören, obwohl sie plötzlich das Gefühl hatte, auf einer anderen Ebene zu existieren, oder besser in einer anderen Zeit.

Sie sah Hände vor sich. Männerhände. Eine stützte sich schwerfällig an der Wand ab, die andere schrieb mit dem Finger die gerade vorgelesenen Zeilen auf den Putz. Oder nein – sie *brannte* sie eher hinein, denn die Linien schienen zu glühen und Rauch stieg in die Luft. Ihr ganzes Umfeld schien zu vibrieren und sie konnte jemanden schwer atmen hören. Es war der Mann, in dessen Körper sie steckte, dessen Kraftlosigkeit und Schmerzen sie nun selbst fühlte. Er war krank – todkrank und dennoch verbrauchte er seine letzten Energiereserven, um diesen Zauber zu erschaffen, ihn mit dem Märchenbuch, das zu seinen Füßen lag und ebenfalls hell leuchtete, zu verbinden. Um dessen Titel herum erschienen nach und nach die Runen, die auch heute noch auf dem Buchdeckel zu finden waren.

„Elli?“, hörte sie Tristan aufgewühlt aus der Ferne fragen.

„Ja …“, brachte sie nur mit größter Mühe heraus. „Er … er war es. Schutz … er wollte Jelenas Familie beschützen … dafür sorgen, dass man sie nicht wieder vertreibt. Auch nicht nach seinem Tod.“

Sie versuchte tiefer in Jeromes Gefühls- und Gedankenwelt vorzudringen, doch es gelang ihr nicht, zu alt und verwaschen waren die Erinnerungen, die der Zauber aufbewahrt hatte. Sie sah noch, wie Jerome das Buch vom Boden aufhob und sowohl dessen Titelschrift als auch der Vers auf der Wand hell aufleuchteten, dann verschwamm die Vision auch schon wieder und sie war zurück im Hier und Jetzt.

Sie atmete etwas zittrig ein und war Tristan unendlich dankbar, dass er sie so eisern festhielt, da ihre Beine mal wieder weich wie Butter waren.

„Die Runen …“, keuchte Elli. „Sie sind erst entstanden, als … als der Zauber hier im Haus mit dem des Buches verbunden wurde.“

„Das überrascht mich nicht“, merkte Manja an. „Ich sagte ja schon gleich zu Anfang, dass sie anders aussehen als die Titelschrift und den ursprünglichen Spruch verändert haben. Momentan würde ich darauf tippen, dass sie zumindest die Auflösung des Fluchs eher erschweren als erleichtern, vielleicht weitere Bedingungen daran knüpfen.“

„Na, toll“, seufzte Elli, „das ist genau das, was ich jetzt hören wollte.“

„Kein Grund zu resignieren“, versuchte Manja sie zu trösten. „Wir arbeiten doch schon die ganze Zeit mit diesem Endprodukt und sind aus meiner Sicht auf genau dem richtigen Kurs.“

Sie wandte sich wieder dem Text vor ihr auf der Wand zu. „Schutz … Gerechtigkeit … Wiedergutmachung …“, zählte sie auf und kratzte sich grübelnd am Kinn. „Wenn ihr mich fragt, sind das eher noble Ziele als etwas Böses.“

„Das Böse ist ja auch nur die Bestrafung, wenn all diese Dinge nicht erreicht werden“, berichtigte Tristan.

„Genau!“, stimmte Manja ihm zu und trat näher an Elli heran. „Aber Jerome *wollte*, dass man seine Wünsche erfüllt, oder? Er *wollte*, dass Jelenas Familie Gerechtigkeit widerfährt, dass sie geschützt sind und in Frieden leben können, nicht wahr?“

„Ja“, bestätigte Elli etwas verwirrt, „aber worauf willst du …“

„Gerechtigkeit, Erleuchtung … Rückkehr zur Familie – das alles finden wir auch bei den Runen“, unterbrach Manja sie. „Aber die wichtigste davon ist in unserem Falle Mannaz, weil sie, wie ich euch erzählte, auf ein Ungleichgewicht hinweist. Sie bewirkt den Ausgleich der guten und bösen Seite des Menschen. Sie bringt Körper und Geist in Einklang und öffnet das geistige Auge!“

Elli blinzelte perplex. „Ich verstehe immer noch nicht, was du mir damit sagen willst.“

„Tristan hatte vorhin recht!“, strahlte Manja. „Die böse Königin in dir gibt es nicht!“

„Aber … aber ich spüre sie doch!“, stotterte Elli, obgleich das augenblicklich gar nicht der Fall war. Die Königin war in den letzten Minuten erstaunlich still geworden.

„Zweifellos“, stimmte Manja ihr überraschenderweise zu. „Jeder tut das, denn jeder Mensch besitzt eine dunkle Seite, wie Tristan ebenfalls bereits so schön gesagt hat. Ein Teufelchen, das manchmal aus ihm herausdrängt und das er gelegentlich in Schach halten muss. Manchen Leuten gelingt das, anderen nicht."

„Du meinst, Elli bildet sich die Königin nur ein?", fragte Tristan kritisch.

„Nein, das nun auch wieder nicht." Manja biss sich auf die Lippen und ihre Augen verengten sich auf der Suche nach den richtigen Worten. „Der Zauber Jeromes lässt Ellis negative Gedanken und Emotionen so *erscheinen*, als wären sie nicht die eigenen, sondern die einer zweiten Person in ihrem Inneren. Elli, versuch dich mal daran zu erinnern. Die ersten negativen Gedanken bezüglich des Fluchs, waren die noch deine?"

Elli ging in sich, versuchte sich angestrengt zu erinnern. „Kann schon sein", gab sie schließlich nachdenklich zurück, „aber was soll das Ganze? Warum dieser Trick?"

„Es ist ein Test", war die simple Antwort. „Eine Rückversicherung, dass du die Kräfte, die Jerome besaß, auch wirklich verdient hast, dass du damit nichts Böses anstellst und sie schon gar nicht dazu einsetzt, Jelenas Nachfahren zu schaden."

„Jeromes Kräfte?", wiederholten Tristan und Elli wie aus einem Mund.

„Aber ja doch", mischte sich nun auch Luminita aufgeregt ein. „Er hat sie in das Buch und in diese Wand abgegeben und du, Elli, hast bisher nur einen Teil von ihnen erhalten! Nur so macht alles einen Sinn. Wenn du den Fluch auflöst, werden sich nicht nur Jeromes Wünsche für Jelenas Familie erfüllen, sondern auch der Rest seiner Zauberkraft in dich übergehen und du wirst noch mächtiger als zuvor sein und kannst zur neuen Beschützerin meiner Familie werden. Du hast dich dann als würdig erwiesen."

Manja nickte bestätigend. „Des Zaubers gute Kraft besiegt, was Leid erschafft", wiederholte sie die erste Zeile des Wand-Verses.

„Und … und wenn ich es nicht schaffe?", krächzte Elli voller Unbehagen und schlimmer Befürchtungen. „Wenn ich meiner bösen Seite am Ende doch nicht widerstehen kann, dann wird auch Jelenas Nachfahren etwas zustoßen und Jeromes schöner Plan wie eine Luftblase zerplatzen."

„Das denke ich nicht", gab Manja mit einem kleinen Seufzen zurück, „weil in diesem Fall jeder, der Tristans Familie nicht wohlgesonnen ist, sterben wird."

„Aber das wäre nicht gerecht", wandte Elli etwas verzweifelt ein, „es sind so viele betroffen, die unschuldig sind, die Tristans Familie nie etwas angetan haben und ihnen auch nichts Böses wollen."

„Nun, die Meute von vorhin war relativ klein", merkte die Special Protector an. „Ich denke, dass Jerome die Auswirkungen des Fluchs aus dem Märchenbuchs mit diesem hier abgeschwächt hat." Sie wies auf den Schriftzug an der Wand. „Von den *Schwachen* war im Märchenbuch noch nichts zu lesen. Ich glaube, er meint damit diejenigen, die sich dazu verleiten lassen, Böses zu tun, obwohl sie es nicht tun müssten. Die Mitläufer, die Wendehälse und Angepassten. Sie und die Aufwiegler würden den Fluch in diesem Fall nicht überleben."

„Was schlimm genug ist", fügte Elli hinzu, „weil ein paar Freunde von mir darunter waren. Und ich bin mir sicher, dass es noch mehr werden. Menschen lassen sich schnell aufwiegeln – insbesondere wenn ein Fluch sie nicht mehr klar denken lässt.“

„Ja, das ist ein gutes Argument“, gab Manja zähneknirschend zu. „Selbstverständlich wollen wir *nicht*, dass diese Leute sich gegenseitig massakrieren, und werden das Rätsel lösen.“

Die anderen schienen das genauso zu sehen und nur wenig später betrachteten sie erneut grübelnd den Vers.

„Schleier … Wahrheit …“, murmelte Elli. Ihre Augen wanderten zu dem Rucksack, der immer noch auf Tristans Schultern thronte. „Was hatten wir vorhin noch mal festgestellt? In der Chronik wird die Ermordung Jelenas als Jagdunfall dargestellt?“

Stirnrunzelnd nahm Tristan sein Gepäck ab,, holte das Buch heraus und begann darin herumzublättern.

„Oh! Ich weiß, worauf du hinauswillst!“, entfuhr es Manja erfreut und sie trat ebenfalls näher.

„Ja, da steht es“, bestätigte Tristan und hielt das Buch so, dass Elli den Eintrag lesen konnte.

Mit klopfendem Herzen nahm sie ihm das Buch ab und ließ sich damit mangels besserer Sitzmöglichkeiten auf dem staubigen Boden nieder.

„Was hast du vor?“, fragte ihr Freund, während er neben ihr in die Hocke ging.

„Ich hab in meiner Version vorhin gesehen, wie Jerome diesen Vers an die Wand geschrieben hat“, erklärte sie mit einem leichten Zittern in der Stimme. Gott! Sie war so aufgeregt. „Und ihr seid ja alle der Meinung, dass meine besonderen Kräfte auch Gutes bewirken können, also dachte ich, dass ich versuche die Chronik mit Magie zu ändern.“

Sie blickte etwas verunsichert in Tristans Gesicht, doch anstatt diese Idee als vollkommen bescheuert abzutun, nickte er und setzte auch noch ein entschlossenes „Halte ich für eine gute Idee!“ hinzu.

Sie atmete laut aus und suchte noch einmal seinen Blick. „Die böse Königin gibt es nicht?“

„Die böse Königin gibt es nicht“, bestätigte er mit einem kleinen, aber sehr zuversichtlichen Lächeln und gab ihr damit den Mut, ihren Finger auf den Eintrag zu setzen und nach der Energie in ihrem Inneren zu greifen, die sie zuvor immer für diese andere, gar schreckliche Person gehalten hatte.

Dieses Mal sprach niemand mit ihr, niemand rang mit ihr um die Kontrolle über ihren Verstand, niemand wehrte sich gegen ihren Plan. Stattdessen begann ihr ganzer Körper zu vibrieren und ein warmes, keineswegs unangenehmes Brennen zog durch ihren Arm, hinein in ihren Finger, aus dessen Kuppe schließlich ein goldenes Licht trat.

Die Stadtchronik begann zu vibrieren und zu knistern und einige der Seiten hoben sich, als stünden sie unter starker elektronischer Spannung. Elli konnte es selbst kaum glauben, als die Buchstaben unter und um ihren Finger herum plötzlich ebenfalls aufleuchteten und sich zu bewegen anfingen, neue Worte, nein, sogar neue Sätze formten. Die Wahrheit. Die alte Magie Jeromes, die sich in ihrem Körper eingenistet hatte, begann die Wahrheit über den Mord an Jelena zu schreiben, aber anstatt schwächer zu werden, vergrößerte sie sich dabei. Neue Kraft wurde von außen an sie herangetragen, von ihrem Körper aufgesogen und sie brauchte nicht den

Blick zu heben, um zu wissen, dass diese von dem Märchenbuch kam.

Aus dem Augenwinkel nahm sie wahr, dass Manja hektisch den Rucksack von ihren Schultern nahm, um eben dieses Buch herauszuholen und sie fühlte, dass Tristan einen Arm um sie legte, sie sanft streichelte.

„Elli, es ist gut“, raunte er ihr zu. „Du hast es geschafft. Du kannst jetzt wieder loslassen.“

Sie starrte auf die weiterhin leuchtenden Seiten der Chronik und musste feststellen, dass sich dort tatsächlich nichts mehr tat. Dennoch konnte sie sich nicht bewegen, fühlte sich wie eingefroren, von ihrem eigenen Zauber festgehalten. Erst als Tristan seine Hand auf ihre legte, ließ der Sog nach und sie los, als hätte er darauf gewartet, auch mit ihrem Freund in Kontakt zu treten.

Elli holte tief Luft, weil ihr diese irgendwie abhandengekommen war, und wankte mit dem Oberkörper zurück, doch fallen konnte sie nicht. Tristan hielt sie fest, schloss sie sanft in seine Arme und das hatte sie auch bitter nötig, weil sie am ganzen Körper zu zittern begann und für kurze Zeit das Gefühl hatte, weder Knochen noch Muskeln zu besitzen.

Manja hatte derweil den Fluch des Märchenbuchs aufgeschlagen und starrte ihn mit großen Augen an. Es war eindeutig, dass auch er leuchtete, doch der fasziniert erfreute Ausdruck hielt sich nicht lange auf ihrem Gesicht. Stattdessen wanderten die Brauen der Special Protector aufeinander zu und Elli wusste sofort, dass dies nichts Gutes bedeutete. Sie versuchte auf die Beine zu kommen, was ihr dank Tristan schließlich auch gelang.

„Was … was ist passiert?“, brachte sie mit wackeliger Stimme heraus und beugte sich vor, um ebenfalls in das Buch zu sehen.

„Ich weiß nicht“, gab die andere junge Frau zurück. „Gerade eben sah es noch so aus, als würde der Fluch verschwinden, aber dann leuchtete er wieder auf und jetzt …“

„… sieht er genauso aus wie zuvor“, beendete Tristan ihren Satz frustriert.

„Dasselbe ist an der Wand auch passiert“, ließ Oma ‚Wunderlich‘ sie wissen.

Ein Blick genügte, um zu erkennen, dass auch die Schrift dort noch fest ins Mauerwerk gebrannt war. Diese leuchtete sogar noch ein wenig.

„Das kann nur eines bedeuten“, sagte Manja. „Irgendein Unrecht wurde noch nicht wiedergutgemacht.“

Sie sahen sich alle gegenseitig an, jeder in seinem Verstand nach Informationen wühlend, die sie übersehen hatten, aber auch gleichzeitig hoffend, dass einer von den anderen auf die Lösung des Problems kam.

„Ein Buch und eine Wand“, begann Manja erneut die sichtbarsten Fakten aufzurufen, so wie sie es immer tat, um ein Rätsel zu lösen. „Die Wahl des Buches ist verständlich, aber was ist mit der Wand? Was wollte Jerome uns damit sagen?“

„Wand … Mauer …“, überlegte Elli mit. „Mauern verhindern etwas, sperren ein, grenzen aus …“

„Sie geben aber auch Schutz, ein Zuhause“, wusste Manja.

Tristan zuckte zusammen, als hätte man ihn geschlagen. „Der Brand!“, rief er etwas atemlos in die Runde. „Der wurde nicht von dem Landstreicher gelegt!

Überlegt doch mal: Jerome vererbt alles seiner neuen Geliebten – mit Ausnahme von diesem Haus! Das hat er meiner Familie überlassen und man kann wohl davon ausgehen, dass es neben dem Gutshof das Größte und Schönste war. Seine Familie hat Ellis Ururgroßmutter wahrscheinlich immer geächtet und zusätzlich wurde Marianna durch meine Familie und deren Besitz ständig vor Auge gehalten, dass seine einzig wahre Liebe Jelena war."

„Du meinst, *sie* hat das Feuer gelegt?" Elli sah ihn entsetzt an.

„Hat deine Großmutter nicht mal erzählt, dass ihr eigentlich über die Blutlinie deines Ururgroßvaters mit den Brewers verwandt seid?", fragte Tristan. „Und gerade die haben die Villa nach dem Brand gekauft. Das kann doch kein Zufall sein, zumal meine Familie schon sehr lange einen starken Groll gegen die Brewers hegt."

„Aus gutem Grund", mischte sich Oma Nita wieder ein. „Harold Brewer, der damals Bürgermeister war, hat eigenhändig dafür gesorgt, dass wir 1894 auch unseren letzten Laden in der Stadtmitte schließen mussten."

„Du meinst, dieser Mann hat Marianna vielleicht unterstützt und geholfen den Plan auszuführen, weil er auf das Haus scharf war und die Arlijkas vertreiben wollte", schloss Manja. „Gut möglich. Dann haben sie wahrscheinlich auch den Brand auf dem Gutshof gelegt, um sich an Jeromes Familie zu rächen."

„Das mussten sie gar nicht!", erwiderte Tristan aufgeregt. „Weil Magie mit im Spiel war." Er wies zur Wand und mit einem Mal war Elli glasklar, wovon er sprach.

„Jerome hat den Zauber auch mit dem Gutshof verbunden“, stieß sie mit großen Augen aus, „weil er befürchtete, dass seine eigene Familie nach seinem Tod wieder auf die von Jelena losgehen und versuchen würde, das Haus zurückzubekommen. *Deswegen* hat es dort in derselben Nacht gebrannt! Die Flammen wurden durch den Zauber übertragen und weil es dort *keinen* Schutzzauber gab, sind alle im Feuer umgekommen und die Gebäude vollkommen niedergebrannt.“

„Wir wurden durch den Zauber gerettet“, kam es verblüfft aus Oma Nitas Mund. „Deswegen ist unser Haus auch nicht vollkommen abgebrannt.“

„Aber deine Urgroßmutter musste es dennoch verkaufen, weil der Schaden zu groß war und ihr nicht das Geld hattet, um ein solches Gebäude wieder instand zu setzen“, fuhr Elli fort. „Deswegen konnten die Brewers es relativ billig erwerben und nach ihrem Wunsch herrichten.“

„Sie hatten nur nicht damit gerechnet, dass der Fluch weiter wirken und es nicht zulassen würde, dass jemand anderer außer meiner Familie dort wohnt“, setzte Tristan hinzu. „All das Geld, das sie da reingesteckt haben und dann fängt es an zu spuken.“

„Geschieht ihnen recht“, brummte Elli und schüttelte niedergeschlagen den Kopf. „Meine Ahnen waren anscheinend alle nicht ganz bei sich. Da bin ich wohl noch die Normalste.“

„Auf jeden Fall bist *du* diejenige, die den ganzen Mist wieder zurechtrücken muss“, bemerkte Manja, bückte sich und hob die Chronik vom Boden auf.

„Du meinst, ich muss die Eintragung von dem Brand ebenfalls korrigieren, damit alles wieder gut wird?“, fragte Elli zweifelnd, denn ein dumpfes Gefühl in ihrer Brust sagte ihr, dass dieses Mal etwas anderes getan werden musste. Sie wusste nur noch nicht was.

Manja hob die Schultern und auch ihr war anzumerken, dass sie von dieser Idee nicht vollkommen überzeugt war. „Na ja, die Wahrheit steht da bestimmt nicht drin“, meinte sie.

„Zweimal derselbe Trick?“, mischte sich nun auch Tristan wieder ein. „Ich weiß nicht …“

Wahrheit. Unrecht. Das war dieses Mal nicht dasselbe, fand Elli, doch sie kam nicht mehr dazu, ihre Überlegung in Worte zu fassen, denn von irgendwoher außerhalb des Hauses waren plötzlich Stimmen zu hören. Laute, aufgebrachte Stimmen von vielen Menschen und sie kamen schnell näher.

Elli sah Tristan entgeistert an. „Wie haben die uns gefunden?!“, stieß sie entsetzt aus, doch sein Gesichtsausdruck verriet ihr, dass er sich keine Zeit nehmen würde, eine Antwort auf diese Frage zu finden.

Wie kommen wir hier schnellstmöglich und ungesehen weg? – *das* war die Frage, die aus seinen Augen sprach und sie musste zugeben, dass diese gerade sehr viel wichtiger war.

Hexenkessel

Die naheliegendste Lösung hieß natürlich Vordertür, doch die war mal wieder von unzähligen durchgeknallten Märchenfiguren bevölkert, wie sie durch einen Blick hinaus aus den schmalen, glücklicherweise vergitterten Fenstern zu beiden Seiten der Eingangstür feststellen konnten. Die Menge bestand nun nicht mehr aus nur einem Dutzend Menschen, sondern mit Sicherheit aus mindestens der Hälfte der gesamten Dorfbevölkerung, die recht schnell dazu überging, Stellung um das ganze Haus herum zu beziehen. Angeführt wurde der Mob – wie nicht anders zu erwarten – von dem laute Kampfesreden schwingenden Bürgermeister Ferry Bridges, Edward Stinton, der als i-Tüpfelchen tatsächlich eine Krone auf dem kahlen Haupt trug.

Was – wenn auch nicht im positiven Sinne – bemerkenswert war, war die Tatsache, dass Elli unter den Leuten, die es bis jetzt bis zum Haus geschafft hatten, auch wieder einige der ‚Zombies' entdeckte, die ganz und gar nicht mehr unbeteiligt wirkten. Anstatt die Augen über das seltsame Verhalten der Märchengestalten zu verdrehen und beschwichtigend auf sie einzuwirken, motzten und keiften sie mit und stachelten die anderen noch weiter auf.

Und es kam noch schlimmer, denn bei genauerem Hinsehen, entpuppte sich der Tumult vor dem Haus als einer, in dem die Menschen sich auch gegenseitig feindlich gesonnen waren, sich schubsten und beschimpften.

„Es gibt eine Hintertür“, rief Manja laut, die soeben zusammen mit Tristan nach einem Fluchtweg gesucht hatte. „Wenn wir auf der Stelle abhauen, könnte eine Flucht gelingen. So viele Leute sind noch nicht auf der hinteren Seite des Hauses.“

Elli schüttelte bedauernd den Kopf. „Das geht nicht mehr. Ich glaube, der Fluch … er hat sich irgendwie selbstständig gemacht und die Leute hergeführt, weil wir des Rätsels Lösung so nahe gekommen sind. Wenn wir jetzt gehen, bringen die sich um – noch bevor der Mond voll ist. Hört selbst!“

Manja und Tristan traten vorsichtig an die Fenster heran, nur so weit, dass sie für die Leute draußen nicht sichtbar wurden, und lauschten angespannt.

Schuldzuweisungen wurden unter den erregten Dorfbewohnern laut; bezüglich einzelner Vorkommnisse im privaten Bereich wie erhöhter Fleischdiebstahl, Zwergenentführungen und extrem luftiger Kleider sowie der Gesamtsituation. Immer mehr Menschen kamen hinzu, schwangen Fackeln, Harken und Sensen und ließen die ganze Szenerie an die aus einem Gruselfilm erinnern – insbesondere, weil sich unter ihnen nun auch Constable Richard oder auch ‚Gevatter Tod‘ persönlich befand.

„Das ist aber ungewöhnlich“, ließ Manja stirnrunzelnd verlauten. „Auch Flüche müssen sich an bestimmte Regeln halten. Oder hast du irgendwas mit dem

Buch gemacht, bevor du versucht hast, das Rätsel zu lösen?" Sie sah Elli fragend an und die schluckte schwer.

„Ich habe versucht es zu verbrennen", gestand sie.

Manja verzog das Gesicht. „O je – das ist nicht gut. Feuer und Flüche … Nein, das macht man nicht. Wahrscheinlich hast du damit die Zeitspanne zum Lösen des Rätsels deutlich verkürzt."

„Na super!", stieß Elli verzweifelt aus und erinnerte sich dunkel daran, dass die Königin sie davor gewarnt hatte. „Wie lange haben wir denn jetzt noch?"

Manja hob unschlüssig die Schultern. „So wie es gerade aussieht … Ein paar Stunden? Vielleicht weniger, vielleicht mehr."

„Und was machen wir jetzt?", fragte Oma Nita nervös. „Wenn der Mob das Haus stürmt …"

Sie brach ab, weil die Tür vor ihr mit einem Mal knirschte und quietschte und die beiden Flügel vor aller Augen zusammenwuchsen. Nun – nicht ganz vor *aller* Augen, da Elli ihre geschlossen hatte, um sich voll und ganz auf ihre Kräfte und den Zauber zu konzentrieren, den sie da fabrizierte.

„Vorn rein kommen die jetzt erstmal nicht so schnell", verkündete sie etwas atemlos, während die anderen sie nur mit offenen Mündern anstarrten. „Aber du, Tristan, solltest dir jetzt deine Oma schnappen und sie in Sicherheit bringen, solange das noch geht."

„Auf gar keinen Fall!", erboste sich Luminita prompt. „Eine Arlijka kneift doch nicht, sobald es mal ein bisschen turbulenter wird. Außerdem hält Familie immer zusammen! Komme, was wolle! Mein Enkel liebt dich, also gehörst du zu uns. Wir bleiben hier – beš mirno!"

Elli war sprachlos und hatte mal wieder große Schwierigkeiten, die in ihr heraufdrängenden Tränen – dieses Mal welche der Rührung – in Schach zu halten.

„Kannst du nicht dasselbe machen wie vorhin vor meinem Haus?“, schlug Tristan vor, der seine Großmutter gut genug kannte, um nicht weiter mit ihr über Ellis Schutzmaßnahme zu diskutieren.

„Das mit dem Schlafen?“, fragte Elli und erhielt sofort ein Nicken. „Habe ich schon versucht, als ihr kurz weg wart, um nach einem Fluchtweg zu suchen, aber sie scheinen jetzt entweder immun dagegen zu sein oder die Kraft des Fluchs ist noch weiter angewachsen, sodass meine Magie nicht mehr ganz so stark wirkt wie zuvor.“

„Gut möglich“, überlegte Manja. „Vielleicht wirst du aber auch schwächer, weil der ganze Zauber von der Macht Jeromes ausgeht, die ja wiederum nur drei Ausgangspunkte hat: Das Buch, die Wand und dich. Ihr alle drei nährt euch gegenseitig *und* den ganzen Rest des Spuks. Einer muss da irgendwann mal das Nachsehen haben.“

„Wenn Elli mit ihrer Magie nicht mehr so viel bewirken kann, müssen wir erst recht weiter versuchen, das Rätsel zu lösen“, drängte Tristan.

„Und gleichzeitig so auf die Dorfbewohner einwirken, dass sie sich in der Zwischenzeit nicht umbringen“, setzte Elli hinzu. „Aber wie sollen wir sie erreichen?“

Die kleine Truppe sah sich unschlüssig an – bis sich Manjas Gesicht erhellte.

„Ich hab eine Idee!“, rief sie und zog Elli am Arm mit sich ein Stockwerk höher in den großen Salon mit der verzauberten Wand, wo sie ohne Zögern auf die große Flügeltür auf der gegenüberliegenden Seite zulief und sie aufzog. Ein unheimliches und ohrenbetäubendes Quietschen ertönte, und weil die Tür recht schwer zu bewegen war, war es auch noch sehr langanhaltend, bevor der Weg zum kleinen Balkon so weit frei war, dass sie sich dorthin stellen konnten. Tristan und seine Oma eilten mit ein paar Sekunden Verzögerung durch die Zimmertür.

„Sprich mit ihnen“, raunte Manja ihr zu. „Beschäftige sie, während wir anderen versuchen, den Rest des Rätsels zu lösen.“

Der Tumult unten war mit Ellis Erscheinen auf dem Balkon erst einmal leiser geworden und die meisten starrten nach oben, dann stieß Barry Jamie an (Welcher Idiot hatte *die* beiden denn aus dem Keller befreit?), wohl um ihn auf die Personen über ihnen aufmerksam zu machen, was dieser scheinbar als Angriff missverstand und ihn zurückschubste. Knurrend gingen beide aufeinander los, stießen im Verlauf ihres Kampfes gegen weitere Leute und auch diese stimmten in ihre Handlungen mit ein. Im Handumdrehen bildete sich unten wieder ein wilder Mob, der sich selbst zu lynchen drohte.

„Hört auf!“, rief Elli gegen die wütende Menge an, doch ganz gleich, wie sehr sie sich bemühte und auch stimmlich von ihren Freunden unterstützt wurde, die Dorfbewohner tobten immer mehr, brüllten durcheinander und einige begannen sich gegen die Haustür zu werfen.

„Rammbock!! Wir brauchen einen Rammbock!!“, ertönte die Stimme des Bürgermeisters und sogleich warfen sich einige Leute herum, um nach einem geeigneten Gerät zu suchen.

Ellis Puls raste wie wild und sie spürte Panik in sich aufwallen, wünschte sich für einen unsinnigen Moment ihre mentale Mitbewohnerin zurück, die sich prompt mit einem ‚*Wirf die Alte der Meute zum Fraß vor und dann lauf, so schnell du kannst!*' meldete.

Wirklich sehr hilfreich! Ihre Augen flogen durch den halbdunklen Raum hinter ihr. Verdammt, hier gab es kein Versteck für sie, das einem Rammbock standhalten würde. Wenn der Mob es schaffte, ins Innere des Hauses zu dringen, war er nicht mehr aufzuhalten und sie waren verloren. Man würde sich auf sie stürzen, sie in der Luft zerfetzen!

„Verschieben wir das Auflösen des Fluchs", beschloss Manja verängstigt. „Gibt es denn keinen Geheimgang? Oder eine Art Panic Room? Erinnert ihr euch an einen?" Sie suchte sogleich auf ihrem Handy, auf dessen Display in der nächsten Sekunde der Grundriss des Hauses erschien.

Ein klirrendes Geräusch ertönte aus dem Inneren des Hauses – vermutlich hatte jemand eines der Fenster unten eingeschlagen. Hoffentlich waren die Gitter davor nicht bereits so verrostet, dass man sie einfach herausbrechen konnte.

„Da! Da sind sie! Der Hexenmeister und die Verräterin!", erscholl die Stimme des Bürgermeister-Königs durch die anderen hindurch und im Licht seiner Fackel deutete er nach oben auf Tristan, der hinter Elli getreten war, sowie sie selbst. Es tat gut, ihren Freund so nahe zu spüren, ließ sie wieder ruhiger atmen, auch wenn die Menge sich jetzt noch mehr anstrengte, ins Haus zu gelangen, angestachelt von den weiteren Worten des Bürgermeisters.

„Ergreift sie und ihr werdet reich be-“

„RUUUUUUHEEEE!“, donnerte eine noch viel gewaltigere Stimme durch die Nacht und unten wurde es fast augenblicklich still.

Elli stand in der Mitte des kleinen Balkons und hatte die Arme ausgebreitet, sodass die Fledermausärmel ihres Shirts wie Flügel im plötzlich aufkommenden Wind rauschten. Ein paar Sekunden lang geschah nichts weiter. Während Elli Luft holte, um erneut zum Sprechen anzusetzen, überlegte sie fieberhaft, was sie eigentlich sagen wollte. Beruhigen. Sie musste irgendwie in die verqueren Hirne der Dorfbewohner gelangen.

„Leute, schaut euch an, das seid doch nicht ihr, das sind doch nicht *wir*“, sprach sie die ersten Worte aus, die ihr in den Sinn kamen. Eine wohlvorbereitete Rede sah anders aus, aber sie musste ja schließlich auch improvisieren. „Wir … wir ...“

„Sicher habt ihr alle bemerkt, dass sich unser Ort und unsere Leben in den letzten Tagen stark verändert haben“, half Tristan ihr und umgehend wurde es unten wieder unruhig. Finger deuteten anklagend auf ihn und wüste Beschimpfungen schollen hoch.

„Verdammt, es gibt zwar einen unterirdischen Gang vom Keller aus, aber der ist wohl zugemauert worden“, wisperte Manja hinter ihr weitere ‚aufbauende‘ Worte.

„Aber ich kann ja mal schauen, ob in dem Schrank da drüben vielleicht was ist. In manchen Filmen ist das so. Los, hilf mir“, wandte sie sich an Tristan, doch der zögerte deutlich, bis Elli ihre Hand nach hinten streckte und ihn ein Stück zurückschob.

„Geh“, sagte sie fast tonlos, weil sie wie vermutlich auch Manja verstand, dass sein Erscheinen die Untenstehenden noch mehr aufbrachte.

„Wieso kommt ihr nicht heraus und wir reden hier *unten* – ganz in *Ruhe*“, ertönte eine bekannte, lauernde Stimme und im Schein der Fackeln trat Neil einen Schritt vor. Nur einen, weil er so noch halb hinter Jamie stand, hinter dem er sich wohl sicher fühlte. Die anderen brummten, knurrten und meckerten zustimmend.

„Das würden wir ohne Zögern, wenn wir nicht fürchten müssten, von euch gelyncht zu werden“, mischte sich Luminita grimmig ein und trat weiter auf den Balkon heraus.

„Ah, seht, er hat Verstärkung mitgebracht!“, höhnte jemand, den Elli nicht einordnen konnte und der Bürgermeister fuhr fort, die anderen wieder aufzuwiegeln: „Nehmt Euch in Acht, vielleicht hat er die schwarzen Künste von *seiner Großmutter* erlernt! Und nun los!! Ergreift sie endlich und befreit uns!“

„Wagt es nicht, auch nur *einen* Fuß in dieses Haus zu setzen oder ihr werdet es bereuen!!“, dröhnte Ellis Stimme durch die herankommende Nacht.

Erneut erhob sie die Arme und der schwächer gewordene Wind setzte wieder ein, ließ die Blätter in den Bäumen rascheln und fuhr durch die Reihen der Aufrührer. In nicht allzu weiter Ferne zuckten erste Blitze durch das Dämmerlicht. Energie durchströmte sie, war verheißungsvoll und stark und verlangte nach noch so viel mehr. Die Kraft war zurück, stärker als zuvor. Manja hatte sich geirrt. Sie hatte lediglich eine kleine Ruhepause gebraucht. Donner ertönte und ein weiterer Blitz erhellte die Nacht, diesmal direkt über dem am nächsten gelegenen Feld. Einige der Dorfbewohner schrien entsetzt auf, während andere wieder damit begannen, gegen die Tür zu hämmern und mit ihren Forken und herumliegenden Steinen weitere Scheiben einzuwerfen.

„Nicht wieder unschuldige Bäume in Brand setzen“, raunte Tristan ihr ins Ohr und sie nickte, konnte aber nicht einmal darüber grinsen, weil die Stimmung unten sich trotz der wachsenden Angst unter den Menschen, vielleicht aber auch gerade *deswegen* weiter aufheizte.

„Hexenwerk!!“, schrie jemand und ein großer Stein flog auf den Balkon und nur haarscharf an Luminitas Kopf vorbei, bevor er hinter ihnen auf den Boden polterte.

„WIE KANNST DU ES WAGEN?!“, fuhr Elli den Werfer mit dieser dunklen Stimme an, die ihr mittlerweile so vertraut war wie ihre eigene. Ein weiterer Windstoß erfolgte und ließ die Fackeln bedrohlich flackern, einige von ihnen sogar ausgehen.

Dunkelheit sollte sie alle umfangen! Sie sollten auf die Knie fallen und sich unterwerfen!

Es begann zu krachen und zu donnern und weitere Flammen erloschen, doch diesmal schienen die Geräusche nicht aus dem Himmel zu kommen, sondern aus der entgegengesetzten Richtung.

„Elli!“, warnte Tristan, sie ignorierte ihn jedoch.

Der Boden begann zu beben, erst nur ein wenig, dann immer heftiger und auch auf dem Balkon waren die Auswirkungen zu spüren. Mauerwerk rieselte herab und Ellis Begleiter hielten sich am Geländer fest, während Tristan seine widerstrebende Großmutter ins Rauminnere schob.

„E.!!“, zischte er wütend. „Du sollst sie aufhalten und nicht uns alle umbringen!“

Die Menschen unten wankten, versuchten, sich aneinander festzuhalten und einige wichen erschrocken zurück. Ein weiteres Beben sandte die ersten auf den staubigen Boden, dorthin, wo sie hingehörten!

„ELIANA!“, rief Tristan und legte ihr eine Hand auf den Arm, die sie unwillig abschüttelte.

„Schnappt die Hexe und ihr verräterisches Pack!! Verbrennt sie!!“, kreischte der Bürgermeister, der sich bereits ein deutliches Stück entfernt hatte.

Was für eine wundervolle Idee! Brennen, sie sollten alle brennen! Elli schob Tristan und Manja, die versuchten, sie zu packen, so kraftvoll von sich, dass diese stolpernd den halben Raum durchquerten und fast Luminita zu Boden rissen. Mit einem harten und vollkommen humorlosen Lachen führte sie die Hände zusammen und innerhalb einer Sekunde bildeten sich dort erste Funken, die sich sogleich zu einem flammenden Ball zusammenfanden, der immer größer wurde, bis er sich schließlich durch das Auseinanderziehen der Hände in zwei teilte. Macht! Sie hatte so viel Macht und es fühlte sich so gut an!

„Elli, bitte“, hörte sie Tristans leise Stimme dicht bei sich. „Tu das nicht. Das verzeihst du dir nie. Denk daran: *Die böse Königin existiert nicht. Die böse Königin existiert nicht*. Das ist nur ein Test!“

Sie hielt inne und drehte leicht den Kopf in seine Richtung. Ihre Wut war jedoch immer noch so groß, dass sie nur noch zerstören, die anderen für ihre Sünden und ihr frevelhaftes Verhalten büßen lassen wollte.

„Du hast recht“, sagte sie in einem seltsamen Singsang. „Die böse Königin existiert nicht. Ich brauche sie nicht mehr, und weißt du auch, wieso?“

Sie wandte sich zu ihm um, sah das hoffnungsvolle Zweifeln in seinen unschuldigen Augen.

„Weil *ich* sie jetzt alle bestrafen werde. Ich werde sie mir endgültig untertan machen und dann beherrschen wir sie gemeinsam!“, ließ sie ihn wissen und schleuderte den ersten Feuerball herab.

Entsetzt stoben die Menschen auseinander.

„Nie mehr werden sie jemand anderem etwas antun“, frohlockte Elli. „Wir sorgen für Gerechtigkeit und Ordnung!“

Aus dem Augenwinkel heraus sah sie Bewegungen hinter sich. Manja und Luminita näherten sich ihr und erstere hatte etwas im aufkommenden Mondschein Blitzendes in der Hand. Mit ihrer eigenen freien Hand schickte Elli einen Energiestoß nach hinten, der beide wieder zurückstolpern ließ und im nächsten Augenblick krachten die Flügeltüren so gewaltig ins Schloss, dass der Balkon erneut zu beben begann.

„Keine Sorge“, raunte sie ihrem entsetzten Freund zu, „es ist gleich vorbei, wenn sie ihre Lektion gelernt haben.“

„Und was soll das für eine Lektion sein?!“, rief er fassungslos. „Eine in Gewalt und Unterdrückung?? In Hass und Tod?!?! Das ist bestimmt nicht das, was Jerome am Ende seiner Tage gewollt hat! Er hatte seine Meinung geändert und entschieden, dass die Menschen eine zweite Chance verdienen!“

Elli zögerte, weil seine Worte an ihrem hasserfüllten Inneren rührten.

Er trat dichter an sie heran, umfasste ihr Gesicht mit beiden Händen und sie ließ zu, dass er es zu sich drehte, blickte in seine dunklen, gütigen Augen.

„Wenn du das nicht erkennst und dich von deiner dunklen Seite leiten lässt, erfüllst *du* den Fluch, Elli. Dann werden alle am Schluss sterben, auch du und ich."

Sie ließ die Hand, mit der sie den zweiten Feuerball hielt, ein Stück sinken und hob die andere an Tristans so vertrautes Gesicht, strich über seine Wange. „Aber nein", sagte sie sanft. „Du und ich werden leben. Wir werden gemeinsam regieren und nicht zulassen, dass jemals wieder solch schreckliches Unrecht geschieht. Dann wird alles gut sein."

Die Geräusche von unten wurden leiser, aber nicht, weil sie tatsächlich aufhörten, sondern weil sie sie immer weiter ausblendete. Das Schreien, das Donnern gegen die Tür hinter ihnen, gegen die Eingangstür. Weitere Steine flogen, in die Fenster, zu ihnen herauf, wurden dort aber wie von unsichtbaren Fäden in der Luft gehalten, bevor sie wieder herabpolterten.

Traurig schüttelte Tristan den Kopf. „Wir werden alles verlieren, wenn du den Kampf gegen dich selbst nicht gewinnst, werden mit diesem Dorf zusammen untergehen."

Elli sah ihn ernst an. Es war, als hätte sich dichter Nebel um ihren Verstand gelegt, der sich nur ganz langsam nach und nach lichtete, sie die Wahrheit hinter seinen Worten verstehen ließ, doch konnte sie noch immer keinen Schrecken darüber empfinden.

„Und wenn es so wäre?", fragte sie stattdessen mit einer Ruhe, die sie angesichts solcher Aussichten normalerweise nicht hätte. „Wäre das so schlimm? Wenn alles hier und jetzt ein Ende findet?"

„Elli, das bist nicht du, die da spricht", sagte er verzweifelt. „Wenn wir zulassen, dass all das hier untergeht, dann ist nichts vorbei. Der Fluch wird bestehen bleiben, wird andere Leute heimsuchen. Erinnere dich! Du hast bereits versucht, das Buch auf verschiedene Weise zu vernichten. Es wird diese Nacht überdauern. Es wird *dieses Dorf* überdauern. Es wird *uns* überdauern. Und irgendwann findet es jemand anderes und all das Leid geht von vorne los. Nur weil wir nicht stark genug waren, es ein für alle Mal zu beenden. Den Fluch aufzulösen. Jeromes Seele die Ruhe zu schenken, nach der sie sich so sehr sehnt. Ihn in Frieden zu seiner großen Liebe zurückkehren zu lassen. Stattdessen werden sein Hass und sein Leid alles überdauern und für weiteres Leid und weiteren Hass sorgen. Bist du sicher, dass es das ist, was du willst?"

Stille. Absolute und angesichts des Chaos um sie herum eigentlich unmögliche Stille umfing sie, als die Bedeutung seiner Worte deutlicher in ihren Verstand drang. Sie sah Tristan an, den Menschen, der ihr schon als Kind alles bedeutet und den sie gerade erst zurückgewonnen hatte, fühlte die tiefe Verbundenheit zu ihm, die auch in Jeromes und Jelenas Beziehung zu finden gewesen war. Welch schlimmer Verlust. Unerträglich. Wahnsinnig machend. Wahnsinnig … so wie sie sich gerade verhielt …

Sie atmete stockend ein und mit einem Mal war ihr Geist wieder klar, war sie wieder sie selbst. Und nicht nur das – sie hörte die Worte aus dem Fluch in ihrem Kopf widerhallen, hörte auch den Spruch an der Wand noch einmal und wusste plötzlich, was zu tun war, *was* sie alle retten würde: Liebe. Liebe hatte Jerome und Jelena verbunden und gepaart mit der Verzweiflung über ihren Tod den Fluch erzeugt. Und genau dieses Gefühl würde ihn auch wieder brechen können. Hunderte Male multipliziert, empfunden von einem *ganzen* Dorf, das durch sie von dem Schleier des Vergessens und Lügens befreit wurde.

Elli schloss die Augen und griff nach Jeromes Energie in ihrem Inneren, nach seinen Erinnerungen und Empfindungen. Sie öffnete ihren Geist nach außen, so weit, wie sie es konnte, und nahm Verbindung mit den Energieströmen aller anderen auf. Viel mehr brauchte sie nicht zu tun. Es war fast so, als hätte Jeromes Restseele darauf gewartet, denn sie schoss mit solcher Macht aus ihr heraus, dass Elli keuchend nach Luft schnappte und zu wanken begann. Mit einem Mal hörte sie wieder, was um sie herum geschah, denn dieselben Geräusche waren auch von allen anderen zu vernehmen und es dauerte nicht lange, bis die ersten Schluchzer aus der Menge unter ihr kamen, gefolgt von Keuchen, Weinen und Schreien.

Wie Elli zuvor durchlebten sie die Qualen des jungen Paares, dem man vor langer Zeit Schreckliches angetan hatte, fühlten sie, was Jerome für Jelena empfunden hatte.

Zu Ellis eigener Überraschung offenbarte sich plötzlich auch vor ihren eigenen Augen eine neue Szenerie: Sie lief in Jeromes Körper durch die Villa, umgeben von Šeherezada und ihrer Familie.

„Das ist ab heute euer Besitz!“, verkündete er glücklich. „Hier sollt ihr endlich euren Frieden finden und glücklich werden. Für den Rest eures und des Lebens all eurer Nachkommen. Ich werde dafür sorgen, dass niemand außer euch jemals in diesem Haus leben kann."

„Danke!", hauchte Šeherezada mit Tränen in den Augen und schloss Jerome fest in die Arme. „Das ist der richtige Weg. Keine Rache. Nur Wiedergutmachung."

Die Szenerie löste sich auf und Elli fühlte, wie Jeromes Kraft in sie zurückkehrte. Sie riss die Augen auf, sog tief Luft in ihre Lunge und sah sich um.

Der aufgehende, fahl leuchtende, noch nicht ganz volle Mond tauchte alles in ein unwirkliches Licht. Einige Bewohner hingen sich in den Armen und weinten, andere schauten verwirrt in die Gegend. Mr Miller meckerte … *murmelte* Worte der Fassungslosigkeit vor sich hin. Die aggressive Stimmung war komplett verflogen, Forken und anderes Gerät fiel scheppernd zu Boden und die wenigen verbliebenen leuchtenden Fackeln wurden in einer alten Regentonne am Rand des Hauses gelöscht.

Elli atmete weiter tief ein und aus, sog die kühle Nachtluft in ihre Lungen und zuckte im nächsten Moment synchron mit Tristan zusammen, weil hinter ihr ein trommelfellerschütterndes Quietschen ertönte, als die Flügeltür wieder geöffnet wurde.

„Mann, das wurde aber auch Zeit!", sagte Manja und wischte sich ein paar Tränen ab. „Tolle VT", fügte sie hinzu und zuckte verlegen die Schultern, weil sie wieder einmal ratlose Blicke erntete. „Visionsteilung. Die Abkürzung hab ich gerade eben erst erfunden."

„Seid ihr okay?", fragte Elli, besorgt in die Runde ihrer Mitstreiter blickend, und alle nickten, bis auf Oma Nita, die verblüfft den Kopf schüttelte.

„Also, eins muss man dir lassen, junge Dame: Du hast deine ganz eigene Vorstellung von Wiedergutmachung. Und den Riss in meiner Hose und die Reinigung meiner Klamotten wirst du mir schön bezahlen!“

„Nana“, lachte Tristan und Manja wandte sich an Elli. „Wie geht's dir?“

Elli nickte wieder nur, zuckte gleichzeitig die Schultern, obwohl ihre Beine weich wie Butter waren, und fragte: „Haben wir es geschafft? War es das mit dem Fluch?“

Manja setzte zu einer Erwiderung an, doch eine tiefe Stimme kam ihr zuvor.

„Hört mich an“, ließ sich der nun gar nicht mehr hetzerische Bürgermeister vernehmen. „Heute, Nacht, an diesem Ort, der so viel Glück und Leid gesehen hat, in dieser mondhellen Nacht, in der unsere Dorfgemeinschaft beinahe ein viel zu frühes Ende, hervorgerufen durch frevelhafte Verwicklungen, gefunden hat, diese Nacht, in der die Liebe einmal mehr das Böse besiegt hat und -“

„Meine Güte, Ed!“, unterbrach Luminita ihn genervt. „Nun komm zum Punkt, wir wollen alle heim!“

„Ähm … ja … nun … in dieser Stunde“, fuhr er salbungsvoll fort, „verspreche ich hoch und heilig, damals entstandenes Unrecht wiedergutzumachen, wie es verlangt wird. Dieses Haus wird nebst Grundstück feierlich zurück in die Hände der rechtmäßigen Besitzer gegeben werden. Darüber hinaus wird das auf so vielen Ebenen furchtbare Verbrechen an dem jungen Mädchen von damals, dessen Auswirkungen so viel Unglück in zukünftigen Generationen hervorgerufen hat, öffentlich gemacht und die wahren Schuldigen wird man benennen.

Ein Mahnmal direkt auf unserem Marktplatz soll auf ewig daran erinnern und an die Liebe, die uns alle wieder vereint hat."

„Ooo devla!", seufzte Luminita genervt. „Das kann man aber auch kürzer und weniger pathetisch halten oder? Hej čaveja, dein Rucksack glüht übrigens!"

Sie deutete auf Manja, die das Gepäckstück, aus dessen Inneren es golden aufleuchtete, postwendend abnahm.

Ein weiteres Leuchten im Inneren des Raumes ließ die kleine Gruppe herumfahren und auf die Wand starren, auf der der von Tristan freigelegte Text noch einmal golden aufblitzte, als er Buchstabe, für Buchstabe verschwand, so als würde der Schreibprozess rückwärts stattfinden. Dann war die Wand wieder eine ganz normale.

Ungeduldig zerrte Manja das Märchenbuch hervor und schlug im Schein ihrer Handytaschenlampe die zweite Seite auf. Die Handschrift dort war verschwunden und es sah wieder oder zum ersten Mal, seit der Fluch hineingeschrieben worden war, nach einem ganz normalen Märchenbuch aus.

„Gib mal her", sagte Elli und blätterte es mit zusammengebissenen Zähnen durch, stoppte an den Enden der jeweiligen Geschichten und atmete dann erleichtert aus.

„Und?", erkundigte sich Tristan gespannt.

„Alle so grauenvoll wie immer, aber mit Happy End." Sie lachte erleichtert und ließ sich nur allzu willig in Tristans Arme ziehen, barg ihren Kopf an seiner Schulter. „Es ist vorbei, oder? Das ist kein weiterer böser Trick – es ist wirklich vorbei, oder?"

„Ja“, sagte er und drückte seine Nase in ihre Haare, dann hustete er und rieb sich darüber.

„Versprichst du mir eins?“ Er fuhr sich mit dem Ärmel erneut über sein Gesicht.

„Alles“, hauchte sie.

„Keine Tonne klebriger Stylingprodukte mehr.“

Sie stutzte kurz, dann boxte sie ihn freundschaftlich gegen den Arm und lachte.

„Versprochen.“ Sie kuschelte sich eng an ihn und gemeinsam gingen sie nach unten – nachdem Elli etwa zweimal wieder zurück in den Raum lief und argwöhnisch die Wand begutachtete, bis Manja ihr anhand ihrer Geräte bewies, dass in der Tat alles in Ordnung war.

Der Fluch war gebrochen und auch die Spuren aller anderen Zerstörungen würden nach und nach verschwinden. Ferry Bridge würde zurück zu seinem Dasein als das verschlafenes kleine Nest kehren, das es immer gewesen war, und Elli war sicher, dass der Fluch sie alle nicht auseinander, sondern näher zusammengebracht hatte.

Epilog

Elli seufzte glücklich, kuschelte sich auf der alten Hollywoodschaukel an Tristans Schulter und ließ ihren Blick über den großen Garten hinter der Pension der Friggs schweifen. Die reine Idylle und nicht mehr der wuchernde Urwald, der er gestern noch gewesen war. Das Summen der Bienen, die eifrig Nektar aus den zahlreichen Blüten sammelten, mischte sich mit dem Zwitschern verschiedener Vögel, die fröhlich ihre Liedchen trällerten. Ab und an strich ein leichter Wind über die Szenerie und ließ Pollen und Staub im Sonnenlicht tanzen.

„Fast wie in einem Mä-“, begann sie, hielt erschrocken inne und verbesserte sich hastig selbst: „Film. Wie in einem Film!“

Tristan ließ ein amüsiertes Glucksen vernehmen und zog sie kurz fester an sich. „Wäre schön, wenn du deine Lektürewünsche in Zukunft auf andere Genres ausweiten würdest.“

„Horror?“, konnte sie es sich nicht verkneifen zu witzeln.

„Hatten wir“, erwiderte er trocken.

„Abenteuer?“

„Auch.“

„Mathematik für Fortgeschrittene? Oh mein Gott, stell dir mal vor, *das* Buch wäre verflucht gewesen.“

„Wieso? Wäre damit nicht ein lang von dir gehegter Traum in Erfüllung gegangen? Lustige Zahlen, die überall herumspringen, Plus- und Minuszeichen im Kampf um die Vormacht, kleine Armeen aus Wurzeln und putzige kleine Cosinuskurven, die –“

„Hör auf!“, lachte sie. „Das ist ja fast noch schlimmer als das Märchenbuch!“

Sie schüttelte sich, doch leider nicht sofort die Erinnerung an die vergangenen Tage wieder ab. So wenige Tage, die ihre Welt komplett aus den Angeln gerissen, durcheinandergewirbelt, die Leben ihrer Familie, Freunde und beinahe aller Dorfbewohner bedroht und sie selbst fast in den Wahnsinn getrieben hatten. Jedoch auch solche, die sie einem alten Freund wieder und sogar noch nähergebracht hatten – auch wenn sie gern auf all das zugehörige Leid verzichtet hätte.

„Eigentlich ist es ganz schön ungerecht.“

„Was?“, fragte er und ließ seine Finger durch ihre Haare wandern.

„Ich bin diejenige, die den Fluch ausgelöst und gleichzeitig die, die am meisten bekommen hat.“

„Ach ja?“, tat er ahnungslos und sah sie neugierig an. „Was hast du denn so bekommen? Ist da ein Goldschatz oder so, von dem ich nicht weiß?“

Sie nickte und näherte ihr Gesicht dem seinen. „Und er sitzt genau neben mir.“

„Schrecklich kitschig“, neckte Tristan sie, während seine Augen sich auf ihre Lippen hefteten.

„Schrecklich“, wisperte sie bestätigend und küsste ihn zärtlich.

„Wer weiß, vielleicht haben die anderen ja auch was bekommen“, fuhr er nach einer ganzen Weile fort und Elli war so gar nicht damit einverstanden, das Gespräch jetzt schon fortzusetzen. Spielerisch ließ sie ihre Hand in seinen Nacken wandern und er beugte sich nur allzu willig wieder zu ihr herüber.

„Ich würde ja sagen, eine großartige Geschichte, die man seinen Enkeln erzählt“, unterbrach eine wohlbekannte Stimme ihre Aktivitäten, „aber ich befürchte, dass kaum einer mehr wissen wird, was genau geschehen ist, wenn es mal so weit ist. Flüche wollen vergessen werden und da sie unglaublich mächtig sind …“

Es war schön, keine aufbrausende Königin mehr im Innern zu haben, die umgehend den Weltuntergang heraufzubeschwören drohte, wenn sie nicht bekam, was sie wollte, doch auch so verspürte Elli einen gewissen Unwillen, sich jetzt schon wieder von Tristan zu lösen. Der erledigte das allerdings für sie beide, indem er sich erhob und mit einem schiefen Grinsen auf Manja zuging, die ein paar Meter entfernt mit Sack und Pack vor ihnen stand, ihr optimistisches Lächeln auf den Lippen.

Elli erhob sich ebenfalls, hielt aber mitten in der Bewegung inne. Etwas Kleines, Weißes flog vom Himmel herab, gefolgt von weiteren seiner Art, legte sich auf das Gras und die Bäume. Große Schneeflocken, weich und fluffig … Ruckartig flog ihr Kopf nach oben und sie sah Ms Friggs an einem der Fenster. Die ältere Dame schüttelte Decken und Kopfkissen aus und legte sie zum Auslüften auf die Fensterbank. Federn – keine echten Schneeflocken!

„Ist das zu glauben?“, fragte sie, als sie Elli entdeckte. „In mehr als der Hälfte der Decken und in fast allen Kissen fehlt die Füllung. Ich weiß gar nicht, wie das passiert sein soll.“

Elli biss sich auf die Lippen. „Vielleicht … vielleicht hat jemand eine Kissenschlacht gemacht?“, fühle sie sich gezwungen, irgendeine Erklärung zu finden.

„So wie in diesen übertriebenen Komödien? Als nächstes sagst du noch, es könne beim Aufschütteln passiert sein. Bin ich Frau Holle oder was?“

Die Dame stutzte, sah aber wohl die kurzzeitige Schockstarre der drei unten Stehenden nicht, dann schüttelte sie den Kopf. „Na los, ihr Lieben! Ich will euch nicht mit meinem Geplapper aufhalten, macht euch einen schönen Tag. Ist ja direkt märchenhaft draußen.“

Damit war sie verschwunden und Elli schüttelte sich erneut.

„Das M-Wort wird dir wohl noch eine Weile zusetzen, aber das ist ganz normal, keine Sorge“, versuchte Manja sie zu trösten.

„Und du bist wirklich sicher, dass hier wieder alles okay ist?“

„Ich hab alles doppelt und dreifach gecheckt“, bestätigte die Special Protector. „Keine auffälligen elektromagnetischen Frequenzen und auch vom Satellit her sieht alles schick aus. Alles ist so normal, wie es vorher war, denke ich.“

„Denkst du?“, hakte Elli alarmiert nach und die junge Frau hob beschwichtigend eine Hand.

„Da war ich ja nicht hier, also kann ich diesen Normalzustand nur vermuten. Es sind keinerlei anormale

Werte festzustellen“, fügte sie hinzu, weil Elli sie immer noch zweifelnd ansah.

Diese nickte schließlich. Die Dinge schienen tatsächlich wieder ihren gewöhnlichen Gang zu gehen. Liv versteckte sich nicht mehr bei jedem seltsamen Geräusch im Uhrenkasten und Ms Baker backte keine Drachenkekse mehr. Tamara hatte die ganze Nacht damit verbracht, sämtliches Nähzeug aus dem Haus zu entfernen. Billy hatte in den frühen Morgenstunden ihre Zwerge (angeblich hatte sie keine Ahnung, wie diese zu ihr gekommen waren) klammheimlich wieder den rechtmäßigen Besitzern zukommen lassen. Hannah hatte ihre Vorliebe für Besuche bei einer nicht mehr existenten Oma genauso aufgegeben wie die für die Farbe Rot. Cora musste ihr Haar nicht mehr wie eine Boa um Hals und Schultern tragen und hatte ihre für den Herbst gebuchte Reise nach Pisa storniert, weil sie ‚Türme irgendwie gruselig fand‘. Jamie trug endlich wieder Kleidung und Barry war nicht nur wieder Vegetarier, sondern hatte heute Morgen beim Paketausliefern verkündet, er wäre ab jetzt strikter Veganer.

Auch die bis zur Mob-Bildung am vergangenen Tag anhaltende seltsame Gleichgültigkeit der nur sekundär betroffenen Leute war verschwunden. Von den übrigen Dorfbewohnern wusste Elli noch nichts im Einzelnen, doch sie verließ sich auf Manja, die bei ihrem morgendlichen Rundgang nichts Ungewöhnliches bemerkt hatte. Niemand schien sich so richtig an etwas zu erinnern – die letzten Tage im Bann des Fluches wirkten eher wie ein kollektiver Alptraum.

„Tja, dann heißt es wohl ‚Adieu, Ferry Bridge‘“, seufzte Manja.

„Oder vielleicht AFB?“, witzelte Tristan und sie legte ihm lachend ihre Hand auf den Arm, zog sie aber automatisch wieder weg, als ihr Blick auf Elli fiel, die jedoch wiederum sofort abwehrend den Kopf schüttelte.

„Bitte, fass ihn an, so oft du willst, tu dir keinen Zwang an.“

Erst auf Tristans erstaunt erhobene Augenbrauen hin bemerkte sie die Zweideutigkeit ihrer Worte und spürte, wie ihr Röte ins Gesicht schoss. „Ich – ich meinte, ich schwöre, es werden keine unschuldigen Möbel oder Apfelbäume zu Schaden kommen.“

„Du hast ‚Autos‘ vergessen“, zog er sie auf und ließ ihre Wangen brennen.

„Danke“, grinste Manja und breitete dann die Arme aus. „Darf ich euch beide zum Abschied mal drücken?“

„Danke für alles“, sagte Elli in Manjas lila gesträhntes Wuschelhaar und Tristan schloss sich ihr an.

„Ja, ohne dich wären wir jetzt vermutlich schon Geschichte.“

„Na, na“, winkte Manja ab, als sie sich wieder voneinander gelöst hatten.

„Und ich schulde dir echt keine Kohle für deine Geräte?“

„Natürlich nicht“, bestätigte Manja erneut. „Wie gesagt, wir sind echt gut versichert. Bernie hat so was im Blick.“

Sie sah von einem zur anderen. „Das mag komisch klingen, aber es war echt toll mit euch, Leute. Wir waren wie ein richtiges Team. Und wer weiß? Vielleicht sieht man sich ja mal wieder. Ihr könnt sicherlich jederzeit bei uns anfangen, denn Einstellungstest und Grundkurs habt ihr hier ja quasi nebenbei absolviert. Und als Student kann man doch immer einen guten Nebenjob gebrauchen, oder? Für alle Fälle lass ich euch mal meine Karte da.“

Nachdem sie Manja zum Bahnhof gebracht hatten, kehrten sie bei Ms Baker ein, die heute einmal ausgesprochen gute Laune hatte und ihnen sogar eine Kugel Eis extra spendierte. Für einen Moment regte sich Unbehagen in Elli, weil alles ein wenig zu perfekt schien, dann faltete Ms Baker im Hintergrund einen Boten zusammen, der ihr nicht die gewünschte Ware geliefert hatte, und sie atmete erleichtert auf.

„Wie … wie geht es denn jetzt mit uns weiter?“, fragte Elli schließlich schüchtern und stocherte in ihrem Eisbecher herum.

Tristan zog die Brauen zusammen. „Ach so, du meinst, jetzt, nachdem der Bann gebrochen ist und du wieder ganz allein Herrin über deinen Körper und Geist bist, hast du festgestellt, dass du mich doch lieber maximal als guten Kumpel haben willst?“

Für einen Augenblick starrte sie ihn verwirrt an, dann knuffte sie ihn in die Seite. „Ich kann nicht glauben, dass du darüber Witze machst. Mir ist das echt ernst.“

„Mir doch auch“, er rückte näher an sie heran. „In den vergangenen Tagen ist so viel passiert wie normalerweise in Wochen in meinem Leben nicht. Vieles davon muss ich erst mal verarbeiten und ich denke, da geht es dir genauso.“

Na, toll! Er wollte sie nicht. Sie hätte es wissen müssen. Nach allem, was er für sie getan hatte, konnte sie das nicht auch noch verlangen.

„Wenn wir aber aufgrund der Fülle an Ereignissen die Stunden zu Tagen und die Tage zu Wochen machen“, fuhr er fort, „finde ich, hatte ich genug Zeit, herauszufinden, dass ich das hier“, mit der Hand beschrieb er einen Kreis zwischen ihnen, „nicht wieder verlieren möchte.“

„Nein?“ Sie sah ihn hoffnungsvoll an und er nickte.

„Ganz sicher. Und du?“

Statt einer Antwort zog sie ihn an sich und drückte ihm einen langen Kuss auf die Lippen.

„Also, ab jetzt nur noch harmlose Liebeskomödien als Lesestoff“, beschloss Tristan. „Ich würde den Rest der Ferien gerne ganz langweilig begehen. Bist du dabei?“

„An Lesen hatte ich eigentlich weniger gedacht“, lachte Elli, legte ihren Kopf auf seine Schulter und schloss glücklich die Augen.

Ende

Glossar

Rroma; Rromanes:

Die Autorinnen haben sich dazu entschieden, in ihrem Buch die Schreibweise für die Bevölkerungsgruppe der Rroma zu benutzen, die diese selbst bevorzugt, um sich u.a. von der Stadt Rom (ital. Roma) abzugrenzen.

Kapitel: Des Widerspenstigen Zähmung

Saibha bhogos – (Konkani – Sprache aus Goa/Indien) Was zur Hölle?!

Ai Saibha! – (Konkani) Meine Güte!

Kapitel: S.O.o.M.P

Padpodung! – (Konkani) Jeez!

Kapitel: Verspukt und zugenäht

Ah jebemu sranje! – (serbisch) Ach du Scheiße!

Kapitel: „Schloss“ Ferry Bridge

Sranje! – (serbisch) Scheiße!

Kapitel: Oma Wunderlich

Zdravo, Nano – (serbisch) Hallo Oma

Pile moje – (serbisch) Kosewort für Enkel

Ooo devla! - (rromanes) Herrgott!

Joj – (serbisch) doch

Kapitel: Kuss und Schluss

Sranje! – (serbisch) Scheiße!

Kapitel: Mauern, die die Welt bedeuten

Tu dileja – (serbisch) Dummkopf

Pratin to ilo. Dirin okova sostar dara. (rromanes) Folge deinem Herzen. Berühre, was du fürchtest.

Kapitel: Hexenkessel

beš mirno – (rromanes) Basta

Ooo devla! - (rromanes) Herrgott!

Hej čaveja – (rromanes) Oh Kind

Danksagung

Wir möchten uns ganz herzlich bei unseren lieben Freunden Daki Dak und Gayle bedanken, die uns geduldig mit ihren Sprachkenntnissen und zahlreichen Hintergrundinformationen zur Seite gestanden haben. Ohne Euch wäre diese Geschichte so nicht möglich gewesen.